Quand **Chloe Neill** n'écrit pas, elle fait des gâteaux (beaucoup), regarde vraiment trop la télévision et soutient son équipe de football américain préférée. Elle passe également du temps avec son compagnon et ses amis, et joue avec Baxter et Scout, ses chiens. Elle vit dans le Midwest, aux États-Unis.

www.milady.fr

Chloe Neill

Petites morsures entre amis

Les Vampires de Chicago – 2

Traduit de l'anglais (États-Unis) par Sophie Barthélémy

Milady

Milady est un label des éditions Bragelonne

Bragelonne – Milady
60-62, rue d'Hauteville – 75010 Paris

E-mail : info@milady.fr
Site Internet : www.milady.fr

Remerciements

L'écriture, c'est comme un sport d'équipe. Au côté de l'auteur, d'autres personnes réfléchissent, apportent leur soutien, gèrent les aspects marketing, assurant ainsi l'amélioration du livre à chaque étape. Je dédie *Petites morsures entre amis* aux amis et aux proches qui ont permis que la série *Les Vampires de Chicago* soit publiée, et particulièrement à : mes merveilleux agents marketing, Brooke, Caitlin, Jia et Maman ; ma patiente éditrice, Jessica ; mon fabuleux agent – et jeune auteur ! –, Lucienne ; tous ceux qui ont consciencieusement relu cet ouvrage aux différents stades de son élaboration, notamment Dusan, Jenny, Amy, Anne, Sandi, Jon, Linda, et Heather ; mon extraordinaire organisatrice de séances de signatures, Sara ; et bien sûr, Nate, pour son soutien moral, ses idées, et pour avoir promené les chiens.

Une partie des bénéfices réalisés par l'auteur sur la vente de *Petites morsures entre amis* sera reversée à la banque alimentaire de Chicago.

Vous désirez en savoir davantage sur les Vampires de Chicago, Chloe ou le *Canon* ?
Rendez-vous sur le site www.chloeneill.com (site en anglais).

« Obtenez d'abord les faits. Vous pouvez ensuite les déformer à votre guise. »

Mark Twain

1

MOVIN' OUT [1]

Fin du mois de mai
Chicago, Illinois

— **P**lus haut, la jambe, Merit. Voilà, c'est mieux.

J'effectuai un nouveau battement, plus haut cette fois, en veillant à tendre les pointes de pied et rentrer le ventre. J'essayai également de prendre garde à bien faire les mains jazzy que notre professeur exigeait inlassablement.

À côté de moi, mon amie et future ex-colocataire Mallory ronchonna avant de m'imiter avec beaucoup moins d'entrain. Sa grimace jura un peu avec son joli visage aux traits classiques encadré de cheveux bleus coupés au carré, mais elle était tellement énervée que personne n'aurait osé lui en faire la remarque.

— Tu peux me rappeler pourquoi tu m'as forcée à venir ici ? gronda-t-elle.

Notre professeure, une blonde plantureuse aux ongles rose fluo et aux pommettes incroyablement saillantes,

---

1. *Movin' Out* est une comédie musicale composée par Billy Joel. On pourrait le traduire, ici, par «le déménagement». (*NdT*)

frappa dans ses mains. Ses seins suivirent le rythme en ballottant, attirant irrésistiblement l'attention.

— Plus d'énergie, les filles ! On est là pour se faire un corps de rêve, oui ou non ? Allez, on y va !

Mallory fusilla du regard celle que nous avions surnommée « Barbie Aérobic ». Les poings serrés d'un air menaçant, elle fit un pas en avant, mais je la retins par la taille avant qu'elle puisse assener un coup à la femme que nous avions payée pour nous faire entrer dans des jeans ridiculement étroits.

— Pas de baston, lui intimai-je, utilisant ma force de toute jeune vampire afin de l'immobiliser, ce qui n'était pas aisé étant donné qu'elle ne cessait de balancer les bras.

Mallory maugréa mais finit par se calmer.

Et un point pour le bébé vampire, songeai-je.

— Et si on lui réglait son compte dans les règles de l'art ? insista-t-elle en repoussant une mèche de cheveux collée à son front moite.

Je secouai la tête et la relâchai.

— Si tu casses la figure à notre prof, tu vas attirer l'attention sur toi, et tu n'as pas vraiment besoin de ça. Souviens-toi de ce que t'a dit Catcher.

Catcher était le petit ami de Mallory, un grand type bourru. Elle répondit à mon commentaire anodin en me décochant un regard assassin accompagné d'un bougonnement.

Catcher et Mallory s'aimaient, ce qui n'empêchait pas cette dernière de le maudire de temps à autre, tout particulièrement depuis qu'elle devait gérer un cyclone surnaturel dont l'œil était situé pile sur notre petite maison de grès brun. En l'espace de huit jours, j'avais été transformée en vampire contre mon gré et nous avions découvert que Mallory était une sorcière en cours de maturation. Bienvenue au pays des sortilèges, des chats noirs et des Clés mineure et majeure – les divisions de la magie.

Disons que mes premières semaines en tant que vampire avaient été extrêmement chargées, genre *Les Feux de l'amour*, mais avec des acteurs un peu morts.

Alors que Mallory ne s'était pas encore accoutumée à cette nouvelle facette de sa personnalité, Catcher, qui connaissait par ailleurs quelques différends avec l'Ordre – l'institution qui gouvernait les sorciers –, surveillait de près la moindre manifestation de ses pouvoirs. En conséquence, Mallory était surnaturellement frustrée.

Moi aussi, pour être honnête, et Mallory, elle, n'avait ni crocs ni Maître prétentieux à supporter.

Au vu de tout ce qui nous était déjà tombé dessus, pour quelle raison acceptions-nous donc de nous humilier en effectuant les mouvements farfelus qu'ordonnait Barbie Aérobic?

Nous avions tout simplement décidé de partager un moment de détente, de passer un peu de temps ensemble, Mallory et moi. Avant que je déménage.

—OK, lança Barbie, on continue avec l'enchaînement de la semaine dernière. Un, deux, trois et quatre, et cinq, six, sept et huit!

Elle s'élança, tournoyant au rythme des pulsations sourdes de la musique qui ne cessait de s'accélérer. Nous fîmes de notre mieux pour suivre la chorégraphie, Mallory éprouvant apparemment quelques difficultés à ne pas se faire de croche-pieds.

Grâce à des années de pratique de la danse classique ainsi qu'à une fluidité de mouvements due à mes nouvelles aptitudes de vampire, je ne m'en sortais pas trop mal, si on mettait de côté la honte que je ressentais d'avoir à effectuer des mains jazzy à vingt-huit ans. Ces battements de doigts me paraissaient ridicules dans le cadre d'un cours de hip-hop, et même si Barbie débordait d'enthousiasme, j'en venais à douter de ses qualifications. Cette séance constituait néanmoins une diversion agréable aux entraînements habituellement très intenses auxquels je m'adonnais depuis que j'avais été nommée Sentinelle, deux mois auparavant.

Pour résumer, les vampires d'Amérique étaient divisés en plusieurs groupes, chacun occupant une Maison. J'avais été initiée au sein de la Maison Cadogan, l'une des trois Maisons de Chicago, la deuxième de la ville en termes d'ancienneté.

Ma nomination au poste de Sentinelle avait surpris tout le monde. En effet, des études de troisième cycle en littérature romantique médiévale ne préparaient pas forcément très bien à ce type de fonction. Je n'avais pas encore appréhendé tout ce que cela impliquait, mais, pour dire les choses simplement, une Sentinelle était une sorte de garde. Alors qu'avant j'avais le profil de l'intello de base, j'étais devenue une vampire dotée d'une force remarquable. En tant que Sentinelle, j'étais tenue d'entretenir ma forme physique. Les vampires d'Amérique avaient beau avoir échangé le velours noir et la dentelle pour des costumes Armani et des iPhone, ils demeuraient très traditionnels sur certains points, notamment le système hiérarchique – qui pouvait être qualifié de féodal – ainsi que l'usage des armes. Je me retrouvais ainsi à apprendre à manier un antique katana afin de défendre Cadogan et les créatures à crocs qui y étaient affiliées.

Il se trouvait que Catcher, en qualité de spécialiste de la deuxième Clé – autrement dit de l'emploi des armes –, avait été chargé de m'enseigner les techniques de combat propres aux vampires. Pour un néophyte, s'exercer avec un partenaire comme Catcher ébranlait sérieusement la confiance en soi.

Barbie Aérobic commença à s'agiter de manière endiablée au son du hip-hop, nous entraînant à un rythme effréné dans un enchaînement de pas au terme duquel on demeura toutes figées, les yeux levés de façon provocante vers les miroirs qui tapissaient les murs de la salle de danse. Barbie conclut le cours par quelques applaudissements, puis annonça les dates des prochaines séances auxquelles nous n'avions aucune intention d'assister. Même si on essayait de nous y traîner de force, nous nous débattrions en hurlant pour y échapper.

— Plus jamais ça, Merit ! menaça Mallory en se dirigeant vers le coin de la pièce où elle avait laissé son sac ainsi qu'une bouteille d'eau au début de la classe.

J'étais totalement d'accord avec elle. J'aimais danser, mais les cours de Barbie, avec ses injonctions enthousiastes et sa poitrine bondissante, comprenaient trop de décolleté et pas assez de danse proprement dite à mon goût. J'aurais dû éprouver du respect envers mon professeur. Barbie m'inspirait tout un tas d'autres sentiments.

Je m'assis au côté de Mallory à même le sol. Nous devions prendre le temps de nous préparer à retourner dans le monde réel.

— Alors, madame la vampire, commença Mallory, tu te sens nerveuse à l'idée d'emménager dans la Maison ?

Je jetai un coup d'œil alentour, hésitant à aborder ici mes histoires d'êtres surnaturels à crocs. Les vampires de Chicago avaient dévoilé leur existence environ dix mois auparavant et, comme on pouvait s'y attendre, les humains ne s'étaient pas montrés particulièrement ravis d'apprendre la nouvelle. Des émeutes, ainsi qu'une panique générale, avaient suivi. Le Congrès avait ordonné des enquêtes. Les trois Maisons

13

de Chicago avaient été mêlées à une affaire portant sur deux assassinats dont avaient été suspectés des vampires issus de Cadogan et Grey, la plus récente des trois. Les Maîtres qui dirigeaient ces établissements, Ethan Sullivan et Scott Grey, n'avaient pas vraiment apprécié de se retrouver sous le feu des projecteurs. Celui qui avait manigancé les meurtres n'était autre que le Maître de Navarre, la troisième Maison, un individu calculateur et manipulateur. Une femme. Une beauté fatale – sans jeu de mots douteux – digne de figurer en couverture de *Vogue*. Brune aux yeux bleus, tout comme moi, elle se conduisait de manière si arrogante qu'aucune star ou célébrité ne lui arrivait à la cheville en la matière. Les humains étaient littéralement hypnotisés, envoûtés, par Célina Desaulniers.

Son charme, son style et sa capacité à influer sur le comportement des personnes qui l'entouraient formaient un cocktail irrésistible. Les humains désiraient en savoir toujours plus sur elle, n'avaient de cesse qu'ils ne la voient ou l'entendent.

Elle avait beau être responsable de la mort de deux d'entre eux, meurtres qu'elle avait prémédités et avoués, la fascination qu'elle suscitait n'avait pas faibli. Sa capture – notre œuvre, à Ethan et moi-même, soit dit en passant – et son extradition à Londres où elle avait été incarcérée par le Présidium de Greenwich, conseil qui régissait les vampires d'Europe occidentale et d'Amérique du Nord, n'avaient pas davantage altéré son pouvoir de séduction. En conséquence de ses actes, toute notre espèce, c'est-à-dire l'ensemble des vampires innocents qui n'avaient pas contribué à perpétrer ces crimes odieux, avait gagné en notoriété. Célina avait obtenu ce qu'elle souhaitait, à savoir l'occasion de jouer le rôle de la méchante petite martyre. Quant à nous, nous avions reçu un cadeau de Noël anticipé : nous avions été aspirés dans le sillage de la célébrité de Célina.

On pouvait à présent se procurer tee-shirts, casquettes et fanions à l'effigie de Grey et Cadogan – et, pour les plus morbides, de Navarre – dans les boutiques des environs de Chicago. Il existait des sites Internet créés par les fans des différentes Maisons, des autocollants « J'♥ Cadogan », et des flashs info réguliers au sujet des vampires de la ville.

J'essayais généralement de ne pas laisser filtrer trop de renseignements sur mes semblables, et le fait qu'ils aient accédé au statut de star n'y changeait rien. En qualité de Sentinelle, je faisais partie de la brigade de sécurité de la Maison, après tout. Je pris donc la peine de vérifier que nous étions seules et qu'aucun humain ne nous espionnait.

—Si tu te demandes ce que tu peux dire ou pas, déclara Mallory en débouchant sa bouteille, j'ai émis une onde magique pour m'assurer qu'aucun de nos chers humains ne puisse nous entendre.

—Vraiment ?

Je tournai la tête vers elle tellement rapidement que mon cou craqua. La douleur fulgurante me fit plisser les yeux.

—C'est ça, ouais. Comme s'il allait me laisser utiliser la M-A-G-I-E en public, grommela-t-elle en grimaçant avant de boire une grande gorgée d'eau.

Je savais que si je réagissais chaque fois qu'elle faisait une allusion à Catcher, cette conversation n'aboutirait jamais à rien. Je choisis de ne pas tenir compte de celle-ci et répondis à sa question portant sur le grand déménagement.

—Je suis un peu nerveuse. Ethan et moi, on a tendance à se taper sur les nerfs.

Mallory déglutit puis s'essuya le front avec le poignet.

—Mouais, on sait bien que, tous les deux, vous êtes les meilleurs amis du monde.

—Ce n'est pas parce qu'on a réussi à jouer au Maître et à la Sentinelle pendant deux semaines sans s'écharper que ça signifie qu'on est les meilleurs amis du monde.

En fait, ces deux dernières semaines, j'avais tâché d'éviter le Maître de Cadogan, le vampire qui m'avait créée. J'apprenais le fonctionnement de la Maison en gardant la tête baissée et en travaillant d'arrache-canine. Pour être sincère, au début, je ne me sentais pas à l'aise avec Ethan. J'avais été transformée en vampire sans mon consentement. On m'avait pris ma vie humaine parce que Célina avait prévu de faire de moi sa seconde victime. Ses sous-fifres n'avaient pas réussi à me tuer mais Ethan, lui, m'avait métamorphosée avec succès afin de me sauver.

Franchement, la transition n'avait pas été une partie de plaisir. Passer du jour au lendemain du statut d'étudiante à celui de garde vampire était pour le moins inconfortable. J'avais dirigé ma rancœur contre Ethan. Finalement, j'avais décidé d'accepter ma nouvelle existence en tant que membre de la communauté à crocs de Chicago. Même si je n'étais pas tout à fait certaine d'avoir bien compris ce que cette identité impliquait, j'essayais de m'y habituer.

Cependant, ma relation avec Ethan restait complexe. Une sorte de lien nous unissait, une alchimie puissante associée à un agacement réciproque. Il se comportait comme si je lui étais inférieure. Quant à moi, je le trouvais la plupart du temps vieux jeu et prétentieux. La plupart du temps. En fait, j'éprouvais à son égard des sentiments confus. Ethan était d'une beauté déconcertante et embrassait comme un dieu. Je n'avais pas encore totalement éclairci mes états d'âme envers lui, mais il me semblait que je ne le haïssais plus.

L'éviter m'aidait à calmer mes esprits. J'en avais bien besoin.

— Tu as raison, concéda Mallory. Tout de même, dès que vous vous trouvez ensemble, la température de la pièce augmente de dix degrés. Ça veut bien dire quelque chose.

— Tais-toi, maugréai-je en étendant les jambes et baissant la tête vers les genoux de façon à étirer mes muscles. Je refuse d'admettre quoi que ce soit.

— Tu n'as pas besoin de le faire. J'ai remarqué qu'il suffisait que tu te tiennes près de lui pour que tes yeux deviennent argentés. La voilà, ta confession.

— Ça ne signifie pas forcément ce que tu insinues, répliquai-je en ramenant un pied vers moi pour un nouvel étirement.

Les yeux des vampires prenaient une teinte argentée lorsque ces derniers ressentaient des émotions fortes telles que la faim, la colère ou, dans mon cas, la proximité d'un blond ultra-séduisant.

— Mais je reconnais qu'il est plutôt appétissant.

— Comme des chips au vinaigre.

— Exactement, approuvai-je avant de me redresser. Et voilà, je suis une vampire coincée qui prête serment d'allégeance à un seigneur que je ne peux pas supporter. Et il se trouve que tu es une sorte de sorcière en sommeil capable de provoquer des événements rien qu'en les souhaitant. Nous incarnons les deux extrêmes du libre arbitre : je n'en ai pas du tout, et tu en as trop.

Elle me dévisagea, cligna des yeux puis porta la main à sa poitrine.

— Ne prends pas mal ce que je vais te dire, Merit, mais tu es vraiment dingo.

Elle se leva et ajusta la bandoulière de son sac sur son épaule.

Je fis de même, et la suivis vers la sortie.

— Tu sais, Ethan et toi, vous devriez vous procurer ces pendentifs assortis qui forment les deux moitiés d'un cœur brisé où est gravée l'inscription « Amis pour la vie ». Vous en porteriez un chacun en symbole de votre attachement éternel.

Je lui jetai à la figure ma serviette humide de transpiration. Un gémissement de dégoût étouffé s'éleva sous le carré de tissu, qu'elle repoussa vivement d'un revers de la main, les traits figés en une expression horrifiée.

— Tu es d'une immaturité…

— Tu t'es regardée, avec tes cheveux bleus ?

— Mords-moi si tu l'oses, cadavre !

Je lui montrai les dents en lui adressant un clin d'œil.

— Ne me tente pas, sorcière.

Une heure plus tard, j'avais regagné ma future ex-chambre de Wicker Park, m'étais douchée et avais enfilé l'uniforme de Cadogan, qui consistait en une veste noire ajustée assortie à un débardeur et un pantalon moulant de la même couleur. Je commençai à fourrer mes habits dans un sac de sport. J'avais posé sur la table de chevet un verre de sang provenant d'une des poches médicales réfrigérées que *Sang pour sang*, l'équivalent du laitier pour les vampires, livrait en un éclair. Après les efforts physiques que j'avais fournis, j'avais besoin d'un petit en-cas. Mallory se tenait dans l'embrasure de la porte derrière moi, ses cheveux bleus encadrant son visage. Elle avait revêtu un caleçon et un tee-shirt trop grand pour elle sur lequel on pouvait lire « À chaque Clé sa serrure ». Il appartenait sans doute à Catcher.

— Tu n'es pas obligée de faire ça, déclara-t-elle. Rien ne te force à partir.

Je secouai la tête.

— Si, je dois le faire. Si je veux accomplir mon boulot de Sentinelle, il le faut. Et puis, vous deux, vous avez besoin d'espace.

C'était un euphémisme : Mallory et Catcher avaient besoin de beaucoup d'espace pour accueillir leurs ébats bruyants et fréquents – auxquels ils s'adonnaient, nus ou pas. Leur rencontre avait été un véritable coup de foudre. S'ils avaient disposé de peu de temps pour faire connaissance, ils compensaient par l'intensité de leurs relations. Ce comportement exubérant et joyeusement éhonté me rappelait celui des lapins. Des lapins surnaturels.

Mallory s'empara du second sac vide que j'avais placé sur la chaise près de la porte et le jeta sur le lit. Elle sortit du placard trois paires de chaussures que j'adorais : des Pumas Mihara – mes baskets préférées, au grand désespoir d'Ethan –, des ballerines, et les petits escarpins noirs vernis à lanière qu'elle m'avait offerts. Je hochai la tête en signe d'assentiment lorsqu'elle me les montra, puis elle les fourra dans le sac. Elle y rangea deux paires supplémentaires avant de s'asseoir sur le lit, jambes croisées. La façon dont elle balançait le pied trahissait sa nervosité.

— Je n'arrive toujours pas à croire que tu me laisses seule avec lui. Qu'est-ce que je vais devenir sans toi ?

Je lui adressai un regard entendu. Elle leva les yeux au ciel.

— Tu nous as surpris une seule fois !

— Je vous ai surpris dans la cuisine, Mallory ! Là où je mange ! J'aurais très bien pu vivre heureuse toute l'éternité sans apercevoir Catcher à poil, le cul sur le carrelage.

Je simulai de façon théâtrale un frisson. Je ne faisais que jouer la comédie, car Catcher, avec ses larges épaules, son corps harmonieusement musclé orné de tatouages, son crâne rasé et ses yeux verts, ce sorcier aux airs de mauvais garçon qui avait renversé ma colocataire – plus précisément, l'avait culbutée – était sublime.

—Il faut bien admettre qu'il a un beau cul, ajouta-t-elle.

Je pliai un pantalon et le fourrai dans le sac.

—Il a un cul d'enfer, et j'en suis très contente pour toi, mais je ne ressens pas le besoin de le revoir. Plus jamais. Sans rire.

Elle gloussa.

—Pour de vrai ?

—Pour de vrai.

Une crampe me vrilla l'estomac, signe que la faim commençait à se faire sentir. Je jetai un coup d'œil vers Mallory, puis tendis mon bras vers la table de chevet pour m'emparer du verre de sang. Elle soupira et balaya l'air d'un geste de la main.

—Vas-y, bois, déclara-t-elle. Fais comme si j'étais une fan de *Buffy* bizarrement attirée par tous les phénomènes paranormaux.

Je parvins à lever le verre tout en lui décochant un regard moqueur.

—Trop facile, tu es vraiment une fan du paranormal.

—Je n'ai pas dit que tu aurais besoin de te forcer, précisa-t-elle.

Je souris avant de vider d'un trait mon verre de sang tiédi par un bref passage au micro-ondes. J'avais pris soin d'y ajouter un peu de Tabasco et de jus de tomate, ce qui n'ôtait pas l'étrange saveur de fer et l'arrière-goût de plastique du liquide, mais en relevait quelque peu le goût. Je me passai ensuite la langue sur la lèvre supérieure afin de recueillir les gouttelettes restantes, puis reposai le verre. Vide. Je devais vraiment mourir de faim. J'en attribuai la responsabilité à Barbie Aérobic. Je glissai une dizaine de barres de céréales dans mon sac au cas où, pensant que ces provisions me permettraient de résister à l'envie de planter les crocs dans la gorge d'Ethan.

— En parlant de Catcher, fis-je une fois rassasiée, Monsieur Romantique est de sortie, ce soir ?

— Il est au boulot, répondit-elle. Ton grand-père est un vrai bourreau de travail.

Avais-je déjà mentionné le fait que Catcher travaillait pour mon grand-père ? Lors de la semaine de folie au cours de laquelle j'avais levé le rideau sur cette comédie surnaturelle, j'avais découvert que mon grand-père, Chuck Merit, l'homme qui m'avait pratiquement élevée, n'était pas retraité de la police de Chicago, contrairement à ce qu'il nous avait laissé croire. En fait, quatre ans auparavant, on lui avait demandé de remplir la fonction de Médiateur, poste qui consistait à servir de relais entre l'administration de la ville, dont le chef n'était autre que le ténébreux et séduisant maire de Chicago, Seth Tate, et les citoyens non humains. Ces derniers – vampires, sorciers, métamorphes, nymphes, fées et démons –, devaient se tourner vers mon grand-père s'ils avaient besoin d'aide. Enfin, vers lui et le trio d'assistants qui l'accompagnait et dont faisait partie un certain Catcher Bell. J'avais rendu visite à mon grand-père à son bureau dans le quartier de South Side peu après avoir été transformée en vampire. J'y avais rencontré Catcher, qui avait ensuite connu Mallory, et ils s'étaient mis à nu.

Mallory garda le silence quelques instants. Quand je levai les yeux vers elle, je la surpris en train d'essuyer une larme qui roulait sur sa joue.

— Tu sais que tu vas me manquer ?

— Arrête ! Ce qui va te manquer, c'est que j'avais enfin les moyens de payer la totalité du loyer. Tu t'es habituée à dépenser l'argent d'Ethan.

Le salaire que me versait Cadogan représentait l'un des avantages afférents à ma nouvelle situation de vampire.

—En effet, l'argent des suceurs de sang était le bienvenu. J'appréciais ne plus être la seule à trimer.

Vu le bureau vitré donnant sur Michigan Avenue qu'elle occupait, elle exagérait carrément. Alors que j'étudiais des textes médiévaux à l'université, Mallory travaillait comme cadre dans une agence de pub. Nous n'avions découvert que récemment qu'elle avait obtenu cette place grâce à ses pouvoirs de sorcière adolescente. Elle avait décroché ce travail parce qu'elle l'avait ardemment souhaité, et non en raison de sa créativité et de ses compétences réelles, ce qui était beaucoup moins flatteur pour son ego. Elle avait pris du recul par rapport à son activité professionnelle en posant les semaines de vacances auxquelles elle pouvait prétendre. Elle désirait réfléchir quelque temps sur ce qu'elle allait faire de ces nouveaux pouvoirs magiques.

Je mis dans le sac quelques revues et des stylos.

—Tu devrais voir les choses autrement, poursuivis-je. Tu n'auras plus à supporter la vue des poches de sang dans le réfrigérateur, et tu disposeras d'un gars musclé et sexy contre lequel tu pourras te blottir la nuit. Ce sera bien mieux pour toi.

—Il n'empêche que c'est un con narcissique.

—Dont tu es raide dingue, ajoutai-je en passant en revue ma bibliothèque.

J'attrapai les livres que je jugeais indispensables : le recueil de contes de fées à la reliure de cuir élimé que je possédais depuis mon enfance, ainsi que l'ouvrage qui avait dernièrement rejoint ma collection, le *Canon des Maisons d'Amérique du Nord, édition pratique*. Helen, l'agent de liaison de Cadogan qui avait été chargée de me raccompagner chez moi après ma transformation, me l'avait donné. Tout vampire néophyte se devait de l'avoir lu. J'avais compulsé la majeure partie du volume dont la tranche atteignait dix bons centimètres, et avais survolé le reste. Le marque-page se trouvait quelque part dans le chapitre 8 intitulé «Aller jusqu'au bout de la nuit». Il faut croire que les titres étaient l'œuvre d'un adolescent de dix-sept ans.

— Et puis ce con narcissique t'appartient, lui rappelai-je.

— Youpi! répliqua-t-elle sèchement en faisant tournoyer un doigt en l'air comme si elle était en train de faire la fête.

— Tout ira très bien. Je suis certaine que vous êtes capables de vous occuper, affirmai-je en saisissant une figurine à tête mobile à l'effigie de Ryne Sandberg – le plus grand joueur de base-ball de tous les temps, selon moi.

Je l'ôtai de l'étagère où elle était posée et la plaçai avec précaution dans mon sac. Même si l'allergie à la lumière du soleil dont je souffrais désormais m'empêchait de profiter des belles journées dans les gradins de Wrigley Field, mon nouvel état de vampire n'avait en rien affecté mon amour pour les Cubs de Chicago. Je parcourus la pièce du regard en pensant à tout ce que j'allais abandonner, lié ou non à mon équipe de base-ball préférée. Je ne pouvais pas tout emporter à Cadogan. D'une part parce que je finirais sans doute par étrangler Ethan un jour, ce qui me vaudrait d'être renvoyée de la Maison, d'autre part parce que laisser des affaires ici signifiait que j'y conservais des attaches, que j'avais encore la possibilité d'y trouver refuge au cas où la vie avec les vampires, et notamment avec Ethan, deviendrait trop dure à supporter. En outre, le nouveau colocataire de Mallory n'aurait pas particulièrement l'utilité de cette pièce. Catcher avait en effet déjà entassé tout son attirail dans la chambre de sa dulcinée. Je fermai les sacs et, les mains sur les hanches, dirigeai mon regard vers Mallory.

—Je crois que je suis prête.

Elle m'adressa un sourire en signe de soutien. Les yeux soudain embués, je parvins avec peine à retenir mes pleurs. Elle se leva sans prononcer un mot et me prit dans ses bras. Je lui rendis son étreinte. J'étais sur le point de quitter ma meilleure amie, ma sœur.

—Tu sais que je t'aime, murmura-t-elle.

—Je t'aime aussi.

Elle s'écarta, et on essuya quelques larmes.

—Tu m'appelleras, hein, pour me dire si ça va?

—Bien sûr. Je serai juste à l'autre bout de la ville. Ce n'est pas comme si j'allais m'installer à Miami. (Je soulevai l'un des sacs et le chargeai sur mon épaule.) C'est drôle, je m'étais dit que, le jour où je déménagerais, ce serait pour prendre un poste du tonnerre et partir enseigner dans une petite ville où tout le monde serait super intelligent et original.

—Comme dans la série *Eureka*?

—Ou *Gilmore Girls*.

Mallory marmonna quelque chose en signe d'assentiment et s'empara du second sac.

—Moi, j'ai toujours cru que, après avoir été engrossée par un étudiant en lettres classiques de vingt et un ans, tu t'en irais avec lui pour élever votre enfant à Bora-Bora.

Je m'arrêtai net et jetai un coup d'œil par-dessus mon épaule.

—Tu avais une idée très précise, dis donc.

—Tu passais ton temps à étudier, lâcha-t-elle en me dépassant pour franchir le seuil. J'ai eu tout le loisir de réfléchir.

Je l'entendis descendre les marches de l'escalier en trottinant, mais je demeurai figée devant l'entrée de la chambre qui avait été la mienne depuis que j'étais revenue à Chicago, trois ans auparavant. J'embrassai une dernière fois du regard le mobilier ancien, l'édredon usé et le papier peint vieux rose, puis j'éteignis la lumière.

2

CE N'EST PAS PARCE QU'ON VIT QUELQUE PART QU'ON S'Y SENT CHEZ SOI

B on, d'accord, je procrastinais. J'avais entassé mes sacs sur le siège arrière de ma Volvo orange et avais pris la direction de Cadogan. Toutefois, arrivée à proximité de ma future demeure de Hyde Park, je la dépassai et poursuivis ma route vers le sud. Je ne me sentais pas encore tout à fait prête à franchir le seuil de la Maison pour y emménager officiellement. De plus, je n'avais pas vu mon grand-père depuis quasiment une semaine. Ayant décidé de me comporter en bonne petite-fille, je me dirigeai vers son bureau de South Side afin de lui rendre visite. Pendant que mes parents, Joshua et Meredith Merit, étaient occupés à gravir les échelons de la haute société de Chicago en allant de gala en gala, mes grands-parents m'avaient pour ainsi dire élevée. Passer saluer mon grand-père était bien la moindre des choses.

L'édifice qui abritait les locaux de l'Agence de Médiation était plutôt quelconque. Il s'agissait d'un modeste immeuble de briques situé en plein milieu d'un quartier populaire où se succédaient de petites maisons cubiques aux jardins proprets entourés de grillage. Je garai la Volvo en face du bâtiment, sortis de la voiture et glissai mon katana dans ma ceinture. Je n'aurais certainement pas à m'en servir à l'intérieur, mais si je n'apparaissais pas correctement armée, Catcher s'empresserait d'en toucher un mot à Ethan. Même s'ils n'étaient pas particulièrement proches, il me semblait que les deux hommes parlaient volontiers de moi dans mon dos.

Il avait beau être presque 23 heures, la lumière filtrait par les rares fenêtres du bureau. Les employés de l'Agence de Médiation, comme aimait à le rappeler mon grand-père, travaillaient au service des créatures de la nuit, ce qui impliquait un labeur nocturne pour lui et ses collaborateurs Marjorie, Catcher et Jeff Christopher. Ce dernier, bras droit en second de mon grand-père, également métamorphe à la forme indéterminée et petit génie de l'informatique, en pinçait sérieusement pour moi.

Comme la porte d'entrée était verrouillée, je frappai et attendis que quelqu'un vienne m'ouvrir. À travers la vitre, j'aperçus Jeff s'avancer vers moi dans le couloir, le visage fendu d'un large sourire. Le jeune homme mince dont les cheveux retombaient négligemment en mèches sur le front était vêtu ce soir de son uniforme composé d'un pantalon de treillis impeccablement repassé et d'une chemise boutonnée jusqu'au col, les manches retroussées sur les avant-bras. Lorsqu'il eut atteint la porte, il composa un code sur le clavier numérique qui se trouvait sur le côté, déverrouilla la serrure puis ouvrit et me céda le passage.

—Alors, tu ne supportais plus d'être loin de moi?

—J'ai eu un peu de mal, déclarai-je en franchissant le seuil. Ça fait combien de temps, une semaine?

—Six jours, vingt-trois heures, et presque douze minutes. (Il tapa de nouveau le code avant de refermer la porte, puis m'adressa un sourire.) Enfin, je n'ai pas compté précisément.

— Bien sûr que non, ironisai-je en le suivant dans le couloir jusqu'à la pièce qu'il partageait avec Catcher. Tu ne te laisserais jamais aller à ce genre de futilité.

— Jamais, affirma-t-il en franchissant le seuil.

Il prit place derrière l'un des quatre bureaux métalliques style années 1950 qui meublaient la salle, alignés deux par deux. Sur celui de Jeff, claviers et écrans s'amoncelaient en un enchevêtrement digne d'une créature de Frankenstein. Au sommet trônait une peluche qui, d'après ce que l'on m'avait dit, représentait Cthulhu, le monstre inventé par H.P. Lovecraft.

— Alors, ce cours de claquettes ? lança d'un ton sarcastique une voix provenant du fond de la pièce.

Je découvris Catcher caché derrière un ordinateur portable, assis au bureau qui faisait face à celui de Jeff, les mains croisées sur son crâne rasé. Il affichait une expression amusée, les sourcils arqués au-dessus de ses yeux verts, le coin des lèvres relevé. Je trouvais Catcher exaspérant, grossier et très dur en tant qu'entraîneur, mais je devais bien avouer qu'il était incroyablement beau. Pas de doute, Mallory avait tiré le gros lot.

— C'était du hip-hop, le corrigeai-je, pas des claquettes. Pas terrible. Ta copine a failli casser la figure de la prof, mais, à part ça, c'était plutôt barbant.

Je posai une fesse sur le rebord métallique d'un des bureaux inoccupés. Étant donné que seuls Catcher et Jeff travaillaient dans cette pièce, grand-père et Marjorie ayant d'autres endroits à disposition, je ne comprenais pas vraiment l'utilité des quatre bureaux. Catcher et Jeff représentaient respectivement la communauté des sorciers et des métamorphes. Mon grand-père était entré en contact avec un nouvel informateur, un vampire qui ne venait jamais à l'Agence de peur de faire éclater un drame au sein de sa Maison. Il pouvait donc fort bien se passer de bureau. Enfin, il ou elle. Ou ça. Je ne savais pas quel pronom employer.

Catcher s'adressa à moi :

— Elle a failli casser la figure à la prof ?

— En tout cas, elle en mourait d'envie, et je la comprends. Barbie Aérobic est difficile à supporter plus de cinq minutes. Tu peux dire merci à mes talents de diplomate. Grâce à eux, on a évité la bagarre.

Un bruit de pas résonna dans le couloir. Je vis bientôt apparaître mon grand-père dans l'encadrement de la porte, vêtu de son éternelle chemise de flanelle à motifs écossais et d'un pantalon confortable. Il portait aux pieds des chaussures à semelle épaisse.

— Tiens, on parlait justement de talents de diplomate, dis-je en sautant au sol.

Mon grand-père s'avança pour me prendre dans ses bras. Je lui rendis son étreinte, veillant à ne pas serrer trop fort au risque de lui briser quelques côtes. Je ne maîtrisais pas encore tout à fait ma force de vampire.

— Bonjour, grand-père.

— Mon bébé, murmura-t-il avant de m'embrasser sur le front. Comment va ma citoyenne surnaturelle préférée en cette belle soirée de printemps ?

— Je suis vexé, Chuck, intervint Catcher d'un ton cassant en croisant ses bras sur la poitrine. Je croyais que c'était moi ton préféré.

— Non mais sérieusement, intervint Jeff en nous regardant depuis un interstice entre deux écrans, on trime nuit et jour…

— En fait, l'interrompit Catcher, seulement la nuit.

— On trime donc toutes les nuits, corrigea Jeff, tout ça pour que les habitants de cette ville soient heureux et que les nymphes se tiennent tranquilles.

Il fit un signe de tête en direction des beautés à demi dénudées qui figuraient sur les nombreux posters fixés aux murs. Ces femmes de petite taille, à la poitrine généreuse, aux yeux de biche et aux longs cheveux, étaient en fait des nymphes des rivières. Elles contrôlaient les bras de la Chicago River. Comme j'avais pu le constater le soir de mon vingt-huitième anniversaire, elles aimaient faire du cinéma. Ce jour-là, une foule de ces créatures avait déboulé chez mon grand-père, toutes complètement hystériques. Il s'était révélé que le soupirant de l'une d'elles l'avait trompée avec une autre nymphe. On avait alors assisté à un vrai combat de chattes en furie : les demoiselles avaient commencé à planter leurs ongles dans la chair de leurs rivales, les injures avaient volé, et elles avaient versé des cascades de larmes. De façon surprenante, notre Jeff avait réussi à calmer le jeu. Même si j'avais du mal à l'admettre, il savait indéniablement parler aux femmes.

— On se rend tous compte à quel point ce boulot peut être difficile, ajoutai-je en adressant un clin d'œil à Jeff.

Le rouge lui monta aussitôt aux joues.

— Qu'est-ce qui t'amène ? me demanda mon grand-père.

— Attends, moi, je sais, s'exclama Catcher en faisant jouer ses mains au-dessus d'une boule de cristal imaginaire, les paupières closes. Merit va changer… de code postal ! (Il rouvrit les yeux.) Si tu voulais aller à Hyde Park, tu es descendue un peu trop au sud.

— Je retarde l'échéance, admis-je.

Le soir précédant la cérémonie de Recommandation qui devait officialiser mon entrée dans la Maison et changer ma vie à jamais, j'étais allée chercher du réconfort auprès de mes amis et de mes proches. Je faisais la même chose aujourd'hui.

L'expression de Catcher s'adoucit.

— Tu as bouclé tes valises ?

Je hochai la tête.

— Elles sont dans la voiture.

— Tu vas lui manquer, tu sais.

J'esquissai un signe d'assentiment. Je n'en doutais pas, mais l'entendre de sa bouche me faisait plaisir. Il n'était pas du genre sentimental, ce qui ne conférait que davantage de valeur à ses paroles.

Mon grand-père posa une main sur mon épaule.

— Tout ira bien, mon bébé. Je te connais, tu es volontaire et entêtée. Ce sont des qualités qu'Ethan apprendra à apprécier.

— Au bout d'un certain temps, marmonna Catcher. Dans un millier d'années, peut-être.

— Un million d'années, renchérit Jeff.

Je pointai le doigt sur mon torse.

— Je suis immortelle, leur rappelai-je. On a tout notre temps. D'ailleurs, je ne voudrais pas rendre la tâche trop facile à Ethan.

— Je crois que ce ne sera pas un problème pour toi, ironisa mon grand-père en me jetant un regard complice. Est-ce que tu pourrais faire une faveur à ton Papou et lui donner quelque chose de notre part ?

Je rougis à la mention du nom que j'utilisais pour l'appeler lorsque j'étais petite. Je ne parvenais alors pas à dire « grand-père ».

— Bien sûr, avec plaisir, répondis-je.

Il adressa un signe à Catcher. Celui-ci ouvrit un tiroir grinçant duquel il tira une épaisse enveloppe de grand format scellée à l'aide d'un nœud de ficelle rouge.

Les tampons «CONFIDENTIEL» et «NIVEAU 1» y avaient été apposés, s'étalant à l'encre noire sur l'emplacement habituellement réservé à l'adresse. Dans le jargon de l'Agence de Médiation, «niveau 1» signifiait «top secret». Mon grand-père me laissait accéder à toutes sortes d'informations, mais pas à celles-ci.

Catcher me tendit la lettre.

—Prends-en bien soin.

Je hochai la tête et m'emparai de l'enveloppe. D'une épaisseur de près de trois centimètres, elle pesait plus lourd que ce que j'avais imaginé.

—Je suppose que la messagère n'a pas l'autorisation de jeter un coup d'œil à son contenu?

—Nous te serions reconnaissants de ne pas l'ouvrir, en effet, affirma mon grand-père.

—Sinon, on devrait avoir recours à la violence et, comme tu es la petite-fille de Chuck, ça compliquerait nos relations.

—Je crois que nous pouvons lui faire confiance, rétorqua sèchement mon grand-père, mais j'apprécie ton dévouement.

—Je fais mon boulot, Chuck, rien que mon boulot.

Étant donné qu'on m'avait confié une tâche, je songeai qu'il était temps de me rendre à la Maison. Fini de procrastiner. Après tout, j'avais envie de voir à quoi ressemblait ma nouvelle chambre.

—Sur ce, déclamai-je, je vais vous laisser. (Je montrai la lettre à mon grand-père.) Je m'occupe de la livraison, mais j'aurai sans doute besoin d'un petit quelque chose en compensation.

Il me sourit avec bienveillance.

—Du pain de viande, ça ira?

Il me connaissait décidément par cœur.

Ils appelaient cela « perdre son nom ». Pour devenir un vampire, faire partie d'une Maison et rejoindre l'une des plus anciennes sociétés du monde, société auparavant secrète, on devait tout d'abord renoncer à son identité, effacer l'individu au profit de la collectivité. On affirmait son engagement envers ses nouveaux frères et sœurs en abandonnant son nom de famille, remplacé par le nom de la Maison à laquelle on appartenait désormais. Sa nouvelle famille. Je suppose que j'étais l'exception qui confirmait la règle. Merit était en fait mon patronyme, mais on me surnommait « Merit » depuis des années. La Recommandation n'avait donc rien changé pour moi.

D'après le chapitre 4 du *Canon* intitulé « Qui dirige ? », perdre son nom favorisait l'apprentissage des valeurs communautaires de la société vampire : le sens du sacrifice, de l'autorité et des responsabilités – non pas envers son ancienne famille humaine, mais envers ses nouveaux semblables. Les Maîtres, bien entendu, finissaient par reprendre leurs noms. C'est pourquoi Ethan, celui qui tenait les rênes de Cadogan, se faisait appeler Ethan Sullivan. D'ailleurs, je tiens à préciser que le fait que lécher les bottes des vampires de haut rang constituait la valeur communautaire la plus importante. Je me soumettais à cette règle en effectuant la mission qu'on m'avait confiée. Certes, je me bornais à transmettre une lettre, mais, au vu du destinataire, le fayotage faisait partie intégrante de la tâche.

Le bureau d'Ethan était situé au rez-de-chaussée de Cadogan. J'avais traîné des pieds pour m'y rendre et, une fois sur place, je me retrouvai avec mes sacs dans les bras devant une porte fermée. Retardant encore l'inévitable, j'attendis quelques instants avant de frapper. Je m'y résignai finalement, et un simple « Entrez » répondit aux efforts démesurés que je venais de fournir. J'ouvris et franchis le seuil.

Comme le reste de la Maison Cadogan, la pièce qu'occupait Ethan, avec sa décoration à l'élégance un rien prétentieuse, collait parfaitement à l'image huppée de Hyde Park. À ma droite se trouvait un bureau, à ma gauche un coin salon, et tout au fond trônait une immense table de réunion. Une rangée de fenêtres ornées de rideaux de velours la surplombait. Les murs étaient couverts d'étagères encastrées, garnies de souvenirs et d'antiquités collectés par Ethan au cours de ses trois cent quatre-vingt-quatorze années d'existence.

Ethan Sullivan, le Maître de Cadogan, celui qui avait fait de moi une vampire, était assis à son bureau. Le téléphone portable collé à l'oreille, il avait les yeux rivés sur les dossiers étalés devant lui. J'avais l'impression que la présence de multiples papiers était indissociable de sa personne. À l'évidence, la position de Maître impliquait un lourd travail administratif.

Ethan était vêtu d'un costume noir à la coupe impeccable avec une chemise immaculée dont le col ouvert laissait entrevoir un médaillon doré. Les vampires portaient ce type de pendentif pour indiquer à quelle Maison ils appartenaient. Aujourd'hui, ses cheveux blonds mi-longs tombaient librement sur ses épaules, quelques mèches ramenées derrière l'oreille.

Même si je rechignais à l'admettre, avec son beau visage, ses pommettes finement dessinées, sa mâchoire parfaitement ciselée et ses yeux d'un incroyable vert émeraude, Ethan était très séduisant. Son corps n'était pas mal non plus. J'en avais entrevu une grande partie lorsque je l'avais surpris en train de batifoler avec Amber, l'ancienne consorte de

Cadogan. Malheureusement, peu après cet incident, on avait appris qu'Amber avait aidé Célina dans sa tentative de prendre le pouvoir sur les Maisons de Chicago.

—Tu emménages? demanda-t-il à la vue de mes bagages.

—Oui.

Ethan hocha la tête en signe d'approbation.

—C'est une bonne décision, lâcha-t-il d'un ton morne.

Il avait emprunté une expression détachée et condescendante, comme s'il me reprochait implicitement d'avoir hésité si longtemps à rejoindre la Maison Cadogan, alors que j'avais tergiversé pendant à peine deux mois. Je m'attendais un peu à cette réaction. Je m'abstins de riposter face à ce manque évident d'enthousiasme. Je connaissais les limites à ne pas dépasser, même si je les repoussais de temps à autre. Je savais qu'il valait mieux éviter de trop titiller un Maître vampire âgé de près de quatre cents ans.

Je posai mes sacs, ouvris celui qui contenait la lettre confidentielle, et la lui tendis.

—Le Médiateur m'a chargée de te transmettre ceci.

Ethan leva un sourcil interrogateur avant de saisir le courrier. Il défit le lien qui le cachetait, déchira le rabat et jeta un coup d'œil furtif à l'intérieur. Ses traits se détendirent. Je ne connaissais pas le contenu du pli, mais, apparemment, Ethan l'appréciait.

—S'il n'y a rien d'autre…, fis-je en me baissant vers les sacs posés au sol.

Il ne me gratifia pas même d'un regard.

—Tu peux disposer, lança-t-il d'un air absent.

Il avait commencé à feuilleter la liasse de documents qu'il avait sortie de l'enveloppe.

Je n'avais guère vu Ethan dernièrement et m'étais préparée à une probable altercation. Finalement, cette entrevue ne m'avait pas paru insurmontable.

Ayant accompli mon devoir familial, je me dirigeai vers le couloir réservé à l'administration de Cadogan, au rez-de-chaussée. Helen était assise à son bureau lorsque j'entrai. Bénéficiant apparemment d'une entorse au règlement qui stipulait le port d'une tenue noire, Helen était vêtue d'un élégant tailleur rose, de la même teinte que la quasi-totalité de l'endroit. Des classeurs remplis de documents étaient alignés sur des étagères en bois. Disposés devant Helen se trouvaient un buvard, un pot à crayons ainsi qu'un calendrier sur lequel elle avait noté rendez-vous et événements divers d'une écriture soignée en utilisant différentes couleurs. Ses doigts parfaitement manucurés enroulés autour du combiné, elle parlait dans le micro de son téléphone de princesse tout en prenant garde de ne pas décoiffer son impeccable coupe au carré.

— Merci, Priscilla. Je vous en suis reconnaissante. Au revoir. (Elle raccrocha avec précaution, joignit les mains et me sourit.) C'était Priscilla, l'agent de liaison de Navarre. Nous organisons une rencontre cet été entre les différentes Maisons.

Elle jeta un regard inquiet à la porte restée ouverte puis se pencha vers moi :

— Pour être franche, ta relation avec Morgan a fait des miracles pour l'entente entre les Maisons.

Morgan Greer, mon soi-disant petit ami, occupait désormais la fonction de Maître de Navarre après avoir été Second lorsque Célina dirigeait la Maison. Il avait été promu à ce rang après que cette dernière eut été capturée. D'après ce que j'avais compris, le titre de Second équivalait à celui de vice-président, pour les vampires. Un dénommé Malik officiait en tant que Second à Cadogan. Il semblait

37

plutôt travailler en coulisse mais, de toute évidence, il bénéficiait de l'entière confiance d'Ethan.

Ne désirant pas paraître impolie, j'esquissai un sourire et me retins de corriger sa version de ma « relation » avec Morgan.

— Je suis ravie d'avoir pu être utile, annonçai-je avant de désigner les sacs que je portais. J'ai apporté mes bagages, vous voulez bien me montrer ma chambre ?

Elle m'adressa un large sourire.

— Bien sûr. Ta chambre est au premier étage, vers l'arrière du bâtiment.

J'avais beau supporter le poids de mes sacs, j'éprouvai un soulagement tel que je me sentis plus légère. Le premier étage de la Maison Cadogan comprenait, entre autres, la bibliothèque, la salle à manger et une salle de bal utilisée lors des réceptions. Les appartements d'Ethan, eux, se situaient au deuxième étage, ce qui signifiait qu'un niveau nous séparerait. Je manquai de sauter de joie, mais, considérant l'endroit où je me trouvais, je me contentai d'exulter intérieurement.

Helen me donna un classeur bleu marine dont la couverture portait le sceau caractéristique de Cadogan.

— Voici le règlement intérieur, les plans, les informations relatives au parking, les menus de la cafétéria, etc. La plupart de ces renseignements sont disponibles sur Internet, bien entendu, mais nous préférons en fournir une version papier aux Novices.

Elle se leva vivement, et, me regardant d'un air impatient, ajouta :

— Si nous y allions ?

J'acquiesçai, répartis plus confortablement le poids de mes bagages et la suivis jusqu'au fond du couloir, où elle emprunta un escalier étroit. Arrivées au premier étage, après avoir tourné et tourné, on s'arrêta devant une porte de bois sombre à laquelle était accroché un panneau d'affichage. Au-dessus était fixée une plaque sur laquelle on pouvait lire «MERIT, SENTINELLE».

Helen plongea la main dans une poche de sa veste et en tira une clé qu'elle introduisit dans la serrure. Elle fit pivoter la poignée, ouvrit et me laissa passer.

—Bienvenue chez toi, Sentinelle.

3

Top monster

J e franchis le seuil, posai mes sacs et examinai la pièce du regard. De taille modeste, carrée, elle était chichement meublée. Un lambris de la même teinte foncée que le parquet ciré ornait les murs jusqu'à mi-hauteur. Au fond de la chambre, surplombant un fauteuil, se trouvait une fenêtre dont les volets pliants étaient fermés. Une petite table de chevet siégeait à côté du lit en fer forgé à ma gauche. À ma droite, il y avait un bureau encadré par deux portes, l'une d'elles agrémentée d'un miroir en pied. Une bibliothèque était installée le long du mur qui jouxtait l'entrée.

Globalement, ça ressemblait à une chambre d'internat. Destinée à une vampire de vingt-huit ans.

— Tu as besoin d'autre chose ?

Je retournai son sourire à Helen.

— Non, ça ira. Merci d'avoir pu préparer la chambre aussi rapidement.

Mes rétines, encore choquées de la vue de Catcher et Mallory en pleine action, appréciaient également.

— De rien, ma chère. Les repas sont servis à la cafétéria au crépuscule, à minuit, et deux heures avant l'aube. (Elle consulta sa montre.) Il est un peu trop tard pour le deuxième service, et un peu trop tôt pour le troisième. Est-ce que tu veux que je te trouve de quoi manger ?

— Non merci. J'ai grignoté quelque chose en route.

Et pas n'importe quoi : le meilleur pain de viande de tout Chicago. Un pur délice.

— Bon, d'accord. Si tu as besoin de quoi que ce soit, il y a toujours de quoi se restaurer dans les cuisines de chaque étage, et tu peux te servir parmi les poches de sang dans le réfrigérateur. Au cas où tu désirerais quelque chose d'autre, tu peux demander au personnel de service.

— D'accord. Merci beaucoup.

Helen sortit et referma derrière elle. J'éclatai de rire en voyant ce qui se cachait derrière le battant de la porte. Un poster de la Maison Navarre y était affiché, représentant Morgan grandeur nature, les bras croisés. Il était vêtu d'un jean et d'une chemise, des bottes noires aux pieds, les poignets ornés de bracelets de cuir. Il avait laissé pousser ses cheveux. Sur cette photo, ils formaient un halo ébouriffé autour de son très beau visage aux pommettes finement sculptées et au menton marqué d'une fossette. Sous des sourcils foncés très fournis, ses yeux bleu nuit semblaient me regarder de manière troublante entre des cils incroyablement longs. Apparemment, les relations d'Helen avec le bureau de liaison de Navarre ne s'étaient pas bornées à la simple organisation d'un pique-nique estival. Je n'allais pas manquer cette occasion de taquiner Morgan. Je plongeai la main dans ma poche, en sortis mon téléphone portable et composai son numéro.

— Allô ?

— Bonjour, dis-je. J'aimerais commander une photo porno de la Maison Navarre, s'il vous plaît. Si possible un poster taille réelle de ce sublime Maître vampire aux yeux rêveurs.

Il gloussa.

—Tu as trouvé mon cadeau de bienvenue?

—Ce n'est pas un peu étrange, pour quelqu'un de Navarre, d'offrir un cadeau de bienvenue à une vampire Cadogan? questionnai-je tout en inspectant ce qui se cachait derrière les portes du mur de droite.

La première révéla une penderie exiguë dans laquelle étaient suspendus une dizaine de cintres en bois. Derrière la seconde, je découvris une étroite salle de bains équipée d'une baignoire sur pieds avec pommeau de douche ainsi que d'un lavabo à colonne.

—Pas s'il s'agit de la plus jolie vampire de la Maison.

Je grommelai, refermai la porte, puis posai mes bagages sur le lit.

—Épargne-moi tes compliments à deux balles.

—N'avons-nous pas partagé une énorme pizza samedi soir?

—Si, je l'avoue.

—Alors mes compliments à deux balles ne marchent pas si mal. (J'émis un ricanement sarcastique, mais il avait marqué un point.) Je dois y aller, une réunion m'attend, et on ne plaisante pas avec le Maître, ici. Une vraie peau de vache à cheval sur les horaires.

—Ça ne m'étonne pas. Bonne réunion.

—J'adore les réunions. Au nom de la Maison Navarre ainsi que du Registre des Vampires d'Amérique du Nord, que tes jours à la Maison Cadogan soient nombreux et fructueux. Que la paix soit avec toi. Longue vie et prospér…

—Au revoir, Morgan, lançai-je entre deux éclats de rire.

Après avoir raccroché mon téléphone, je le glissai dans ma poche. On pouvait débattre du fait que Morgan avait manigancé notre premier rendez-vous. Cela avait été le fruit d'un compromis politique passé en présence de pas moins de cinquante vampires. Cet événement remontait à quelques semaines et, comme Morgan l'avait souligné, nous avions partagé quelques pizzas depuis lors. Je n'avais clairement rien fait pour l'éconduire, mais ne l'avais pas non plus encouragé. Impossible de le nier, j'appréciais Morgan. Je le trouvais drôle, charmant, intelligent, et terriblement séduisant. Cependant, je ne pouvais m'empêcher de me montrer distante, comme si je n'avais pas totalement baissé la garde.

Peut-être qu'il manquait la petite étincelle. Ou bien je me réservais une porte de sortie. Morgan appartenait à Navarre et, en tant que Sentinelle, j'étais censée ne jamais relâcher mon attention. Je travaillais en permanence au service de la Maison Cadogan. Ou alors, autre hypothèse, je demeurais réticente parce qu'il m'avait extorqué ce premier rendez-vous devant Ethan, Scott Grey, Noah Beck – le chef des vampires indépendants –, ainsi que la moitié des résidents de la Maison Cadogan. Ouais, c'était peut-être ça. Ou quelque chose de plus profond. Bizarrement, l'idée de sortir avec un vampire, avec toutes les complications politiques et sentimentales qui s'ensuivaient, ne m'enchantait guère. Je supposais que chacune de ces raisons était susceptible d'expliquer pourquoi la situation me semblait étrange, pourquoi j'appréciais la compagnie de Morgan tout en étant incapable de me laisser aller totalement, malgré l'enthousiasme dont il faisait preuve. Étant donné que je ne résoudrais sans doute pas ce problème aujourd'hui, je décidai de penser à autre chose et reportai mon attention sur mes sacs, toujours intacts sur le petit lit. Je les ouvris et me mis au travail.

Je commençai par déballer mes livres, stylos et diverses fournitures ainsi que mes bibelots, puis les disposai sur les étagères de la bibliothèque. Je rangeai ensuite mes affaires de toilette dans le placard de la salle de bains, et mes vêtements pliés dans le bureau. J'accrochai mes chemises et pantalons sur les cintres en bois dans la penderie, puis fourrai sans ménagement mes chaussures dans la partie inférieure.

Une fois que j'eus vidé mes bagages, je remontai la fermeture Éclair. Sentant un renflement dans l'une des poches intérieures, j'arrêtai mon geste. Après avoir fouillé, je sortis un petit paquet enveloppé de papier brun. Ne résistant pas à la curiosité, j'ôtai le ruban adhésif et défis l'emballage, qui dévoila un cadre contenant un morceau d'étoffe. Le message « LES VAMPIRES SONT DES GENS COMME LES AUTRES » y avait été brodé au point de croix.

Je n'étais pas tout à fait certaine de saisir le sens de la phrase mais, comme cadeau de bienvenue, j'aurais pu m'attendre à pire. L'intention était louable. Je devrais penser à remercier Mallory la prochaine fois que je la verrais.

J'avais à peine fini de ranger les sacs vides dans le tiroir inférieur du bureau que le bipeur que je portais à la ceinture se mit à vibrer. Ce type d'instrument faisait partie de l'équipement de base des gardes Cadogan et était destiné à répondre rapidement aux urgences spécifiques à notre espèce. Étant donné que je résidais désormais de manière officielle dans la Maison et non plus vingt minutes au nord, j'étais en capacité de réagir en un temps record.

Je décrochai mon bipeur de son support et consultai l'écran, sur lequel s'affichaient les mots suivant : « SL OP. 911 ».

Pas très poétique, mais clair comme de l'eau de roche : en raison d'une urgence, nous devions nous rassembler dans la salle des opérations, le QG des gardes situé au sous-sol. Je fixai de nouveau le bipeur à ma ceinture, m'emparai de mon katana, puis me dirigeai vers l'escalier.

— Je me fiche qu'ils vous prennent en photo, qu'ils vous demandent un autographe ou vous offrent à boire ! C'est totalement inacceptable !

Ces aboiements provenaient de Luc, le Capitaine de la Garde Cadogan, et nous étaient destinés. En fin de compte, l'urgence, qui certes nous concernait, s'était déroulée pendant la journée. Cette conférence en était la conséquence malheureuse.

Je me retrouvai ainsi assise à l'immense table futuriste de la non moins futuriste salle des opérations, pièce digne d'un film de science-fiction, en compagnie de Peter, Juliet, Lindsey et Kelley. Nous formions l'ensemble des gardes – dont une Sentinelle – responsables de la sécurité des Novices Cadogan.

Un vampire aux allures de cow-boy, les cheveux en bataille tirant sur le blond, nous reprochait l'attitude désinvolte que notre récente popularité avait généralisée au sein de notre communauté. Bref, l'ambiance n'était pas particulièrement festive.

— On fait de notre mieux, riposta Juliet, une rousse mutine qui était devenue vampire bien avant ma naissance. Les journalistes ont suivi Lindsey sans relâche la semaine dernière, ajouta-t-elle en pointant du doigt ladite Lindsey, une jolie blonde aux reparties cinglantes qui, heureusement, était de mon côté.

— Bien sûr, railla Luc en soulevant un exemplaire du *Chicago World Weekly*. On en a des preuves.

Il tourna le journal pour nous montrer la couverture : une photo pleine page de Lindsey. Elle y apparaissait les cheveux ramenés en queue-de-cheval, comme à son habitude. Vêtue d'un jean de créateur, juchée sur des chaussures à talons aiguilles, des lunettes de soleil surdimensionnées sur le nez, elle marchait en souriant à quelqu'un. J'étais persuadée que ce sourire était destiné à l'un des vampires récemment entrés en même temps que moi à Cadogan. Au grand regret de Luc, Lindsey et Connor avaient commencé à flirter peu après la cérémonie qui nous avait tous deux initiés.

—Ce n'est pas tout à fait l'uniforme de Cadogan, fit remarquer Luc.

—Ce jean est d'enfer, murmurai-je.

—Tu as vu ça, un peu? répliqua Lindsey. (Elle se tourna vers moi, la mine réjouie.) Je l'ai trouvé en solde, en plus.

—Ce n'est pas en montrant ton petit cul sur la couverture du *Weekly* que tu vas conquérir mon cœur, Boucle d'Or, lança Luc.

—Alors mon plan a fonctionné.

Luc grogna, à bout de patience.

—C'est vraiment le mieux que tu puisses faire pour ta Maison?

J'imaginais que l'antipathie palpable entre Lindsey et Luc provenait de la passion secrète et dévorante qu'elle entretenait pour lui, même s'il aurait été difficile de l'affirmer vu le regard à l'éclat menaçant avec lequel elle le considérait. Elle leva la main et se mit à compter sur ses doigts.

—Premièrement, je n'ai pas demandé à être prise en photo. Deuxièmement, je n'ai pas demandé à être prise en photo. Troisièmement, je n'ai pas demandé à être prise en photo. (Elle haussa les sourcils à l'intention de Luc.) Je me fais comprendre? Enfin, ce mythe comme quoi on n'apparaît pas sur les photos, c'est vraiment n'importe quoi.

Luc marmonna quelque chose au sujet de l'insubordination en se passant la main dans les cheveux.

—Bon, écoutez, nous vivons un moment crucial. Le monde connaît notre existence, le Congrès a ordonné des enquêtes sur nous, et maintenant les paparazzis sont à nos trousses. Nous avons également appris que, dans quelques semaines, Gabriel Keene en personne, le chef de la Meute des Grandes Plaines, visitera notre belle ville.

— Keene va venir ici ? s'exclama Peter en se penchant en avant, coudes sur la table. À Chicago ?

Peter, un homme grand et mince aux cheveux bruns, semblait avoir la trentaine. Son style discret mais soigné et la sérénité qu'il affichait indiquaient qu'il n'avait sans doute pas manqué d'argent au cours de sa vie, que ce soit l'actuelle ou la précédente.

— Oui, à Chicago, confirma Luc. Les humains ne sont peut-être pas au courant de l'existence des métamorphes, mais nous, si, malheureusement.

Des ricanements s'élevèrent dans l'assistance. Vampires et métamorphes ne s'appréciaient pas particulièrement, et les tensions entre les deux groupes avaient plutôt tendance à s'accroître. J'avais entendu dire que Gabriel allait venir à Chicago afin d'étudier les possibilités de faire de la ville un futur lieu de conférence pour les siens. Les nouvelles diffusées chaque jour parmi les gardes Cadogan avaient mentionné cette visite à plusieurs reprises, énonçant l'éventualité de grands rassemblements de métamorphes dans l'agglomération.

— Bon, ne soyons pas naïfs : notre célébrité ne va certainement pas durer. Les humains sont plutôt lunatiques, et je ne dis pas ça pour t'offenser, Sentinelle, vu que tu étais encore des leurs il n'y a pas si longtemps. Mais on sait ce qui arrive quand ils sont en rogne contre nous.

Luc faisait référence aux Purges, version vampire de la chasse aux sorcières. L'Europe en avait connu deux vagues, la première en Allemagne en 1611, et la seconde en France en 1789. Des milliers de vampires avaient alors péri empalés, brûlés, ou éventrés et laissés pour morts. Bien qu'ayant découvert ce qui se déroulait lors de la Seconde Purge, les métamorphes n'étaient pas intervenus, d'où l'animosité qui existait désormais entre les deux clans.

— Le clou de l'histoire, poursuivit Luc, c'est qu'apparemment le *Weekly* projette de publier une série de reportages approfondis sur les activités clandestines des vampires.

— Quelles activités clandestines? s'étonna Kelley.

— C'est exactement ce que je suis sur le point d'apprendre, annonça Luc en désignant le plafond. Je dois rencontrer notre Maître à tous dans quelques minutes. Mais avant que je m'entretienne avec ce grand homme, je vais vous rappeler certaines choses que vous semblez avoir oubliées. Nous devons satisfaire notre Maître, et non alourdir le fardeau qu'il porte déjà sur les épaules. Dorénavant, vous devrez assumer votre rôle de représentants de Cadogan dans le monde humain, puisque ce n'était vraisemblablement pas le cas jusqu'ici. Vous devrez donc adopter un comportement digne de votre Maison. (Il plissa les paupières en se tournant vers Lindsey.) Et si ça veut dire arrêter de faire la fête avec les petits nouveaux, tant pis.

Elle lui décocha un regard à la fois agressif et offensé, mais s'abstint de riposter.

Supposant sans doute qu'elle avait retenu la leçon, Luc s'adressa de nouveau au reste du groupe :

— Tous vos faits et gestes hors de la Maison ont des conséquences sur la façon dont nous tous sommes perçus, surtout maintenant que nos fesses font la une des journaux. Ça signifie que vous risquez d'être sollicités pour parler de Cadogan et des vampires.

Il ouvrit un dossier placé devant lui et en sortit une liasse de papiers qu'il transmit à Lindsey, sa plus proche voisine. Elle saisit une feuille avant de faire passer le reste de la pile.

— Des éléments de langage ? intervint Kelley, prononçant à haute voix le titre qui s'étalait sur l'en-tête du document.

Avec son teint pâle, ses cheveux d'un noir de jais et ses yeux légèrement bridés, Kelley dégageait un charme exotique. L'air peu convaincu, elle tenait délicatement le papier du bout des doigts.

— Des éléments de langage, confirma Luc en hochant la tête. Vous trouverez dans cette liste les réponses que vous êtes autorisés à formuler face à un journaliste qui tenterait de vous entraîner sur un terrain politiquement sensible. Quand je dis « autorisés », vous pouvez considérer que vous êtes « tenus » de vous limiter à ces sujets. Lisez, mémorisez, et récitez correctement. C'est compris ?

— Oui, Capitaine, affirma docilement l'assistance d'une seule voix.

Sans prendre la peine de répondre, Luc se leva et commença à rassembler les documents qui étaient étalés sur la table devant lui, signalant la fin de la réunion. On repoussa tous nos chaises. Je me redressai, pliai la feuille qu'il nous avait donnée et m'apprêtais à sortir lorsque Luc m'appela. Se dirigeant vers la porte, il me fit signe de le suivre.

Et zut. J'avais une petite idée de ce qui m'attendait. Deux fois dans la même journée…

— Sentinelle, viens avec moi.

J'expirai lentement afin de me préparer psychologiquement à un tête-à-tête avec le vampire le plus obstiné du monde.

— Tout de suite, Capitaine, fis-je en fourrant le document dans une poche de ma veste.

Je resserrai la ceinture dans laquelle j'avais glissé mon katana. Lindsey m'adressa un sourire compatissant auquel je répondis par un hochement de tête, puis j'emboîtai le pas à Luc. Je montai l'escalier qui menait au rez-de-chaussée, avant d'emprunter le couloir jusqu'au bureau d'Ethan. La porte était fermée. Luc l'ouvrit sans frapper, et je rajustai le bas de ma veste noire avant de le suivre.

Ethan était au téléphone. Il nous salua en inclinant le menton et leva son index pour indiquer que l'appel ne durerait plus très longtemps.

— Bien sûr, dit-il à son interlocuteur, je comprends parfaitement.

Il désigna les deux chaises disposées face à son bureau. Luc obtempéra et s'installa sur celle de droite. Je pris celle de gauche.

— Oui, Monseigneur, poursuivit-il. J'ai cette information sous les yeux en ce moment même.

En tant que Maître de la Maison Cadogan, Ethan bénéficiait du titre honorifique de « Sire ». Je n'avais encore jamais entendu l'appellation de « Monseigneur ». Je lançai à Luc un regard inquisiteur. Il se pencha vers moi.

— Darius, souffla-t-il.

Je baissai légèrement la tête pour lui faire comprendre que j'avais saisi. Il s'agissait de Darius West, le directeur du Présidium de Greenwich.

— Nous avons évoqué cette possibilité, affirma Ethan en griffonnant quelque chose sur un bloc-notes qui était posé sur son bureau, mais vous connaissez les risques que cela comporte. Personnellement, je le déconseille.

Ethan effectua de nouveaux gestes d'approbation, puis raidit les épaules et leva les yeux. Il les braqua droit sur moi.

— Oui, poursuivit-il, son troublant regard émeraude rivé au mien, on peut sans doute explorer cette voie.

Je déglutis, peu rassurée d'imaginer que j'étais une « voie » à « explorer ».

—Fais-toi à l'idée que tu ne vas pas aimer ce qui va suivre, murmura Luc à mon oreille.

—Ça, je veux bien te croire, approuvai-je à voix basse.

Ethan conversa encore quelques minutes avec son interlocuteur avant d'échanger les formules de politesse d'usage. Après avoir reposé le combiné sur son socle, il nous observa, une fine ligne barrant son front. J'avais déjà eu l'occasion de remarquer cette ride par le passé, et généralement, ça n'annonçait rien de bon.

—Apparemment, le *Chicago World Weekly* s'intéresse de très près aux vampires, commença-t-il. Ils enquêtent sur les raves et veulent publier une série de trois reportages sur le sujet, à raison d'un par semaine à partir de vendredi prochain.

—Et merde, s'exclama Luc.

Il échangea un regard entendu avec Ethan, signifiant qu'il comprenait l'étendue du problème.

Je subodorai qu'il s'agissait des détails relatifs aux « activités clandestines » que Luc avait évoquées plus tôt. Malheureusement, le sens de la discussion m'échappait. Catcher avait déjà mentionné ces raves devant moi. Il avait toutefois refusé de me fournir la moindre explication. J'avais alors compulsé le *Canon*, qui ne m'avait rien appris. J'ignorais en quoi consistaient ces soirées, mais les vampires rechignaient manifestement à aborder le sujet.

Je levai la main.

—Des raves ? Ils vont enquêter sur des fêtes ?

—Ce ne sont pas des fêtes, corrigea Luc. En fait, les humains nous ont emprunté ce terme. Pour les êtres surnaturels, les raves sont bien des sortes de rassemblements, mais beaucoup plus…

Sa voix s'éteignit. Il remua inconfortablement sur sa chaise, puis regarda Ethan, qui à son tour posa ses yeux sur moi.

— Sanglants, énonça Ethan d'un ton détaché. Beaucoup plus sanglants que des fêtes.

Il expliqua que les raves, version vampire des mobilisations éclair, encore appelées « *flash mobs* », s'apparentaient à des orgies. Les vampires étaient informés du lieu et de l'heure du rendez-vous par le biais d'Internet, et ils y retrouvaient un groupe d'humains. Des humains qui étaient convaincus de notre existence avant que celle-ci ait été rendue publique et qui brûlaient du désir de nous approcher, de céder à l'attrait de notre funeste mystère.

Bien sûr, entre les autocollants, les drapeaux, et Lindsey en reine de la mode à la une des magazines, on pouvait légitimement penser que notre « funeste mystère » avait été partiellement éventé.

— Ils veulent faire partie de notre monde, voir et être vus, poursuivit Ethan, mais ils n'ont pas forcément envie de sentir nos crocs à proximité de leur carotide. Pourtant, c'est ce qui se passe. Les vampires boivent.

— Ils s'enivrent, précisa Luc.

— Certains humains sont sûrement consentants, avançai-je en considérant tour à tout Luc et Ethan. Ils se rendent de leur plein gré à une réunion de vampires, ce n'est pas tout à fait comme s'ils allaient à un pique-nique. On a tous vu *Underworld*. Je suis persuadée qu'il y en a pour qui ce genre de choses est… attirant.

Ethan approuva.

— Certains humains sont consentants parce qu'ils éprouvent le désir de gagner les faveurs des vampires. Ils croient qu'ils pourront jouer le Renfield de *Dracula*, devenir des serviteurs. D'autres recherchent l'expérience érotique.

— Ils trouvent ça excitant, résuma Luc.

— Exactement, ça les excite de flirter avec notre monde, précisa Ethan d'un ton acerbe. Cependant, les raves se déroulent à l'insu des Maîtres vampires. On peut penser qu'en acceptant la compagnie de nos semblables ces humains sont d'accord pour une gorgée ou deux. Le problème, c'est que, lorsque des vampires se montrent capables de se livrer à ce genre d'activités alors qu'elles sont prohibées par les Maisons, il ne faut pas espérer qu'ils obéissent à un individu qui leur demanderait d'arrêter de boire. (Il m'adressa un regard solennel.) Et quand du sang humain est en jeu, le consentement est capital.

Ce dernier point ne m'était pas étranger. J'avais moi-même été dans l'impossibilité de donner mon accord. Ethan avait fait de moi une immortelle pour me tirer des griffes des sbires de Célina et n'avait disposé que d'une demi-seconde de réflexion. J'étais consciente qu'être mordu sans l'avoir désiré s'apparentait à subir un viol… surtout si le vampire ne se contentait pas d'une ou deux gorgées.

— Les humains y perdent une certaine quantité de sang, reprit Luc. Et comme si ça ne suffisait pas, les vampires tentent souvent d'user de leurs pouvoirs pour leur faire oublier l'agression surnaturelle qu'ils viennent de subir. Et pour dire les choses franchement, ceux qui participent à ces raves ne figurent pas parmi les plus raffinés d'entre nous, ce qui signifie qu'en matière de charme ils laissent à désirer.

La capacité à séduire un humain, à le manipuler, constituait un indicateur de l'étendue du pouvoir psychique d'un vampire, l'un des trois critères utilisés pour mesurer sa puissance, les deux autres étant appelés « Strat » – aptitude à nouer des alliances – et « Physique » – force et techniques de combat. J'étais moi-même une bien piètre charmeuse. En tout cas, mes rares essais ne s'étaient pas montrés concluants.

Cependant, je résistais apparemment de manière étonnante quand quelqu'un exerçait ses talents sur moi, raison pour laquelle Célina Desaulniers ne me portait pas dans son cœur. Elle, la reine des tentatrices, n'était pas parvenue à m'envoûter, ce qui l'avait rendue furieuse.

En résumé, non seulement ces humains servaient d'en-cas contre leur gré, mais, en plus, ils tombaient sous les crocs de vampires médiocres. C'était typiquement le genre d'information qui risquait de déplaire à la population. Je n'en faisais moi-même plus partie depuis deux mois et, pourtant, ces renseignements m'avaient mise mal à l'aise. Les humains avaient accepté de cohabiter avec nous car ils avaient compris qu'on ne les mordait plus pour se nourrir. Ils savaient qu'on leur préférait désormais des poches de sang qui nous étaient offertes par des donateurs, ou livrées par des entreprises comme *Sang pour sang*. Seules quatre Maisons parmi les douze que comptaient les États-Unis perpétuaient le rituel de boire à la source, rituel désormais très codifié : le vampire devait s'abreuver à l'intérieur de la Maison, à l'abri des regards et après avoir obtenu l'accord signé de la victime, en trois exemplaires. Personnellement, je ne me sentais vraiment pas prête à avaler du sang sous une autre forme qu'en sachet plastique.

Les vampires qui buvaient à la veine étaient considérés comme des marginaux. C'était du moins le message véhiculé par Célina lorsqu'elle avait annoncé notre existence. La nouvelle de ces orgies secrètes, même si les humains qui y prenaient part offraient consciemment un peu de leur hémoglobine, était un cauchemar diplomatique prêt à nous éclater à la figure.

Ceux des nôtres qui continuaient à se nourrir à la source étaient normalement tenus de respecter les règles de sécurité.

L'organisation de ces petites fêtes à l'hémoglobine amenait donc une question :

— Quelles Maisons participent à ces raves ?

— En théorie, aucune, marmonna Luc.

Ethan confirma cette déclaration par un signe de tête.

— Comme tu le sais, quelques Maisons encouragent à boire à la veine, enchaîna-t-il. Toutefois, aucune n'approuve ces manifestations.

— Ça pourrait être le fait de quelques individus sournois, ou de Solitaires, compléta Luc. (Il faisait référence aux quelques vampires qui n'appartenaient à aucune Maison.) Ou encore de congénères venant d'autres villes, d'autres pays. Si on fait la somme de tout ça, on obtient un savant assortiment de créatures assoiffées de sang et d'humains naïfs en mal de célébrité. Autant dire que le cocktail est explosif.

Je croisai les bras et considérai Ethan.

— Je saisis l'ampleur du problème, mais pourquoi raconter toute cette histoire à la Sentinelle ? Et pourquoi seulement maintenant ?

— Nous ne souhaitons pas vraiment diffuser ce genre d'information, répondit doucement Ethan. Cependant, maintenant que nous t'avons mise dans la confidence, tu peux certainement nous rendre service.

Il tira un dossier gris du tas de documents étalés sur son bureau et l'ouvrit, révélant une liasse de feuillets rassemblés par un trombone. Un petit portrait en couleurs était fixé à la première page.

— D'après ce que nous savons, ce journaliste mène son enquête. (Ethan détacha l'image et me la tendit.) Je crois que vous vous connaissez.

J'avançai la main, m'emparai de la photo et regardai avec incrédulité le visage familier qui y figurait.

— Salut, Jamie.

4

LE COMITÉ D'ORGANISATION DES FÊTES

— C'est le plus jeune des Breckenridge, révélai-je à Ethan et Luc, qui avait pivoté sur sa chaise pour m'observer alors que j'arpentais le bureau. Le dernier d'une fratrie de quatre. (Je me figeai, baissai les yeux vers la photo que je tenais à la main, et tentai de rassembler mes souvenirs.) L'aîné s'appelle Michael, ensuite il y a Finley, puis Nicholas, qui a trois ans de plus que Jamie.

— Nicholas a le même âge que toi ? interrogea Ethan.

— Oui. Vingt-huit ans, répondis-je en lui jetant un coup d'œil.

— Et combien de temps êtes-vous sortis ensemble ?

Je résistai à l'envie de lui demander comment il avait appris ce petit détail. Ethan, tout comme mon ambitieux de père, avait le bras long, ce qui lui permettait de disposer de toutes sortes d'informations. Ethan pouvait-il être la source anonyme de mon grand-père ? Les renseignements auxquels il avait accès rendaient l'hypothèse plausible.

— Presque deux ans, quand on était au lycée, lui répondis-je.

Nicholas Etherell Arbuckle Breckenridge – bien entendu, ses frères et moi avions pris un malin plaisir à le taquiner au sujet de son nom –, les cheveux bruns légèrement ondulés, les yeux bleus, était très attirant. Il avait joué le rôle de Roméo lorsque nous avions monté la pièce de Shakespeare au lycée, et avait dirigé le journal de l'école. Drôle, sûr de lui, il était cohéritier des *Industries Breckenridge* avec ses frères Michael et Finley, ce qui représentait une petite fortune.

L'entreprise, qui avait été fondée par leur arrière-arrière-arrière-grand-père, produisait des composants en acier pour le secteur de la construction. La famille Breckenridge possédait sans doute une bonne partie du Loop, le quartier d'affaires de Chicago. Bien que très riches, les parents avaient inculqué à leurs enfants la valeur de l'argent. Les garçons avaient ainsi fréquenté l'école publique, avaient travaillé pour se faire de l'argent de poche au lycée et s'étaient payé leurs études. Après l'université, Michael et Finley avaient rejoint la firme familiale, tandis que Nick avait préféré au droit et au commerce un master de journalisme à Northwestern. Après son diplôme, il avait traversé à pied l'Afrique subsaharienne afin d'étudier les impacts de l'aide médicale occidentale. Il avait regagné les États-Unis un prix Pulitzer en poche, puis avait été engagé au *New York Times*.

Jamie était considéré comme le mouton noir de la famille. Et encore, d'un point de vue économique, les moutons se rendaient utiles en produisant de la laine, eux. Mme Breckenridge et ma mère fréquentaient les mêmes clubs proposant des activités aussi variées que le golf, la lecture, le quadrille, le tourisme, l'étude des variétés anciennes d'asperges, etc. Lors d'une de leurs rencontres, Mme Breckenridge avait confié à ma mère que Jamie, dans l'espoir de s'enrichir rapidement, investissait de temps à autre l'argent qu'il piquait dans le porte-monnaie parental dans des projets à haut risque. Il avait ainsi papillonné entre création d'entreprise sur Internet et placements «au succès garanti» dans diverses technologies innovantes : des combines qui n'avaient pas fait long feu, à l'image de son ardeur à l'ouvrage. J'étais surprise de voir Ethan et Luc convaincus que c'était Jamie, et non Nick, qui menait des recherches sur les vampires.

Je m'appuyai contre la table et examinai la photo. Jamie, grand jeune homme aux cheveux bruns, comme ses frères, y apparaissait en train de marcher dans la rue, vêtu d'un jean et d'un tee-shirt, téléphone portable à la main. On devinait à l'arrière-plan un petit bar de quartier que je ne reconnaissais pas. Le visage de Jamie affichait une expression déterminée que je ne lui avais jamais vue.

Je me tournai vers Ethan.

— Comment est-ce que ce gros glandeur s'est retrouvé à battre le pavé pour le compte de la presse à scandale ?

— Luc, encouragea Ethan.

— Est-ce que c'est un gros changement, pour quelqu'un comme lui ? demanda Luc tout en se levant.

Il marcha vers ce que je savais être un minibar intégré dans la bibliothèque et, ayant obtenu l'autorisation d'Ethan, versa un liquide ambré, probablement du whisky, dans un verre ballon. Il le leva en direction d'Ethan, que ce geste eut l'air de vaguement amuser, puis but une gorgée.

— Selon les rumeurs, M. Breckenridge pousse Jamie à faire quelque chose de sa vie, poursuivit Luc. Apparemment, Papa Breck présentait Nicholas, qui a brillamment réussi en dehors du cercle familial, comme un modèle à suivre, ce qui a fini par exaspérer le petit Jamie. Il s'est probablement dit que si son grand frère avait pu percer dans le journalisme, il en serait capable aussi.

Je fronçai les sourcils.

— Peut-être, admis-je, mais ça ne ressemble vraiment pas à Jamie. Il se serait mis à travailler pour un journal à sensation afin de rivaliser avec Nicholas ? en enquêtant sur des vampires ? Sans vouloir vous vexer bien sûr…

— Pas n'importe quels vampires, précisa Ethan en se carrant dans son siège d'un air décontracté. Des célébrités.

— Ou encore mieux, des suceurs de sang profitant de pauvres humains sans défense. (Luc prit place sur le confortable canapé en cuir de l'autre côté de la pièce et fit délicatement tourner le liquide dans son verre.) Pas tout à fait le genre de gros titre que nous souhaiterions voir s'étaler dans la presse, mais l'occasion rêvée pour le jeune Breckenridge de se faire un nom.

— Surtout s'il parvient à divulguer le dernier scoop depuis notre coming out. Par exemple, s'il arrive à montrer que les vampires sont des créatures fondamentalement démoniaques, compléta Ethan en se dirigeant à son tour vers le minibar.

Cependant, au lieu de se servir un verre d'un alcool sans doute hors de prix, il ouvrit un petit réfrigérateur duquel il tira ce qui ressemblait à une brique de jus de fruits. Comme je savais qu'Ethan était du genre à sortir les assiettes en porcelaine et les couverts en argent pour manger un hot-dog, il devait s'agir d'autre chose que du jus de fruits. *Sang pour sang* conditionnait habituellement ses produits en poches plastique à usage médical. Je supposai qu'ils avaient dernièrement étendu leur gamme.

— Peu probable que ça intéresse Nicholas, qui a déjà un Pulitzer à son actif, reprit-il. Jamie, en revanche, le petit dernier des Breckenridge, un jeune homme peu diplômé, peu expérimenté, qui a tout à prouver…

Après avoir énoncé sa théorie, Ethan détacha la paille et l'enfonça dans sa brique de « jus de fruits ».

— C'est un cocktail, expliqua-t-il en se passant la langue sur une canine qui s'était subitement allongée.

Je sentis mon cœur s'emballer, mais les yeux d'Ethan conservèrent leur teinte vert émeraude, signe qu'il contrôlait parfaitement ses émotions et dominait sa faim.

Il engloutit sa boisson en l'espace de quelques secondes, puis écrasa l'emballage dans sa paume avant de le jeter dans une poubelle argentée. Apparemment repu, il glissa les mains dans les poches de son pantalon et s'adossa au minibar.

— Nous ne resterons pas éternellement populaires, poursuivit-il. Nous avons eu de la chance que les humains aient dirigé leur colère contre Célina après les meurtres et aient ensuite accepté de nous accueillir à bras ouverts. Nombre d'entre eux sont attirés par la magie, le paranormal. (Son visage s'assombrit.) Mais les gens ont peur de ce qu'ils ne comprennent pas, et cette peur va finir par resurgir. D'autre part, la célébrité suscite les critiques et attise la jalousie. C'est ainsi que fonctionne la nature humaine, que ça nous plaise ou non.

Il porta son regard sur moi. Ses yeux étincelaient comme s'ils étaient faits de glace couleur émeraude. Il était sur le point de me sortir son baratin…

— Nous forgeons des alliances et entretenons des relations afin de nous protéger, Merit. Pour mettre tous les atouts de notre côté afin de survivre, assurer notre pérennité et celle des Maisons. (Il marqua une pause.) Tu disposes déjà de ces relations, Merit.

— Et merde, murmurai-je les yeux fermés, devinant ce qu'il allait me demander.

— Tu as grandi avec les Breckenridge, cette famille et la tienne sont proches. Que ce soit une bonne chose ou pas, tu fais partie de cet univers-là.

Je sentis un frisson me parcourir, et mon cœur se mit à battre à coups redoublés. Je commençais déjà à transpirer alors qu'il n'avait pas encore abordé l'essentiel.

— Tu sais que je ne suis pas comme eux.

Il haussa un sourcil.

— Comment ça, « pas comme eux » ? Mais tu es l'une des leurs, Merit. Tu es la fille de Joshua et Meredith Merit, l'ancienne petite amie de Nicholas Breckenridge. Tu as participé au Bal des débutantes, tu connais ce monde-là.

— J'y ai fait mes débuts, et me suis dépêchée de le quitter. Je ne m'y sentais pas à l'aise, lui rappelai-je, un doigt levé en signe de protestation. Je suis étudiante en doctorat, en tout cas je l'étais avant ta visite sur le campus. (Son visage se crispa, ce qui ne m'empêcha pas d'insister.) Je ne danse pas la valse. Je hais le vin et les petits-fours à la con, et comme tu l'as déjà constaté, je me fiche totalement de porter des escarpins de créateurs.

Il conservait un air impassible. Mon plaidoyer n'avait de toute évidence pas suffi à le convaincre. Je changeai donc de stratégie et tentai de faire appel à son bon sens.

— Je ne suis pas à ma place parmi eux, Ethan, et ils s'en rendent compte. Ils savent que je ne suis pas proche de mes parents. Ce n'est pas en participant à ces mondanités que j'apprendrai quoi que ce soit, et ça ne me rapprochera pas davantage de Jamie.

Ethan me considéra en silence quelques minutes, puis s'écarta du bar et se dirigea vers moi. Il se figea à trente centimètres de distance, croisa les bras et me toisa du haut de son mètre quatre-vingts et des poussières.

— Tu n'es plus étudiante. Oublie ce que tu as été. Désormais, tu es différente.

J'allais ouvrir la bouche pour émettre une objection, mais l'air menaçant d'Ethan m'en dissuada. J'avais beau être une toute nouvelle vampire, j'avais par deux fois prêté serment de le servir, lui et la Maison. De plus, j'avais eu l'occasion de le voir se battre. Même si j'avais envie de tester les limites, j'étais consciente de la ligne à ne pas franchir. Lorsqu'il reprit la parole, je me rappelai pourquoi il avait été nommé chef de la Maison Cadogan, pour quelle raison on l'avait choisi pour protéger ce groupe de vampires. Ethan était doté d'un indéniable charisme. Quels que soient mes griefs contre lui, je devais lui reconnaître cette qualité.

— Tu n'es plus seulement la fille de Joshua et Meredith. Tu es aussi une vampire Cadogan, notre Sentinelle. Quand tu te trouveras dans la même pièce qu'eux, tu auras conscience de ne pas être l'une d'eux. Tu es plus qu'eux. Tu appartiens à une Maison ancienne, où tu occupes une fonction historique. Tu es puissante et tu as de nombreuses relations, que ce soit grâce à ton père ou à ton grand-père. Tu es toi, Merit, ni plus ni moins. La question n'est pas de savoir si tu peux le faire, mais si tu le veux.

Je levai les yeux vers lui. Il me jaugea d'un air de défi et reprit la parole :

— Tu m'as accusé de ne pas croire en toi. Si cette histoire est divulguée dans les journaux, présentant les vampires de Chicago sous les traits de prédateurs démoniaques et manipulateurs, nous serons tous perdants. Qui sait ce que nous aurons alors à affronter ? une nouvelle Purge ? Peut-être pas. Mais la surveillance ? la prison ? la suspicion, l'imposition de règles ? Sans l'ombre d'un doute. Si tu parviens à entrer en contact avec Jamie, tu pourras lui fournir des informations. Tu seras en mesure de lui expliquer ce que nous sommes réellement ou, mieux encore, tu pourras le convaincre de laisser tomber ce projet d'article sordide. Si tu réussis, les choses s'arrangeront. Au pire, nous repousserons le moment fatidique. Je m'adresse à toi, Merit, parce que tu en as les moyens. Jamie t'a connue et, bien que tu sois devenue vampire, il retrouvera en toi la droiture et la bonté qui te caractérisent.

—Christine a les relations nécessaires, fis-je remarquer.

Je faisais référence à une autre Novice qui avait prêté serment en même temps que moi. Elle était la fille de Dash Dupree, avocat à Chicago. Même si, comme tout Novice, elle avait abandonné le privilège d'utiliser son nom, elle faisait encore partie de la famille Dupree, qui se situait au sommet de l'échelle sociale de la ville.

—Christine ne peut pas accomplir cette mission. Tu as la force de te défendre. Pas elle.

Les bras toujours croisés sur la poitrine, Ethan se pencha vers moi et me murmura à l'oreille :

—Je peux t'ordonner d'assumer le rôle que tu as endossé lors de la Recommandation, ou alors tu peux accepter cette tâche de ton plein gré.

Il se redressa, me gratifiant d'un regard qui exprimait ce qu'il attendait de moi. Il avait laissé entendre que je pouvais choisir, mais il avait raison. J'avais juré de protéger la Maison devant lui, Luc et bien d'autres, même si ça signifiait porter du Dolce & Gabbana et assister à des dîners mondains.

Beurk. Des dîners mondains. J'imaginais déjà la foule de gens snobs et coincés, les chaussures inconfortables et les majordomes. Sans déconner, de vrais majordomes, aussi rigolos que des croque-morts. Je me résignai à dire adieu à mes soirées tranquilles du vendredi.

—D'accord. Je vais le faire.

—Je savais que je pouvais compter sur toi. Cette mission ne comporte pas que des inconvénients, tu sais… (Je levai un sourcil inquisiteur.) Tu auras le privilège de bénéficier de ma compagnie.

Je retins un grognement et tentai de chasser les idées qui s'imposaient à mon esprit. Se servir de moi ne constituait-il pas le meilleur moyen pour Ethan d'infiltrer la haute société – humaine – de Chicago ?

— Astucieux, commentai-je en lui décochant un regard acéré.

— En quatre cents ans, on a le temps d'apprendre une ou deux petites choses, ajouta-t-il avec malice avant de frapper dans ses mains. Bon, et si nous élaborions une stratégie ?

Je m'installai avec eux dans le coin salon du bureau, devant une assiette de crudités et de houmous que j'avais commandée en cuisine. Ethan ne toucha pas aux légumes, mais, comme j'étais affamée et qu'il me trouvait déjà bien assez râleuse lorsque j'avais le ventre plein, il ne souhaitait pas voir mon humeur empirer pour cause d'hypoglycémie. Je pus donc à loisir grignoter des morceaux de céleri et de carotte tout en consultant une carte de Chicago. Certains endroits avaient été entourés afin de mettre en évidence les sites où se déroulaient probablement ces raves. Des endroits aussi éclectiques qu'un club à Urbana, une maison de banlieue cossue à Schaumburg ou encore un bar de Lincoln Park. Apparemment, n'importe quel lieu faisait l'affaire pour une petite effusion de sang.

Penchée sur le plan, je m'étonnai à voix haute :

— Si vous disposiez de toutes ces informations sur les raves, pourquoi ne pas simplement les avoir empêchées ?

— Nous ne disposions pas de tous ces renseignements, confia Luc en feuilletant une liasse de documents.

— Alors, comment les avez-vous obtenus ?

Les traits d'Ethan se contractèrent, trahissant ainsi son malaise et me laissant deviner la réponse, aussitôt confirmée par Luc. Il tira du tas de papiers une grande enveloppe à laquelle était fixé un morceau de ficelle rouge. Je distinguai les mots « NIVEAU 1 » sur le dessus. Bingo.

— Vous avez appelé l'Agence de Médiation, en déduisis-je. Soit ils détenaient ces données dans leurs fichiers, soit ils ont mené des recherches. C'est le courrier que je vous ai apporté tout à l'heure, non ?

Mon intervention fut suivie d'un silence, puis Ethan lança d'un ton sec :

— En effet.

Même si Ethan n'avait pas hésité à demander des informations et partageait des liens d'amitié – certes étranges – avec Catcher, il n'appréciait pas particulièrement les agents du Médiateur. Ils soutenaient un peu trop à son goût le maire de Chicago, Seth Tate, dont la position au sujet de la question vampire était loin d'être claire. Tate avait évité toute entrevue avec les Maîtres depuis notre coming out, alors que les services administratifs de la ville connaissaient notre existence depuis des décennies.

Ce qui s'était passé avec Célina n'avait pas contribué à améliorer les relations entre l'Agence de Médiation et Cadogan. Le Présidium de Greenwich n'avait pas reconnu l'autorité de Chicago sur Célina, en dépit de la gravité des crimes qu'elle avait commis. D'après le PG, en tant que membre, elle était en droit de bénéficier de certaines faveurs, dont celle de ne pas être emprisonnée à perpétuité dans la prison de Cook County. S'assurer le soutien de l'administration pour organiser son extradition vers l'Europe n'avait pas été une mince affaire pour mon grand-père. Ce dernier, qui avait prêté le serment de servir et protéger Chicago, avait ainsi été contraint de relâcher la vampire qui avait tenté d'assassiner sa propre petite-fille. Inutile de dire que la situation avait été très éprouvante pour lui. Ethan, pour sa part, devait loyauté au Présidium. Complexité, quand tu nous tiens...

— Peu importe d'où proviennent ces informations, Sentinelle. Nous devons les utiliser, un point c'est tout.

Je réprimai un rictus moqueur. Lorsque Ethan me demandait une faveur, il m'appelait « Merit », mais quand il répondait à mes sarcasmes, il me nommait « Sentinelle ». Ce qui arrivait plutôt fréquemment, je l'avoue.

— Ils vont se méfier de Merit, fit remarquer Luc. Il faut trouver un prétexte qui puisse expliquer son retour parmi eux.

— Un prétexte qui soit suffisamment convaincant pour son père, compléta Ethan.

On médita ces paroles en silence. En tant que directeur de Merit Properties, l'une des plus importantes agences immobilières de la ville, mon père avait l'habitude des tractations et était capable de repérer rapidement ceux qui tentaient de le mener en bateau. Luc mit un terme à notre réflexion :

— Et si la rebelle rentrait au bercail ? proposa-t-il.

Je me tournai vers lui.

— Explique-toi, l'enjoignit Ethan.

Luc fronça les sourcils, se gratta négligemment la joue puis s'enfonça dans le canapé.

— Eh bien, comme tu l'as mentionné tout à l'heure, Merit appartient à l'une des plus grandes familles de Chicago. De plus, elle occupe désormais la fonction de Sentinelle au sein d'une des plus anciennes Maisons d'Amérique. Une bonne raison pour une jeune fille de faire un retour en grande pompe dans la société qui l'a auparavant méprisée. Il faudrait approcher son père en premier. Imaginons que Merit apparaisse décontractée, condescendante, sûre d'elle, comme si elle s'était enfin glissée dans le moule. (Il frappa dans ses mains de manière théâtrale.) Et hop! Le patriarche l'accueille à nouveau dans le cercle familial.

Ethan ouvrit la bouche, la referma, puis la rouvrit.

— C'est une analyse intéressante.

— Il y a eu des rediffusions de *Dynastie* sur le câble, précisa Luc.

Tiens, en voilà une info croustillante sur notre Capitaine… Ethan le dévisagea quelques instants avant d'avancer :

— S'inspirer d'un feuilleton populaire est une chose, mais exiger de Merit une telle performance d'actrice en est une autre. (Il m'évalua d'un regard qui me parut peu flatteur.) Je ne suis pas certain qu'elle en ait les capacités.

— Hé…

Avec un petit rire, oubliant un instant qui il était et le respect que je lui devais, je donnai un léger coup de poing sur le bras d'Ethan. Heureusement, il ne sauta pas de son siège pour me frapper à son tour. Il se contenta de considérer son impeccable veste noire à l'endroit où je l'avais touchée.

— Écoutez, je n'ai peut-être pas fait d'études de théâtre, mais je peux certainement faire semblant d'être prétentieuse. (J'avais en la matière un excellent professeur.) Mais en fait, j'ai une meilleure idée.

Ethan prit un air étonné.

— Nous sommes tout ouïe, Sentinelle.

— Robert sera notre prétexte, annonçai-je.

Malgré notre brouille, ou à cause d'elle, mon père m'avait contactée quelques semaines auparavant, très précisément le soir de mon vingt-huitième anniversaire. Il m'avait demandé d'aider mon frère Robert, qui devait bientôt prendre la tête de Merit Properties, à s'introduire dans le monde des créatures surnaturelles. J'avais refusé pour plusieurs raisons, notamment parce que je craignais la réaction d'Ethan. Celui-ci aurait sans aucun doute condamné un geste qu'il aurait considéré comme une trahison de notre communauté, que je venais à peine d'intégrer. L'antipathie que j'éprouvais envers mon père constituait un autre argument de poids.

Je lui avais clairement exprimé ce que je pensais de ce qu'il appelait mes «devoirs envers la famille». J'avais utilisé des termes suffisamment véhéments pour qu'il soit surpris de me voir revenir vers lui. Cependant, s'il était persuadé que j'avais l'intention d'aider Robert à établir des connexions avec les surnats, la satisfaction supplanterait l'étonnement.

—Ce n'est pas une mauvaise idée, confirma Ethan. Une fois que tu auras obtenu une entrevue avec ton père, ce que tu devrais préparer dès ce soir, tu lui fourniras le meilleur contact qui soit.

—C'est-à-dire?

—Moi, bien entendu.

Quand je vous disais que j'avais un bon prof…

Luc porta son regard sur moi.

—Tu devrais appeler ta famille dès que possible. Dis-leur que tu veux te réconcilier avec eux. Demande-leur s'il y a un événement intéressant inscrit au calendrier des mondanités pour les prochains jours.

—Bien, Capitaine.

—Bon, maintenant que nous avons travaillé notre tactique, conclut Ethan en faisant claquer ses mains sur ses genoux avant de se redresser, vous pouvez disposer. Luc, fais le nécessaire par rapport à ce que nous avons décidé tout à l'heure.

« Tout à l'heure »? Quand ça, avant notre petite réunion?

—Attendez un peu, objectai-je, le doigt levé, alors qu'Ethan regagnait son bureau. Vous aviez déjà discuté de cette stratégie entre vous ? Vous aviez élaboré ce plan dans son intégralité ?

Ethan regarda Luc d'un air songeur.

— Qu'en penses-tu, Lucas ? Oui, on avait déjà tout décidé.

— On peut dire ça, approuva Luc.

— Il ne faut jamais sous-estimer le dévouement du personnel, ironisa Ethan en affichant un sourire de requin digne de J.R. Ewing.

Je bougonnai.

Luc, ce traître, s'empara d'un bâtonnet de céleri, se leva du canapé et tapota mon épaule sur son passage, geste qui exprimait à la fois compassion et condescendance.

— Merci d'être venue à notre petite sauterie, Sentinelle. C'est gentil de nous accorder un peu de ton temps.

La chaise du bureau d'Ethan émit un grincement lorsqu'il s'y installa. Il se passa la main dans les cheveux et se concentra sur son écran d'ordinateur.

— Si la réunion est terminée, je remonte, déclarai-je.

Luc s'assit en face d'Ethan tandis que celui-ci relevait ses e-mails ou je ne sais quoi. Tel un pianiste, il faisait jouer ses doigts sur les touches du clavier avec légèreté.

— Fais donc, Sentinelle.

Luc mâchonna l'extrémité de son bâtonnet de céleri puis l'agita devant moi.

— Bonne soirée, mon chou.

Je les laissai savourer leur victoire.

5

Parlons de liberté

Les conversations téléphoniques n'avaient jamais été mon fort. Adolescente, je préférais me consacrer à la lecture et à la danse classique plutôt que passer mon temps l'oreille collée au combiné. Je ne m'étais jamais vraiment habituée à ce moyen de communication. Bien entendu, il m'arrivait d'appeler mon frère et ma sœur aînés, Robert et Charlotte, pour prendre de leurs nouvelles et, lorsque j'étais encore étudiante, je téléphonais de temps en temps à Mallory pour lui donner rendez-vous en ville. Cependant, faire la conversation à Joshua et Meredith Merit relevait d'une autre paire de manches. À presque minuit, il y avait une chance pour que mes parents soient déjà couchés. Ils devaient sûrement récupérer des forces en vue d'une nouvelle journée harassante dans la haute société de Chicago.

Après avoir regagné ma chambre, je demeurai une heure avec une barre de céréales dans une main, un livre dans l'autre, à me demander s'ils dormaient ou non. Puis je décidai que je ne pouvais plus décemment repousser la tâche qui m'attendait et m'assis sur mon lit, les jambes croisées, le regard rivé sur le téléphone que je tenais au creux de ma paume. Je maudis intérieurement les serments de loyauté qui me liaient à un certain Ethan Sullivan.

J'inspirai profondément, m'armai de courage, et composai le numéro de mes parents. À mon grand soulagement, je tombai sur le répondeur, qui énonça avec quelques grésillements un message préparé avec soin par ma mère : « Ici la résidence de M. et Mme Joshua Merit. Nous ne sommes malheureusement pas disponibles actuellement. Merci de laisser un message après le "bip". »

Je fermai les yeux et, comme convenu avec Luc et Ethan, je feignis une nonchalante assurance.

— Bonsoir, c'est Merit. Je voulais vous parler. En bref, maintenant que les choses ont… changé… enfin, maintenant que j'ai changé, je pense que ce serait bien de nous réconcilier. (J'esquissai malgré moi un mouvement de recul, puis me repris.) Je me disais que je devrais passer plus de temps avec les bonnes personnes…

Je fus interrompue par un « clic » m'indiquant que quelqu'un avait décroché. Je jurai en mon for intérieur. J'avais presque terminé…

— Ma chérie, déclara ma mère, apparemment encore debout à cette heure tardive, tu appelles au bon moment. La famille Breckenridge organise un cocktail pour l'Alliance de collecte vendredi soir à Loring Park. (C'était à cet endroit que se trouvait leur propriété, dans la campagne de l'Illinois.) Je ne peux pas y aller, je dois me rendre à une autre réunion. Mais ton père y assistera, ainsi que les Breckenridge, bien entendu. Tu devrais passer dire bonjour aux jeunes Breck.

L'Alliance de collecte, l'une des banques alimentaires de Chicago, soutenait certes une cause louable, mais je ne sautais pas de joie à l'idée de me retrouver sous le même toit que mon père. D'un autre côté, ma première tentative de rapprochement m'amenait droit dans le jardin des Breckenridge. Ou, plus précisément, droit dans leur poulailler, avec un vampire sur les talons. Que Dieu me pardonne.

— D'accord, je viendrai.

— Magnifique. Tenue correcte exigée, les cocktails seront servis à 20 heures, précisa-t-elle, serinant le refrain des gens riches et célèbres. Je dirai à Pennebaker d'appeler les Breckenridge pour qu'ils t'envoient une invitation. (Pennebaker était le majordome guindé de mes parents.) Je suppose que tu habites toujours avec cette Carmichael ?

Si seulement.

— En fait, j'ai emménagé à la Maison Cadogan aujourd'hui. Avec les autres vampires, ajoutai-je au cas où elle n'aurait pas compris.

— Eh bien ! s'exclama ma mère, apparemment intriguée. Voilà une grande nouvelle. J'en parlerai à ton père.

Je n'en doutais pas un instant. Ce genre d'information, qui laissait miroiter la possibilité d'établir des relations prometteuses, l'intéresserait beaucoup.

— Merci, maman.

— De rien, ma chérie.

Une idée lumineuse me traversa soudain l'esprit. Contrairement à mon grand-père, je ne disposais pas d'un informateur secret, mais j'avais sous la main une Meredith Merit.

— Juste une dernière chose, maman. D'après certaines rumeurs, Jamie aurait trouvé du travail à la rédaction d'un magazine, ça te dit quelque chose ?

— Dans un magazine…, répéta-t-elle de façon songeuse. Non, ça ne me dit rien. Tout le monde sait que c'est Nick le journaliste de la famille. À moins que tu n'aies appris autre chose ?

Sa voix avait baissé d'une octave, passant en mode « commérages ». Ma mère attendait que je lui fournisse quelques détails croustillants, mais je devais mener l'enquête, pas jeter de l'huile sur le feu.

— Non, non, répliquai-je. Il me semblait juste avoir entendu ça quelque part.

— Oh, il finira bien par se faire une situation à un moment ou à un autre, trouver quelque chose pour s'occuper.

Elle marqua une pause puis demanda en forçant un peu trop la voix :

— Qu'est-ce qu'il y a, mon chéri ?

Nouveau silence, puis elle reprit :

— Mon trésor, ton père m'appelle. Je t'obtiendrai une invitation. Amuse-toi bien à la Maison Cadogan.

— D'accord, maman. Merci.

J'appuyai sur la touche « raccrocher » du téléphone et le refermai d'un coup sec.

— Eh ben…, murmurai-je.

J'avais déjà presque accompli la mission que m'avait confiée Ethan en nous faisant introduire dans la résidence des Breckenridge. Même si le plan que j'avais proposé se limitait à me rapprocher de mon père, je n'étais pas peu fière de mon idée. Satisfaite de ce premier succès, je décidai de m'occuper des tâches qu'il me restait à accomplir ce soir, notamment informer Ethan de cette conversation téléphonique.

Je glissai mon katana à ma ceinture puis descendis l'escalier. À peine arrivée au rez-de-chaussée, je rencontrai Malik, le vice-président, qui sortait du bureau d'Ethan. L'air grave, il parut ne pas me voir.

Cela n'augurait rien de bon.

Cette fois, bizarrement, la porte était ouverte. Plus étrange encore, Ethan se tenait debout au milieu de la pièce, bras croisés, le front barré de cette fameuse ligne qui se formait lorsqu'il était inquiet. Il ne portait pas de cravate, et avait échangé son costume noir raffiné pour une chemise à manches courtes. Le médaillon de Cadogan ajusté autour de son cou se démarquait sur le vêtement d'un blanc parfait, lançant des reflets dorés. Ses cheveux étaient rassemblés en une queue-de-cheval basse. Le genre de coiffure pour laquelle on opte avant de s'attaquer aux choses sérieuses.

Je sentis mon estomac se nouer. Il s'était passé quelque chose dans le laps de temps qui avait suivi notre réunion.

Je frappai sur l'encadrement de la porte.

Ethan dirigea son regard vers moi.

—J'étais sur le point de te biper, confessa-t-il. Entre et referme derrière toi.

J'obtempérai, et, supposant qu'il valait sans doute mieux commencer par une bonne nouvelle, j'annonçai :

—J'ai appelé ma mère. Un cocktail de charité doit se dérouler chez les Breckenridge vendredi soir. Elle va me faire parvenir une invitation.

Ethan leva les sourcils en signe d'approbation.

—Bien joué. D'une pierre deux coups, comme on dit.

—Apparemment, elle n'est au courant de rien qui puisse confirmer que Jamie ait été engagé en tant que journaliste. Je ne lui ai rien dit, ajoutai-je vivement lorsque Ethan braqua les yeux sur moi. J'ai seulement posé une question en passant. S'il travaillait, surtout dans le domaine de Nick, elle en aurait entendu parler. Mme Breck aurait été trop excitée pour ne pas en toucher un mot à ma mère.

Il garda le silence quelques instants, l'air perplexe.

—Hmm. Soit. (Il contourna son bureau et s'installa sur sa chaise.) Cette affaire étant très sensible, nous devons rester prudents. L'information dont nous disposons est tellement précise qu'elle recèle forcément une part de vérité.

Il regarda dans le vide un moment, puis reporta son attention sur moi. Ethan paraissait préoccupé, inquiet.

—Assieds-toi, Merit.

Je sentis mon cœur battre la chamade. Néanmoins, j'obéis et, écartant mon katana, je m'installai sur l'une des chaises placées devant le bureau d'Ethan.

—Le Présidium a relâché Célina.

—Oh, non!

Je sus que mes yeux prenaient une teinte argentée, reflétant ma colère, ou ma peur. Ou peut-être était-ce un effet de l'adrénaline qui courait dans mes veines.

—Comment… Quand? Quand a-t-elle été libérée?

—Il y a trois jours. Darius vient d'appeler. J'ai rapidement parlé avec Luc. Il va actualiser les informations quotidiennes, avertir RDI et les autres Maisons de Chicago.

Dans le jargon de Cadogan, cela signifiait que Luc allait mettre à jour nos rapports de sécurité et informer les fées mercenaires – oui oui, les fées – qui travaillaient pour RDI. Cette entreprise assurait la protection de la Maison durant le jour et organisait la garde au portail de la propriété. Il préviendrait également Morgan et Scott Grey.

—Comment ça, Darius vient d'appeler? répétai-je. Tu lui as parlé il y a à peine quelques heures! Il n'a pas mentionné le fait que cette folle avait été relâchée?

—Il l'ignorait. Le vote s'est déroulé en son absence, ce qui n'était sans doute pas un hasard. Le Présidium prend les décisions à la majorité, et Célina bénéficie de nombreux soutiens, comme cette histoire le démontre. Le Présidium… (Il marqua une pause et secoua la tête.) Ce sont des prédateurs, Merit. Ils ont vécu à une époque où ils étaient importants, où être vampire signifiait autre chose. Les humains étaient alors considérés comme…

Je devinai qu'il éprouvait de la gêne à parler crûment devant moi, qui avais été transformée tout récemment et de façon controversée. Je finis la phrase pour lui :

— De la nourriture.

— Et pas grand-chose d'autre. Hormis les éléments politiques (Ethan résumait-il le fait de traiter les humains comme du bétail à de la politique ?), il est possible que les membres aient été sous l'emprise de son charme et ne s'en soient pas rendu compte. Elle en a les pouvoirs.

Je m'étais déjà sentie aspirée par la capacité de séduction de Célina, son aptitude à envahir l'esprit et le manipuler à loisir. Je comprenais donc à quoi Ethan faisait allusion. J'avais réussi à résister, mais c'était apparemment parce que j'étais une bizarrerie de la nature.

— Comme nous en avions discuté, j'espérais que Célina resterait emprisonnée pour ses crimes, conformément à l'accord négocié par ton grand-père avec Tate, le procureur et le Présidium. Ce dernier a la mémoire courte, et semble avoir oublié les Purges. Même si je me doutais que Célina bénéficierait d'un traitement de faveur, je m'attendais qu'elle soit déchue de sa Maison, ce qui a effectivement été le cas, et qu'elle demeure enfermée à Londres. (Il secoua la tête et ferma les yeux, de toute évidence épuisé.) Heureusement, les humains ne savent pas qu'elle a été remise en liberté, du moins pas encore.

Que les humains découvrent ou non la vérité, la nouvelle de la libération de Célina menaçait de faire passer le maire, Seth Tate, pour un menteur. À l'égal de tous ceux qui avaient attesté que son extradition était justifiée, ce qui incluait mon grand-père et Ethan.

Quelle galère ! Et moi qui pensais que les relations avec l'Agence de Médiation étaient déjà bien compliquées…

—Comment ont-ils pu prendre une décision si stupide d'un point de vue politique ? m'étonnai-je à voix haute.

Ethan s'appuya contre le dossier de sa chaise, les mains jointes.

—Face à ce genre de problème, les membres du PG se divisent en deux camps. Certains mettent leur longévité sur le compte de leur discrétion. Ils s'intègrent aux humains sans se faire remarquer, vivent comme eux et souhaitent que les choses restent ainsi. D'autres estiment qu'ils se sont cachés pendant des siècles et en nourrissent une certaine amertume. Ils aimeraient sortir de cette situation, et Célina incarne la promesse d'un changement. Elle leur redonne leur identité de vampire. Par ailleurs, tu connais Célina, Merit. Tu n'ignores pas qu'elle dispose de certains… atouts.

J'acquiesçai. Impossible de nier la beauté de Célina, mais tout de même. Son sex-appeal ne constituait pas une raison suffisante pour expliquer cette décision irrationnelle.

—D'accord, mais on parle du Présidium. Les plus puissants des vampires. Les meilleurs, les dirigeants. Que Célina soit sexy ou non n'y change rien. Comment ont-ils pu ne pas se rendre compte de ce qu'elle mijotait ?

—Ils sont puissants, mais ce ne sont pas les meilleurs. Amit Patel est à tous points de vue le vampire le plus fort du monde, et il évite tout ce qui a trait à la politique. Pendant de nombreuses années, il a fait en sorte de ne pas faire partie du Sabha.

Le ton de sa voix avait successivement exprimé la peur et l'admiration, sentiments qu'Ethan ne laissait quasiment jamais transparaître. Quand les humains parlaient avec un aussi profond respect, c'était pour évoquer des personnalités comme Michael Jordan ou Jessie Owens.

—Ça alors ! Tu es fan d'Amit Patel, ironisai-je avec un petit sourire. Un béguin viril. C'est touchant.

Et tellement humain, pensai-je. Je gardai ce commentaire pour moi, persuadée qu'il ne le considérerait pas comme un compliment.

Ethan leva les yeux au ciel d'un air exaspéré.

— Tu es bien trop jeune pour être aussi forte.

Une façon pour lui d'insinuer que je manquais de maturité.

Je grommelai, mais ce n'était pas sa remarque qui me chiffonnait le plus. Je fronçai les sourcils.

— Elle viendra à Chicago, c'est sûr.

Elle avait tenté de m'assassiner pour faire aboutir son plan qui consistait à s'emparer des Maisons de Chicago, et je l'avais empêchée de tuer Ethan en lui lançant un pieu dans la poitrine. Peut-être était-elle animée par diverses motivations, mais j'étais sûre qu'elle allait revenir en ville en partie pour moi… si elle n'était pas déjà là.

— Ce n'est pas impossible, concéda Ethan.

Il ouvrit la bouche afin de poursuivre, mais se ravisa. Il croisa les bras, l'air songeur.

— Si tu apprends quoi que ce soit au sujet de Célina par l'intermédiaire des autres Maisons, j'aimerais que tu m'en parles.

Contrairement à ce que ses paroles laissaient entendre, ce n'était ni une question ni un souhait, mais un ordre. Et étant donné que je n'étais susceptible de récupérer des informations que d'une seule Maison – et encore –, l'allusion paraissait évidente. Si j'avais retardé mon emménagement à Cadogan, c'était justement pour éviter ce genre de conversation à 4 heures du matin.

— Je n'espionnerai pas Morgan, rétorquai-je.

Je ne savais pas vraiment où allait mener ma relation avec Morgan, mais je ne tenais pas à ce que ça devienne une sorte de roman policier. Par ailleurs, j'avais déjà bien assez mélangé vie privée et vie professionnelle en acceptant d'aider Ethan au sujet de ces raves. J'étais déjà sur le point de présenter Ethan à mes parents ; je n'irais pas plus loin.

De façon prévisible, il se raidit en m'entendant défier son autorité.

— Tu transmettras toutes les informations qu'on te demandera de nous communiquer, lâcha-t-il d'un ton sec.

Un frisson me parcourut en réaction à la magie qui se répandait autour de nous au fur et à mesure que notre colère montait. Les vampires se montraient certes incapables d'utiliser consciemment la magie, mais nous n'en étions pas moins des êtres surnaturels, des prédateurs. Ces émanations magiques, associées aux canines acérées et aux yeux argentés, constituaient l'éventail de nos mécanismes de défense. Des mécanismes qui étaient en train de se mettre en marche.

Je serrai les poings en essayant de contrôler le rythme de ma respiration. Je supposai que mes iris étaient devenus argentés, mais je tentai de retenir les crocs qui menaçaient de surgir. Cependant la tigresse en moi désirait autre chose…

J'avais remarqué au cours de ces deux derniers mois que, lorsque je subissais un stress ou une peur intenses, quand mon instinct de survie se réveillait et que mes canines s'allongeaient, je sentais quelqu'un d'autre en moi, comme si je n'avais pas totalement fusionné avec ma partie vampire. Les modifications génétiques qui s'étaient opérées durant trois jours devaient me transformer de manière totale et définitive et me doter de tout l'attirail nécessaire, crocs et yeux argentés inclus. Je ne comprenais pas comment je pouvais être à la fois vampire, connaître la soif de sang, l'impossibilité de vivre le jour, être pourvue de longues canines affilées et de sens exacerbés, et en même temps éprouver la sensation d'être scindée en deux, d'abriter un fantôme. C'était pourtant le cas.

J'en avais parlé une fois à Catcher. Il n'avait apparemment jamais rencontré ce type de phénomène, ce qui ne m'avait pas franchement rassurée. S'il ignorait ce qui se passait, comment pouvais-je le savoir ? Qu'étais-je censée faire ?

Plus important encore, quel genre de créature étais-je ?

Si improbable que cela puisse paraître, il me semblait qu'une part de moi-même murmurait que quelque chose clochait, que je n'étais pas une vampire normale.

Je percevais à présent mon autre entité en moi, telle une tigresse impatiente et prête à bondir. Je la sentais remuer le long de mes os, faire vibrer mes muscles. Elle désirait que je devienne agressive et que mon aura magique emplisse la pièce. Elle voulait faire ravaler ses paroles à Ethan, croiser le fer avec lui.

Ou peut-être le jeter à terre et abuser de lui.

Dans un cas comme dans l'autre, elle avait envie de se laisser aller à une violence sauvage qui lui permettrait d'assouvir ses instincts. Très mauvaise idée.

J'agrippai la poignée de mon katana, enfonçant les ongles dans la corde afin de me maîtriser. Après avoir vainement essayé d'en parler à Catcher, j'avais décidé de garder mon problème pour moi. Ce qui signifiait qu'Ethan l'ignorait. Déjà qu'il me faisait à peine confiance, je me voyais mal lui annoncer que je pensais être anormale. Que la bête attendait, tapie en moi.

J'eus besoin de quelques secondes pour la repousser et respirer à nouveau à travers elle. Quelques secondes durant lesquelles la magie tourbillonna dans le bureau.

Bienvenue à la Maison Cadogan, ironisai-je en mon for intérieur. Faisant appel à toute ma volonté, je repris le dessus, puis levai le menton et plantai mon regard dans celui d'Ethan. Dans ses grands yeux verts aux éclats de cristal.

— Je suis Sentinelle, déclarai-je d'une voix plus rauque que d'habitude, je sers cette Maison. Je connais aussi bien que toi les responsabilités que cette fonction implique. J'ai accepté de t'introduire dans les milieux que tu as besoin d'infiltrer. Je t'aiderai à enquêter au sujet de ces raves, et tu seras le premier à en être informé si j'apprends que Célina se trouve en ville. Mais ma vie amoureuse ne te regarde pas.

— N'oublie pas à qui tu t'adresses, Sentinelle.

— Je m'en souviens très bien, Sullivan.

Quasiment une minute s'écoula sans qu'aucun de nous bronche. Nous étions pourtant conscients que notre entêtement mutuel épaississait l'atmosphère. Puis – miracle – il céda. La tension et la magie se dissipèrent. Il se contenta de me gratifier d'un hochement de tête, l'air pincé, mais je savourai cet instant historique. J'avais gagné. Je retins à grand-peine un cri de victoire, mais ne pus empêcher mes lèvres de former un rictus.

Erreur. J'aurais dû savoir qu'il ne fallait pas se réjouir trop tôt.

— Quoi qu'il en soit, si tu invites Morgan à entrer dans la Maison Cadogan, tu devras me prévenir, insista Ethan d'un ton assez péremptoire pour effacer mon sourire.

Bien sûr qu'il désirerait être prévenu. Il jubilerait quand je lui livrerais sur un plateau le Maître de Navarre, et avec lui l'éventualité d'une alliance entre les deux Maisons. Ethan doutait de ma loyauté en raison des circonstances particulières de ma transformation. Quoi de mieux pour s'assurer que je ne divulguerais aucune information dans les couloirs de la Maison Navarre que me garder à l'œil à Cadogan, en compagnie de Morgan, de surcroît ?

Je n'étais pas certaine des sentiments que j'éprouvais envers Morgan. On ne se connaissait pas depuis très longtemps. Toutefois, comparé à celui que Mallory avait très justement surnommé «Dark Sullivan», Morgan faisait figure de prince charmant en jean Diesel. Je considérai que la dernière réplique provocatrice d'Ethan marquait la fin de notre entretien. Inutile de croire que l'on réussirait à détendre l'atmosphère après ça, et plus je restais dans cette pièce, plus je prenais le risque de voir resurgir ma vampire. Si elle s'emparait de moi, je risquais de me retrouver avec un pieu en bois de tremble planté dans le cœur. Ainsi, j'évitai soigneusement de croiser le regard furieux d'Ethan que je sentais rivé sur moi et me dirigeai vers la sortie. Je m'apprêtais à franchir le seuil quand il ajouta:

—Et souviens-toi que je ne m'intéresse à ta vie privée que dans l'intérêt de Cadogan. (Là, c'était le pompon.) Mon souci est d'établir des alliances, de voir figurer les insignes de Navarre sur notre porte. Rien d'autre. Ne te méprends pas.

—Ne t'inquiète pas, Sullivan, il n'y a aucun risque.

Difficile de se méprendre alors qu'il avait admis qu'il ne souhaitait pas céder à l'attirance qu'il éprouvait envers moi et qu'il m'avait pour ainsi dire envoyée dans les bras de Morgan. Bien entendu, c'était juste après m'avoir proposé de lui servir de nouvelle consorte. De devenir sa pute privée, en quelque sorte. Offre que j'avais naturellement déclinée.

Et voilà qu'il remettait le problème sur le tapis. Peut-être qu'Ethan Sullivan, sous ses airs d'homme déterminé et inflexible, ne savait pas vraiment ce qu'il voulait, après tout.

—Ne me parle pas sur ce ton, lâcha Ethan.

—Alors cesse tes insinuations.

Je frôlais les limites de l'insubordination, mais hors de question de lui laisser le dernier mot. Pas sur ce sujet-là.

Sa mâchoire se crispa.

—Contente-toi de faire ton boulot.

Je me retins de riposter. Je n'arrêtais pas de faire mon boulot. J'avais risqué ma vie pour sauver la sienne, alors que j'aurais pu invoquer un millier de raisons pour ne pas agir ainsi. Malgré son manque de foi en moi, et contre mon gré, j'avais fait mon boulot, parce que je n'avais pas le choix. J'avais accepté ma nouvelle existence de vampire, j'avais défendu Ethan contre Morgan, contre Célina.

Un sentiment de frustration m'envahit de nouveau, menaçant de voir la vampire refaire surface. J'aurais pu la laisser prendre le contrôle et s'occuper d'Ethan comme elle l'entendait…, mais j'avais juré de le protéger des ennemis de toutes sortes, morts ou vifs.

Ma vampire entrait probablement dans ces deux catégories.

Avec la volonté d'une sainte, je me forçai donc à sourire et le regardai intensément, les yeux mi-clos.

— Sire, énonçai-je d'un ton glacial.

En utilisant ce titre, je reconnaissais son autorité et lui rappelais nos positions hiérarchiques respectives. Il était en droit de me remettre à ma place, mais c'était réciproque.

Ethan me considéra quelques instants, les narines dilatées. Il parvint à dominer sa colère et finit par baisser la tête vers les papiers étalés sur son bureau. Je sortis et fermai la porte, qui émit un « clac » sonore.

J'aurais pu me douter qu'il allait user de sa position de supériorité pour se mêler de ma vie privée. J'avais emménagé à Cadogan afin d'assumer mon rôle de Sentinelle, d'aider les autres gardes et d'être opérationnelle plus rapidement que lorsque je devais venir de Wicker Park en subissant les aléas de la circulation à Chicago.

Il y avait un prix à payer. Du fait d'une animosité réciproque ainsi que d'une étrange alchimie, la cohabitation avec Ethan était… explosive. Difficile de garantir un environnement serein dans de telles conditions, et ce n'était que ma première nuit sous son toit. Cela n'annonçait rien de bon.

Je regagnai ma chambre et balayai la pièce du regard en triturant ma queue-de-cheval. Même si je n'allais pas tarder à être assommée par le lever du soleil, je disposais d'une heure avant l'aube, et mon entrevue avec Ethan m'avait passablement énervée. Je songeai à descendre au gymnase du sous-sol, où je pourrais parcourir quelques kilomètres sur le tapis de course. J'avais également la possibilité de goûter aux plats que proposait la cafétéria pour le dernier repas de la nuit. Pas toute seule, cependant : j'étais encore nouvelle. J'empruntai donc l'escalier afin de trouver la chambre de Lindsey, au deuxième étage.

La tâche se révéla plutôt facile : un poster de Brad et Angelina était fixé sur sa porte, la tête d'Angelina remplacée par une minuscule photo de Lindsey. Pour former « Bradsey », peut-être ?

Je m'apprêtais à frapper quand le battant s'ouvrit. Lindsey se tenait sur le seuil, les yeux rivés sur un magazine. Ses cheveux étaient ramenés en queue-de-cheval basse et elle avait ôté l'uniforme de Cadogan, pour revêtir un tee-shirt moulant à manches courtes et un jean.

— Je t'attendais, déclara-t-elle.

Je cillai, incrédule.

— Quoi ?

— Je suis médium, tu te souviens ? (Elle me sourit et fit de grands gestes.) Hou…, souffla-t-elle pour se moquer de ses facultés surnaturelles. J'ai senti que tu arrivais et je sais que tu as faim.

— Tes talents psychiques te permettent de deviner que j'ai faim ?

Elle bougonna.

— C'est facile à deviner. Je te connais, tu es un estomac sur pattes.

Elle n'avait pas tort.

J'eus tout juste le temps d'apercevoir l'intérieur de la pièce avant qu'elle jette le magazine sur son lit et referme la porte. Les meubles et leur disposition étaient les mêmes que dans ma chambre – l'internat vampire de base, quoi. Toutefois, la sienne donnait l'impression d'un mélange de couleurs exubérantes. Les murs rouge vif étaient largement couverts de posters, de photos et de pochettes de disques. Une bannière des Yankees de New York était suspendue au-dessus de son lit. Bien que née dans l'Iowa, Lindsey avait vécu quelque temps à New York, et avait apparemment adoré. J'aimais cette ville autant qu'elle, mais demeurais une inconditionnelle des Cubs. Lindsey, elle, ne démordait pas de son engouement pour l'équipe de base-ball de la Grosse Pomme.

Elle me jeta un coup d'œil puis frappa dans ses mains.

— Allons-y, super Sentinelle. Descendons remplir ton estomac et partager la joie de ton emménagement avec nos frères et sœurs, d'accord ?

Je me grattai distraitement le biceps.

— Le truc, c'est que…

— Mais non, ils ne te détestent pas.

— Arrête ça, tu veux ?

Lindsey leva les bras en signe de défense.

— C'est écrit sur ta figure, *chica*. Sérieusement, ils ne te détestent pas. Maintenant tais-toi, et allons grignoter quelque chose.

Je gardai docilement le silence et lui emboîtai le pas dans le couloir, puis dans l'escalier qui nous mena au rez-de-chaussée, quasi désert à cette heure de la nuit.

Seuls quelques vampires se trouvaient assis là, en train de discuter ou lire, mais la plupart avaient regagné leur chambre avant le lever du jour.

Je traversai le hall avec Lindsey jusqu'à la cafétéria, où quelques Novices faisaient glisser leur plateau le long d'un rail en « U » longeant des vitrines garnies de nourriture. Je m'emparai d'un plateau et pris place derrière Lindsey dans la queue.

Les petits pains, la charcuterie et les œufs proposés correspondaient davantage à un petit déjeuner qu'à un dîner. D'un autre côté, il était presque 5 heures du matin.

Je pris une brique de chocolat au lait biologique, une viennoiserie fourrée aux cerises et quelques tranches de bacon. Je n'avais sans doute pas besoin d'un énorme repas avant d'aller au lit, mais je me dis qu'un apport de protéines ne me ferait pas de mal. Et sérieusement, comment une vampire pourrait-elle résister à un plat de charcuterie ?

Après avoir fait mon choix, j'attendis que Lindsey et les autres vampires devant moi se soient servis pour avancer. Lindsey pressa un ours en plastique qui contenait du miel au-dessus d'un bol de flocons d'avoine, puis souleva son plateau et se dirigea vers une table libre. Je l'imitai et m'assis en face d'elle.

— Est-ce que je peux te demander ce qui se passe en bas ?

Je levai les yeux vers elle, surprise par sa question.

— En bas ?

Elle plongea la cuillère dans ses céréales, puis se mit à manger du bout des lèvres.

— Encore une fois, reprit-elle, je suis médium. Les vampires n'arrêtent pas de courir dans tous les sens dans la Maison, ils semblent fébriles. On sent une sorte d'électricité dans l'air. Quelque chose se prépare ?

En tant que garde, Lindsey n'allait sans doute pas tarder à apprendre la nouvelle, je ne prenais donc pas beaucoup de risques à la lui révéler.

— Célina a été libérée, chuchotai-je en déchirant un morceau de ma viennoiserie.

— Oh merde! s'exclama-t-elle d'une voix où perçaient à la fois surprise et inquiétude. Ça explique pourquoi tu diffuses toute cette énergie. (Elle pencha la tête sur le côté et me regarda d'un air curieux.) Je sens pourtant autre chose. Une autre sorte d'énergie. (Elle s'interrompit, puis sourit.) Ooooh, j'ai compris.

Je haussai les sourcils.

— Compris quoi?

— Rien, rien, répliqua-t-elle en secouant la tête. Si tu ne veux pas parler de Célina, je ne dirai pas pourquoi tu es tout excitée. (Elle ferma les paupières et appuya le bout des doigts contre ses tempes.) Pourtant, je vois quelqu'un… Oui, sans l'ombre d'un doute, il y a quelqu'un. Avec des cheveux blonds… et des yeux verts.

Elle laissa retomber ses mains et m'adressa un regard entendu.

— La ferme, lançai-je.

Je pointai mon index vers elle de manière menaçante, gênée qu'elle ait pu deviner que c'était Ethan qui m'avait rendue «tout excitée». J'étais cependant soulagée qu'elle croie que mon état était dû à une tension sexuelle et non à un dysfonctionnement de mon organisme. Enfin, mon organisme vampire, du moins.

Je jetai un coup d'œil alentour et remarquai l'attitude étrange de nos congénères assis aux tables en bois près de la nôtre. Certains portaient des tasses à leurs lèvres, d'autres plantaient leurs fourchettes dans des morceaux de fruit, mais tous gardaient les yeux tournés vers moi.

Ils ne semblaient pas vraiment impressionnés par leur Sentinelle.

Je me penchai vers Lindsey.

— Tu n'as pas la sensation que tout le monde me regarde ?

— C'est l'attrait de la nouveauté, expliqua-t-elle. Tu as défié le Maître avant même de prêter serment, tu as été nommée Sentinelle, tu as fait des tiennes lors de la Recommandation et, malgré ça, notre chef bien-aimé vous a toujours trouvé des excuses, à toi et ton petit cul.

Je souris d'un air penaud.

— Je n'ai pas fait des miennes de manière intentionnelle.

— Tu sais que j'habite cette Maison depuis cent quinze ans ? Durant tout ce temps, Ethan n'a désigné qu'un seul Maître.

Je pris une bouchée de ma viennoiserie.

— Je ne suis pas Maître.

— Pas encore, précisa-t-elle en pointant sa cuillère sur moi. Mais ce n'est qu'une question de temps. Enfin, même si tu avais des pouvoirs magiques comme cette Mallory Carmichael – au passage, elle ne sera pas mauvaise, cette petite – et que tu apprenais à les dominer, tu ne pourrais toujours pas rivaliser avec Mademoiselle Parfaite.

— Je sais qu'elle ne sera pas mauvaise, approuvai-je. J'en ai des frissons chaque fois que j'y pense. Qui est Mademoiselle Parfaite ?

— Lacey Sheridan. (J'avais déjà entendu ce nom, mais impossible de me rappeler dans quelles circonstances.) Le Maître qu'Ethan a nommé à la tête de la Maison Sheridan.

— Ah oui ! m'exclamai-je comme les brumes de l'incompréhension se dissipaient.

Je me souvenais de l'avoir lu dans le *Canon*. Les vampires d'Amérique étaient répartis en douze Maisons, la plus récente d'entre elles étant Sheridan.

— Lacey a vécu vingt-cinq ans à Cadogan avant qu'Ethan lui fasse passer le Test. Elle a réussi, et Ethan l'a prise en apprentissage afin de la préparer aux Rituels. Ensuite, elle a déménagé à San Diego et fondé sa Maison. Ethan et elle étaient proches.

— Proches comme deux collègues de travail, ou… ?

— Un peu plus proches que ça… Malheureusement.

Je ne pipai mot. Quelque chose sembla se vriller dans ma poitrine à l'idée qu'Ethan puisse être «proche» de qui que ce soit. Je l'avais pourtant déjà surpris en pleine action. Je demandai néanmoins :

— Pourquoi «malheureusement» ?

Lindsey fronça les sourcils et remua ses flocons d'avoine, l'air pensif.

— Parce que Lacey Sheridan était trop parfaite, déclara-t-elle finalement. Grande, mince, blonde aux yeux bleus. Toujours polie et conciliante. «Oui, Sire» par-ci, «Non, Sire» par-là. Toujours habillée comme il faut, comme si elle sortait tout droit d'un magazine de mode. Toujours le mot juste. Ça paraissait trop beau pour être vrai. Elle était probablement déjà à peine humaine avant sa transformation.

— Ethan devait être fou d'elle.

Il préférait sans doute ce genre de fille. Élégante. Chic. *Et conciliante*, pensai-je en mordillant une tranche de charcuterie.

Lindsey acquiesça.

— «Fou» est le terme qui convient. Je pense qu'il l'aimait. À sa façon.

Je différai la fin inéluctable que devait rencontrer mon bacon et la dévisageai.

— Sérieux ?

Je ne parvenais pas à imaginer Ethan amoureux, baissant sa garde. Je ne l'aurais pas cru capable de faire suffisamment confiance à quelqu'un pour autoriser l'homme qui sommeillait en lui à s'exprimer.

Enfin, cette partie de lui s'était déjà montrée en ma présence, mais cela ne semblait pas lui avoir fait particulièrement plaisir.

—Aussi sérieux qu'un pieu en bois de tremble, affirma Lindsey. Lorsqu'il a découvert à quel point elle était puissante – elle était très forte en Psy –, il l'a prise sous son aile. Après ça, ils ne se sont plus quittés. (Elle porta une nouvelle cuillerée de flocons d'avoine à sa bouche.) Ils étaient comme… Roméo et Juliette version arctique, une sorte de couple de conte de fées nordique. Ils étaient très beaux ensemble, mais… (Lindsey secoua la tête.) Elle n'était vraiment pas faite pour lui.

—Et pourquoi ça?

—Ethan a besoin d'autre chose. D'une fille capable de se rebeller contre lui, de le défier. Quelqu'un qui le fasse évoluer, qui le rende meilleur. Pas une fayote qui lui lèche le cul vingt-quatre heures sur vingt-quatre et fait des courbettes à la moindre de ses paroles.

Elle m'adressa un regard appuyé. J'esquissai un signe de dénégation lorsque je saisis ce qu'elle insinuait.

—N'y pense même pas. Il me hait, je le hais et, de toute évidence, il nous faut l'accepter si nous voulons travailler ensemble.

Lindsey grommela quelque chose en s'emparant d'un morceau de bacon sur mon plateau.

—Et moi, je suis la reine d'Angleterre. Possible qu'il te déteste, mais seulement en apparence. (Elle prit une bouchée, secoua la tête et agita devant moi le reste de sa tranche de charcuterie.) Il cache beaucoup de choses,

Merit, crois-moi. Il a un cœur sous sa façade d'iceberg. Il a simplement besoin… d'une petite réforme.

Je balayai l'air de la main en signe d'impatience.

— Parle-moi de Lacey.

— Elle avait des amis, ici, et les a gardés. Je la trouvais distante. Arrogante. Elle était faible en Physique, mais très forte en Strat. Très douée en politique, et pour les manigances en général. Elle adoptait toujours un ton mielleux, un peu comme un politicien en campagne qui cherche à s'assurer des votes.

Lindsey marqua une pause, l'air songeur, et reprit à voix basse :

— Elle était plutôt antipathique, Merit. Les gardes la haïssaient.

— À cause de son comportement ?

— Eh bien… En partie. Tu vois, Ethan dirige la Maison, il est donc un peu… à part. Honnêtement, je dirais la même chose de toi. Les gens se posent des questions sur ta famille et se demandent comment tu as fait pour être nommée Sentinelle. Tu ne connais quasiment rien aux vampires, et pourtant tu as déjà accédé à cette fonction historique. Tu fais partie des gardes, mais aucun d'entre eux n'est aussi proche d'Ethan que toi. (Je soupirai et laissai tomber mon bacon.) Je ne suis pas en train de sous-entendre que vous couchez ensemble.

Elle garda ensuite le silence, comme si elle attendait une confirmation de ma part.

— On ne couche pas ensemble, rétorquai-je sèchement en plantant une petite paille en plastique dans ma brique de chocolat au lait avec toute l'agressivité que m'inspiraient ces insinuations.

Pas mauvaise, tout de même, cette boisson.

— C'est juste pour savoir, se défendit Lindsey, les mains levées. Et si ça peut te rassurer, tout s'arrangera une fois qu'ils te connaîtront mieux. (Elle me gratifia d'un sourire, et arqua les sourcils.) Comme moi. Bien sûr, j'ai toujours eu du goût en matière d'amitié, mais peu importe. Là n'est pas la question. Lacey était différente. Pas comme nous. Une vraie lèche-bottes, sans cesse à coller Luc, Ethan, Malik, bref, les représentants de l'autorité. Elle ne traînait pas avec nous, on ne s'entendait pas très bien. Cela dit (elle se pencha vers moi), elle avait beau jouer un rôle, je dois admettre qu'elle était douée. Très douée. Pour l'analyse, la stratégie. C'était une garde, et même si elle n'aurait pas réussi à mettre la pâtée à un chaton sans défense, elle n'était pas en reste. Elle savait élaborer des plans, s'assurer des soutiens. Anticiper.

La question que je lui posai alors démentit sans doute le manque d'intérêt que j'avais feint pour leur relation amoureuse.

— Et pourquoi ont-ils rompu ?

— Lacey et lui ? Après le Test, elle est revenue à Cadogan pour son apprentissage, qui devait la préparer à diriger sa propre Maison. À en croire les rumeurs, Ethan voulait que leurs rapports restent strictement professionnels pendant que Lacey apprenait son métier. Trop de choses en jeu pour se permettre de perdre du temps au pieu, ha ha.

— Ça ressemblerait assez à Ethan, reconnus-je.

— Il paraît qu'il se rend de temps en temps à San Diego en avion pour…, comment dire…, copuler ? (Elle hocha la tête en souriant.) Ça ne m'étonnerait pas qu'ils aient décidé d'un arrangement officiel de ce style. Peut-être qu'ils ont signé un contrat dont ils ont négocié les termes.

— Hmmm.

Je m'interdis de penser aux « termes » qu'ils avaient pu négocier.

Je levai les yeux et aperçus Malik. Il m'adressa un signe puis se dirigea vers le buffet. Cet homme grand, au teint couleur caramel, séduisant et discret, représentait pour moi un mystère. Je faisais partie de la Maison Cadogan depuis deux mois, et, durant ce laps de temps, je ne lui avais pas parlé à plus de trois reprises. Il partageait la direction avec Ethan. Ils ne s'aventuraient cependant jamais ensemble à l'extérieur, afin d'être en mesure d'assurer la succession au cas où quelqu'un attenterait à la vie d'Ethan. Je supposais que Malik endossait le rôle de directeur, apprenait à gérer la Maison et se chargeait des tâches administratives en coulisse pendant qu'Ethan occupait un poste équivalent à celui de président, sur le devant la scène. Je n'étais toutefois pas très sûre des sentiments que Malik m'inspirait. Ni en tant que vampire, ni en tant qu'homme. Il était facile de repérer les individus de toute évidence nourris de bonnes intentions, comme Lindsey ou Luc, ou ceux qui affichaient un comportement calculateur, comme Ethan ou Célina. Malik faisait preuve d'une telle discrétion que je ne savais pas dans quelle catégorie le classer. Ni quelle était l'étendue de sa loyauté.

Ethan et lui partageaient au moins une chose : leur excellent goût vestimentaire, notamment pour les costumes Armani. Malik en portait actuellement un qui paraissait aussi soigné et élégant que ceux d'Ethan.

Je le suivis des yeux lorsqu'il se servit. Il observait les personnes présentes dans la salle. En compagnie d'Ethan, il semblait se préoccuper uniquement de son travail, du moins quand je les avais vus ensemble, mais avec les autres vampires Cadogan, il adoptait un comportement franchement amical. Tandis qu'il choisissait le menu de son petit déjeuner, certains vinrent à sa rencontre pour lui dire bonjour et bavarder. Intéressant de constater qu'avec

Ethan les gens se montraient distants et respectueux, alors qu'ils abordaient Malik avec simplicité. Ils lui parlaient, plaisantaient avec lui, ce à quoi ils ne se laissaient jamais aller avec leur Maître.

— Depuis quand Malik est-il Second ? demandai-je à Lindsey.

Elle avala son bacon puis dirigea son regard vers Malik, qui discutait avec un vampire que je ne connaissais pas.

— Malik ? Depuis que la Maison est à Chicago, c'est-à-dire 83.

Ce qui veut dire 1883, et non pas 1983, pour ceux qui n'auraient pas suivi.

— C'est Ethan qui a choisi Chicago. Après la mort de Peter Cadogan, il a voulu que la Maison quitte le pays de Galles et l'Europe. Malik vivait à Chicago. Il était orphelin.

— Il a perdu ses parents ? C'est affreux.

— Pas ce genre d'orphelin. Un Solitaire. Un vampire orphelin, sans domicile. Son Maître, une femme, n'a pas réussi à dominer ceux de sa Maison, et elle a été liquidée par un rival. (Lindsey fit mine de s'enfoncer un pieu dans le cœur.) Ensuite, Malik a rencontré Ethan, et voilà.

— Tu le connais ? Enfin…, tu le connais bien ?

— Malik ? Oui. Il est super.

Lindsey consulta sa montre, finit son verre d'eau puis se mit debout et souleva son plateau.

— Bon, il y a trois cent dix-neuf autres vampires affiliés à la Maison Cadogan, tu en es conscient ? (Je la regardai et hochai la tête.) Dis-toi qu'ils sont susceptibles de t'apprécier, mais il faut que tu leur en laisses l'occasion.

— Je suis là pour ça, conclus-je en lui emboîtant le pas.

6

Le retour du prince

Je me réveillai tôt aux premières heures du jour, ou plutôt tard aux premières heures de la nuit, le soir suivant. C'était mon tour de garde, ce qui signifiait que je devais patrouiller aux alentours de la Maison Cadogan et demeurer attentive aux éventuelles traces d'effraction le long de la grille en fer forgé. D'une hauteur de trois mètres, celle-ci clôturait l'espace réservé aux vampires et les protégeait des tentatives d'intrusion de rôdeurs malintentionnés. Mieux valait se montrer prudent dans une ville regorgeant de cinglés surnaturels.

Je me levai et pris une douche rapide dans ma minuscule salle de bains avant d'enfiler mon uniforme. Je complétai ma tenue avec le katana et le médaillon de Cadogan qu'Ethan m'avait donné lors de ma Recommandation. Je brossai ensuite mes longs cheveux bruns jusqu'à ce qu'ils scintillent, les nouai en queue-de-cheval haute et arrangeai ma frange. J'appliquai un peu de fard à joues et une légère couche de brillant à lèvres, seuls artifices dont j'avais désormais besoin grâce à mon teint lumineux de vampire. Ces préparatifs terminés, je m'apprêtais à sortir quand mon œil fut attiré par des couleurs inhabituelles.

Quelqu'un avait glissé le courrier sous ma porte, sans doute pendant que j'étais sous la douche. Je me baissai et ramassai un catalogue de prêt-à-porter que Mallory m'avait réexpédié, ainsi qu'une enveloppe de papier vélin épais et pesant, au style luxueux. Je l'ouvris : elle contenait l'invitation que ma mère m'avait promise pour la soirée des Breck. Elle l'avait certainement envoyée dans la journée.

Malheureusement, ce gala paraissait désormais inéluctable. Je jetai l'enveloppe sur le lit et glissai le carton d'invitation dans ma poche. Aussitôt mon téléphone portable se mit à sonner. Après l'avoir tiré de ma veste, je consultai l'écran. C'était Morgan.

— Bonsoir, dit-il après que j'eus décroché.

L'appareil collé à l'oreille, je quittai ma chambre, fermant la porte derrière moi.

— Bonsoir, répondis-je. Quoi de neuf à la Maison Navarre ?

— Pas grand-chose, il est encore un peu tôt. On essaie de patienter jusqu'à minuit avant de sortir le grand jeu.

— Je vois, pouffai-je en marchant vers l'escalier.

— En fait, je ne suis pas à la Maison Navarre, pour l'instant. J'ai décidé de faire une petite virée vers le sud et il se trouve que j'ai atterri à proximité de la Maison Cadogan.

Je m'immobilisai en haut des marches, la main posée sur la rampe.

— À quelle distance exactement ?

— Sors, me suggéra-t-il d'une voix enjouée qui m'incita à obtempérer.

En proie à la curiosité, je raccrochai et rangeai mon téléphone, puis descendis l'escalier en trottinant. La plupart des vampires dormaient encore, et le rez-de-chaussée était plongé dans le silence. J'allai jusqu'à la porte principale, franchis le seuil et fis un pas sous le porche en pierres.

J'aperçus Morgan dans l'allée, à mi-chemin entre la grille et l'entrée. Comme à son habitude, il portait une tenue de style rebelle urbain chic composée d'un jean de marque, de chaussures à bout carré, d'un tee-shirt moulant à manches courtes qui épousait sa mince silhouette, ainsi que d'un large bracelet-montre en cuir au poignet gauche.

Lorsque j'étais loin de Morgan et préoccupée par toutes sortes d'affaires de vampires, j'oubliais à quel point son sourire désarmant et ses yeux rêveurs pouvaient être troublants. Mon cœur s'emballa quand je redécouvris combien il était séduisant.

Il tenait un vase effilé de teinte laiteuse garni d'un bouquet de fleurs. Des pivoines, ou peut-être des renoncules, ou toute autre espèce dont les pétales chamarrés étaient susceptibles de former une telle explosion de couleurs au sommet d'une fine tige verte. Le bouquet était magnifique. Et inattendu.

Je m'avançai vers lui.

—Salut, dit-il en affichant un sourire malicieux. Je crois que c'est la première fois que je te vois en uniforme. (Il tira sur le revers de ma veste, puis se passa la langue sur les lèvres, manifestant ainsi son approbation.) Tu as l'air très… officiel.

Je levai les yeux au ciel en réponse à ce compliment, mais sentis néanmoins le rouge me monter aux joues.

—Merci, répondis-je avant de désigner les fleurs d'un signe de tête. Je suppose qu'elles ne sont pas destinées à Ethan ?

—Tu as raison. Je sais, je n'ai pas prévenu, et je ne peux pas rester à cause d'une réunion, mais je tenais quand même à t'apporter quelque chose.

Il baissa le regard vers le bouquet, esquissant un sourire penaud. Un peu niais. Et très touchant.

— J'ai pensé que tu aurais besoin d'agrémenter ta chambre.

— Tu veux dire en plus du poster géant que tu m'as déjà offert ? répliquai-je en souriant.

— Je reconnais que c'était un beau cadeau, mais j'avais en tête quelque chose de plus… féminin. (À ces mots, il se pencha vers moi et m'embrassa sur la joue.) Bienvenue parmi les vampires, Merit.

Il affichait en se redressant un sourire sincère. Morgan était un vrai vampire, un convaincu. En décidant d'emménager à Cadogan, j'avais affirmé mon engagement envers l'ordre fraternel auquel j'appartenais désormais, et Morgan n'y restait pas indifférent.

— Merci, soufflai-je en prenant les fleurs.

Le vase était tiède sous mes doigts. La chaleur du contact de Morgan, à laquelle s'associait une touche de magie.

Il me considéra quelques instants avec une émotion contenue que dissipa la sonnerie de son téléphone. Il le tira de sa poche et jeta un coup d'œil à l'écran.

— Je dois répondre, et puis filer, affirma-t-il. (Il se courba et pressa ses lèvres contre les miennes en faisant montre de la même douceur qu'auparavant.) Au revoir, Merit.

Il pivota, puis trottina le long de l'allée avant de disparaître derrière la grille.

Je demeurai quelques secondes figée afin de rassembler mes esprits. Morgan avait fait le déplacement depuis la Maison Navarre uniquement pour m'offrir des fleurs. *Des fleurs*. Non pas parce que c'était la Saint-Valentin et qu'il se sentait obligé de le faire, mais tout simplement parce qu'il en avait envie. Je devais reconnaître qu'il m'avait épatée.

Alors que je regardais sortir Morgan, je constatai avec intérêt l'arrivée de Kelley en tenue complète de Cadogan, katana dans une main, une mince pochette dans l'autre.

Kelley, comme les autres gardes, résidait à la Maison Cadogan. Étant donné que le soleil s'était couché à peine une heure plus tôt, je me demandai où, et avec qui, elle avait passé la journée.

— Jolies fleurs, commenta-t-elle lorsqu'elle parvint à ma hauteur. Un cadeau du nouveau Maître de la Maison Navarre ?

— On dirait, répondis-je en la suivant à l'intérieur.

Je n'obtins rien de plus que ces quelques mots. Kelley avait en effet déjà ouvert son téléphone portable et pianotait sur les touches en marchant. Elle ne semblait pas d'humeur bavarde.

— Tu as passé une bonne journée ? demandai-je alors que nous descendions vers le sous-sol.

Elle s'immobilisa sur le palier situé entre les deux étages. Ses cheveux d'un noir profond accusèrent le changement de rythme en se balançant sur ses épaules. Elle pencha la tête, l'air pensif.

— Incroyable, déclara-t-elle d'une voix grave avant de reprendre sa descente.

Sa repartie avait éveillé mon intérêt. Je la regardai dévaler l'escalier sans bouger et ravalai ma curiosité pour aller travailler. Même si le soleil venait à peine de disparaître, la salle des opérations ressemblait déjà à une ruche débordante d'activité. Lindsey et Juliet avaient pris leurs postes. Alors que Juliet surfait sur Internet, menant probablement des recherches, Lindsey, devant un alignement d'écrans, se chargeait de la surveillance. Tout en promenant son regard concentré d'un moniteur de contrôle à l'autre, elle parlait à voix basse, mais de façon continue, dans le micro de son casque audio.

Je posai les fleurs sur la table de réunion et allai examiner la rangée de dossiers suspendus au mur dans lesquels Luc mettait à notre disposition les instructions, annonces et autres renseignements qu'il jugeait utiles. Je ne trouvai dans mon fichier personnel qu'une seule feuille jaune vif sur laquelle on pouvait lire deux phrases concises et menaçantes : « Célina Desaulniers relâchée. Infiltration Chicago probable. »

Je jetai un coup d'œil aux autres casiers. Tous contenaient la même feuille jaune. Ethan avait vraisemblablement diffusé l'information. Ainsi que l'avertissement qu'elle impliquait : Célina était probablement en route… si elle n'était pas déjà là.

Ressassant ces pensées, je me décidai à me mettre au travail. Je commençai par tendre l'invitation des Breck à Luc.

— Pour Ethan, expliquai-je. On a rendez-vous vendredi soir chez les Breckenridge.

Il jeta un regard au bristol, puis hocha la tête.

— Efficace, Sentinelle.

— Je suis la meilleure, Chef.

Après avoir accompli cette tâche, je me dirigeai vers le rail où étaient suspendus les appareils audio et en décrochai un. Je m'en équipai, puis rejoignis Lindsey.

— Super Sentinelle au rapport, déclara Lindsey en activant mon casque. L'appareil grésilla, signe qu'il était bien entré en fonctionnement.

— Sentinelle, entendis-je aussitôt.

La voix rocailleuse qui s'était élevée dans l'écouteur provenait de l'un des gardes de RDI postés à la grille de Cadogan. Ils surveillaient la Maison pendant que nous dormions – ou pas, dans le cas de Kelley – et conservaient leur position vingt-quatre heures sur vingt-quatre. Nous restions tous en contact grâce aux casques afin de parer à l'éventualité d'une catastrophe surnaturelle. Comme je l'avais déjà mentionné à Mallory, de gigantesques créatures ailées et malfaisantes pouvaient descendre du ciel en flèche pour enlever un vampire à tout moment.

J'avais un boulot plutôt sympa, non ?

Je pris une profonde inspiration, ajustai mon appareil audio sur ma tête, puis tirai la queue-de-cheval blonde de Lindsey avant de me diriger vers la sortie.

— Je monte, annonçai-je dans le minuscule micro. Je ne serai pas longue.

— Emporte ton rouge à lèvres, lança Luc.

À l'instar de Lindsey, Juliet et Kelley, je l'interrogeai du regard.

— Du rouge à lèvres ?

— Pour les paparazzis, expliqua-t-il. Les fées de RDI les retiennent à l'angle de la rue. (Il esquissa un demi-sourire.) Et ils ont des appareils photo.

Kelley lâcha :

— Je les ai vus en arrivant. Ils sont une dizaine.

Elle pivota de nouveau vers son ordinateur et grommela :

— Tous à l'affût pour prendre en photo les nouvelles idoles de Chicago.

Je restai quelques instants figée sur le seuil, attendant que Luc me fournisse quelques indications supplémentaires. Alors que je comptais sur lui pour m'expliquer ce que j'étais censée faire de ces paparazzis, il me fit signe de déguerpir.

— J'espère que tu as appris tes éléments de langage, dit-il. Allez, en piste et… joue la Sentinelle.

Ce ne fut qu'une fois sortie de la pièce et à proximité de l'escalier que je l'entendis me crier :

— Et interdit de montrer son cul, Sentinelle !

Ça, d'accord.

Alors qu'à peine quelques minutes plus tôt les couloirs de la Maison étaient encore déserts, le rez-de-chaussée grouillait désormais de vampires en uniforme noir dégageant un charme surnaturel. Certains consultaient des organiseurs électroniques, et tous semblaient pressés, se préparant soit à passer la soirée en compagnie des humains, soit, comme moi, à consacrer leur nuit au service de la Maison Cadogan et de son Maître.

Quelques-uns levèrent les yeux sur mon passage, affichant des expressions allant de la simple curiosité au dédain pur et simple. Je n'avais pas fait particulièrement bonne impression sur mes camarades Novices en défiant Ethan quelques jours seulement après ma transformation. La zizanie que j'avais semée au cours de la Recommandation en n'obéissant pas, de manière involontaire, aux ordres d'Ethan, n'avait pas davantage penché en ma faveur. De plus, Ethan m'avait confié le devoir historique de protéger la Maison Cadogan en me nommant Sentinelle dès la cérémonie, et Lindsey avait raison, cela me rendait différente aux yeux de mes congénères. Les gardes m'avaient soutenue, mais je savais que les autres se posaient des questions. Étais-je loyale ? Étais-je suffisamment forte ? Est-ce que je couchais avec Ethan ?

Cette dernière interrogation me perturbait un peu. Sans blague.

Je sortis de la gigantesque demeure en pierres par la porte principale, puis traversai l'allée jusqu'à la grille. Je saluai discrètement les deux hommes – enfin, les fées – vêtus de noir qui y restaient postés. Ils étaient grands et minces, et leurs longs cheveux raides soigneusement coiffés en arrière dégageaient leurs visages certes anguleux, mais d'une indéniable beauté. Leur uniforme, entièrement noir, comportait une chemise et un treillis rentré dans des bottes. Ils portaient des sabres dont le fourreau, lui aussi, était de couleur noire. Ils se ressemblaient tellement que je ne parvenais pas à les différencier. J'ignorais s'ils étaient frères ou cousins. Peut-être même n'étaient-ils unis par aucun lien de parenté. J'avais tenté d'interroger les autres membres de la brigade de sécurité de Cadogan afin de savoir comment ils s'appelaient, mais sans succès. Je ne connaissais toujours pas leurs noms. Les employés de RDI préféraient apparemment entretenir des relations strictement professionnelles avec les vampires. Voire réduire les contacts au strict minimum.

Lindsey avait pris l'habitude de les surnommer « les jumeaux ». J'avais opté pour « Pince-mi et Pince-moi », même si je n'aurais pu dire lequel était Pince-mi, et lequel était Pince-moi. Néanmoins, les deux vigiles me rendirent mon salut, geste qui me parut agréablement familier malgré la froideur dont ils faisaient preuve.

D'après ce que j'avais appris du monde surnaturel au cours des deux derniers mois, je m'estimais heureuse que ces soldats fassent partie de nos alliés. Tout du moins tant qu'ils étaient payés pour ça.

—La presse est ici ? leur demandai-je.

L'un d'eux baissa la tête vers moi. Les sourcils qu'il avait haussés culminaient à plus d'un mètre quatre-vingt-cinq. Du haut de mon mètre soixante-quinze, ce qui n'était tout de même pas rien, je me sentis soudain minuscule.

—Au coin de la rue, répondit-il laconiquement avant de se remettre à surveiller les alentours.

Comme je ne bénéficiais apparemment plus de son attention, je regardai dans la direction indiquée.

Ils se trouvaient bien là. À première vue, je supposai qu'ils étaient une bonne dizaine. RDI avait accompli un miracle en rassemblant de la sorte les paparazzis, réputés pour leur caractère indomptable. D'un autre côté, qui oserait tenir tête à plus de trois mètres soixante-dix cumulés de guerrier surnaturel à la mine patibulaire ?

Comme je pensais commencer mon tour de garde par l'enceinte de la propriété avant d'en inspecter l'intérieur, j'empruntai le trottoir dans leur direction. La perspective d'une confrontation avec des paparazzis ne me motivait pas outre mesure, mais je me dis qu'après tout le moment n'était pas plus mal choisi qu'un autre pour tenter d'afficher l'assurance qu'Ethan exigerait de moi vendredi soir. J'essayai de figer mes lèvres en un sourire vaguement avenant, adoptai une démarche nonchalante, et toisai les journalistes à travers ma frange.

Au fur et à mesure que je me rapprochais, simuler la confiance en moi me paraissait de plus en plus facile. Ils avaient beau sembler prêts à tout pour rafler le cliché du siècle, l'odeur de la peur flottait dans l'air. Soit ils redoutaient la proximité des gardes de RDI, soit celle des vampires. Plutôt ironique de constater qu'ils craignaient les gens – enfin, les créatures – qu'ils essayaient par tous les moyens d'immortaliser sur papier glacé…

Quand j'étais plus jeune et encore intégrée au clan Merit, j'avais été photographiée avec ma famille à de multiples reprises : lors de galas de charité, d'événements sportifs, à l'occasion de la destruction ou de l'inauguration d'édifices importants de Chicago, etc. Cependant, cette fois, les journalistes visaient un objectif différent, et je n'endossais plus le même rôle. Je jouais désormais le personnage principal et non plus la mignonne petite fille qu'un couple avide d'ascension sociale traînait dans tout Chicago. Lorsque j'arrivai près du groupe de paparazzis, ils se mirent à crier mon nom afin d'attirer mon attention et me prendre en photo sous le meilleur angle possible.

Il y eut une explosion de flashs qui m'aveugla et sembla imprimer toutes sortes de formes étranges sur mes rétines accoutumées à l'obscurité. Persistant à simuler l'arrogance, je tapotai la poignée de mon sabre, et constatai avec un certain amusement que les journalistes tressaillirent.

Comme des proies.

Je me mordillai la lèvre de façon provocante.

— Bonsoir, messieurs.

Les questions fusèrent à un rythme tel que je les comprenais à peine.

— Merit, montrez-nous votre épée!

— Merit, Merit, par ici!

— Merit, que se passe-t-il à la Maison Cadogan, ce soir?

— Nous profitons d'une très belle soirée de printemps à Chicago, déclarai-je finement, et nous sommes fiers de nous trouver dans la Ville des vents.

Ils poursuivirent l'interrogatoire. Je me contentai de réciter les phrases proposées par Luc, me félicitant d'avoir pris le temps de les étudier, même si elles se résumaient à peu de chose. Il s'agissait principalement de baratin sur notre amour pour Chicago et notre désir d'intégration, notre volonté de faire partie de la société. Heureusement, ils se cantonnèrent à ces sujets-là. Du moins au début.

— Avez-vous été surprise d'apprendre que c'était un vampire qui avait perpétré les meurtres du parc? aboya quelqu'un. Avez-vous été satisfaite de l'extradition de Célina Desaulniers?

Mon sourire s'estompa et mon cœur se mit à cogner dans ma poitrine. Voilà le genre de questions que Luc et Ethan souhaitaient éviter. Le genre que Jamie était censé poser.

— Vous refusez de répondre? insista le journaliste en se frayant un chemin jusqu'au-devant de la meute.

J'eus le souffle coupé. Il s'agissait bien d'un Breckenridge, mais pas de celui que j'attendais. Peut-être que tout le monde finit par revenir à Chicago, les vampires comme les humains.

Nicholas?

Il n'avait pas changé, à part qu'il paraissait plus âgé, plus grave. Mince, les cheveux bruns coupés court avec une petite frange, les yeux bleus, il était splendide, dans le style détaché. Il portait un jean, des Doc Martens et un tee-shirt gris près du corps. Il restait impassible, rien en lui ne trahissait le fait qu'il me connaissait.

Je m'étais souvent demandé comment je réagirais si jamais je revoyais Nick. J'ignorais si nous nous comporterions en amis ou, au contraire, garderions une certaine réserve. La seconde solution était la bonne à en croire l'agressivité de ses questions et l'attitude purement professionnelle qu'il affichait.

Je pouvais dire adieu à l'espoir de chaleureuses retrouvailles.

Nick ne se laissa pas démonter et insista :

— Est-ce que l'extradition constituait une peine suffisante pour Célina Desaulniers compte tenu des crimes odieux auxquels elle a participé à Chicago ? Elle a assassiné Jennifer Porter et Patricia Long !

Comme il persistait à faire mine de ne pas me reconnaître, je fis de même et le jaugeai d'un air condescendant.

— Les meurtres de Mlles Long et Porter nous ont profondément touchés, répondis-je.

On m'avait généreusement autorisée à garder sous silence l'attaque dont j'avais fait l'objet. La rumeur qu'un membre de la famille Merit avait été transformé en vampire s'était propagée rapidement. Toutefois, les circonstances qui avaient mené à l'événement restaient largement méconnues, du moins des humains.

— Célina Desaulniers a été punie pour le rôle qu'elle a joué dans cette affaire. Elle a été contrainte de renoncer à sa liberté et de quitter les États-Unis.

Mon estomac se noua lorsque je pensai à ce que j'omettais sciemment d'annoncer, à savoir que Célina ne purgeait plus sa peine d'emprisonnement étant donné qu'elle avait été relâchée. Cet aveu aurait provoqué une pagaille monstre que je préférais laisser à Ethan et aux autres Maîtres.

J'empruntai l'expression la plus impérieuse dont j'étais capable et ajoutai :

— Si vous souhaitez poser des questions relatives à la position des Maisons sur le jugement qui a été prononcé, je peux vous mettre en contact avec notre équipe chargée des relations publiques.

Prends ça, Breckenridge. Il accusa le coup en haussant les sourcils de manière arrogante.

— Est-ce le genre de choses auxquelles nous devons nous attendre de la part des vampires qui vivent parmi nous ? qu'ils sèment le trouble ? qu'ils commettent des meurtres ?

— Chicago abrite des vampires depuis de nombreuses années, Nick.

M'adresser à lui en utilisant son prénom provoqua les regards inquisiteurs des autres journalistes. Certains baissèrent leur appareil photo et se mirent à nous dévisager, sans doute étonnés du tour inattendu que prenait la conversation.

— Nous avons toujours vécu en paix avec les humains.

— C'est votre version des faits, riposta Nick. Comment peut-on être certains que les crimes irrésolus de cette ville n'ont pas été commis par des vampires ?

— Il est impossible de juger une communauté entière sur la base des actes d'un seul individu, Nick. C'est trop facile.

— Vous avez tous des crocs.

— Ce qui permet de justifier les préjugés ?

Il haussa les épaules.

— S'ils sont fondés…

Sa voix trahissait une animosité flagrante. Je n'aurais pourtant pas cru cela de Nick. Nous étions sortis ensemble au lycée et nous étions séparés à l'entrée à la fac. Nicholas avait entrepris des études de journalisme à Yale, tandis que j'avais choisi la littérature à l'université de New York. Nous n'avions pas réellement souffert de notre rupture étant donné que nous en étions tous deux arrivés à la conclusion qu'une relation amicale nous conviendrait mieux. Nous avions gardé le contact en échangeant des e-mails et en nous téléphonant de temps à autre. Nous avions ainsi poursuivi notre voie chacun de notre côté tout en restant en bons termes. Du moins en étais-je persuadée jusqu'à aujourd'hui.

Autre chose m'intriguait. Nous nous attendions à recevoir des coups de la famille Breckenridge, mais de la part de Jamie, pas de Nick. Que se passait-il?

— Merit! Merit!

Je détournai les yeux de Nicholas et de l'amertume que je lisais dans son regard.

— Merit, d'après les rumeurs, vous fréquentez Morgan Greer. Est-ce que vous confirmez?

Nous revoilà sur les rails. La justice ne fait pas le poids face aux histoires de fesses.

— En tant que Sentinelle de la Maison Cadogan, je fréquente en effet assez souvent M. Greer, qui, comme vous le savez tous, est l'un des Maîtres de Chicago.

Ils accueillirent ma pirouette avec quelques ricanements avant de tenter un nouvel assaut:

— Et rien de plus? Est-ce que vous sortez ensemble? C'est ce que prétendent nos informateurs.

J'adressai un sourire éclatant au journaliste qui m'avait posé la question, un homme mince à l'épaisse chevelure blonde qui portait une barbe de plusieurs jours.

—Vous me dites qui sont vos informateurs et, en échange, je vous réponds.

—Désolé, Merit, impossible de dévoiler nos sources. Mais elles sont fiables, j'en donne ma parole.

Notre dialogue entraîna une explosion de rires au sein de la troupe de paparazzis.

Je souris.

—Navrée de vous décevoir, mais je ne suis pas payée pour vous croire sur parole.

Quelque chose se mit à vibrer dans la poche de ma veste. Mon téléphone portable. Je ne sautais pas de joie à l'idée de laisser un Breckenridge étrangement en colère sur le pas de la porte, en particulier avec les humains munis de carnets et d'appareils photo qui l'entouraient, mais d'autres tâches m'attendaient. Je devais inspecter l'enceinte de la Maison Cadogan. Quelqu'un m'appelait à point nommé, m'offrant l'occasion de m'échapper.

—Bonsoir, messieurs, conclus-je avant de m'éloigner dans le brouhaha persistant de leurs interpellations.

Tout en plongeant la main dans ma poche pour m'emparer du téléphone, je songeai qu'il me faudrait informer Luc et Ethan du déroulement des événements, notamment de l'attitude de Nick Breckenridge. Mais pas avant d'avoir découvert ce qui se tramait. Soit notre informateur avait confondu les frères Breckenridge, soit il lançait des pistes douteuses afin de nous égarer. J'ignorais laquelle de ces deux possibilités était la pire.

Les flashs crépitaient encore derrière moi quand je commençai à marcher le long de la grille. Les cris me parvinrent dès que j'eus décroché.

Je ne distinguai tout d'abord que quelques bribes des phrases qu'elle hurlait : « Ordre », « Catcher », « magie »,

«Detroit», ainsi que «trois mois», éléments qui constituaient sans doute le motif de l'appel.

—Moins vite, ma chérie, je ne comprends rien à ce que tu racontes.

La diatribe cessa, mais s'ensuivit une succession de jurons qui heurtèrent mes oreilles pourtant blasées.

—… et si ce salopard pense que je vais passer trois mois à Detroit pour un stage à la con, il se fourre le doigt dans l'œil! Et pas qu'un peu! Je te jure, Merit, la prochaine fois que j'entends quelqu'un ne serait-ce que murmurer le mot «magie», je pète un plomb!

Je devinai sans peine que «ce salopard» désignait Catcher, mais le reste demeurait pour moi du charabia.

—Attends, Mallory, Catcher veut t'envoyer au Michigan pour trois mois?

Une respiration saccadée me parvint, comme si Mallory s'appliquait à atténuer la douleur d'un épisode de contractions douloureuses.

—Il s'est entretenu avec un membre de l'Ordre. Peu importe que Chicago soit la troisième ville du pays, il n'y a aucun représentant de l'Ordre, ici. Tu parles d'un syndicat! Enfin, on s'en fout, ce n'est pas notre problème, c'est leur salade historique. Mais le résultat, c'est qu'ils veulent que j'aille à Detroit pour m'entraîner avec je ne sais quel sorcier officiel, tout ça afin de m'éviter la tentation d'utiliser en public la magie dont je ne sais absolument pas me servir. C'est ridicule, Merit! Ridicule!

Tout en l'écoutant tempêter, je poursuivis ma ronde, essayant de rester attentive à ce qui m'entourait. Ce serait tellement plus simple de gérer ce genre de choses si je ne me préoccupais pas de vérifier derrière chaque lampadaire si des trolls ou des orques se préparaient à me sauter dessus. Tiens, d'ailleurs… Je me figeai. Y avait-il des orques à Chicago?

112

— Je dois partir dans deux jours! pesta Mallory. Et ce qui me casse le plus les couilles, c'est que, pendant toute la durée du stage, je ne serai pas autorisée à revenir à Chicago. Ils me laisseront moisir à Detroit!

— Je suis à peu certaine que tu n'as pas de couilles, lui fis-je remarquer, mais je vois ce que tu veux dire. Catcher connaît l'Ordre depuis longtemps. Il ne peut rien faire pour toi?

Mallory grommela.

— Si seulement! En gros, Catcher a perdu le bénéfice de son ancienneté en même temps que tout le reste quand il a choisi de rester à Chicago. Apparemment, c'est la raison pour laquelle ils l'ont viré. Parce qu'il préférait vivre ici, et ils n'ont pas voulu entendre que l'Ordre avait besoin d'un sorcier à Chicago, encore moins de quelqu'un du coin. Catcher ne peut pas compter sur beaucoup d'appuis, en ce moment. Ça craint qu'il n'existe aucune école de sorcellerie à temps partiel. Un genre de formation professionnelle en magie. Tu n'as jamais entendu parler d'un truc comme ça, mon chéri?

La pause qui succéda à sa question me fit sourire. Les marmonnements que je percevais indiquaient que Mallory s'entretenait avec Catcher. Celui-ci n'avait sans doute pas perdu une miette de notre conversation, et avait donc dû entendre Mallory le traiter de salopard. Compte tenu des entraînements qu'il me faisait subir, savoir qu'il était malmené de son côté suscitait en moi un certain sentiment de satisfaction. J'avais conscience qu'il était essentiel de me préparer au pire, bien sûr, surtout depuis la libération de Célina, mais je ne supportais plus les chuintements qu'émettait le sabre de Catcher chaque fois qu'il frôlait mes oreilles.

— Apparemment, ça n'existe pas, reprit Mallory.

— Ah, lâchai-je.

Une moitié de mon cerveau se demandait pourquoi Catcher se montrait irritable et évasif dès que quelqu'un mentionnait l'Ordre, tandis que l'autre était accaparée par ce qui ressemblait à une trouée dans la haie qui longeait la grille en fer forgé. Je me rapprochai et repérai quelques feuilles que la lumière aveuglante des lampadaires m'avait tout d'abord empêchée de discerner. Après une inspection en bonne et due forme, il se révéla qu'il s'agissait simplement d'une tache brune au cœur de la verdure et non du travail de quelque intrus malintentionné. Je devrais en parler à… bon, je ne savais pas à qui je devrais en parler, mais il y avait sans doute une sorte de jardinier à Cadogan.

— Tu m'écoutes ? Je traverse une crise, là, Merit.

— Désolée, je bosse. Je fais ma ronde.

Je poursuivis la surveillance de la rue sombre et déserte. Hormis la dizaine de paparazzis que j'avais déjà rencontrés, il ne se passait pas grand-chose.

— L'ordre est un genre de syndicat, non ? Tu ne pourrais pas déposer une réclamation ou quelque chose comme ça au sujet de ce stage à Detroit ?

— Bonne question. Catcher, on peut déposer une réclamation ? (Les bruits d'une conversation étouffée me parvinrent.) Non, rapporta Mallory. Je suis censée partir dans deux jours ! Bouge ton joli petit cul et viens me réconforter. Tu te rends compte, Merit, Detroit. Qui supporterait de passer trois mois à Detroit ?

— Au hasard, je dirais le million de personnes qui y habitent. Je ne peux pas quitter la Maison immédiatement. Je travaille. Je peux me rattraper plus tard, après le service ?

— Bon, d'accord. Et pour ta gouverne, Dark Sullivan met notre amitié à rude épreuve. Je sais bien que maintenant tu vis là-bas, mais ça ne devrait pas t'empêcher d'être présente quand j'ai besoin de toi.

Je grognai.

— Dark Sullivan ne serait pas de cet avis, mais je vais faire de mon mieux.

— Je t'attendrai en compagnie de Ben and Jerry's. J'ai un pot de Chunky Monkey en réserve, conclut Mallory.

Elle raccrocha avant que j'aie eu l'occasion de lui dire au revoir. Elle avait sans doute déjà plongé deux cuillères dans la crème glacée. Elle tiendrait le coup, du moins jusqu'à ce que je puisse aller la voir.

Heureusement, les heures suivantes s'écoulèrent sans heurts. Certes, j'assimilais autant de connaissances que possible, je m'entraînais conformément à mon programme et remplissais des fonctions qui s'apparentaient à celles d'un garde, mais je n'étais pas dupe quant à mes capacités à maîtriser les créatures malfaisantes susceptibles de surgir des ténèbres. D'accord, j'avais réussi à planter un pieu dans l'épaule de Célina alors qu'elle projetait de lancer un ultime assaut contre Ethan. Mais, en fait, j'avais visé le cœur. Si quelqu'un, ou quelque chose, rassemblait suffisamment de force et de courage pour attaquer Cadogan, je ne parviendrais même pas à faire peur avec mon sabre. Je me considérais plutôt comme une unité d'alerte. Je ne repousserais peut-être pas l'ennemi, mais serais au moins en mesure d'avertir le reste de l'équipe, des gardes bien plus expérimentés que moi.

En parlant d'avertir… Je savais qu'il me faudrait rapporter à Luc et Ethan la présence de Nick Breckenridge parmi la troupe de paparazzis qui avaient établi leur campement à notre porte. Cependant, je trouvais que j'avais déjà consacré suffisamment de temps à discuter des derniers drames surnaturels avec les deux hommes. De plus, j'avais quelques questions à poser à Nick, des questions qu'il m'était impossible d'aborder devant une foule de journalistes. Ethan et moi étions invités chez les Breckenridge le lendemain soir. Si Nick assistait à la fête, j'aurais l'occasion de mener ma petite enquête.

Cela me paraissait un bon plan, solide, digne d'une jeune Sentinelle. Ou alors un moyen ingénieux d'éviter Ethan.

— C'est tout bénef, quoi, murmurai-je en esquissant un sourire.

Mallory avait pris soin de moi quand j'avais eu à affronter ma métamorphose surnaturelle ; je me devais de lui rendre la pareille. Je montai donc dans ma Volvo et pris la direction de Wicker Park pour un moment entre filles – et loin de Dark Sullivan.

Le soleil ne se lèverait pas avant encore quelques heures, mais la lumière filtrait déjà à travers les fenêtres de la maison de grès brun lorsque j'arrivai. J'entrai directement sans prendre la peine de sonner, puis me dirigeai vers la cuisine. Il émanait de la pièce une odeur délicieuse.

— Du riz au poulet, annonça Mallory qui s'affairait devant la cuisinière, garnissant une assiette de riz qu'elle nappa de sauce.

Elle ajouta une cuisse de poulet rôti puis se tourna vers moi, tout sourires.

— Je savais que tu serais affamée.

— Tu es la meilleure, Mallory Carmichael.

Je portai l'assiette jusqu'à l'îlot central, m'assis et plongeai la fourchette dans le plat. Le métabolisme accéléré des vampires était génial pour garder la ligne. En contrepartie, l'appétit était décuplé. Je ne passais pas une heure sans me laisser aller à des rêveries impliquant des morceaux d'animaux grillés, rôtis ou sautés. Bien entendu, mon organisme avait besoin de sang, mais, comme Mallory me l'avait déjà fait remarquer, il jouait le même rôle que n'importe quelle autre vitamine. Boire du sang apportait une intense satisfaction, un certain réconfort. Un peu comme du bouillon de poule pour vampires. Le fait qu'il soit conditionné sous plastique et livré à domicile par une entreprise au nom aussi peu original que *Sang pour sang* n'en faisait certes pas un mets de haute gastronomie, mais ne gâchait en rien le plaisir qu'il procurait.

Le riz au poulet, pour sa part, atteignait des sommets. C'était l'une des premières recettes que Mallory m'avait préparées lorsque j'avais emménagé avec elle, trois ans auparavant. Je ne trouverais sans doute jamais rien d'aussi bon à la cafétéria de la Maison Cadogan.

Catcher entra à pas traînants dans la cuisine. Vêtu d'un jean, pieds nus, il enfilait un tee-shirt dont l'ourlet retomba juste à temps sur le tatouage circulaire qui ornait son abdomen. Comme j'avais déjà pu le constater, le cercle était divisé en quatre, symbolisant les Clés qui constituaient la magie.

— Salut, Merit, dit-il en se dirigeant vers le réfrigérateur. Content de voir que tu as réussi à ne pas revenir pendant… au moins vingt-quatre heures !

Je mâchai une bouchée de poulet puis déglutis.

— Je mène une enquête sur les sorciers au comportement déviant.

Il bougonna quelque chose en s'emparant d'une brique de lait qu'il porta à sa bouche, et se mit à ingurgiter le liquide à grands traits directement au goulot. Mallory le dévisagea avec une grimace de dégoût, et moi aussi. D'accord, je faisais la même chose avec le jus d'orange, mais c'était un garçon, et il buvait du lait. C'était tout simplement répugnant.

Mon regard rencontra celui de Mallory, et elle leva les yeux au ciel.

— Au moins, il rabat la lunette des toilettes, maintenant. C'est un grand progrès. Je t'aime, Catch.

Catcher grogna avec un petit sourire en coin. Après avoir refermé le réfrigérateur, il rejoignit Mallory et resta debout à côté d'elle.

— Je suppose que Sullivan t'a appris la nouvelle au sujet de Célina ?

— Tu veux savoir s'il m'a dit qu'elle était probablement en route pour Chicago avec l'intention de s'occuper de moi ? Je crois qu'il a évoqué quelque chose du style.

— Célina a été relâchée ? demanda Mallory en jetant un regard inquiet à Catcher. Sans blague ?

Il hocha la tête.

— On tâche de ne pas trop répandre l'information, mais c'est vrai. (Il me scruta d'un air inquisiteur.) Les vampires doivent vraiment aimer le cinéma, ils n'arrêtent pas de faire des histoires.

— C'est Célina qui n'arrête pas de faire des histoires, nuance, précisai-je en pointant ma fourchette vers lui. J'étais très contente de la savoir enfermée dans un cachot humide en Angleterre.

J'avalai une nouvelle bouchée de poulet. L'idée qu'une vampire narcissique traversait peut-être en ce moment même l'Atlantique pour me retrouver ne paraissait pas le moins du monde entamer mon appétit. D'un autre côté, autant profiter des bons petits plats tant qu'il était encore temps.

— Maintenant qu'on a parlé de ça, dis-je pour changer de sujet, est-ce que quelqu'un peut m'expliquer ces problèmes de sorciers ?

— Ils m'envoient loin d'ici, annonça Mallory.

— À Schaumburg, ajouta Catcher d'un ton sec. Je l'envoie à Schaumburg.

— Pas à Detroit, finalement ? m'étonnai-je, mon regard allant de l'un à l'autre.

Ce n'était pas tout à fait la même chose. Schaumburg, ville située à une cinquantaine de kilomètres dans la banlieue nord-ouest, se trouvait bien plus près de Chicago – et de moi – que Détroit, et il n'y avait aucun Grand Lac à traverser.

Mallory désigna Catcher du doigt.

— Monsieur a passé un coup de fil. Il n'a pas perdu toute influence au sein de l'Ordre, finalement.

À ces mots, Catcher se rembrunit.

— En fait, j'ai dû passer plusieurs coups de fil rien que pour arriver à joindre Baumgartner, alors parler d'une quelconque « influence » est un peu présomptueux. Disons qu'ils ont assoupli leur position sur la présence permanente d'un sorcier dans l'agglomération de Chicago.

— Qui est Baumgartner ? interrogeai-je.

— Le président du 155.

Devant mon air perplexe, Catcher précisa :

— Mon précédent syndicat, le centre numéro 155 du Collège Unifié des Lanceurs de sorts et des Sorciers.

Je faillis m'étouffer avec un morceau de viande, et, après une quinte de toux, je m'exclamai :

— L'acronyme de l'Ordre des sorciers est CULS ?

— Premièrement, ce nom leur va comme un gant, commenta Mallory en adressant un sourire en coin à Catcher. Deuxièmement, ça explique pourquoi ils l'appellent tout simplement « l'Ordre ».

J'approuvai ces deux points.

— Et alors ? Ils sont très bons en termes de performances économiques, mais complètement nuls en marketing, rétorqua Catcher. L'important, c'est qu'elle ne passera finalement pas trois mois à Detroit.

— Pourtant, c'est sûrement une ville sympa, suggéra Mallory.

— En effet, approuvai-je, uniquement pour la forme étant donné que je n'y étais jamais allée. En quoi consiste ce stage, alors ? des cours de magie et tout le reste ?

— Tout le reste, oui, dit Catcher. Il n'y aura pas de cours à proprement parler, ce sera plutôt un apprentissage sur le tas. Elle commencera par utiliser les Clés mineure et majeure afin de comprendre ses devoirs et obligations envers l'Ordre, et s'il leur reste quelques minutes (son ton devint cassant) elle apprendra à maîtriser et redistribuer le pouvoir qui s'est mis à circuler à travers son corps.

Je dévisageai Mallory, détaillant ses cheveux bleus, ses yeux de la même couleur, et sa tenue composée d'un jean moulant et d'un tee-shirt sur lequel on pouvait lire « Miss coquine ». Comment mon amie, ex-cadre dans une agence de pub, réussirait-elle à relever ce défi ?

— Ah, fut tout ce que je trouvai à dire.

— Elle va expérimenter ce pouvoir, l'intégrer en elle, apprendre à le diriger.

Il s'interrompit, le regard perdu dans le vide, jusqu'à ce que Mallory lui effleure la main du bout des doigts. Il pivota et la regarda.

— Les sorciers se forment en s'exerçant à canaliser la magie. Sans théorie, sans livres, simplement par la pratique. Ils mettront Mallory en situation, à Schaumburg, et elle devra se débrouiller. Toute seule. C'est une méthode radicale, il n'y aura aucune issue de secours.

J'attendais que Catcher ajoute quelque chose du style « moi aussi, je suis passé par là ». Il avait parlé comme un ancien regrettant les changements survenus depuis son époque à lui, quand il devait faire les allers-retours à l'école à pied sur un chemin de terre, etc. Bien sûr, j'étais persuadée qu'il était bien plus ardu de maîtriser la magie qui circulait dans le corps menu de Mallory que de porter quelques bouquins d'arithmétique sur la route de l'école.

—Putain! m'exclamai-je en adressant à mon amie un regard compatissant. Au moins, on fournit aux vampires un manuel de référence.

D'un autre côté, on ne nous fournissait rien d'autre. Luc accordait une grande importance à l'entraînement, ce que j'appréciais, mais Ethan et lui avaient pris leurs fonctions au sein de la Maison après avoir accumulé de l'expérience pendant de nombreuses décennies. Je n'avais disposé pour ma part que de deux semaines, d'un sorcier lunatique et d'un katana pour me préparer à mon rôle de Sentinelle.

—Bref, je vais à Schaumburg, où j'acquerrai un peu moins de pratique qu'au cours d'un stage d'été à Détroit, mais, avec un peu de chance, suffisamment pour que je ne transforme pas les sales types en tas de paillettes dès que je claque des doigts sans faire exprès.

Geste qu'elle effectua afin d'illustrer ses propos. Une petite étincelle bleue jaillit aussitôt à l'extrémité de ses doigts et l'air vibra sous l'effet de l'onde magique. Catcher referma sa main sur l'étincelle et, lorsqu'il la rouvrit, un globe dégageant une lueur bleutée se trouvait au creux de sa paume. Il l'amena au niveau de ses lèvres et souffla sur la sphère, qui explosa en une pluie scintillante. Les particules chargées d'énergie surnaturelle se dispersèrent avant de disparaître.

Catcher considéra ensuite Mallory d'un air lascif qui me fit penser que j'avais fait un bon choix – un excellent choix – en emménageant à Cadogan.

—Elle n'est pas mal du tout, comme canal.

Oh non, pitié, je n'avais aucune envie d'entendre Catcher vanter les qualités de Mallory en tant que canal.

— Schaumburg, donc, répétai-je afin de recentrer la conversation. (J'avalai une nouvelle bouchée avant d'avoir totalement perdu l'appétit.) Et tu y feras ton stage. Combien de temps tu vas y rester ? Ça durera longtemps ? Dis-moi tout.

— Elle aura des séances toutes les nuits, expliqua Catcher. Elle passera la plupart de ses soirées à Schaumburg pendant un moment, mais comme elle a obtenu une dérogation, on ne connaît pas encore exactement la durée de sa formation. Ils s'adapteront à son cas. Je suppose qu'elle y restera jusqu'à ce qu'elle ait montré ce qu'elle vaut.

Sur ces derniers mots, j'échangeai un regard cynique avec Mallory.

— Le pire, c'est qu'il ne plaisante pas, dit-elle.

Une pensée me traversa l'esprit.

— Oh, merde. Et ton travail, Mallory ?

Elle devint anormalement pâle, puis étira son bras et saisit une enveloppe au sommet d'une pile de courrier posée à l'extrémité de l'îlot. Elle la tourna pour que je puisse déchiffrer le nom du destinataire : McGettrick Combs.

— C'est une lettre de démission ?

Elle hocha la tête en silence et replaça le pli où elle l'avait pris.

Catcher porta sa main à la nuque de Mallory et la caressa doucement.

— On était d'accord, dit-il.

— Oui, répondit Mallory en baissant le menton. Mais il faut que je me fasse à l'idée…

Lorsque je croisai son regard, ses yeux étaient embués de larmes. Malgré la gêne que j'avais éprouvée en surprenant leurs ébats, je me sentais rassurée de savoir Catcher avec elle. Il avait traversé les mêmes épreuves et qu'elle pourrait la guider, ou tout simplement la réconforter quand elle en aurait besoin.

— Je suis désolée, Mallory, déclarai-je simplement.

Elle adorait son travail, qu'elle accomplissait avec talent. Elle sautait de joie chaque fois qu'une publicité qu'elle avait conceptualisée était diffusée dans le *Trib* ou sur ABC7.

Elle renifla, hocha la tête et essuya les larmes qui perlaient sur ses cils d'un revers de la main avant d'émettre un gloussement étouffé.

— Hé, je vais recevoir une carte de membre de l'Ordre, imagine toutes les portes que ça m'ouvrira.

— C'est vrai, ma puce, confirma Catcher en plantant un baiser sur sa tempe. Tout à fait vrai.

— Je ne veux pas jouer les trouble-fête, intervins-je, mais est-ce que ces portes s'ouvriront sur quelque chose comme des coffres-forts, ou un genre de salaire?

Catcher approuva.

— Étant donné que l'Ordre s'est finalement rendu compte qu'il serait utile d'organiser une permanence à Chicago, ils feront appel à ses services après sa formation.

Il avait énoncé le début de la phrase d'un ton bourru et amer. Typique de Catcher.

— Comment ça, « ils feront appel à ses services »? demandai-je, le regard rivé sur Mallory, qui m'adressa un sourire entendu.

— Je m'occuperai de calmer les disputes, mener des enquêtes, ce genre de choses. (Elle haussa les épaules.) Bref, j'aurai un travail. Le salaire n'atteindra jamais les montants accordés par Cadogan, mais ça me suffira. En parlant de ça, quoi de neuf de ton côté? Comment tu supportes ta nouvelle vie sous la supervision de Dark Sullivan?

— Eh bien… On m'a embringuée dans des petites combines, expliquai-je.

Subitement, Catcher marmonna un juron, sortit son portefeuille de la poche de son jean, et en tira un billet de 20 dollars qu'il tendit à Mallory.

Elle sourit à sa vue, s'en empara, puis le plia soigneusement et le glissa dans son décolleté.

— Au nom de la Banque Carmichael, je te remercie.

Remarquant mon expression déconcertée, elle désigna Catcher d'un signe de tête.

— J'avais parié que tu serais mêlée à des intrigues dès le premier jour. M. Bell ici présent pensait que Dark Sullivan te laisserait le temps de « t'installer ».

En prononçant le dernier mot, elle mima des guillemets d'un mouvement de doigts.

— Zut, j'aurais bien aimé parier, moi aussi.

J'hésitais à leur dévoiler lesdites intrigues, mais comme je ne doutais pas qu'Ethan informerait Catcher de son plan, et que celui-ci en parlerait à Mallory, je ne prenais pas beaucoup de risques.

— On fait un petit travail de reconnaissance. Pour faire court, je rentre à la maison.

Mallory arqua les sourcils.

— Comment ça, « à la maison » ?

— Je vais renouer avec le clan Merit.

— Sérieusement ?

— Eh oui. Je dois essayer de me rapprocher d'un vieil ami. Selon Ethan, ou du moins selon ce qu'il a bien voulu me dire, on s'efforce de tenir certaines activités vampire pour le moins douteuses à l'abri de la curiosité des humains. Il a peut-être d'autres motivations, mais Dieu seul sait lesquelles.

— Est-ce que te mettre dans son lit en serait une autre, par hasard ?

Je grimaçai.

— Beurk.

124

Mallory leva les yeux au ciel, apparemment peu convaincue par mon expression dégoûtée.

— Oh, arrête. L'idée ne t'aurait pas déplu s'il n'était pas si chiant.

— Mais il est vraiment chiant, murmurai-je.

— En parlant de ne pas déplaire, renchérit malicieusement Mallory, tu as des nouvelles de Morgan ? Vous avez quelque chose de prévu ce week-end ?

— Pas vraiment, répondis-je évasivement.

Je ne me sentais pas prête à aborder ce sujet, même s'il n'y avait pas grand-chose à dire de toute façon. Inutile de s'étendre sur les sentiments contradictoires que j'éprouvais envers l'homme avec lequel j'étais censée sortir.

Je consultai ma montre. Encore deux heures avant le lever du soleil. Ce qui me laissait le temps de rentrer discrètement à la Maison Cadogan, d'épuiser les réserves d'eau chaude sous la douche et de décompresser avant de me coucher.

— Je dois me sauver, leur annonçai-je. (Je déposai mon assiette vide dans l'évier puis me retournai vers eux.) Quand doit commencer le stage ?

— Dimanche, répondit Mallory en se levant.

Elle disposerait donc de deux jours pour laisser libre cours à sa colère, ou du moins s'accorder quelques rounds musclés avec Catcher.

— Je te raccompagne, dit-elle.

Catcher nous suivit, un bras autour des épaules de Mallory. Une fois dans le salon, il s'avachit dans le canapé sans prononcer un mot, jambes croisées sur la table basse et télécommande à la main. Il alluma la télévision, qu'il régla aussitôt sur la chaîne féminine.

Mallory, la tête penchée, considéra cet homme incroyablement viril et ultra-sexy captivé par une série à l'eau de rose, et je l'imitai. Il nous glissa un regard gêné et roula des yeux avant de se concentrer de nouveau sur l'écran.

— Vous savez bien que j'adore cette merde, s'expliqua-t-il. (Il esquissa un vague geste en direction de Mallory.) Et elle vit avec moi.

Apparemment satisfait de sa ligne de défense, il renifla, plaça la télécommande dans le creux que formaient ses jambes accolées et croisa les bras derrière la tête.

— Ma vie, déclara Mallory. Mon amour. Celui qui détient mon cœur.

— Celui qui détient ta télécommande, précisai-je avant de la serrer contre moi. Je t'aime. Appelle-moi quand tu veux.

— Je t'aime aussi, répondit-elle.

On mit fin à notre étreinte, et elle désigna Catcher du menton.

— Il cuisine, samedi soir. On a conclu une sorte de marché. Je n'ai plus vraiment besoin de fêter mon départ, mais je ne suis pas du genre à protester si quelqu'un propose d'organiser un dîner en mon honneur. On dira qu'on fête mon non-départ. Viens te joindre à nous. Peut-être avec Morgan ?

Je la gratifiai d'un regard sarcastique.

— Une fête de non-départ ?

— Pfff, soupira-t-elle d'un air exaspéré. Tu es aussi têtue que lui. Tu peux appeler ça une soirée de lancement, si tu préfères. Je suis une sorcière sur le point d'éclore. On n'a pas encore fêté ça, et il me semble que j'y ai droit.

Je la quittai sur ces mots après un dernier au revoir, puis m'engouffrai dans ma voiture et pris la direction de Hyde Park. Je me garai à proximité de la grille de Cadogan puis traversai la Maison et regagnai ma chambre au premier étage.

Je posai mes clés et me délestai de mon sabre avant d'embrasser la pièce du regard. J'avais prévu de passer un long moment sous la douche puis de bouquiner en pyjama en attendant l'aube. Cependant, l'idée qu'en quarante-huit heures j'avais à peine entraperçu quelques-uns des quatre-vingt-dix-sept autres résidents m'incita à changer d'avis. Je décidai donc, pour une fois, de déroger à mes habitudes d'intello asociale, éteignis la lumière et fermai la porte avant d'emprunter l'escalier.

Une cacophonie de voix et de sons provenant de la télévision s'élevait depuis la chambre de Lindsey. Je frappai et, après que Lindsey m'eut invitée à entrer – en criant « amène ton cul par ici, Sentinelle » –, je poussai le battant.

La pièce minuscule, qui donnait déjà l'impression de crouler sous les meubles et la décoration au style exubérant, était bondée. Je comptai six personnes, dont Lindsey et Malik, qui étaient allongés sur le lit. Kelley et Connor – nouveau vampire et actuel galant de Lindsey – étaient assis par terre entre deux camarades que je ne connaissais pas. Tous les regards convergeaient vers le petit écran rond d'une télévision qui trônait sur la bibliothèque. Des filles toutes minces y critiquaient avec un fort accent les goûts vestimentaires d'une femme imposante habillée d'une robe aux couleurs criardes qui ne manquait pas de répondant.

— La porte, marmonna Kelley sans quitter le poste des yeux.

J'obéis et fermai derrière moi.

— Pose-toi, Sentinelle, m'enjoignit Lindsey en tapotant le lit à côté d'elle.

Elle s'écarta de Malik afin de me laisser la place de m'insérer entre eux. Je me frayai avec précaution un chemin entre les vampires, enjambant un carton contenant une pizza à demi mangée dont la vue suffit à faire gronder mon estomac. Même le sang ne provoquait pas ce genre de rugissements. Je grimpai ensuite sur le lit où je dus m'aventurer tête la première avant de pivoter doucement, m'excusant auprès de Malik et Lindsey pour les coups que je leur flanquai au passage. Je mis les grognements et gémissements que j'entendis sur le compte de la série télévisée, qui montrait ce qui ressemblait à l'apothéose d'un combat de langues de pute.

—Je te présente Margot et Katherine, déclara Lindsey en désignant les deux vampires inconnues assises au sol.

Margot, une superbe brune au carré sévère avec une frange formant un « V » dont la pointe était située entre deux yeux couleur d'ambre, se retourna et m'adressa un petit coucou. Katherine, dont les cheveux châtain clair étaient amassés en un chignon haut, pivota également et esquissa un sourire.

—Merit, me présentai-je en les saluant de la main.

—Elles savent qui tu es, super Sentinelle, annonça Lindsey. Et bien sûr, tu connais déjà Kelley et Connor.

Je m'installai plus confortablement en plaçant un oreiller derrière mon dos, et, jambes croisées, plissai les paupières pour mieux voir le minuscule écran de télévision placé à deux mètres de distance.

Connor me regarda en souriant.

—Heureusement que tu es arrivée. J'étais le seul jeune homme parmi ces vieux. Ils ont tous au moins cinquante ans de plus que moi.

—Eh, je suis désolée de t'apprendre ça, sucre d'orge, mais tu n'es plus un « homme », lança Lindsey.

À sa demande, les autres lui tendirent le carton de pizza. Elle s'empara d'une part sans quitter l'écran de télévision des yeux, puis fit passer la boîte. Je la posai sur mes genoux, saisis à mon tour une part et y mordis à pleines dents.

Je mâchonnai lentement la bouchée afin de m'assurer que la garniture contenait de la viande. Bingo. Certes, la pâte n'était pas terrible, et la pizza, à peine tiède et bien trop mince à mon goût, manquait de sauce et de fromage, mais je la trouvai néanmoins tout à fait mangeable.

Malik se pencha vers moi.

— Tu es au courant qu'elle a été relâchée ?

Il n'avait encore jamais pris l'initiative de m'adresser la parole depuis que j'avais été transformée en vampire, deux mois auparavant. C'était également la première fois que je le voyais en jean et polo.

Je déglutis, puis murmurai :

— Oui. Ethan me l'a appris hier.

Il hocha la tête et concentra de nouveau son attention sur l'écran sans laisser paraître aucune émotion.

Pour une première conversation, c'était un peu léger. Je considérai toutefois que ces quelques mots reflétaient une marque d'intérêt, et décidai de m'en satisfaire.

Un véritable brouhaha s'éleva lorsqu'une publicité interrompit la série télévisée. Margot, Lindsey, Connor, Katherine et Kelley commentèrent les scènes, débattant au sujet de qui gagnait et de qui fondrait en larmes en premier quand les résultats seraient annoncés. Je n'étais pas certaine des enjeux ni des objectifs, mais comme mes petits camarades semblaient captivés par le drame terrible que vivaient ces pauvres humains, je m'adaptai et tentai de suivre leurs échanges.

— On encourage la petite peste, expliqua Lindsey en mordillant la croûte de sa part de pizza.

— C'était toutes des pestes, non ? fis-je remarquer.

Au bout de quelques minutes de publicité, Malik entreprit de s'extirper du lit.

— Est-ce que c'est moi ? demandai-je à voix basse. Si oui, je peux aller prendre une douche.

Il gloussa en posant le pied à terre. La lueur émise par la télévision se refléta sur le médaillon qu'il portait autour du cou. Quelque chose d'autre renvoya un éclat – un petit crucifix qui oscillait au bout d'une fine chaîne, tous deux en argent. Encore un mythe à jeter à la poubelle.

— Ce n'est pas ta faute, expliqua Malik. Je dois rentrer.

Il tenta de sortir en évitant de marcher sur ses camarades, totalement imperméables à ses efforts.

— Baisse-toi !

— Dehors, vampire ! lâcha Margot en lui lançant une poignée de pop-corn. Plus vite que ça !

En dépit de leurs sarcasmes, il les salua avant de disparaître dans le couloir.

Je me penchai vers Lindsey :

— Il doit rentrer faire quoi ?

— Hmmm ? marmonna-t-elle d'un air absent, absorbée par son émission.

— Malik. Il a dit qu'il devait rentrer. Pourquoi ?

— Oh, répondit Lindsey. Pour rejoindre sa femme. Elle vit ici avec lui. Ils occupent une suite au même étage que toi.

Je cillai.

— Malik est marié ? m'exclamai-je.

Mon interrogation portait davantage sur le mot « marié » que sur « Malik ». De ce que j'avais pu constater, les vampires avaient plus ou moins un mode de vie étudiant. Le fait de résider dans une sorte d'internat ne favorisait sans doute pas la longévité d'un couple.

— Il est avec sa femme depuis toujours, précisa Lindsey. Ils ont été transformés ensemble. Ta chambre se situe dans le même couloir que la leur. Tu devrais passer leur dire bonjour, ça se fait, entre voisins.

—Je ne suis pas très douée pour les relations de voisinage, avouai-je.

Bel euphémisme : Malik était le seul vampire que je connaissais à habiter au premier étage, et je ne le savais que depuis quatre secondes.

—On aurait bien besoin de soirées pour se mélanger un peu.

Lindsey accueillit ma remarque d'un air peu convaincu.

—Nous ne sommes pas à l'université. Ce genre de fêtes, c'est une excuse pour se soûler et se faire peloter par des gens qu'on vient de rencontrer. (Elle caressa du regard la nuque de Connor et esquissa un sourire lascif.) D'un autre côté…

—D'un autre côté, tu briserais le cœur de Luc. Laissons tomber cette idée pour le moment.

—Arrête de jouer à la mère poule.

J'émis un grognement.

—Je ne peux même pas te punir ?

—Je ne crois pas, non, persifla-t-elle en grimaçant. Allez, maintenant tais-toi, et regarde les sales pestes à la télé.

Je restai jusqu'à ce que l'émission soit finie et que la dernière miette de pizza ait été avalée. Alors, les vampires installés à même le sol se levèrent, s'étirèrent, puis dirent au revoir. J'étais contente d'avoir fait l'effort de venir, et de m'être montrée capable de passer un moment en compagnie de résidents de Cadogan autres que le Maître de la Maison âgé de trois cent quatre-vingt-quatorze ans. À la fac, j'avais passé le plus clair de mon temps à lire et étudier, supposant que j'aurais tout le loisir de me faire des amis plus tard. La cérémonie de remise des diplômes était vite arrivée, et je ne connaissais pas les autres étudiants aussi bien que je l'aurais dû. L'occasion de remédier à cela se présentait à moi, désormais. Une nouvelle chance m'était donnée de m'intéresser aux personnes qui m'entouraient au lieu de me perdre dans des considérations intellectuelles.

Je dépassai l'angle du couloir qui menait à l'escalier, tellement absorbée dans mes pensées que je fus surprise de tomber nez à nez avec Ethan. Le fait qu'il vivait au deuxième étage m'était complètement sorti de l'esprit.

Il se tenait sur le seuil des anciens appartements d'Amber, la femme qui avait été sa consorte et qui l'avait trahi en œuvrant en secret pour le compte de Célina. Il leva la tête vers moi lorsque je me rapprochai, mais l'arrivée de deux hommes robustes portant une commode imposante rompit le contact visuel.

— Encore deux ou trois chargements et ce sera terminé, dit l'un d'eux à Ethan avec un fort accent de Chicago.

Ils entreprirent la traversée du couloir à pas précautionneux.

— Merci, répondit-il en assistant à la manœuvre des deux individus courbés sous le poids du meuble.

La scène qui se déroulait sous mes yeux m'intriguait. Transporter des objets volumineux et pesants aurait constitué une tâche aisée pour des vampires et n'aurait pas requis la supervision d'Ethan à 5 heures du matin. Ce dernier ne semblait d'ailleurs pas ravi de contrôler le travail de ces déménageurs, humains ou pas, et je me demandai pourquoi il n'avait pas confié ce rôle à Helen.

Peut-être qu'il a besoin de ça, supposai-je. Peut-être considérait-il cette corvée comme une catharsis, une chance de purifier la pièce et nettoyer l'air de toute trace de celle qui l'avait occupée.

J'éprouvai l'envie de dire quelque chose, de lui montrer que je partageais la peine qu'il devait ressentir. J'ignorais cependant de quelle manière lui exprimer mon soutien, ni avec quels mots le formuler sans qu'il l'interprète comme une insulte. Ou comme une manifestation excessive d'émotions, un débordement de sentiments. Un comportement trop humain. Je croisai à nouveau son regard, dans lequel je lus une sorte de résignation mêlée à du ressentiment, puis il détourna les yeux et se glissa dans le boudoir.

Je demeurai quelques instants interdite, hésitant à le suivre pour tenter de lui apporter quelque réconfort. Je pouvais également lui réserver le même silence qu'il avait observé envers moi, en supposant que c'était ce dont il avait besoin. Une fois ma décision prise, je marchai droit vers l'escalier sans m'arrêter, puis m'effondrai sur mon lit juste avant que ce qu'Homère appelait « l'Aurore aux doigts de rose » apparaisse, quand l'horizon commençait à peine à présenter des teintes pastel. C'était tout de suite moins poétique quand l'aube risquait de vous frire et vous réduire à l'état de cendres.

7

LA REINE DU BAL

Je me réveillai en sursaut, tirée du sommeil par des coups secs tapés à ma porte. Je tentai de chasser de mon esprit les images rémanentes de mon rêve – un clair de lune se reflétant sur des eaux sombres –, m'assis et me frottai les yeux.

On frappa derechef.

— Une seconde !

Je me dépêtrai des couvertures que j'avais ramenées sur moi pendant le jour et jetai un regard furtif vers le réveil de ma table de nuit. Il était un tout petit peu plus de 19 heures. Dans à peine une heure, les cocktails seraient servis à la fête des Breckenridge. Je balançai mes pieds par-dessus le rebord du lit puis les posai à terre. Je me levai rapidement et marchai d'un pas traînant jusqu'au seuil, où je me rendis compte que j'étais affublée d'un tee-shirt froissé et de mon pantalon d'uniforme – soit les mêmes habits que la veille.

Je déverrouillai la porte et l'ouvris. Je découvris Ethan, qui était vêtu avec élégance d'un pantalon de costume et d'une chemise blanche boutonnée jusqu'au col. Il avait ramené ses cheveux en arrière, mettant en évidence le médaillon Cadogan qu'il portait autour du cou. Alors que j'étais mal réveillée et toute fripée, Ethan était fringant et alerte, ses yeux d'un vert émeraude lumineux. Son expression traduisait un sentiment situé entre la confusion et la déception, comme s'il hésitait entre ces deux émotions.

—La nuit a été longue, Sentinelle?

Il avait parlé d'un ton neutre. Il me fallut un moment pour me rendre compte de la conclusion qu'il avait tirée de ma tenue. Il pensait sûrement qu'un rendez-vous m'avait retenue jusqu'à une heure tardive et que je n'avais pas pris la peine d'ôter mon uniforme avant de me coucher. Sa Sentinelle, la femme qu'il avait envoyée dans les bras du Maître de la Maison Navarre dans l'espoir d'établir une alliance, portait les mêmes habits que la veille.

Bien entendu, je n'avais pas vu Morgan depuis des jours. Mais Ethan n'avait pas besoin de le savoir.

Je réprimai un sourire et rétorquai de manière à le provoquer:

—Oui, en effet.

Un sourcil arqué en signe de désapprobation, Ethan me présenta une housse à vêtement de couleur noire.

Je tendis la main et la saisis.

—Qu'est-ce que c'est?

—C'est pour ce soir. Quelque chose de plus… approprié que ce que tu as l'habitude de porter.

Je me retins de riposter – Ethan n'était pas un fervent admirateur de mon style habituel, à savoir jeans et tee-shirts superposés – et laissai la reconnaissance que j'éprouvais envers son geste l'emporter sur mon besoin d'avoir le dernier mot. Ce soir, je rentrais au bercail. Je réintégrais le cercle très fermé de l'élite de Chicago. L'occasion de revêtir une tenue et d'adopter un comportement adapté. D'utiliser mon nom comme le ticket d'entrée qu'il était réellement. Que je sois une Merit ou pas, la tâche serait sacrément plus facile avec une jolie robe qu'avec ce que je pourrais dénicher dans ma penderie.

— Merci, finis-je donc par articuler.

Il releva sa manchette, révélant une large montre en argent.

— Tu trouveras des chaussures assorties dans ta penderie. J'ai demandé à Helen de les déposer hier soir. Comme tu le sais sans doute, Loring Park ne se situe pas tout près, nous devons partir dès que possible. Je te retrouve en bas dans une demi-heure.

— Quarante-cinq minutes, négociai-je. Je suis une fille, crus-je bon d'argumenter devant son air exaspéré.

Il reprit une expression impénétrable.

— J'ai remarqué, Sentinelle. Quarante minutes.

Je le saluai fraîchement alors qu'il traversait déjà le couloir, puis repoussai la porte. Incapable de résister plus longtemps à la curiosité qui me taraudait, je posai la housse sur le lit et refermai les doigts sur la tirette de la fermeture Éclair.

Cinq dollars qu'elle est noire, pariai-je avant d'ouvrir.

J'avais raison.

Je découvris une robe de soirée de taffetas noir au haut ajusté. La jupe à la coupe arrondie couvrait les jambes jusqu'au-dessus du genou. Les plis élégants du tissu transformaient ce qui aurait pu n'être qu'une petite robe noire classique en une tenue très sexy.

Mais, sexy ou pas, elle était quand même bien plus guindée que les jeans et Puma que j'avais l'habitude de porter. Tout à fait le genre de vêtement que j'avais soigneusement évité pendant les dix dernières années.

Je sortis la robe de sa housse et la dégageai du cintre, puis l'appliquai contre ma poitrine et contemplai le reflet que me renvoyait le miroir en pied. Je n'avais pas beaucoup changé entre vingt-sept et vingt-huit ans, à part que mes cheveux raides étaient désormais plus sombres et ma peau plus pâle. Si je m'abstenais de me prélasser de manière inconsidérée sous le soleil et si je parvenais à ne pas me faire transpercer par la pointe d'un katana ou d'un pieu en tremble, je garderais l'apparence de mes vingt-sept ans – l'âge que j'avais quand Ethan m'avait transformée – pour le restant de mes jours. Pour l'éternité, si je réussissais à tenir jusque-là. Ma longévité dépendrait du nombre d'ennemis que je totaliserais et de l'étendue de ce qu'on me demanderait de sacrifier pour la Maison Cadogan.

Pour Ethan.

À cette pensée, j'expirai lentement, priant en silence pour que mes réserves de patience me permettent de tenir bon. Comme l'heure tournait, je reposai délicatement la robe sur le lit et me préparai à prendre une douche.

L'eau mit du temps à chauffer, ce qui n'était sans doute pas surprenant pour cette vieille bâtisse. J'enjambai le rebord de la baignoire aux pieds en forme de griffes, fermai le rideau puis plongeai la tête sous le jet délicieusement brûlant. La lumière du jour me manquait. J'aurais aimé pouvoir encore jouir de la chaleur des journées de printemps, lever le visage vers le soleil et me laisser caresser par ses rayons. Je devais désormais me contenter des éclairages électriques et de la lueur de la lune, mais une douche chaude constituait un substitut étonnamment satisfaisant.

Je demeurai blottie dans la baignoire jusqu'à ce que la salle de bains soit envahie par un nuage de vapeur. Une fois sortie, je m'essuyai et m'enroulai une serviette autour de la tête, puis entrepris de rassembler ma tenue. Je trouvai les chaussures qu'Ethan avait mentionnées dans le placard, nichées dans une boîte noire brillante et soigneusement enveloppées dans du papier de soie blanc. Je les déballai.

Il s'agissait d'escarpins munis de fines brides et de talons aiguilles vertigineux.

Les tenant par la lanière, je les évaluai du regard en les faisant tournoyer devant mes yeux. J'avais souvent mis des pointes, et avais troqué les chaussons de danse pour des Converse et des Puma à l'université. Pas pour des Louboutin ou des Prada. D'accord, j'accorderais cette faveur à Ethan, mais j'espérais sincèrement ne pas avoir à piquer un sprint chez les Breckenridge.

J'enfilai des sous-vêtements, me brossai et me séchai les cheveux, puis apposai quelques touches de maquillage. Du brillant à lèvres. Du mascara. Un peu de fard à joues pour l'occasion. Lorsque ma chevelure scintilla, je la rassemblai en une queue-de-cheval haute et laissai ma longue frange retomber sur mon front, coiffure qui me semblait suffisamment moderne pour aller avec la robe raffinée et les talons aiguilles.

Je me regardai dans le miroir et fus agréablement surprise de ce que j'y découvris. Le maquillage illuminait mon visage, mon teint clair faisait ressortir le bleu de mes yeux, et mes lèvres couvertes de brillant paraissaient pulpeuses. On me disait «jolie» auparavant, mais j'étais trop préoccupée par les livres et les rayons de la bibliothèque, que j'arpentais lunettes sur le nez et Converse Chuck Taylor aux pieds, pour mettre en avant mes attributs féminins. De manière ironique, j'avais appris à jouer de mes atouts depuis que j'étais devenue une prédatrice.

Satisfaite du résultat, je sortis d'un tiroir une petite boîte recouverte de velours indigo que j'avais emportée en quittant Wicker Park. Elle renfermait les perles de la famille Merit, l'un des premiers achats réalisés par mon père après avoir bâti sa fortune. Il les avait offertes à ma mère pour leur dixième anniversaire de mariage. Ma sœur

Charlotte les avait portées quand elle avait fait ses débuts dans la société, et me les avait données lorsque mon tour était arrivé. Un jour, je les transmettrais à Mary-Catherine et Olivia, les filles de Charlotte.

Je passai mon doigt sur les perles aussi douces que de la soie avant de diriger mon regard sur la fine chaîne en or posée sur mon bureau. Un pendentif y était attaché : mon médaillon de Cadogan. Sur le mince disque poinçonné étaient gravés le nom de la Maison, son numéro au Registre des Vampires d'Amérique du Nord – 4 –, ainsi que mon prénom et ma fonction.

Devais-je décider du bijou à porter selon la volonté de mon père, ou selon celle d'Ethan ? Le choix était cornélien.

J'optai pour une troisième solution – m'habiller selon les désirs de Merit, Sentinelle de Cadogan. Je ne me rendais pas chez les Breck par besoin de voir mon père ou par souci d'obéir à un quelconque sens déplacé des obligations familiales. J'y allais parce que j'en avais fait la promesse. J'avais juré d'agir dans l'intérêt de Cadogan.

Une fois ma décision arrêtée, je me passai le médaillon autour du cou, enfilai la robe et glissai mes pieds dans les escarpins avant d'attacher les brides. Je remplis une petite pochette de produits de première nécessité, puis empoignai mon sabre. Après tout, j'étais en service.

Je vérifiai l'heure à mon réveil – je disposais de deux minutes pour descendre. Comme il ne me restait plus guère de temps pour procrastiner, je m'emparai de mon téléphone portable sur le bureau, quittai la pièce et fermai la porte tout en composant le numéro de Morgan.

—Morgan Greer.

—Salut, c'est Merit, euh…, eh bien, Merit tout court. Vu que c'est mon seul nom.

Je l'entendis glousser.

— La question est : jusqu'à quand ? ironisa-t-il, ce que je pris pour une allusion flatteuse au futur statut de Maître qu'il prévoyait pour moi. Qu'est-ce que tu fais ?

— Je travaille, répondis-je précipitamment.

Je n'étais pas autorisée à lui fournir davantage d'informations, et n'en éprouvais d'ailleurs pas le désir. J'avais le pressentiment que Morgan s'interrogeait déjà sur ma relation avec Ethan ; il était inutile de jeter de l'huile sur le feu. En revanche, je pouvais aborder un autre sujet…

— Mallory commence son stage de sorcellerie dimanche, on célèbre ça par un dîner demain soir. Elle, Catcher et moi. Tu pourrais te joindre à nous ?

— Bien sûr. À Wicker Park ? fit-il d'un ton joyeux ; il se réjouissait de l'invitation.

— Ben oui, à moins que tu ne préfères manger à la cafétéria de Cadogan. Je crois qu'il y a des bâtonnets de poulet pané et de la gelée, au menu.

— Bon, Wicker Park, alors. (Il marqua une pause.) Merit ?

— Ouais ?

— Je suis content que tu aies appelé. J'ai hâte de te voir.

— Moi aussi, Morgan.

— Bonne soirée, Merit.

— Bonne soirée.

En bas de l'escalier, Ethan ajustait une manchette de chemise amidonnée, ses cheveux blonds reflétant la lumière. Les vampires fourmillaient autour de lui, tous vêtus de l'uniforme noir de Cadogan. Pourtant habillé sensiblement de la même façon – un superbe costume noir et une cravate argentée impeccable –, Ethan se démarquait de la foule par son incroyable beauté qui éclipsait tous les immortels des alentours.

Les battements de mon cœur s'accélérèrent quand je l'aperçus, et je raffermis ma prise sur la rampe, l'autre main serrée autour de ma pochette et du fourreau de mon katana. Je descendis les marches avec précaution, juchée sur les échasses qu'Ethan avait appelées « chaussures ».

Je remarquai la stupeur dans son regard à l'instant où il me vit ainsi que le léger tressaillement qu'il n'avait pu contrôler. L'air tout d'abord incrédule, puis franchement approbateur, il me considéra en haussant les sourcils, et je supposai qu'il s'assurait que j'étais assez élégante pour l'occasion.

J'atteignis la dernière marche et me tins face à lui.

À en croire l'éclat de ses yeux émeraude, j'avais réussi l'examen.

— Tu as mis ton médaillon, fit-il remarquer.

J'effleurai le pendentif doré du bout des doigts.

— Je ne savais pas si c'était approprié…, si c'était suffisamment élégant.

— Tu dois le porter. Dis-toi que ce médaillon représente pour toi ce que la plaque de son collier représente pour un chien.

— Tu as peur que je me perde ?

— Il servirait à identifier tes restes au cas où tu serais réduite à un tas de cendres.

Les vampires manquent cruellement de tact.

Malik, impeccable dans son uniforme noir sans cravate, sortit du couloir et tendit à Ethan un sac noir brillant aux poignées de satin de même couleur. Je ne pouvais pas voir ce qu'il contenait, mais je le savais. De l'acier. Une arme. Depuis que j'avais établi la connexion avec mon katana en offrant à la lame quelques gouttes de mon sang, j'étais capable de sentir la présence de ce métal. Je percevais le halo de courants magiques particuliers entourant une personne qui en portait.

—Voici ce que tu as demandé, déclara Malik.

Il inclina la tête dans ma direction en guise de salut et je lui adressai un mince sourire.

Le sac à la main, Ethan esquissa un geste d'approbation et commença à marcher. Malik lui emboîta le pas, et, supposant que je devais les imiter, je suivis le mouvement et m'engageai à leur suite dans l'escalier qui menait au sous-sol.

—Je ne pense pas qu'il y aura le moindre problème, lui confia Ethan. Pas ce soir, en tout cas.

Malik acquiesça.

—Nous n'avons reçu aucune nouvelle alarmante. Si Célina tente de passer la frontière, elle sera arrêtée.

—Si elle ne charme pas les douaniers, objecta Ethan.

Et si elle n'est pas déjà ici, me dis-je.

Ethan tourna en bas des marches et se dirigea vers une porte en acier à côté de laquelle était fixé un petit clavier numérique. De l'autre côté se trouvaient les rares emplacements de parking situés à l'intérieur de l'enceinte de Cadogan. J'étais loin d'occuper un échelon suffisamment élevé dans la hiérarchie pour bénéficier d'une de ces places largement convoitées.

Ethan et Malik s'immobilisèrent devant la porte et pivotèrent de manière à se faire face. J'assistai alors à un étrange cérémonial.

Ethan tendit la main, et Malik la saisit. Une fois ce lien établi, Ethan déclara avec gravité :

—Je te confie la responsabilité de la Maison.

Malik hocha la tête.

—Je reconnais mon droit et mon devoir de la défendre, et j'attends ton retour, Sire.

Ethan entoura doucement de ses mains l'arrière du crâne de Malik, se pencha vers lui et lui murmura quelque chose à l'oreille. Malik fit signe qu'il avait compris, et les deux hommes se séparèrent. Après m'avoir saluée, Malik s'éloigna vers l'escalier. Ethan composa ensuite un code, et on franchit la porte.

— Est-ce qu'il accède au statut de Maître en ton absence ?

— Uniquement de la propriété, répondit Ethan tout en se dirigeant vers sa Mercedes décapotable garée avec précision entre deux piliers de béton. Je reste Maître de la Maison en tant qu'institution. Les vampires demeurent sous mon autorité.

Il m'ouvrit la portière et, une fois que je fus installée sur le siège de cuir rouge et noir, il la referma et contourna la voiture. Après avoir déposé le sac brillant sur la console centrale, il s'assit derrière le volant. Il démarra, manœuvra afin de quitter la place de parking et s'engagea sur une rampe inclinée avant de franchir une porte de sécurité qui se leva sur son passage.

— Les vampires qui ont formalisé l'organisation des Maisons se sont largement inspirés des principes de l'Angleterre féodale, d'où cette cérémonie anachronique.

Je hochai la tête pour montrer que j'avais saisi. J'avais lu dans le *Canon* que les Maisons avaient subi l'influence du système féodal. Ce dernier codifiait de manière très stricte les relations entre suzerain et vassal, ce qui expliquait pourquoi l'on attendait des Novices qu'ils jurent allégeance à leur seigneur et aient foi en sa bonté paternelle.

Personnellement, j'éprouvais une certaine gêne à considérer Ethan comme un père.

— Quand le roi quittait son château, il donnait des instructions à son successeur pour qu'il le protège en cas d'attaque, supposai-je à voix haute.

— Exactement, confirma Ethan alors que nous débouchions sur la rue.

Il tendit le bras vers la console, souleva le sac et me le tendit.

Je m'en emparai en lui adressant un regard interrogateur.

— Qu'est-ce que c'est ?

— Tu devras laisser le sabre dans la voiture. Nous attirerons déjà suffisamment l'attention sans notre accoutrement de guerre, annonça-t-il.

Il n'y avait qu'Ethan pour qualifier d'«accoutrement» un mètre d'acier, de cuir et de peau de raie.

— Ce sac contient une sorte de substitut.

Piquée par la curiosité, je risquai un coup d'œil à l'intérieur et en tirai ce qui y était caché : un fourreau noir duquel je dégainai partiellement la lame affilée d'un poignard dont la poignée était recouverte de nacre.

— Il est magnifique ! m'exclamai-je.

Je le dégageai complètement et le soulevai pour l'examiner. L'élégante lame en acier poli miroitait, et ses tranchants étaient finement aiguisés.

En passant sous un lampadaire, la lumière se réfléchit sur le pommeau, révélant un rond plat et doré qui ressemblait à une version miniature du médaillon de Cadogan. Les mots «SENTINELLE DE CADOGAN» y étaient inscrits.

Le poignard avait été créé à mon intention. Personnalisé.

— Merci, soufflai-je en caressant le disque avec mon pouce.

— Il y a encore quelque chose dans le sac.

Intriguée, je plongeai la main au fond et sortis un holster constitué de deux sangles de cuir attachées à un fourreau étroit.

Non, pas un simple holster : un holster de cuisse.

Je baissai les yeux vers mes jambes, puis regardai Ethan. L'idée de mettre un holster de cuisse, qui plus est en sa présence, ne me réjouissait pas particulièrement. Une part de moi rechignait à soulever ma jupe à la demande de mon patron, tandis que l'autre doutait qu'un poignard de quelques centimètres de long puisse se révéler aussi efficace qu'un katana dans le feu de l'action. Je ne m'attendais pas vraiment à une attaque de la part de la crème de la société, mais il s'était déjà passé des choses étranges. Surtout ces derniers temps.

De plus, j'endossais seule la responsabilité de la protection d'Ethan ce soir, et si jamais je rentrais à la Maison Cadogan avec un Maître blessé, je ne m'en relèverais pas. Même si je survivais à l'assaut, l'humiliation me tuerait.

J'admis ma défaite et soupirai. Mieux valait porter le poignard que pas d'arme du tout.

— Concentre-toi sur la route, ordonnai-je avant de défaire les sangles.

— Je ne te regarderai pas.

— Tu n'as pas intérêt.

Il émit un grognement dédaigneux, mais ne détourna pas les yeux du pare-brise. Il se crispa sur le volant, cependant. Cette petite fissure dans sa carapace me procura une joie que je n'aurais sans doute pas dû ressentir.

Comme j'étais droitière, je soulevai légèrement ma robe bouffante de façon à dénuder ma cuisse droite et allongeai le bras pour déterminer l'endroit où fixer le holster. Je devais pouvoir dégainer mon arme rapidement en cas de nécessité. Je me décidai à le placer à mi-cuisse, le fourreau à peine orienté vers l'extérieur. Je bouclai la première sangle, puis la seconde, et remuai un peu sur mon siège afin de m'assurer qu'il était solidement attaché.

L'ensemble devait être suffisamment ajusté pour rester en place lorsque je tirerais la lame. Je serais ainsi en mesure d'agir rapidement, et sans me blesser. En revanche, trop serré, il me couperait la circulation sanguine, ce qui n'était franchement pas agréable, encore moins pour une vampire.

Une fois satisfaite du réglage, ou en tout cas aussi assurée que me le permettait le fait d'être assise à l'avant d'un cabriolet roulant à toute allure vers la banlieue, je glissai le poignard dans le fourreau. D'un mouvement rapide et précis, je dégainai sans faire bouger le holster.

— Ça ira, conclus-je.

Je lissai le bas de ma robe et jetai un coup d'œil en direction d'Ethan. La circulation n'était pas très intense sur l'autoroute, mais l'expression de son visage semblait un peu trop impassible pour me convaincre. Il fournissait de gros efforts pour paraître indifférent.

Étant donné que nous nous dirigions vers les lignes ennemies, je supposai que le moment était bien choisi pour raviver son intérêt et l'informer de mes dernières découvertes de Sentinelle consciencieuse.

— Tu ne devineras jamais qui campait parmi les photographes hier soir, dis-je pour l'appâter.

— Jamie ? demanda-t-il d'un ton sardonique.

Je le suspectai d'avoir voulu blaguer. Malheureusement, je ne plaisantais pas.

— Nicholas.

Il écarquilla les yeux.

— Nicholas Breckenridge ? À la Maison Cadogan ?

— En chair et en os. Je l'ai rencontré au coin de la rue avec les autres paparazzis.

— Et où était Jamie ?

— Je me suis posé la même question. Sullivan, je commence à croire qu'il n'y a pas de Jamie. Enfin, bien

147

sûr qu'il y a un Jamie, mais je ne suis pas certaine que la menace émane de lui. En tout cas, il nous manque certains éléments de l'histoire.

Ethan laissa échapper un son rauque.

—Comme tu le sais, ce ne serait pas la première fois. Attends… hier soir? Tu as vu Nick Breckenridge à la porte de la Maison et tu ne l'as dit à personne? L'idée de m'en parler ne t'a pas traversé l'esprit? Tu n'as pas non plus jugé utile de le mentionner à Luc ou à un autre responsable à même de gérer la situation?

Je feignis de ne pas remarquer la panique qui transparaissait dans sa voix.

—Je suis en train de t'en parler, là. Il a posé des questions plutôt pointues relatives aux Maisons et à Célina. Il m'a demandé si nous étions satisfaits de sa sanction.

—Qu'est-ce que tu lui as répondu?

—J'ai suivi la ligne du parti, déclarai-je. Vous nous avez fourni les éléments de langage au bon moment.

—Tu savais qu'il était revenu à Chicago?

Je secouai la tête.

—Je ne savais pas non plus qu'il s'intéressait à nous. On dirait qu'un virus se propage au sein de cette famille.

—Je suppose que le fait que nous nous rendions chez les Breckenridge n'est qu'une double coïncidence.

Ou un double problème étant donné que la résidence héberge probablement deux agitateurs en puissance, pensai-je.

—Ethan, si les raves sont susceptibles de nous causer tant d'ennuis – je veux parler de l'attention malsaine et des réactions violentes auxquelles on peut s'attendre –, pourquoi se préoccuper de cet article et de son auteur? Est-ce qu'on ne devrait pas tenter de mettre un terme aux raves plutôt qu'aller à Loring Park et s'intéresser à la presse?

Il garda le silence quelques instants puis demanda d'un ton grave :

— Tu penses que nous ne tentons pas d'y mettre un terme ?

Je me raidis en entendant ces mots. Je supposais que si une quelconque mission avait été entreprise, en tant que Sentinelle, j'en aurais été informée. Clairement, je me trompais.

— Oh, lâchai-je, contrariée d'apprendre qu'il existait des secrets stratégiques desquels j'avais été exclue.

— Empêcher la parution de l'article ne fait l'objet d'aucune controverse, du moins parmi les vampires, expliqua Ethan. En revanche, la lutte contre les raves constitue un sujet bien plus polémique. Ces rassemblements sont organisés en marge de l'ordre établi, ce qui ne signifie pas que les Maisons ignorent leur existence. Et je n'exerce pas davantage d'autorité sur les autres Maîtres et leurs Maisons que sur les Solitaires de cette ville.

À ton grand regret, fis-je en mon for intérieur.

— Franchement, même si des actions sont prévues, notamment grâce aux efforts fournis par ton grand-père, il est très improbable que nous parvenions à y mettre un terme définitif. Ton grand-père dispose de nombreuses relations, de talents indéniables de médiateur et d'une équipe loyale. Mais les vampires sont des vampires, ils continueront à boire.

— On doit donc sauver les apparences.

— Nous devons d'abord nous attaquer à la presse, confirma-t-il. Ce n'est pas la seule tâche à accomplir, mais c'est la bataille que nous devons mener ce soir.

Je soupirai à la perspective déplaisante des échauffourées du style « Merit contre le monde qu'elle a quitté ».

— Tout ira bien.

Je lui jetai un regard furtif, étonnée d'une part qu'il ait si justement deviné mes pensées, d'autre part qu'il ait exprimé son soutien.

— J'espère. Je ne suis pas transportée de joie à l'idée de me retrouver nez à nez avec Nick, et tu sais ce que je ressens pour mon père.

— Mais pas pourquoi, dit doucement Ethan. Pourquoi cette animosité ? Pourquoi ce fossé entre vous ?

Je me tournai vers la vitre en fronçant les sourcils. Je me demandais jusqu'à quel point je désirais me confier à lui. Quelles armes je me sentais prête à lui fournir.

— Je n'ai jamais été la fille qu'il souhaitait, confessai-je finalement.

Silence. Puis :

— Je vois. Tu es proche de Charlotte et Robert ?

— Je ne dirais pas qu'il y a de l'hostilité entre nous, et on reste en contact, mais je ne les ai pas inscrits sur ma liste de numéros préférés. Nous n'avons pas grand-chose en commun.

Je ne lui avouai pas que je n'avais pas parlé à mes frère et sœur depuis un mois. Robert se préparait à succéder à mon père à la tête de l'entreprise, et Charlotte, mariée à un chercheur en physique, repeuplait le monde de nouveaux petits Merit. Enfin, de nouveaux petits Corkburger-Merit.

Ouais, Corkburger. Sans blague.

— Se montrent-ils aussi amers que toi envers ton père ?

— Pas vraiment, répondis-je en regardant par la vitre. Je ne me suis pas bien adaptée aux mondanités, contrairement à Charlotte et Robert. Nous sommes tous nés dans ce milieu, mais eux s'y sont épanouis. Je ne sais pas, je dirais qu'ils étaient faits pour ça, pour ce mode de vie, ces codes, la compétition permanente. Je pense que c'est la raison pour laquelle il y a eu moins de frictions entre mon père et eux. Leur relation semblait… plus facile.

—Et à quoi t'intéressais-tu pendant qu'ils profitaient des avantages liés à la famille Merit ?

Je ricanai.

—J'ai passé beaucoup de temps à arpenter les bibliothèques. À lire. Enfin… l'ambiance à la maison était sereine. Mes parents ne se disputaient pas. On disposait de tout ce dont on avait besoin, matériellement parlant. À bien des égards, j'avais de la chance, je le reconnais. Mais j'étais une rêveuse, la vie de la haute société ne m'attirait pas tant que ça. (J'éclatai de rire.) Je suis une littéraire, pas une guerrière.

Ethan leva les yeux au ciel en entendant ma pauvre blague.

—Et sûrement pas une actrice, ajouta-t-il.

J'aperçus cependant une ébauche de sourire sur son visage. Il sortit de l'autoroute et emprunta une quatre voies. Je regardai défiler les maisons, certaines éclairées, d'autres plongées dans le noir, abritant des familles tout simplement occupées à vivre.

Je me tournai vers Ethan.

—On approche. Quel est le plan ?

—Gagner quelques bonnes grâces et fouiner, répondit-il, les yeux rivés sur la route. Tu te présentes une nouvelle fois à ces gens, tu leur fais comprendre que tu es de retour et que tu appartiens à leur univers. Que tout ce qui est dû aux Merit – le respect, les contacts, l'approbation – t'est dû également. On apprend tout ce qu'on peut sur ce prétendu article, sur l'implication de Jamie, de Nick. (Il secoua la tête.) Ce que tu m'as révélé au sujet de la visite de Nick brouille les pistes, nous devons savoir à quoi nous en tenir. Selon les renseignements que l'on aura obtenus, si ton père se trouve à cette soirée, on verra s'il peut nous aider.

Mon estomac se noua à l'énoncé de ce programme désagréable. Je renoncerais sans l'ombre d'une hésitation à ce qui m'était «dû» en tant que Merit si ça me permettait d'éviter mon père. Mais il nous fallait glaner des informations afin de neutraliser une menace. J'étais une grande fille, je pouvais consentir à ce sacrifice.

— Et nous constituons la monnaie d'échange, c'est ça ?

Ethan acquiesça.

— Ton père est un homme ambitieux qui nourrit des projets tout aussi ambitieux pour ses affaires et sa famille. Tu lui offres la possibilité d'accéder à un certain segment de la population.

— Un segment à crocs, précisai-je. Sa véritable motivation ne fait aucun doute : il souhaite que je lui livre un Maître vampire.

— Peu importe lequel de nous deux l'intéresse le plus, n'oublie pas qui tu es. Ni un Maître ni un simple membre de la famille Merit, mais une vampire puissante.

Nous roulions désormais au sein d'un paysage rural parsemé de forêts, signe que nous étions sur le point d'atteindre notre destination. À peine Ethan s'était-il engagé sur une route bordée d'arbres dépourvue d'éclairage qu'il ralentit sans prévenir avant de garer la Mercedes sur le bas-côté. Après avoir éteint le moteur et attendu que la voiture soit plongée dans le silence, il alluma le plafonnier et posa les yeux sur moi.

Je soutins son regard et patientai, curieuse de connaître la raison pour laquelle il avait arrêté le véhicule.

— La libération de Célina m'inquiète, confia-t-il finalement.

— Comment cela ?

— Comme tu le sais, par le passé, le Présidium s'est principalement préoccupé de protéger les vampires affiliés et de s'assurer de leur intégration au sein de la société humaine. En bref, garantir notre immortalité.

J'acquiesçai. Le précurseur du PG avait été créé à la suite de la Première Purge, quand la priorité était de survivre.

— Et tu penses que la libération de Célina annonce quoi, une nouvelle ère ?

Ethan marqua une pause, se passa la main dans les cheveux puis inclina la tête en signe d'assentiment.

— Des humains mourront. Des vampires mourront. Je ne vois pas d'autre issue.

Il demeura silencieux, et lorsqu'il releva les yeux vers moi, il portait sur son visage une expression différente. Déterminée. Je supposai qu'il allait me servir un petit discours de motivation.

— Nous avons rappelé aux humains notre existence. Ce soir, nous leur rappelons nos connexions. Le moindre avantage peut se révéler utile, Merit. J'ignore si Célina vise des objectifs à long terme, à court terme, si elle prépare une insurrection mineure ou une véritable rébellion, ou même si elle va se contenter d'exiger des droits politiques, mais ce dont je suis certain, c'est que quelque chose guette.

— Quelque chose de mauvais ?

Ethan acquiesça.

— Comme la sorcière de Macbeth, j'ai des picotements dans les pouces.

Je portai la main à mon cou, qu'un vampire avait sauvagement déchiré afin de me tuer à la demande de Célina. La blessure avait guéri sans laisser la moindre cicatrice.

— Ce n'est pas une fiction de Shakespeare, répliquai-je. Ton pressentiment est fondé. Du sang a déjà été versé, elle a conduit des vampires à se retourner contre leurs Maîtres, convaincu le PG – qu'il s'agisse ou non d'une trahison, je ne suis pas vraiment surprise – que la mort d'humains ne représentait rien de plus qu'un dommage collatéral.

Il émit un son pour marquer son approbation, mais tapota nerveusement le volant qu'il agrippait fermement. Comme il ne démarrait pas, je présumai que nous n'en avions pas terminé.

Je l'observai pour tenter de déceler ce qui le taraudait, essayant de deviner ce qui lui restait à dévoiler.

— Pourquoi me dis-tu cela maintenant ?

— J'en ai parlé à Malik et Luc, riposta-t-il sur la défensive, comme si j'avais mis en doute la confiance qu'il portait à ses subalternes directs.

— Ce n'est pas ce que je t'ai demandé.

— Tu es Sentinelle de la Maison que je dirige.

Une réponse trop facile et trop rapide.

— Pourquoi, Ethan ?

— Je ne sais pas si j'aurais la force de lui dire non.

Il me fallut quelques instants pour méditer ces paroles.

— Comment ça ?

D'une voix plus posée, il avoua :

— Si elle essaie de me convaincre de me rallier à sa cause en utilisant son charme ou en m'offrant son sang, je ne suis pas sûr de pouvoir refuser.

On aurait entendu une mouche voler dans la voiture. Je conservai le regard rivé devant moi, troublée qu'il ait souhaité partager cette information – cette faiblesse – avec moi. Celle à qui il avait demandé de devenir sa consorte et qui l'avait éconduit. Celle qui avait assisté aux premières loges à la trahison d'Amber, qui avait vu l'expression sur le visage d'Ethan au moment où elle avait confessé sa faute, son implication dans la conspiration fomentée par Célina.

Celle qui avait senti l'appel du charme de Célina et y avait résisté. Mais Ethan s'en était également montré capable.

— Tu lui as déjà dit non dans le parc, lui rappelai-je. Quand elle a avoué avoir participé aux meurtres, quand elle a voulu que tu prennes son parti, tu as refusé.

Ethan secoua la tête.

— Elle désirait être arrêtée afin de jouer les martyrs. Elle avait alors à peine usé de son pouvoir de persuasion, mais, face au PG, elle a sans doute sorti le grand jeu.

— Et Malik et Luc ?

— Ils ne sont pas aussi forts que moi.

Si Ethan s'inquiétait de ses facultés de résistance face au charme de Célina, ces propos sous-entendaient malheureusement que Luc et Malik n'avaient aucune chance.

— Charmer quelqu'un consiste à le convaincre d'accomplir des choses qu'il refuserait en temps normal, poursuivit Ethan. Il ne s'agit pas d'une sorte d'ivresse. Célina n'a pas levé les inhibitions des membres du Présidium. Elle les contrôle.

La manipulation psychologique : une arme quasi indétectable. Heureusement que la CIA n'avait pas encore eu vent de ce genre de pratique.

— Comme c'est un pouvoir psychique, elle ne laisse derrière elle aucune trace, si ce n'est la magie qu'elle dégage lorsqu'elle l'utilise. Les vampires capables d'envoûter savent modifier les désirs de leurs victimes. Bien entendu, c'est une tâche plus aisée sur des esprits faibles, ceux qui se montrent d'ordinaire facilement influençables. C'est plus difficile sur des personnes affirmées. Des personnes accoutumées à choisir leur propre voie.

Ethan me regarda en haussant les sourcils, comme s'il voulait me faire comprendre la conclusion que je devais en tirer.

— Tu crois que j'ai résisté au charme de Célina parce que je suis têtue ?

— Effectivement, je pense que c'est une explication.

Au milieu de ce débat absurde sur la métaphysique du charme vampire, Ethan venait de me faire une sacrée révélation. Je ne pus réprimer un large sourire.

— Alors, selon toi, mon côté tête de mule est une bénédiction.

Il grommela avant de démarrer la Mercedes, puis s'engagea doucement sur la route. Je supposai que mon sens de l'humour avait provoqué chez lui une saute d'humeur.

— Tu sais quoi, je trouve les vampires épuisants, soufflai-je, répétant mot pour mot l'une des complaintes favorites de Catcher.

— Cette fois, Merit, je ne te contredirai pas.

8

« Papa Don't Preach [1] »

La résidence des Breckenridge, nichée au cœur de la campagne de l'Illinois, était un château de style Renaissance. Il avait été construit d'après le Biltmore de Vanderbilt après que l'un des ancêtres de la famille, riche comme Crésus, eut profité d'un séjour à Asheville, en Caroline du Nord. Même si la propriété des Breck ne pouvait rivaliser en taille avec le château de George Vanderbilt, le manoir de pierres claires lui rendait hommage par sa forme massive et asymétrique ornée de flèches, de cheminées et de hautes fenêtres qui constellaient le toit pentu.

On emprunta la longue allée traversant la pelouse de la cour, aussi grande qu'un parc, jusqu'à la porte principale. Là, un valet aux gants blancs nous fit signe de nous arrêter.

Lorsqu'un voiturier ouvrit ma portière, je sortis avec précaution, consciente du poids inhabituel du poignard et du holster sur ma cuisse. Alors que la Mercedes – le véhicule qui m'aurait permis de m'enfuir – disparaissait dans la nuit, je levai la tête afin d'admirer la maison. Je n'y

---

1. Titre d'une chanson de Madonna, que l'on pourrait traduire par : « Papa, ne me fais pas la morale ». (*NdT*)

étais pas revenue depuis six ou sept ans. Mon estomac se noua sous l'effet de la crainte de retrouver une vie que j'avais fuie à la première occasion, combinée à l'appréhension d'un probable affrontement avec mon père.

Le gravier crissa derrière moi sous les pas d'Ethan. On se dirigea côte à côte vers la porte ouverte, où attendait Mme Breckenridge. Avant de franchir le seuil, Ethan s'immobilisa et posa sa main sur mon coude.

— Nous avons besoin d'une invitation, me rappela-t-il à voix basse.

J'avais oublié. Contrairement à la partie concernant les crucifix et les photographies, ce mythe au sujet des vampires était fondé : on ne pénétrait pas dans une maison sans y avoir été expressément invités. Rien à voir avec le mal ou la magie. Comme dans tant d'autres aspects de notre existence, il s'agissait de respecter les règles et les conventions. Le paradigme vampire.

On patienta un peu plus d'une minute, le temps que Mme Breck salue et accueille par quelques mots le couple qui était arrivé juste avant nous. Lorsqu'il s'éloigna, elle leva la tête dans notre direction. J'aperçus un éclair dans son regard quand elle se rendit compte que nous attendions dehors, et son visage s'éclaira. J'espérai que c'était ma présence sur le seuil de sa porte qui causait cette joie.

Elle marcha vers nous, aussi fine et élégante que Grace Kelly. Tout en elle évoquait la féminité, même si elle avait élevé une bande de garçons turbulents. Julia Breckenridge était une belle femme, grande et distinguée dans son sobre fourreau couleur champagne, ses cheveux blonds soigneusement noués en un chignon sur la nuque.

Ethan se courba légèrement.

— Madame. Ethan Sullivan, Maître de la Maison Cadogan. Ma compagne et garde, Merit, Sentinelle de la

Maison Cadogan. Sur votre invitation (il tira de sa poche le bristol que j'avais donné à Luc et, le tenant entre deux doigts effilés, le lui montra afin de prouver notre légitimité), nous sollicitons la permission d'entrer dans votre demeure.

Elle tendit la main et Ethan la souleva délicatement, avec grâce, et y pressa ses lèvres, tout en soutenant son regard. Bien qu'ayant sans doute déjà dîné en compagnie de chefs d'État et de stars de cinéma, Mme Breck rougit, puis adressa un sourire à Ethan lorsqu'il la relâcha.

—Ce soir, votre compagne et vous entrerez dans notre maison avec notre bénédiction, déclara-t-elle.

Elle avait formulé une invitation intéressante, formelle tout en spécifiant une validité temporelle limitée à cette nuit, comme si elle désirait nous restreindre l'accès à leur résidence.

—J'ai demandé à mon personnel de se renseigner sur le protocole approprié, confia Mme Breckenridge en nous cédant le passage.

Une fois dans l'entrée, elle prit mon visage dans ses mains. De ses poignets émanait une fragrance chaleureuse de jasmin.

—Merit, ma chérie, tu es splendide. Je suis très heureuse de te compter parmi nous ce soir.

—Merci. Je suis contente de vous revoir, madame Breckenridge.

Elle me planta un baiser sur la joue puis pivota afin de faire face à Ethan. Une lueur d'appréciation féminine illumina son regard. Je comprenais sa réaction. Il était beau à croquer, et son comportement irritant ne faisait qu'attiser l'envie de le mordre.

—Et vous êtes donc le célèbre M. Sullivan.

Il esquissa un sourire redoutable.

—Ethan, je vous en prie, madame Breckenridge.

—Très bien, Ethan. Appelez-moi Julia.

Les traits figés en une expression de plaisir, elle contempla distraitement Ethan durant quelques secondes, jusqu'à ce qu'un petit homme chauve aux lunettes rondes la tire de sa rêverie en lui tapotant le coude à l'aide de son bloc-notes.

—Les invités, Julia. Les invités.

Mme Breck – je n'avais jamais utilisé son prénom quand, enfant, je galopais dans les couloirs de sa maison, et je ne me sentais pas prête à commencer ce soir-là – secoua la tête comme pour s'éclaircir les idées, puis adressa un signe à l'homme situé derrière elle.

—Je vous prie de m'excuser. Enchantée de vous connaître, Ethan, et ravie de te revoir, Merit. Passez une bonne soirée.

Elle nous indiqua le chemin de la salle de bal avant de reprendre sa place à l'entrée, où elle salua un nouveau groupe d'invités.

J'aurais parié qu'Ethan avait provoqué le moment d'absence de notre hôte.

—Ah, mais est-il capable de charmer les humains sans avoir recours à son pouvoir de vampire ?

—Jalouse ?

—Tu rêves.

Nous étions sur le point de pénétrer dans la pièce où se déroulait la réception quand il s'arrêta pour me déclarer :

—C'est une tradition.

Je m'immobilisai également et, sourcils froncés, tentai de deviner à quoi il faisait allusion.

—Il est traditionnel de charmer ses hôtes ? Ça explique pourquoi les vampires sont restés cachés aussi longtemps.

—Le poignard. Ton poignard. Celui dont je t'ai fait cadeau. Malik a mené des recherches dans le *Canon*.

La coutume veut que le Maître offre ce type d'arme à la Sentinelle de sa Maison.

— Oh, m'exclamai-je en effleurant le tissu juste au-dessus du holster. Eh bien, merci.

Il hocha la tête d'un air sévère, puis ajusta sa cravate en un geste élégant et précis.

— Je peux te donner un conseil ?

Je soupirai en lissant ma robe.

— Quoi ?

— Souviens-toi de qui tu es, et de ce que tu es.

Je m'esclaffai. Il ne se rendait vraiment pas compte du guêpier dans lequel nous allions nous fourrer.

— Qu'est-ce qu'il y a ? interrogea-t-il en me décochant un regard en coin.

— Avec ou sans crocs, nous restons des étrangers. (J'esquissai un signe de tête vers la salle de bal.) Ce sont des requins prêts à encercler leur proie. Pire que dans *Gossip Girl*. Mes origines fortunées et le fait que nous soyons des vampires ne nous garantissent pas le droit d'entrée.

Comme pour me contredire, les deux domestiques en smoking ouvrirent les battants de la porte pour nous laisser passer. Ils nous permettaient l'accès, au sens propre comme au figuré. Mais le jugement n'avait pas encore commencé.

J'inspirai, affichai mon plus beau sourire de membre du clan Merit, puis jetai un coup d'œil à mon compagnon.

Ethan examinait d'un air grave le strass et les paillettes.

— Merit, Sentinelle de la Maison Cadogan, voici venu le moment de leur montrer qui nous sommes.

Lorsqu'il posa sa main sur mon dos, un agréable frisson me parcourut de la tête aux pieds. Je franchis la porte à son côté.

Des chandeliers de cristal baignaient de lumière la grande salle de bal, et j'aperçus dans la clarté qu'ils projetaient toutes les personnes dont je me souvenais. Les dames patronnesses. Les couples de médecins. Les épouses amères. Les maris charmants qui trompaient leur femme. Les enfants à qui l'on caressait les cheveux uniquement parce qu'ils avaient été engendrés par des gens riches.

Techniquement, j'appartenais sans doute à cette dernière catégorie.

On établit notre poste d'observation dans un coin de la pièce, et je commençai l'éducation d'Ethan. Je désignai quelques héritiers des vieilles fortunes de Chicago : les O'Brien, les Porter, et les Johnson, qui avaient prospéré respectivement grâce au transport de marchandises, aux pianos et à la viande de bœuf. Je reconnus également une poignée de nouveaux riches dispersés dans la salle : des célébrités, des magnats de la musique qui avaient choisi de s'installer dans la Ville des vents, des membres du Comité de croissance ainsi que des présidents de clubs sportifs.

Ethan connaissait quelques invités, et m'interrogea au sujet de ceux qu'il n'avait jamais vus. Il me posa des questions sur leurs relations, leur entourage, ou comment ils avaient fait fortune. Je lui demandai à mon tour de me renseigner sur les personnes qu'il avait déjà fréquentées, et plus spécifiquement sur leurs attaches au sein de la société surnaturelle. Avaient-ils des proches dans nos communautés ? des filles ou des fils dans nos Maisons ? Compte tenu de son intérêt pour la stratégie et les contacts utiles, Ethan constituait une source d'informations de choix. À nous entendre juger et évaluer les patriarches et matriarches de l'élite sociale de Chicago, on aurait pu croire notre conversation issue d'un roman de Jane Austen.

Le reste du clan Breckenridge, de façon étonnante, ne semblait pas assister à la soirée. Nicholas, ses frères, ainsi que Michael Breckenridge Senior – Papa Breck pour les intimes – demeuraient invisibles. Je ne souhaitais pas particulièrement me trouver de nouveau confrontée à Nick, mais si je désirais en apprendre davantage sur l'implication de Nick et Jamie dans cette affaire, je devrais me retrouver dans la même pièce que lui, ne serait-ce qu'une fois. Leur absence allait faire planter mon enquête.

Et aucune trace de mon père. Enfin, je n'avais pas non plus écumé la salle à sa recherche.

J'aperçus un groupe de personnes de mon âge, des jeunes gens d'une vingtaine d'années en robe de soirée et costume chic. Quelques hommes portaient une écharpe drapée autour du cou. Si j'avais suivi la même voie que mes frère et sœur, j'aurais sûrement fait partie de cette bande d'amis.

— À quoi aurais-je ressemblé, à ton avis ?

Ethan s'empara de deux flûtes de champagne sur le plateau d'un serveur qui passait à proximité et m'en tendit une.

— Comment ?

Je bus une gorgée du vin frais et pétillant, qui me laissa un agréable arrière-goût de pomme dans la bouche.

— Si je n'avais pas fait d'études à New York ou Stanford, si j'avais choisi de rester dans l'Illinois, comment aurais-je évolué ? J'aurais peut-être rencontré quelqu'un, rejoint les mêmes œuvres de bienfaisance que ma mère.

— Tu ne serais pas devenue une vampire Cadogan, déclara-t-il d'un air grave.

— Et tu n'aurais jamais fait l'inoubliable expérience de mon tempérament espiègle.

Je croisai le regard d'un autre serveur en smoking dont le plateau était chargé de nourriture, et je lui fis signe d'approcher. Durant mon enfance, j'avais eu l'occasion de fureter au cours de divers galas, et avais découvert qu'on y proposait toutes sortes de mets étranges – des mousses de ceci et des canapés de cela – qui manquaient cruellement de simplicité mais étaient servis en généreuses quantités.

Le serveur parvint à notre hauteur, l'air blasé. Il nous regarda de ses yeux tristes et nous présenta le plateau ainsi que quelques serviettes sur lesquelles la lettre « B » avait été brodée.

Je passai en revue l'assortiment de hors-d'œuvre disposés de manière artistique sur un lit de cristaux de sel. Il y avait des petits dés pâles posés sur une feuille d'endive, et des cônes formés de couches de différents tons de rose. Hormis l'endive, je n'avais aucune idée des ingrédients qui composaient les canapés.

J'interrogeai du regard le serveur afin qu'il me vienne en aide.

— Napoléon de crevette et mousse de crevette, expliqua-t-il en inclinant la tête vers les colonnes roses, et ceviche de thon sur endive.

Encore des trucs bizarres aux fruits de mer, me dis-je. Mais, ne manquant jamais de courage en matière de gastronomie, j'en pris un de chaque.

— Toi et la nourriture, murmura Ethan d'un ton que je considérai comme amusé.

Je mordis dans l'endive. La vue du ceviche m'écœurait légèrement, mais, étant donné la faim de vampire qui me vrillait l'estomac, je n'allais pas faire la difficile. Je quittai le hors-d'œuvre des yeux tout en mâchant, et me figeai quand je me rendis compte que les jeunes gens de l'autre côté de la salle me dévisageaient. Ils discutèrent un peu puis, après avoir apparemment arrêté une décision, l'un d'eux commença à venir vers nous.

J'avalai ma bouchée puis engloutis le napoléon de crevette, que je trouvai correct quoiqu'un peu trop exotique pour mon palais accoutumé aux cochonneries.

—Requins à 2 heures.

Ethan haussa les sourcils, dirigea son regard vers le groupe de jeunes gens, puis me sourit de toutes ses dents.

—Humains à 2 heures, corrigea-t-il. C'est le moment de jouer la comédie, Sentinelle.

Je sirotai un peu de champagne afin de me débarrasser de l'arrière-goût de fruit de mer fouetté.

—Serait-ce un défi, Sullivan ?

—Oui, si c'est ce qu'il te faut.

La jeune femme brune qui semblait mener la troupe s'avança vers nous sous les yeux de ses amis, sa silhouette menue moulée dans une robe à paillettes argentée.

—Bonjour, déclara-t-elle poliment. Tu es Merit, c'est ça ?

Je confirmai d'un hochement de tête.

—Je ne sais pas si tu te souviens de moi, mais nous étions dans la même classe de quadrille. Je suis Jennifer Mortimer.

Je fouillai dans ma mémoire. Cette fille me disait quelque chose, mais les cours de quadrille me rappelaient surtout la cuisante humiliation d'avoir été affublée d'une robe blanche bouffante et forcée à défiler devant les puissants de Chicago comme une vache de concours. Je n'avais pas réellement prêté attention aux personnes qui m'entouraient.

Je jouai donc la comédie.

—Je suis contente de te revoir, Jennifer.

—Nick Breck était ton cavalier à notre bal des débutantes, non ?

Bon, lui, je m'y étais intéressée de près, je ne pouvais pas le nier. J'acquiesçai et levai mon verre en direction d'Ethan, qui s'était rembruni en entendant les propos de Jennifer.

Peut-être avais-je omis de mentionner quelques détails de mon histoire avec Nicholas.

— Ethan Sullivan, annonçai-je.

— Enchanté, dit Ethan.

— Est-ce que… ? (Elle esquissa un demi-sourire, regarda ailleurs d'un air gêné, puis fit tourner la bague qu'elle portait à un doigt de la main droite.) Puis-je… vous poser une question ?

— Bien sûr.

— J'ai remarqué tout à l'heure… avec les hors-d'œuvre…

— Nous mangeons de la nourriture, répondit doucement Ethan.

Il avait deviné avant moi ce qu'elle désirait savoir, ce qui me parut comique, car c'était une des premières questions qui m'avaient préoccupée après ma transformation.

Jennifer rougit et hocha la tête.

— D'accord. Bien entendu. C'est simplement que… le sang, forcément, mais nous n'étions pas certains du reste, et… oh, était-ce vraiment exagéré de ma part ? (Elle porta une main à sa poitrine et grimaça.) Suis-je totalement gauche ?

— Ne t'inquiète pas, intervins-je. Mieux vaut demander plutôt que supposer le pire.

Son visage s'éclaira.

— D'accord, d'accord. Super. Et encore une chose…

Je m'attendais à une autre question, mais certainement pas à ce qui suivit. Elle tira une fine carte de visite de son corsage, et me la tendit du bout de doigts manucurés qu'elle parvenait à mouvoir malgré l'énorme diamant taillé en marquise qui ornait sa bague de fiançailles.

Elle reprit la parole d'une voix ferme et posée.

— Je sais que ça peut paraître effronté, mais je désirais vraiment vous donner ma carte. Je crois qu'une bonne représentation vous rapporterait de nombreux bénéfices.

— Pardon ?

Je regardai furtivement le rectangle cartonné qui portait son nom inscrit sous le libellé «Chicago Arts Management».

Elle me proposait ses services d'agent !

Je faillis en lâcher mon verre.

Jennifer jeta un regard prudent à Ethan, puis reposa les yeux sur moi.

— Tu présentes bien, tu viens d'une famille respectable et ton histoire est intéressante. On pourrait travailler là-dessus.

— Euh… Je…

— J'ignore quelle est ton expérience et ce qui te plaît : mannequinat, cinéma, ou autre, mais je suis convaincue que nous te trouverons une place.

— Elle vous appellera, conclut Ethan. (Tout sourires, Jennifer se confondit en remerciements avant de s'éloigner.) Plus rien ne me surprend.

— Idem. (Je lui montrai la carte que je tenais entre deux doigts.) Non mais qu'est-ce qui vient de se passer, là ?

— Sentinelle, je crois que tu te fais courtiser. (J'appréciai sans doute plus que je ne l'aurais dû le doux son du rire qui émana de sa gorge.) C'est arrivé bien plus vite que ce que je pensais.

— Ravie de savoir que ça te semblait inéluctable.

— Eh bien… (Un nouveau serveur s'approcha avec un plateau et, cette fois, Ethan choisit une feuille d'endive.) Depuis que tu fais partie de l'équipe, les choses sont devenues beaucoup moins prévisibles. Je crois que je commence à apprécier.

— Tu apprécies surtout l'occasion que je t'offre d'élargir tes relations sociales.

— Ça aide, admit-il en mordant dans son hors-d'œuvre.

Il mâcha quelques instants puis ses traits se crispèrent en une grimace de dégoût, et il but quelques gorgées de champagne. J'étais contente de savoir que ça lui faisait le même effet.

Comme sorti de nulle part, mon principal lien social apparut à mon côté et me toucha le coude.

— Allons dans le bureau de Michael, déclama mon père en guise de salut avant de faire volte-face, de toute évidence convaincu qu'on allait lui emboîter le pas.

J'échangeai un regard avec Ethan, puis le suivis.

Mon père se pavanait dans les couloirs de la résidence des Breck comme s'il les avait déjà parcourus un million de fois. À croire qu'il se promenait dans son propre manoir d'Oak Park, et non chez quelqu'un d'autre.

Le bureau de Papa Breck, situé à un angle du rez-de-chaussée au fond de la demeure, regorgeait de meubles, livres, globes, cartes encadrées et divers détritus de la fortune amassée par la famille. La pièce exhalait une odeur agréablement familière de cigare, de vieux papier et d'eau de Cologne. C'était ici, dans ce sanctuaire secret que Nicholas et moi avions de temps à autre osé profaner, que Papa Breck se retirait du monde. Nous avions passé quelques journées pluvieuses à jouer à cache-cache au milieu des antiquités ou à prétendre que nous étions les naufragés d'un navire du XIXᵉ siècle. Dès que nous entendions les pas de son père, nous nous sauvions en courant dans le couloir.

Quelqu'un referma la porte derrière nous. Je clignai des yeux afin de me concentrer à nouveau sur la réalité.

Mon père pivota vers nous, les mains dans les poches. Il inclina la tête vers moi, puis vers Ethan.

—Monsieur Sullivan.

—Appelez-moi Ethan, monsieur Merit, je vous en prie.

L'homme qui m'avait créée et le vampire qui m'avait transformée se serrèrent la main. La scène me parut profondément malsaine.

Ou peut-être étrangement normale.

—J'ai appris dans le journal que vous aviez fait l'acquisition de l'Indemnity National Building, déclara Ethan. Félicitations, c'est une belle réussite.

Mon père le gratifia d'un signe de tête viril puis me décocha un regard en coin.

—Et vous avez gagné une part des propriétés Merit.

Je faillis me ruer sur mon père, submergée par l'envie d'effacer ce sourire suffisant de son visage, mais me rappelai au dernier moment que je portais une jolie robe de soirée.

—Disons que le vampirisme comporte certains avantages, répliqua Ethan avec une pointe d'amertume dans la voix.

Mon père approuva puis me dévisagea par-dessus ses lunettes.

—Ta mère m'a informé que tu souhaitais – je cite – qu'on se « réconcilie ». Que tu voulais « passer plus de temps avec les bonnes personnes ».

Il avait parlé sur le même ton qu'il employait quand, petite, j'allais dans son bureau invoquer son pardon pour quelque bêtise dont j'étais accusée.

—J'ai reconsidéré ta requête concernant l'aide dont Robert a besoin.

Il demeura pétrifié quelques instants, comme choqué par mon offre. Étant donné que je l'avais quasiment chassé de la maison de Mallory la dernière fois qu'il m'avait fait cette demande, peut-être était-il réellement sidéré.

— Et quelles sont exactement tes intentions concernant cette affaire ? finit-il par articuler.

C'est parti pour la comédie, songeai-je, me préparant à jouer le rôle que j'avais élaboré avec Ethan, qui consistait à lui donner quelques détails susceptibles d'être utiles à Robert afin d'établir des connexions avec la population surnaturelle de la ville. J'étais censée dire quelques mots sur cette population qui, à l'exception des vampires, demeurait inconnue du grand public, aborder les finances des Maisons, et parler de nos relations au sein de l'administration, sans mentionner le fait que mon grand-père remplissait la fonction de Médiateur, bien entendu. D'après Ethan, ce serait suffisant pour faire croire à mon père que nous lui donnions quelques miettes d'un gâteau qui s'annonçait énorme.

Avant que j'aie pu ouvrir la bouche, Ethan offrit toute la pièce montée.

— Célina a été libérée par le Présidium.

Je pivotai pour le dévisager. Ce n'était pas du tout conforme à notre plan.

Je ne pensais pas être capable d'activer la connexion mentale qui nous unissait – le lien télépathique qu'Ethan avait instauré lors de ma Recommandation –, mais je bouillais tellement intérieurement que je devais essayer.

— *C'est ça, tes « miettes » ?*

S'il reçut le message, il n'en montra rien.

Le cadeau d'Ethan ne constituait que la première surprise.

— Quand ? s'enquit mon père d'un ton aussi morne que s'il discutait de la pluie et du beau temps.

De toute évidence, le fait qu'une tueuse en série en puissance – qui avait attenté à la vie de sa propre fille de surcroît – se promène dans la nature ne l'affectait pas plus que la météo du jour.

—Cette semaine, répondit Ethan.

Mon père désigna des chaises d'un geste de la main, et ils s'assirent tous deux. Je suivis le mouvement, mais restai debout derrière Ethan.

—Pourquoi a-t-elle été relâchée? demanda mon père.

Ethan relata les événements. Contrairement à moi qui avais accueilli l'histoire avec stupeur, mon père réagit calmement par de légers signes de tête et quelques sons étouffés exprimant son assentiment. Les surnats, le mode de fonctionnement des Maisons et du PG lui semblaient des thématiques familières. Je n'étais pas particulièrement surprise qu'il détienne déjà ces informations puisque, après tout, Internet foisonnait de détails sur les vampires, mais il paraissait également connaître les règles, les acteurs, et leurs connexions.

Si l'Agence de Médiation bénéficiait d'un employé anonyme qui fournissait des renseignements sur les Maisons, peut-être que mon père disposait lui aussi d'une source.

Une fois qu'Ethan eut terminé ses explications, mon père me dévisagea.

—Tu as piqué ma curiosité. Pourquoi ce changement d'attitude?

D'accord. Bon, je m'étais trompée en présumant que, si nous lui procurions des indications dont Robert pourrait se servir, il s'abstiendrait de poser des questions.

—*Vas-y*, me souffla Ethan par télépathie.

Je récitai alors mon texte.

—J'aimerais m'impliquer davantage dans les activités sociales de la famille. Vu ma fonction au sein de la Maison et la situation des Merit, disons que nous pourrions tous tirer quelques bénéfices de ma participation.

Mon père se pencha en arrière, posa un coude sur le dossier de sa chaise et se tapota le menton avec la jointure des doigts. Il aurait difficilement pu afficher un air plus sceptique.

— Et pourquoi maintenant ?

— Parce que mon statut a changé, repris-je. J'assume d'autres responsabilités. Je dispose de nouvelles capacités. (Je regardai subrepticement Ethan.) De nouvelles connexions. Je suis suffisamment mûre pour comprendre que le nom « Merit » facilite certaines choses, et notamment l'établissement d'alliances. (J'effleurai le médaillon de Cadogan que je portais autour du cou.) Et il y a une certaine alliance que je peux aider à conclure.

Il m'évalua du regard quelques instants puis inclina la tête.

— Dans l'optique qui nous intéresse, je peux estimer que tu ne me mens pas. Mais ça ne répond pas à ma question. (Il reporta son attention sur Ethan.) Pourquoi maintenant ? Pourquoi ce soir ?

Ethan lissa son pantalon du plat de la main. Ce geste paraissait décontracté, presque désinvolte, et je devinai aussitôt qu'il avait dû le préméditer.

— Les Breckenridge sont suspectés de… jouer avec notre communauté.

— Jouer, répéta mon père. De quelle manière ?

Après une légère hésitation, Ethan décida de faire confiance à mon père. Sans me demander mon avis, bien sûr.

— Nous avons appris que Jamie Breckenridge prévoyait de publier un article compromettant.

— Compromettant pour les vampires ?

Ethan acquiesça. Il minimisait l'importance de l'affaire en se contentant de livrer des faits dépourvus de la moindre émotion, ne laissant rien transparaître de la peur et de l'inquiétude dont il m'avait fait part un peu plus tôt dans la soirée.

— Et je suppose que cet article porte sur un sujet trop… délicat pour que nous l'abordions ici ?

— En effet, confirma Ethan. Vous n'êtes au courant de rien concernant cette histoire ?

— Non, déclara mon père. Ce n'est sans doute pas une coïncidence si vous avez choisi de faire votre première sortie mondaine chez les Breckenridge ?

— En fait si, répondit Ethan. Un concours de circonstances favorable.

Mon père prit un air dubitatif.

— Quoi qu'il en soit, vous avez sûrement remarqué que Julia est le seul membre de la famille Breckenridge présente ce soir…

— Ça m'a intrigué, avoua Ethan.

— Comme nous tous, renchérit mon père. Et nous n'en comprenons pas la raison. (Lentement, il leva les yeux vers moi.) Mais nous en avons peut-être une petite idée, maintenant. Il est possible qu'ils aient préféré s'absenter à cause de certains… visiteurs.

Son regard insistant sous-entendait une accusation, que j'estimais infondée. Je n'avais rien à voir avec l'article ni avec l'absence des Breckenridge. En tout cas, si j'avais fait quelque chose, ce n'était pas de manière intentionnelle. Néanmoins, il désirait de toute évidence m'en attribuer la responsabilité.

— *Charmant*, commenta Ethan par télépathie.

— *Je t'avais prévenu*, rétorquai-je.

Ethan se leva.

— Merci de nous avoir accordé un peu de votre temps, Joshua. Je peux compter sur vous pour garantir la confidentialité de notre échange ?

— Si vous le souhaitez, dit mon père sans se donner la peine de quitter sa chaise. Je peux compter sur vous pour mener votre enquête avec discrétion ? Bien que je comprenne la dimension de votre problème, quel qu'il soit, ces gens – ces familles – sont mes amis. Il serait fort regrettable que des rumeurs circulent à leur sujet et qu'ils soient victimes de grossières calomnies.

Ethan avait tourné le dos à mon père et je remarquai qu'il contenait un accès d'irritation, sans doute causé par l'assimilation de ses hypothèses à de « grossières calomnies ». Cependant, comme toujours maître de lui-même, il glissa les mains dans ses poches et, lorsqu'il pivota pour faire face à mon père, ses traits avaient repris une expression affable et courtoise.

— Bien entendu, assura-t-il.

— Je suis content que nous soyons d'accord, lâcha mon père avant de consulter sa montre, signe qu'il était temps de prendre congé.

Je me dirigeai vers la porte, Ethan sur les talons.

— N'oubliez pas, poursuivit mon père, nous incitant à nous retourner. Quoi que ce soit, si ça s'écroule, ça tombe sur vous. Sur vous deux.

Il avait lancé le coup de grâce et avait eu le dernier mot. On sortit de la pièce.

Avant de regagner la salle de bal, on s'arrêta dans le couloir vitré qui reliait les appartements privés au reste de la demeure.

Mains sur les hanches, Ethan regarda par l'un des carreaux.

— Ton père…

— … est un phénomène, complétai-je. Je sais.

— Il pourrait nous aider… ou nous détruire.

Je jetai un coup d'œil à Ethan, remarquai la ligne qui creusait son front et osai donner un conseil à ce vampire de près de quatre cents ans :

— Garde bien à l'esprit que personne ne lui dictera sa conduite.

Ethan me considéra d'un air interrogateur.

Je pivotai et scrutai la nuit, observant la pelouse qui descendait en pente douce.

— N'oublie jamais que chaque suggestion de sa part, chaque service qu'il accorde, résulte de savants calculs. Il est suffisamment riche et puissant pour aider ou blesser de nombreuses personnes, mais il poursuit généralement des objectifs individuels, souvent égoïstes, et il n'est pas facile de deviner ses intentions. Il déplace ses pièces sur l'échiquier trois ou quatre coups à l'avance sans stratégie évidente. Pourtant, ne te méprends pas, sa tactique n'est jamais innocente.

Ethan laissa échapper un long soupir de lassitude. Le roucoulement d'une colombe retentit au loin.

— Madame Merit.

On fit tous deux volte-face, pour découvrir une femme sous le portique. Les cheveux impeccablement noués en chignon, elle était vêtue d'une simple robe noire et d'un tablier blanc, avec des chaussures à semelle épaisse aux pieds. Sans doute une domestique.

— Oui ?

Elle me tendit un bout de papier.

— M. Nicholas m'a demandé de vous transmettre ceci.

Intriguée, j'avançai jusqu'à elle et pris le message. Elle franchit la porte avant que j'aie pu la remercier.

175

— M. Nicholas ? répéta Ethan une fois qu'elle fut partie.

Je ne tins pas compte de sa question et dépliai le papier, sur lequel je lus :

Retrouve-moi au château. Maintenant.

N.B.

— De quoi s'agit-il ? interrogea Ethan.

Je regardai par la baie vitrée, puis me tournai de nouveau vers lui en repliant le message, que je glissai dans ma pochette.

— Une occasion pour moi de renouer des contacts. Je reviens, ajoutai-je.

Avant qu'il ait pu réagir ou me faire part des doutes que trahissait la ligne barrant son front, je traversai le couloir jusqu'à la porte-fenêtre qui donnait sur l'extérieur.

Un arc d'escaliers se trouvait à l'extrémité de la terrasse en briques qui avait été élégamment conçue en forme de demi-lune. Je m'adossai à la balustrade, détachai les brides de mes chaussures et les posai sur une marche à côté de ma pochette. Je savourai la chaleur de la nuit. L'obscurité était constellée de lanternes de papier blanc accrochées aux arbres en fleur plantés çà et là. Après m'être débarrassée de mes talons aiguilles, je descendis doucement l'escalier, les dalles froides sous mes pieds nus. Une fois dans l'herbe, je demeurai immobile quelques instants, les yeux fermés, afin de profiter de la sensation du tapis de verdure frais et moelleux.

La propriété des Breckenridge s'étendait sur des centaines d'hectares soigneusement entretenus de manière à donner l'impression d'une nature presque sauvage. Les Breck se réfugiaient de temps à autre au cœur de cette profusion végétale pour échapper aux tracas du quotidien.

À l'arrière du domaine, le gazon descendait en pente douce vers une forêt. Un chemin bien tracé serpentait entre les arbres.

J'y avais passé beaucoup de temps dans mon enfance, poursuivant Nicholas sous les feuillages épais en été, ou sous les branches nues recouvertes de givre lors des froides matinées de novembre. Plutôt que porter des robes chasuble, ce que je laissais à Charlotte, je préférais courir au grand air et sauter par-dessus le bois mort. Pour une enfant comme moi, dotée d'une imagination débordante et soumise à des règles familiales restrictives, l'extérieur représentait tout un univers fantastique.

Le long du sentier étroit et boueux, je dus écarter des branchages de mon visage. J'avais grandi depuis que je m'étais aventurée dans cette forêt pour la dernière fois. Ma petite taille me permettait alors de me faufiler entre les obstacles. Les branches craquèrent sur mon passage jusqu'à ce que je parvienne à la clairière.

Au labyrinthe.

Une clôture basse, atteignant seulement un mètre de hauteur, s'étendait comme un mince anneau recouvert de rouille autour du dédale de haies que Papa Breck avait fait ériger au milieu des bois. Le portail était entrouvert. Nick s'y trouvait donc déjà.

J'avais mémorisé des années auparavant le plan assez simple du labyrinthe, qui consistait en un assemblage de cercles concentriques parsemé d'impasses et d'ouvertures. Nicholas et moi défendions l'enchevêtrement de buis, que nous prenions pour notre château, contre les bandes de maraudeurs, rôles joués la plupart du temps par ses frères. On livrait bataille à l'aide d'épées en bois et de boucliers en carton jusqu'à ce que les frères de Nick se lassent et battent en retraite vers leur confortable maison. Ce lieu était alors notre jardin secret, notre petit royaume végétal.

Je marchai sans bruit sur la terre meuble du sentier et me rapprochai de la lueur qui émanait du cœur du dédale. Le silence de la nuit n'était troublé que, de temps à autre, par le bruissement des feuilles ou le trottinement de quelque bête dans les sous-bois. Le calme régnait toujours lorsque je le retrouvai.

9

LES SECRETS DU JARDIN SECRET

—Je me demandais combien de temps tu mettrais à arriver, déclara Nicholas en me regardant, les bras croisés sur la poitrine.

Deux lampes tempête diffusaient un halo doré sur son torse. Il ne portait pas de costume, mais un tee-shirt du marathon de Chicago et un jean.

Je m'avançai jusqu'au centre du cercle et levai les yeux vers lui en affichant un sourire ténu.

—J'avais presque oublié l'existence de cet endroit.

Nicholas lâcha un son sarcastique qui lui fit courber les épaules.

—Je ne pense pas que tu puisses oublier le château, Merit.

Il avait beau avoir dit cette phrase avec un demi-sourire, il retrouva très vite son air grave. Il balaya ma robe du regard avant de planter ses yeux dans les miens.

—Les vampires semblent avoir réussi là où ton père avait échoué.

Je le dévisageai quelques instants. Je ne savais pas très bien si ces propos insultants m'étaient destinés, ou s'ils visaient mon père, ou encore Ethan. J'avais toutefois le sentiment que nous faisions l'objet d'un tir groupé. Je ne relevai pas, et contournai Nicholas en suivant le périmètre du cercle qui délimitait le centre du labyrinthe. Il mesurait environ cinq mètres de diamètre, et la haie était percée de deux ouvertures situées l'une en face de l'autre, permettant l'entrée et la sortie. Des bancs en bois incurvés étaient installés entre les trouées, le long des parois végétales, sur lesquelles avaient été fixées les lampes.

— Je ne m'attendais pas à te trouver à la porte de la Maison Cadogan, avouai-je.

— Et moi, je ne m'attendais pas à te trouver à l'intérieur de la Maison Cadogan. Les temps changent.

— Est-ce que les gens changent aussi ? demandai-je en jetant un coup d'œil par-dessus mon épaule.

Il ne broncha pas, conservant son air impassible et distant.

Je décidai de commencer par les amabilités d'usage.

— Qu'est-ce que tu deviens ?

— Je suis plus intéressé par ce que toi, tu deviens. Par la… chose que tu es devenue.

Je haussai les sourcils.

— La chose ?

— La vampire.

Il cracha littéralement ce dernier mot, comme si le simple fait de le former sur ses lèvres le dégoûtait. Il détourna son regard vers les bois.

— Les gens changent, apparemment.

— On dirait, oui, approuvai-je, gardant pour moi ce que je pensais de son attitude. J'ignorais que tu étais de retour à Chicago.

— J'avais des choses à faire.

— Tu vas rester ?

— On verra.

Question plus importante :

— Tu travailles ? À Chicago, je veux dire.

Il reporta son attention sur moi en arquant un sourcil.

— Je ne suis pas certain d'avoir envie de te faire part de mes projets.

Je lui rendis son regard suspicieux.

— C'est toi qui as voulu que je te retrouve ici, Nick, pas le contraire. Si ça t'embêtait de me parler, il ne fallait pas me demander de te rejoindre.

Il me jaugea pendant un long moment. Un moment intense au cours duquel il garda son regard gris acier rivé au mien comme s'il souhaitait me transpercer pour découvrir mes intentions. Je me retins d'esquisser le moindre geste qui risquerait de troubler le silence ambiant.

— Je veux savoir pourquoi tu es ici, lâcha-t-il finalement. Dans la maison de mes parents. Dans la maison de ma famille.

À la méfiance qui transparaissait dans sa voix, je supposai que ce n'était pas un hasard si Julia était le seul membre du clan Breckenridge à la soirée.

Je serrai les mains derrière mon dos et soutins son regard.

— Il est temps que je me rappelle à mes obligations familiales.

Il accueillit mon explication avec un air réprobateur.

— Je te connais depuis vingt ans, Merit. Les obligations familiales n'ont jamais fait partie de tes priorités, particulièrement lorsqu'elles impliquent des réceptions mondaines. Ne me raconte pas n'importe quoi.

J'ignorais ce qu'il avait derrière la tête, mais je ne lui dévoilerais certainement pas tous mes secrets aussi facilement.

— Dis-moi pourquoi tu te trouvais devant la Maison Cadogan.

Il me jeta un regard de défi qui signifiait : pourquoi répondrais-je à ta question ?

— Donnant-donnant, lui proposai-je. Tu réponds à mes interrogations, et je réponds aux tiennes.

Il passa sa langue sur la lèvre inférieure pendant qu'il réfléchissait à mon offre puis reposa les yeux sur moi.

— J'enquête, déclara-t-il.

— Tu écris un article ?

— Je n'ai pas dit que j'écrivais un article, mais que je menais des recherches.

D'accord, donc il enquêtait, mais pas afin de rédiger une histoire sur les vampires ou quoi que ce soit d'autre. À quoi s'intéressait-il ? Et s'il se posait des questions, pourquoi chercher les réponses dans un groupe de paparazzis devant la Maison plutôt que solliciter ses contacts ? Et, plus important encore, pourquoi Nick, et non Jamie ?

Nick fourra les mains dans ses poches et inclina la tête dans ma direction.

— Donnant-donnant. Pourquoi es-tu ici ?

J'hésitai une seconde avant de lui révéler :

— Nous aussi, on mène notre enquête.

— Sur qui ?

— Pas qui, mais plutôt quoi. On essaie de protéger les nôtres.

Ce n'était pas l'entière vérité, mais ce n'était pas non plus un mensonge.

— De quoi ?

Je secouai la tête. Il était temps d'approfondir.

— À ton tour de répondre. Puisqu'on parle des Breck, que devient la famille ? Comment va Jamie ?

L'expression de Nick changea si brutalement que je dus me retenir pour ne pas reculer. Sa mâchoire se crispa, ses narines se dilatèrent, et il serra les poings. J'aurais juré avoir ressenti une sorte d'électricité magique, mais, la seconde d'après, cette sensation avait disparu.

—Ne t'approche pas de Jamie! aboya-t-il.

Je fronçai les sourcils, interloquée par sa subite saute d'humeur.

—J'ai simplement demandé comment il allait, Nick. (En grande partie pour savoir s'il était en train de nous sacrifier afin de gagner les faveurs de Papa Breck, mais Nick n'avait pas besoin de l'apprendre.) Pourquoi tu le prends comme ça? De quoi tu as peur?

—C'est mon frère, Merit. Malgré les liens qui unissent nos familles, malgré notre histoire, à tous les deux, je le protégerai.

Je lui adressai un regard sévère, les mains sur les hanches.

—Est-ce que tu t'imagines que je vais faire du mal à ton frère? Parce que je peux t'affirmer que ce n'est pas le cas. Je peux même te le jurer.

—Et les vampires sont connus pour leur fiabilité, hein, Merit?

J'encaissai cette réplique en écarquillant les yeux. Il ne s'agissait plus de simple animosité, ni d'une sorte d'instinct de protection fraternel, mais de haine fondée sur des préjugés stupides. Je me contentai de le dévisager.

—Je ne sais pas quoi répondre à ça, Nick.

J'avais parlé à voix basse. J'étais choquée, mais également consternée que notre amitié ait si mal tourné.

Nick n'avait pas l'air de compatir à mon désarroi. Il me fusilla d'un regard tellement mauvais que j'en eus la chair de poule.

—Si quelque chose arrive à Jamie, je te fais ta fête.

Après m'avoir décoché un dernier coup d'œil menaçant, il fit volte-face et disparut par la trouée percée dans la haie

Je le suivis des yeux, tapotant ma hanche du bout des doigts, et tentai de comprendre ce qui venait de se dérouler. Non seulement Nick n'était pas en train de rédiger un article – enfin, c'est ce qu'il prétendait –, mais il se montrait soudain très protecteur envers son petit frère gaffeur et glandeur. C'était carrément bizarre.

Je soupirai et regardai autour de moi. La lueur qui émanait des lampes vacilla, signe que la réserve de pétrole s'épuisait. Alors que la lumière faiblissait, j'entrepris de retraverser le labyrinthe, avec plus de questions que de réponses.

La colère de Nick, sa défiance, rendirent le retour à travers bois un peu moins romanesque, et un peu plus effrayant que l'aller. Même si je faisais dorénavant partie des créatures nocturnes, je n'aimais pas particulièrement me promener dans les bois au milieu de la nuit.

J'avançai avec précaution entre les arbres, ouvrant grand les yeux et les oreilles, attentive au moindre signe de présence des petites bêtes qui vivaient et proliféraient dans le noir.

Soudain, un bruissement dans les feuilles troubla le silence.

Je me figeai et tournai vivement la tête sur le côté afin de vérifier d'où provenait le bruit, le sang battant contre mes tempes. La curiosité de ma vampire avait été éveillée…

Mais le calme était revenu.

Aussi doucement que possible, je glissai la main sous l'ourlet de ma robe pour atteindre le holster, et tirai lentement le poignard. J'ignorais ce que j'allais en faire, mais son contact au creux de ma paume apaisa le rythme de mon cœur. Je plissai les paupières afin de percer l'obscurité et examiner les taillis.

Quelque chose marchait à pas feutrés parmi les arbres. Un animal. À quatre pattes, à en croire les sons étouffés. Il se trouvait probablement à plusieurs mètres de distance, suffisamment près toutefois pour que je distingue le « tap-tap » de ses pas dans le sous-bois.

Je resserrai mes doigts moites autour de la poignée de mon arme.

Soudain, debout dans la nuit, le poignard à la main et le cœur tambourinant sous l'effet de la peur et de l'adrénaline, je me souvins de quelque chose qu'Ethan m'avait dit au sujet de notre nature de prédateurs : pour le meilleur ou pour le pire, nous nous trouvions au sommet de la chaîne alimentaire.

Nous n'étions ni des humains, ni des animaux, ni la chose qui rôdait dans les bois à proximité.

Mais des vampires.

J'étais le prédateur, pas la proie. Alors, d'une voix qui me parut trop haletante pour sortir de ma propre gorge, les yeux rivés sur l'endroit où je supposais qu'elle se tenait, je soufflai un bon conseil à la créature :

— Fuis.

Il y eut une fraction de seconde de silence, puis un mouvement brusque immédiatement suivi d'un piétinement et de craquements de branches indiquant que la bête m'avait obéi.

Quelques instants plus tard, plus aucun bruit ne perturbait le calme de la forêt. J'ignorais la nature de cette chose, mais elle s'était sauvée pour échapper à la menace.

Pour m'échapper à moi.

Voilà un atout commode, quoique légèrement dérangeant.

— Le sommet de la chaîne alimentaire, murmurai-je.

Je me remis en chemin, la poignée de mon arme humide de transpiration. Je la gardai à la main jusqu'à l'orée du bois, où j'aperçus la lueur rassurante de la maison. Lorsque je posai le pied dans l'herbe, je rengainai mon poignard et franchis les derniers mètres en courant à perdre haleine. Cependant, comme la femme de Lot, je ne pus m'empêcher de jeter un ultime coup d'œil par-dessus mon épaule.

La forêt touffue semblait sinistre et inhospitalière. Un frisson me parcourut l'échine.

— Merit ?

J'atteignis la terrasse et levai les yeux. Ethan se tenait en haut des marches, les mains dans les poches, la tête inclinée sur le côté, le visage empreint de curiosité.

Je hochai la tête, le dépassai et m'immobilisai à l'endroit où j'avais déposé mes affaires près de la balustrade. Le gazon humide de rosée avait lavé mes pieds de toute trace de terre, et j'enfilai à nouveau mes talons aiguilles.

Sans prononcer un mot, Ethan me rejoignit et me regarda me rechausser et ramasser ma pochette.

— Alors, cette rencontre ?

Je secouai la tête.

— Je te raconterai plus tard.

Je dirigeai une dernière fois le regard vers l'étendue d'arbres derrière moi, et perçus comme un éclair dans le bois. Peut-être des yeux, ou une lampe. Je n'aurais su le dire, mais je tremblai.

— Rentrons.

Ethan me dévisagea, scruta la lisière de la forêt, puis hocha la tête et me suivit à l'intérieur de la maison.

Mme Breckenridge prit la parole afin de remercier les invités qui assistaient à la soirée. Les bénévoles qui furent présentés déclamèrent des discours polis sur l'importance de l'Alliance de collecte pour la ville de Chicago, déclenchant les applaudissements du public. On recueillit des fonds, s'échangea des numéros, tandis qu'Ethan et moi nous frayions un chemin parmi les plus riches citoyens de l'agglomération. Juste un vendredi soir ordinaire au sommet de l'échelle sociale.

Lorsque l'on eut joué notre rôle et apporté notre propre contribution à la cause au nom de Cadogan, Ethan ayant signé un chèque de manière théâtrale, on prit congé de Mme Breckenridge en lui exprimant notre reconnaissance pour nous avoir conviés. Puis on regagna le calme feutré de la Mercedes.

L'intérieur de la voiture était imprégné du parfum d'Ethan, une odeur de propre et de savon. Je ne l'avais pas remarqué auparavant.

— Alors, ce rendez-vous ? demanda Ethan après s'être engagé sur la route.

Je fronçai les sourcils et croisai les bras sur ma poitrine.

— Tu veux la bonne nouvelle ou la mauvaise ?

— J'ai besoin des deux, malheureusement.

— Il y a un labyrinthe derrière la maison. Il m'y attendait. Il a lancé quelques commentaires cyniques sur ma transformation en vampire, puis m'a affirmé qu'il s'était trouvé devant Cadogan dans le cadre d'une enquête qu'il mène actuellement. Il ne rédige pas d'article, il fait juste des recherches, précisai-je avant qu'Ethan ait eu le temps d'ouvrir la bouche.

Il prit un air sceptique.

— Ce qui indique quoi au sujet de l'article qu'écrirait Jamie sur les vampires ?

— Aucune idée, avouai-je. Et la mauvaise nouvelle, c'est que j'ai posé une question au sujet de Jamie, une question totalement innocente, et il a piqué une crise. Il m'a ordonné de ne pas m'approcher de son petit frère. Il semble penser qu'on l'a dans le collimateur.

— «On»? interrogea Ethan.

— Les vampires. Il a dit quelque chose comme quoi nous n'étions pas connus pour notre fiabilité.

— Hmmm, et comment ça s'est terminé?

— Avant de partir comme une furie, il m'a promis que, si quoi que ce soit arrivait à Jamie, il me ferait ma fête.

— Tu as de charmantes fréquentations, Sentinelle.

Il avait repris le ton glacial et hautain que je détestais.

— C'est toi qui m'as demandé de fréquenter ces gens, Sullivan. N'oublie pas ce détail. En parlant de ça, pourquoi avoir changé de plan? Depuis quand mon père a-t-il le droit de connaître tous les secrets des vampires?

— J'ai opté pour un changement de stratégie de dernière minute.

— C'est le moins qu'on puisse dire, marmonnai-je. Dans quel but?

— J'ai eu une intuition. Ton père a le bras long, mais manque de contacts parmi les surnaturels. C'est la raison pour laquelle il était désireux de travailler avec toi et souhaitait me rencontrer. Cependant, ce n'est pas parce qu'il a peu de relations qu'il ne poursuit pas ses propres investigations. Tu n'as pas été surprise par sa réaction?

— Ce qui m'a surprise, c'est qu'il n'a pas eu l'air surpris du tout. (Je me tournai vers Ethan, un sourire admiratif au coin des lèvres.) Très rusé, Sullivan. Sans poser la moindre question, tu as réussi à lui faire dévoiler qu'il s'intéressait de près à Célina.

— Il m'arrive d'avoir de bonnes idées de temps à autre.

J'émis un petit rire sarcastique.

— Tu as raison. Il était sans doute déjà au courant de ce dont on a parlé. Dis-lui ce que tu juges nécessaire, mais rappelle-toi qu'il sera susceptible d'utiliser ces informations contre nous à la première occasion pour servir ses propres intérêts.

—J'en suis conscient, Merit. Je suis suffisamment malin pour m'être rendu compte de quoi il était capable.

Mon estomac lança un grondement sinistre, et je collai ma main contre mon ventre, tenaillée par une faim dévorante. Je n'avais pas vraiment envie de prendre le risque de subir un accès de soif de sang attachée dans un cabriolet en compagnie d'un homme avec lequel j'avais déjà connu quelques problèmes. Certes, je devais admettre que je trouvais Ethan plutôt appétissant, mais je préférais éviter que ma vampire cède au brûlant désir d'y goûter.

—Il faut qu'on s'arrête, l'avertis-je. (Je jetai un coup d'œil par la fenêtre et, remarquant que nous approchions d'une sortie d'autoroute, je frappai du doigt contre la vitre.) Ici.

Il se pencha afin de repérer la bifurcation et arqua un sourcil.

—Pourquoi tu veux t'arrêter ?

—J'ai besoin de manger.

—Tu as toujours besoin de manger.

—Soit je mange, soit il me faut du sang, Ethan. Et étant donné qu'il n'y a que toi et moi dans cette voiture à cet instant précis, la première option paraît nettement moins compliquée, tu ne trouves pas ?

Ethan grommela, mais il sembla avoir compris l'essentiel de mon message, car il se dirigea vers la sortie puis roula doucement sur le parking d'un petit fast-food au bord de la route. Comme il était presque 3 heures du matin, l'endroit était quasi désert à l'exception de quelques fêtards en mal de hamburgers.

Ethan se gara à côté du restaurant et inspecta à travers la vitre du conducteur la façade de mauvais goût en aluminium, le décor miteux et l'enseigne de ce qui s'était autrefois appelé le *Dairy Blitz* et paraissait désormais baptisé « *Da ry litz* ». L'édifice avait sans doute connu des jours meilleurs. Lorsque je baissai ma fenêtre, des effluves de viande, de pommes de terre et de friture s'engouffrèrent dans l'habitacle.

Oh, ça s'annonçait divin. Je le sentais.

Il pivota vers moi, l'air dubitatif.

— Le *Dary Litz*, Sentinelle ?

— Tu vas adorer, Sullivan. Respire cette odeur ! Ces frites te sont destinées.

— On vient de manger du ceviche et du parfait de crevette.

J'appréciai la touche d'humour caustique qui perçait dans sa voix.

— Sérieusement, on a avalé du fruit de mer fouetté, tu te rends compte ? Bref, tu confirmes ce que j'ai dit. Fais le tour.

Il émit un vague ronchonnement peu convaincant, fit marche arrière puis avança vers le comptoir extérieur.

Je passai en revue le menu illuminé et, après avoir hésité entre un simple et un double cheeseburger au bacon, j'optai pour un triple. De toute façon, au final, je mourrais sous l'effet de la lumière du soleil ou d'un pieu en tremble, mais pas d'un excès de cholestérol.

Ethan considérait la carte d'un air désemparé.

— Je ne sais vraiment pas ce que je fais ici.

— Voilà pourquoi tu as pris une excellente décision en m'intégrant dans l'équipe.

Je lui offris quelques suggestions, et lorsqu'il commença à discuter mes choix, je mis fin aux négociations en commandant suffisamment pour nous deux : des hamburgers, des frites, des milk-shakes au chocolat et des oignons frits en supplément. Il tira un mince portefeuille en cuir de la poche intérieure de sa veste, et en sortit quelques billets avec lesquels il paya.

Une fois la Mercedes bondée de vampires et de friture, il conduisit vers la sortie et s'arrêta le long d'un trottoir pendant que j'extrayais un hamburger de son emballage. Lorsque je le lui tendis, il le regarda quelques instants d'un air sceptique avant d'en prendre une bouchée.

Tout en mâchant, il exprima son approbation par une sorte de gémissement.

— Tu sais, déclarai-je en mordant dans un beignet d'oignon, je crois que les choses seraient beaucoup plus faciles pour toi si tu acceptais d'admettre que j'ai toujours raison.

— Je veux bien te donner raison sur la nourriture, mais je n'irai pas plus loin.

— Ça me va, dis-je en lui adressant un sourire.

J'étais de meilleure humeur depuis que nous nous étions éloignés de Nick et de mon père. L'impact de la bouffe graisseuse sur mon niveau de sérotonine n'était probablement pas étranger à mon état d'esprit. Sans me soucier des bonnes manières, je mordis à pleines dents dans mon cheeseburger au bacon et fermai les yeux en mastiquant. S'il y avait une chose pour laquelle j'étais reconnaissante envers Ethan Sullivan, c'était bien la possibilité d'ingurgiter tout ce que je désirais sans prendre un gramme. D'accord, j'avais constamment faim, et une fois j'avais même manqué de lui arracher la carotide, mais il s'agissait finalement d'un faible prix à payer. La vie était un buffet géant !

Cet afflux de sérotonine associé au soulagement que j'éprouvais suscita sans doute le commentaire que j'émis alors.

— Merci, dis-je.

Un hamburger à la main, il démarra et reprit la route vers Hyde Park.

— De quoi ?

— De m'avoir transformée.

Il marqua une pause.

— De t'avoir transformée ?

— Ouais. Enfin, d'accord, j'ai eu besoin d'un temps d'adaptation…

Ethan grogna en plongeant la main dans la boîte d'oignons frits posée entre nous.

— C'est un euphémisme, tu ne crois pas ?

— Fiche-moi la paix, je m'entraîne à la révérence reconnaissante.

Ethan ricana lorsque je fis allusion à la tradition anachronique mentionnée par le *Canon*, qui stipulait que je devais faire montre envers Ethan, mon seigneur, de révérence reconnaissante. Ce terme ne faisait pas référence aux courbettes, mais à une attitude démodée, à la Jane Austen. Le genre qui dictait de faire preuve de déférence devant les plus grands, entre autres règles de bienséance. Vraiment pas mon truc.

— Merci, poursuivis-je, car si tu ne m'avais pas transformée, je ne pourrais pas manger cette bouffe incroyablement malsaine. Je ne serais pas immortelle. Je serais complètement nulle au maniement du katana – un art que toute jeune femme de Chicago de vingt-huit ans devrait maîtriser. (En voyant son sourire en coin, je le taquinai en le poussant doucement du coude.) Pas vrai ? (Il émit un petit rire.) Et tu ne pourrais pas me harceler. Tu ne profiterais ni de mon carnet d'adresses, ni de mon fabuleux sens de la mode.

— C'est moi qui ai choisi cette robe.

J'écarquillai les yeux. Cet aveu m'étonnait et, d'une certaine manière, me réjouissait, même si j'avais du mal à le reconnaître. Je lui fis remarquer qu'elle ne serait pas très seyante sur lui, et récoltai un « pfff » exaspéré.

— Bref, merci.

— De rien, Sentinelle.

— Tu vas manger toutes tes frites ?

Je passai le reste du trajet à grignoter. Arrivés à la Maison, on dut la contourner pour éviter la troupe de journalistes postés dans la rue. Ethan brandit sa carte d'accès à l'entrée du parking et une partie de la porte coulissa, ouvrant sur la rampe souterraine. Ethan gara la Mercedes à son emplacement et, bien que le garage soit accessible uniquement grâce à un code secret et protégé par une grille en fer de plus de trois mètres de haut sous un édifice grouillant de vampires, il actionna le système d'alarme du véhicule.

À mi-chemin de la porte, il s'immobilisa.

— Merci.

— Pour… ?

— Tu as accepté de renouer avec ton milieu. Même si des questions relatives à l'implication de Nicholas restent en suspens, nous avons fait des avancées, et nous en savons plus qu'auparavant. (Il se racla la gorge.) Tu t'es bien débrouillée aujourd'hui.

Je lui souris.

— Tu m'aimes bien. Tu m'aimes vraiment bien, pas vrai ?

— N'exagère pas, Sentinelle.

Je poussai la porte du sous-sol et l'invitai à passer en agitant la main.

— Honneur aux anciens.

Ethan ronchonna, mais je surpris un sourire fugitif sur son visage.

— Très drôle.

Dans l'idée de reprendre mon service et rassurer Luc sur le fait que j'avais réussi à garder Ethan en vie au cours de notre petite excursion hors du domaine, je pris la direction de la salle des opérations. Ethan me retint brusquement par le bras.

— Où vas-tu ?

Je le regardai, perplexe.

— Je n'ai pas l'intention de faire un after, si c'est ce que tu me proposes. (Devant son air sceptique, je m'expliquai.) Je dois vérifier mes messages dans la salle des opérations.

Il me relâcha puis glissa les mains dans ses poches.

— Nous n'avons pas encore fini, déclara-t-il. Je t'attends.

Je fronçai les sourcils, fis volte-face et marchai jusqu'à la porte de la salle des opérations, que je trouvai fermée. J'ignorais totalement ses intentions, et je n'aimais pas particulièrement ce genre de mystère.

Lorsque je franchis le seuil, je fus accueillie par des sifflets dignes des meilleurs ouvriers du bâtiment.

Juliet fit pivoter sa chaise pour me regarder, et elle m'adressa un clin d'œil.

— Tu es très jolie, Sentinelle.

— Elle a raison, intervint Lindsey depuis son poste. Ça te va étonnamment bien.

Je levai les yeux au ciel, mais pinçai l'ourlet de ma robe et esquissai une révérence. J'allai ensuite saisir mon dossier sur le rangement mural. Il ne contenait qu'une feuille de papier, la copie d'une note que Peter avait envoyée à Luc par e-mail, sur laquelle on pouvait lire les noms des paparazzis qui avaient été chargés de la couverture médiatique de la Maison Cadogan ainsi que les journaux, sites Internet et magazines pour lesquels ils racolaient.

Lorsque je relevai la tête, je découvris le regard de Peter étrangement rivé sur moi.

— Tu as fait vite, le félicitai-je en agitant le message.

— C'est incroyable tout ce qu'on peut obtenir quand on a des crocs, répliqua-t-il, le visage dénué de toute expression.

Il reporta son attention sur son ordinateur et pianota sur le clavier.

Il était vraiment bizarre.

— Je présume que notre seigneur et Maître a survécu à la soirée ? demanda Luc.

— Et il est en pleine forme, énonça une voix dans mon dos.

Je me retournai. Ethan se tenait dans l'embrasure de la porte, bras croisés sur la poitrine.

— On y va ? proposa-t-il.

Je le maudis intérieurement d'avoir posé cette question, car j'étais certaine de ce que les autres gardes ne manqueraient pas de s'imaginer – des trucs inavouables, à tous les coups. Ethan avait beau éprouver de l'attirance envers moi, je n'étais pas dupe. Il me considérait comme un simple outil parmi l'éventail dont il disposait, un laissez-passer qu'il brandissait lorsqu'il souhaitait accéder quelque part.

— D'accord, répondis-je après avoir lancé un regard noir à Lindsey.

Elle pinçait les lèvres comme si elle tentait de réprimer un fou rire.

Je remis mon dossier à sa place et, la note à la main, suivis Ethan jusqu'au rez-de-chaussée. Là, il prit l'escalier principal et gravit les marches. Au premier étage, il s'immobilisa devant une double porte. Je savais que, derrière, se trouvait la bibliothèque, que je n'avais pas encore eu le temps d'explorer.

Je parvins à la hauteur d'Ethan, qui me regarda en coin.

— Tu n'y es jamais entrée ?

Je secouai la tête.

Il parut se réjouir de ma réponse, un sourire étrangement satisfait plaqué sur le visage, et saisit les deux poignées à pleines mains. Il les tourna et ouvrit les battants.

— Sentinelle, voici ta bibliothèque.

10

ON PEUT CONNAÎTRE UN HOMME À LA TAILLE DE SA BIBLIOTHÈQUE

C'était extraordinaire.

Bouche bée, je pénétrai à l'intérieur et pivotai lentement afin d'embrasser l'ensemble du regard. La pièce, de forme carrée, occupait la hauteur de deux étages et était inondée de lumière grâce à trois immenses fenêtres. Le niveau supérieur était bordé d'une balustrade pourpre en fer forgé, et on y accédait par un escalier en spirale orné du même métal teinté. Des tables surmontées de lampes en laiton aux abat-jour verts occupaient le milieu de la salle.

Les murs étaient recouverts de livres du sol au plafond. Petits formats, grands formats, reliures de cuir et éditions brochées se succédaient sur les étagères, classés par thèmes : histoire, ouvrages de référence, physiologie vampire, et je trouvai même un modeste rayon de fictions.

— Incroyable !

Ethan gloussa à mon côté.

— Maintenant, tu peux vraiment dire que tu ne regrettes plus ta transformation sans consentement.

J'aurais été prête à affirmer n'importe quoi rien que pour pouvoir toucher les livres. Je lançai donc « ouais » d'un air absent, avançai vers l'une des étagères et effleurai du doigt les couvertures bien alignées. Il s'agissait de la section dédiée aux classiques occidentaux. Je trouvai Doyle rangé entre Dickens et Dumas, en dessous de Carroll et au-dessus d'Eliot.

Je tirai un exemplaire de *Bleak House* recouvert de cuir bleu marine, l'ouvris, passai la page de titre en vélin et examinai le premier feuillet du texte, qui avait été découpé à la main. Les minuscules caractères d'impression avaient tellement marqué le papier que je sentais le relief des lettres au toucher. Je poussai un soupir de plaisir puis refermai l'ouvrage et le replaçai sur le rayon.

— Tu es réellement fascinée par les livres, s'exclama Ethan en riant. Si j'avais su que tu étais si facile à dompter, je t'aurais montré la bibliothèque des semaines plus tôt.

J'approuvai distraitement et m'emparai d'un mince recueil de poèmes d'Emily Dickinson. Je le feuilletai jusqu'à ce que je repère les vers que je cherchais, et lus à voix haute :

— « J'étais morte pour la Beauté – mais à peine

M'avait-on couchée dans la Tombe

Qu'un Autre – Mort pour la Vérité

Était déposé dans la Chambre d'à côté –

Tout bas il m'a demandé "Pourquoi es-tu morte ?"

"Pour la Beauté", ai-je répliqué –

"Et moi – pour la Vérité – C'est Pareil –

Nous sommes frère et sœur [1]." »

Je refermai doucement le livre et le rangeai, puis considérai Ethan qui se tenait à côté de moi, pensif.

— Es-tu mort pour la beauté, ou la vérité ?

— J'étais un soldat, répondit-il.

---

1. Traduction française de Charlotte Melançon pour la collection « Orphée » des éditions La Différence, Paris, 1992. (*NdT*)

Cela ne me surprit qu'à moitié. J'imaginais plus facilement Ethan en train de réfléchir à des manœuvres politiciennes en coulisse plutôt que sur le champ de bataille, mais le fait qu'il se retrouve au beau milieu d'une guerre ne m'étonnait pas du tout.

—Où ça? demandai-je doucement.

Un silence pesant suivit ma question, empreint de la même tension qui transparaissait sur les traits crispés d'Ethan. Il finit par m'adresser un mince sourire forcé.

—En Suède. Il y a longtemps.

Étant donné qu'il était vampire depuis trois cent quatre-vingt-quatorze ans, je fis le calcul.

—Pendant la guerre de Trente Ans?

Il acquiesça d'un hochement de tête.

—Exactement. J'avais dix-sept ans lorsque j'ai combattu pour la première fois, et j'ai été transformé à trente ans.

—Pendant la bataille?

Nouveau hochement de tête, mais sans commentaires. Je n'insistai pas.

—Je suppose que, d'une certaine façon, on peut dire que moi aussi, j'ai été transformée pendant la bataille.

Ethan tira un ouvrage de l'étagère et commença à le feuilleter négligemment.

—Tu fais référence à la lutte livrée par Célina pour prendre le contrôle des Maisons?

—Si c'est ce qu'elle souhaite. (Je m'adossai aux rayons, les bras croisés.) Quel est son véritable but, à ton avis? Que les vampires dominent le monde?

Il secoua la tête, referma son livre et le reposa à son emplacement.

—Elle veut un nouvel ordre mondial qui lui garantisse le pouvoir; le reste lui importe peu.

Il s'accouda à l'une des étagères à côté de moi et passa ses longs doigts dans ses cheveux, l'autre main sur la hanche. Il parut soudain exténué.

Mon cœur se serra.

—Et toi, que désires-tu, Merit?

Il releva brusquement ses yeux vert émeraude et planta son regard dans le mien. L'éclat sauvage de ses iris accrut l'étrangeté de la question.

—Qu'est-ce que tu veux dire? soufflai-je d'une petite voix sans timbre.

—Sans l'avoir planifié, tu es devenue membre d'une honorable Maison, et as accédé à une fonction unique, une fonction non dénuée de pouvoir. Tu es forte. Tu as des relations. Si l'occasion de prendre la place de Célina se présentait, que ferais-tu?

Essayait-il de me tester? Je tentai de lire dans son regard. Tâchait-il de me jauger, de savoir si je serais capable de résister à la soif de pouvoir à laquelle Célina avait succombé? Ou était-ce plus simple que cela?

—Tu crois qu'elle a mal tourné, devinai-je. Qu'elle était une humaine équilibrée et que sa transformation en vampire lui a fait perdre la maîtrise d'elle-même. Je ne suis pas certaine que ce soit le cas. Il est possible qu'elle ait toujours été machiavélique, Ethan. Ce n'est pas forcément par idéalisme qu'elle appelle à l'unification des vampires. Peut-être qu'elle est différente de toi et moi.

Il eut une hésitation.

—Suis-je différent de Célina?

Je baissai les yeux et triturai nerveusement ma jupe en taffetas.

—Tu en doutes?

Quand je relevai le menton, Ethan semblait replié sur lui-même. Il méditait sans doute ma question, remettant en question le sens et la stabilité de sa longue existence.

—Est-ce que tu te demandes si je suis susceptible de te trahir ? demandai-je.

Son regard, son visage exprimaient une sorte de désir brûlant. Probablement pas le désir de m'embrasser, mais mon cœur s'emballa tout de même à l'évocation de cette possibilité, soit parce que je redoutais que cela arrive, soit parce que je l'espérais.

Sotto voce, il reprit :

—J'aimerais te dire certaines choses. Sur Cadogan, les Maisons, la politique.

Il déglutit. Je ne l'avais jamais vu aussi mal à l'aise.

—J'ai besoin de te parler franchement.

Je l'invitai à poursuivre en haussant les sourcils.

Il ouvrit la bouche, puis la referma.

—Tu es jeune, Merit, et je ne fais pas référence à ton âge. J'étais moi-même à peine plus vieux que toi quand j'ai été transformé. Tu es une Novice, tu découvres les vampires et pourtant, deux mois seulement après ton intronisation, tu as déjà pu te rendre compte de la violence et des machinations dont nous sommes capables. (Il détourna les yeux vers les livres et esquissa un sourire mélancolique.) Sur ce point, nous sommes semblables aux humains, après tout.

Le silence régna dans l'immense pièce jusqu'à ce qu'il reporte son attention sur moi, l'air préoccupé.

—Nous prenons les décisions…

Il marqua une pause pour réfléchir puis reprit :

—Nous prenons les décisions en gardant toujours à l'esprit l'histoire et la volonté de protéger nos vampires, de défendre nos Maisons.

Ethan indiqua d'un geste de la tête un rayonnage de l'autre côté de la salle, garni de livres jaunis sur le dos desquels on pouvait lire des numéros inscrits en rouge.

—Voici la version complète du *Canon*, expliqua-t-il.

Je compris soudain pourquoi les vampires Initiés ne recevaient qu'une édition pratique de cet ouvrage. Chaque rangée comptait quinze ou vingt volumes, et la collection s'étendait sur plusieurs étagères divisées en de multiples rangées.

—Ça représente beaucoup de législation, déclarai-je en parcourant du regard l'alignement de manuels.

—Ça représente beaucoup d'histoire, corrigea Ethan. Des siècles et des siècles. (Il me jeta un coup d'œil par-dessus son épaule.) Sais-tu pourquoi notre communauté a été structurée en Maisons ? As-tu entendu parler des Purges ?

Ces thèmes m'étaient familiers. L'édition pratique du *Canon* ne révélait certainement pas l'intégralité des détails contenus dans la collection complète, mais rapportait les faits capitaux de la genèse du système des Maisons, depuis ses origines en Allemagne jusqu'au développement, en France, du tribunal qui avait pour la première fois gouverné les vampires d'Europe occidentale. À la demande du Présidium, l'assemblée avait déménagé en Angleterre après les guerres napoléoniennes. Ces déplacements successifs étaient dus à la panique provoquée par les Purges.

—Alors tu saisis l'importance de protéger les vampires, poursuivit Ethan après mon hochement de tête. L'importance de forger des alliances.

Bien sûr que j'en saisissais l'importance, puisque j'avais moi-même été livrée à Morgan afin d'établir une alliance avec Navarre.

—J'aurais pensé que les Breckenridge compteraient parmi nos alliés. Je n'aurais jamais imaginé qu'il me parlerait un jour de cette façon. Pas Nick. Il m'a dit que j'étais une vampire, mais dans sa bouche ce n'était pas un mot anodin, Ethan. C'était une insulte. Une malédiction. (Je marquai une pause et levai les yeux vers lui.) Il a affirmé qu'il me ferait ma fête.

— Tu sais qu'en tant que vampire Cadogan, aussi longtemps que tu vivras sous mon toit, tu seras sous ma protection ? demanda-t-il doucement d'un air sincère.

J'appréciai sa sollicitude, mais Nick ne m'effrayait pas vraiment. C'était plutôt que je regrettais de l'avoir perdu à ce point. Il ne me reconnaissait plus. Il me haïssait.

— Le problème, c'est que non seulement ce ne sont pas nos alliés, mais ce sont nos ennemis, complétai-je.

Ethan plissa le front et une fine ride se creusa de nouveau entre ses sourcils. Et ses yeux… Je ne fus pas certaine de ce que j'y lus, hormis le poids d'un fardeau que j'étais persuadée ne pas avoir envie de connaître. J'ignorais quel était l'objectif de cette conversation. Peut-être Ethan souhaitait-il me rappeler certains faits de l'histoire des vampires, mais il me semblait qu'il n'avait pas encore tout dévoilé.

Il secoua la tête comme pour se remettre les idées en place, reprit un air impénétrable et adopta le ton formel du Maître vampire.

— Je t'ai amenée ici pour que tu puisses bénéficier de toutes les informations que contient cette bibliothèque. Nous savons que tu es puissante. Complète cette puissance par le savoir. Il ne serait pas bon que tu demeures dans l'ignorance.

J'accusai le coup en fermant les yeux, serrant fort les paupières. Lorsque je les rouvris, il se dirigeait déjà vers la sortie, et ses pas résonnaient de plus en plus faiblement sur le sol de marbre au fur et à mesure qu'il s'éloignait.

J'entendis la porte s'ouvrir et se fermer, puis la pièce se retrouva plongée dans le silence, comme l'intérieur d'un coffre à trésor à l'abri de l'agitation du monde.

Tout en parcourant les rayonnages du regard, j'analysai le comportement d'Ethan. Dès qu'il semblait me considérer autrement que comme une responsabilité ou une arme, que nous nous parlions sans l'obstacle du rang et de l'histoire, il finissait par prendre ses distances, la plupart du temps en m'insultant. Je connaissais quelques-unes des raisons qui le poussaient à s'éloigner, notamment le fait qu'il était persuadé de mon infériorité, et en devinais d'autres, comme nos statuts respectifs au sein de la hiérarchie.

Cependant, je soupçonnais quelque chose de plus, quelque chose que j'étais incapable d'identifier. Je voyais bien dans ses yeux qu'il avait peur. Peut-être souhaitait-il me faire part de ses craintes et n'osait pas, ou au contraire préférait-il les cacher.

Je chassai ces pensées en secouant la tête puis consultai ma montre. Je disposais de deux heures avant l'aube. J'avais consacré la majeure partie de la soirée à Ethan, Nick et mon père, je pouvais donc me permettre de passer le reste de la nuit à explorer la bibliothèque en mettant à profit mon expérience d'ancienne thésarde en littérature.

Comme il était d'usage dans ce type d'endroit, la pièce était divisée en différents rayons dédiés chacun à un genre, les livres soigneusement rangés sur des étagères impeccables. La salle devait contenir des milliers de volumes, une collection imposante, impossible à gérer sans l'aide d'un bibliothécaire. J'eus beau inspecter les alentours, je ne remarquai ni comptoir de prêt ni âme qui vive. Je me demandai qui avait eu la chance d'être affecté à ce poste et, plus important, pourquoi cette tâche ne m'avait pas été confiée, alors que je représentais la candidate idéale. Valait-il mieux mettre des livres ou un sabre, entre les mains d'une étudiante en littérature anglaise ? La réponse paraissait pourtant évidente.

J'examinai les étagères en quête d'une lecture agréable et jetai mon dévolu sur un bouquin de bit-lit que je trouvai dans le rayon « roman grand public ». Je quittai la bibliothèque après un au revoir d'intello nostalgique, promettant aux rangées d'ouvrages de revenir quand j'aurais davantage de temps, puis descendis l'escalier et me dirigeai vers l'arrière de la Maison. Je traversai le long couloir central qui menait à la cafétéria. Quelques vampires y grignotaient un petit en-cas avant l'aube et levèrent les yeux sur mon passage. Je poussai la porte qui donnait sur l'extérieur et sortis sur la terrasse en briques qui prolongeait le bâtiment, puis suivis un sentier jusqu'au jardin à la française. Une fontaine coulait en son centre, illuminée par une dizaine de lampes enterrées qui éclairaient suffisamment pour permettre la lecture. Je choisis un banc sur lequel je m'assis en tailleur, et ouvris mon livre.

Le temps passa, et les alentours devinrent déserts et silencieux. Comme la nuit déclinait, je cornai ma page, refermai l'ouvrage et étendis mes jambes. En me relevant, je jetai un coup d'œil à la façade de la Maison. J'aperçus une silhouette postée à une fenêtre du deuxième étage, les mains dans les poches, le visage tourné vers le jardin.

Il s'agissait de l'une des fenêtres de la suite de la consorte, les appartements qu'avait occupés Amber et qui jouxtaient ceux d'Ethan. Les pièces qu'il avait fait vider. Amber était partie, et le mobilier avait été enlevé. Personne d'autre que lui n'était susceptible de se trouver là, qui plus est pour contempler le jardin.

Je restai immobile quelques instants à observer sa méditation en serrant le livre dans mes bras. Je me demandais à quoi il pouvait bien songer. Pleurait-il le départ d'Amber ? Était-il en colère ? Se sentait-il humilié de n'avoir pas su prédire sa traîtrise ? Ou ressassait-il les événements de la soirée, s'inquiétant des desseins de Nicholas et de la guerre qu'allait peut-être déclencher Célina ?

L'horizon se teinta de pourpre. Je n'éprouvais aucune envie de griller au soleil et d'être réduite à un tas de cendres pour m'être blottie avec un livre de poche dans le jardin – ou pour avoir espionné mon Maître. Aussi, je regagnai l'intérieur de la demeure en levant subrepticement les yeux de temps à autre. Il ne bougea pas d'un cil.

Les paroles d'une chanson de Peter Gabriel me vinrent à l'esprit. Elles portaient sur le fait de travailler pour survivre. C'est ce que faisait Ethan. Sans discontinuer, il veillait sur plus de trois cents vampires Cadogan tel un roi sur son royaume, un seigneur dans son château. Le Maître de Maison, au sens propre comme au figuré. La responsabilité de notre survie lui incombait. Depuis la mort de Peter Cadogan, il en supportait tout le poids sur les épaules.

Je me rendis compte que je lui faisais confiance pour endosser ce rôle. Le plus grand défaut d'Ethan, du moins à ce que je savais, était son incapacité à considérer quoi que ce soit indépendamment de cette mission.

Ou qui que ce soit.

Par cette nuit de mai, dans le jardin d'un manoir de Hyde Park peuplé de vampires, je demeurai ainsi le regard rivé sur le visage aux traits sculptés d'un homme en Armani, un ennemi devenu un ami. *Plutôt ironique d'avoir perdu un ami et d'en avoir gagné un autre au cours de la même journée,* me dis-je.

Ethan se passa la main dans les cheveux.

—À quoi penses-tu? murmurai-je, sachant qu'il ne pouvait m'entendre.

Pourquoi n'a-t-on jamais de porte-voix au moment où on en a besoin?

11

Où notre héroïne est envoyée dans le bureau du principal

Je me réveillai en sursaut, assise dans mon lit. Le soleil s'était enfin couché, pour laisser place aux quelques heures de conscience dont je disposerais quotidiennement durant mon premier été de vampire. Je me demandai si mon existence allait changer de façon notable en hiver, lorsque nous pourrions profiter d'une longue obscurité.

D'un autre côté, avec les fortes chutes de neige dues à la proximité du lac Michigan, les nuits s'annonçaient froides et interminables. Je notai dans mon esprit qu'il faudrait me mettre à la recherche d'un endroit bien chauffé à la bibliothèque.

Je me levai, me douchai, rassemblai mes cheveux en queue-de-cheval et enfilai la tenue de sport que l'on m'avait ordonné de revêtir aujourd'hui. Même si je n'étais pas officiellement de service, et avais la fête de non-départ de Mallory et un rendez-vous avec Morgan prévus au programme de la soirée, je devais assister à la séance d'entraînement de groupe des gardes Cadogan. Elle avait été prévue afin de nous améliorer, ou du moins de nous rendre plus violents.

L'uniforme réservé à ces occasions comportait une brassière de sport à bretelles croisées et un confortable pantalon de yoga taille basse qui arrivait à mi-mollet. Le tout de couleur noire, bien entendu, hormis le «C» stylisé d'une teinte argentée qui ornait la brassière au-dessus du sein gauche. L'ensemble ne paraissait certes pas extraordinaire, mais révélait bien moins de peau que le carré de tissu que Catcher m'obligeait à porter lors de nos séances d'entraînement. Même les joueurs de beach-volley ne se dénudaient pas tant.

Je glissai mes pieds dans des tongs, m'emparai de mon sabre, et quittai la pièce en fermant derrière moi. J'empruntai ensuite l'escalier principal et gravis les marches jusqu'au deuxième étage.

Un bruit aussi assourdissant que l'avant-veille provenait de la chambre de Lindsey, dont la porte était ouverte. La télévision beuglait les dialogues d'un épisode de *South Park*.

—Comment fais-tu pour dormir ici? m'exclamai-je.

Assise au coin du lit, Lindsey enfilait une paire de tennis. Elle avait revêtu une tenue identique à la mienne et avait noué ses cheveux blonds en queue-de-cheval basse.

—Quand le lever de soleil t'assomme, ça ne pose pas de problème.

—Pas faux.

—Comment s'est passé ton rendez-vous avec Ethan, hier soir?

J'aurais dû m'y attendre.

—Ce n'était pas un rendez-vous.

—Allez, vous êtes chauds comme la braise, tous les deux!

—On est allés à la bibliothèque.

—Oh, des câlins au milieu des livres. C'est bien ton style de fantasmes, avec les études que tu as faites et tout ça.

Elle sauta du lit après avoir lacé ses chaussures de sport, qui avaient connu une multitude de jours meilleurs, et m'adressa un grand sourire.

—Allons apprendre quelques trucs!

Dans la salle des opérations, je vérifiai mon dossier – vide –, puis suivis Lindsey jusqu'au bout du couloir, et pénétrai derrière elle dans la salle d'entraînement aux proportions gigantesques. C'était là que j'avais défié Ethan la première fois que j'étais venue à la Maison Cadogan. Haute de plafond, la pièce comportait des tatamis ainsi qu'un arsenal d'armes antiques. Un balcon permettait d'assister aux premières loges au spectacle qui se déroulait en bas.

Aujourd'hui, heureusement, il paraissait désert, mais c'était bien le seul endroit inoccupé. Les gardes étaient assemblés au bord du tapis, autour d'un sorcier à l'air peu commode vêtu d'un kimono blanc. Un tatouage gris-bleu de forme circulaire ornait son abdomen. Il tenait dans sa main la poignée d'un katana dont la lame, qui semblait attirer la lumière des projecteurs, miroitait.

Je marchai sur les talons de Lindsey et manquai de la percuter lorsqu'elle se figea brusquement pour lancer un sifflement admiratif en voyant Catcher. Elle se retourna ensuite vers moi.

—En parlant d'être chaud comme la braise, il sort toujours avec Carmichael?

—Plutôt, oui.

Elle marmonna un juron qui fut accueilli par un fou rire de Juliet et un grognement grave et possessif de Luc.

—C'est bien dommage.

—Tu pourrais essayer de faire preuve de profession-nalisme, aujourd'hui?

Lindsey s'immobilisa et jeta un coup d'œil à Luc par-dessus son épaule.

—Montre-moi l'exemple, et peut-être que je le suivrai.

Luc grommela, mais il semblait néanmoins jubiler.

—Trésor, tu ne reconnaîtrais même pas le professionnalisme s'il te mordait le cul.

—Je préfère me faire mordre à d'autres endroits.

—C'est une invitation ?

—Tu rêves, cow-boy.

—Moi, je rêve ? Tu verras, Boucle d'Or : le jour où je te montrerai ce que je sais faire, tu en redemanderas.

—Oh, pitié !

Elle avait insisté sur ce dernier mot de manière tellement sarcastique qu'elle en avait multiplié les syllabes.

Luc leva les yeux au ciel.

—Allez, maintenant que tu t'es bien amusée, bouge ton petit cul jusqu'au tatami, si tu veux bien nous accorder quelques minutes de ton temps précieux.

Avant qu'elle ait pu répliquer, il s'éloigna afin de rappeler d'autres gardes à l'ordre.

Au bord du tapis, Lindsey commença à ôter ses chaussures. Je lui jetai un regard en coin.

—Ce n'est pas très sympa de le torturer.

Elle approuva en hochant la tête et m'adressa un sourire.

—Non, mais c'est vraiment marrant.

Une fois pieds nus, on avança sur le tatami pour s'échauffer avec quelques étirements avant de reprendre place au bord. Une fois alignés devant Catcher, on se mit dans la position *seiza*, à genoux, fesses posées sur les talons, main gauche sur la poignée du sabre, attentifs à ce qui allait suivre.

Lorsque tout le monde fut prêt, Luc rejoignit Catcher, et, debout à côté de lui, mains sur les hanches, il parcourut l'assemblée du regard.

— Mesdemoiselles et… mesdemoiselles, déclama Luc, étant donné que le harcèlement sexuel a déjà commencé, je suppose que vous avez remarqué la présence de notre invité spécial. Dans deux semaines, nous évaluerons votre pratique du katana, vos connaissances des katas et vos aptitudes à effectuer ces mouvements. Plutôt que ce soit moi qui vous botte le cul, ce qui ne m'aurait pourtant pas déplu, Catcher Bell (il inclina la tête dans sa direction), ancien Gardien des Clés, va vous servir de guide. En tant que gardes Cadogan, qui plus est ayant le privilège d'œuvrer sous mon commandement, vous êtes bien entendu les meilleurs des meilleurs, mais il vous rendra encore meilleurs.

— *Top Gun*, chuchotai-je à Lindsey.

On s'amusait à repérer les innombrables références à la culture populaire qui émaillaient le discours de Luc. Sous prétexte qu'il s'était fait les crocs dans l'Ouest sauvage, on avait décrété qu'il était fasciné par le cinéma et la télévision. Comme si vivre au sein d'une société de vampires dopés à la magie ne suffisait pas à débrider l'imagination.

— Il ne fait plus partie de l'Ordre, nous expliqua Luc. Il est ici en civil, vous n'avez donc pas besoin de le saluer.

Luc étouffa un rire, apparemment amusé par sa propre pique. Deux ou trois gardes l'imitèrent pour la forme, mais la majorité grogna.

Lindsey se pencha vers moi.

— D'accord, il a un joli cul, mais il manque d'originalité, murmura Lindsey.

J'étais fière qu'elle reconnaisse au moins que Luc était doté d'un joli cul.

Catcher effectua un pas en avant et posa son regard sévère sur chacun de nous successivement, ce qui mit immédiatement un terme aux ricanements.

— Vous pouvez sauter, mais pas voler, déclara-t-il. Vous vivez la nuit, car vous ne supportez pas le soleil. Vous êtes immortels, mais un simple morceau de bois correctement placé peut vous réduire en cendres.

Un silence remarquable s'installa dans la salle. Catcher marcha jusqu'au bout de la ligne que nous formions et la remonta lentement.

— On vous a chassés, exterminés. Vous êtes restés cachés pendant des milliers d'années. Parce que, comme les humains, comme tout le monde, vous avez des points faibles.

Il brandit son katana, et je clignai des yeux lorsque la lame scintilla à la lumière. Il s'immobilisa devant Peter.

— Mais vous combattez avec honneur. Vous combattez avec de l'acier. (Il fit un pas et s'arrêta à la hauteur de Juliet.) Vous êtes plus forts. (Il avança jusqu'à Lindsey.) Vous êtes plus rapides. (Il marqua une pause à mon côté.) Vous êtes davantage que ce que vous étiez. (Ses propos me donnèrent la chair de poule.) Leçon numéro un : ce n'est pas de l'escrime. Le premier qui prononce ce mot aura affaire à moi. Leçon numéro deux : vous avez eu de la chance jusqu'à maintenant, vous connaissez la paix depuis presque un siècle, du moins au sein des Maisons, mais ça va changer. Célina est libre, et avide de pouvoir. Que ce soit bientôt ou plus tard, elle causera des dégâts dès que l'occasion se présentera. (Catcher tapota sa tempe du bout du doigt.) C'est de cette manière qu'elle fonctionne. (Il leva son katana et le tint à l'horizontale devant lui.) Ceci est votre arme, votre filet de sécurité, votre vie. Pas un jouet, *capiche* ?

On hocha tous la tête.

Catcher pivota, marcha jusqu'à l'autre extrémité du tatami et ramassa le fourreau de son katana, qu'il glissa à l'intérieur. Il s'empara ensuite de deux *bokken*, des sabres en bois utilisés pour l'entraînement qui simulaient le poids et la forme des katanas, puis revint à sa place. Il fit tourner l'une des armes dans sa main comme pour la soupeser, et me désigna de la seconde.

—C'est parti, ma cocotte.

Et merde, pensai-je, pas très enthousiaste à l'idée de servir de cobaye en public lors du cours de Catcher. Je me levai néanmoins, ôtai mon katana de ma ceinture, puis saluai respectueusement avant de m'avancer au centre du tatami. Catcher me tendit le second *bokken*.

—La prochaine fois, nous nous exercerons les yeux bandés, lança-t-il à l'intention des autres gardes, qui paraissaient un peu trop impatients de me voir à l'œuvre. Vous bénéficiez de sens suffisamment aiguisés pour être capables de repousser une attaque sans utiliser la vue. Mais aujourd'hui (Catcher se tourna sur le côté en posant un pied devant lui et plia les genoux, mains serrées sur la poignée de son sabre), vous vous en servirez. En position.

Cet ordre indiquait que je n'avais pas à exécuter le geste rituel de dégainer. Nous pouvions passer directement aux choses sérieuses.

J'adoptai la même position que lui, nos corps séparés par une distance équivalente à la longueur de nos *bokken*, que nous avions levés au-dessus de nos têtes.

—Premier kata, s'exclama-t-il avant d'abaisser son arme juste devant moi.

Je contractai les muscles en entendant le chuintement de la lame de bois, mais il ne me toucha pas. Je répondis en imitant son mouvement avec souplesse et fluidité. Sans être une experte, je me sentais à l'aise dans l'exécution des katas, qui représentaient la base du combat au katana. Comme en danse classique ; il était nécessaire d'apprendre tout d'abord les positions élémentaires, qui permettaient ensuite d'accéder aux enchaînements plus complexes.

Après avoir effectué le premier kata, on revint à notre posture initiale avant de travailler les six autres. Il paraissait globalement satisfait de ma démonstration, et vérifia ma forme physique en me laissant répéter les trois derniers katas face à un adversaire virtuel. En professeur exigeant, Catcher me prodigua des conseils sur l'inclinaison de mon dos, le placement de mes doigts autour de la poignée, la répartition de mon poids sur mes jambes. Lorsque j'eus terminé, il commenta nos exercices avec le reste du groupe, puis reporta son attention sur moi.

—Passons au combat, lâcha-t-il, haussant les sourcils d'un air de défi.

Mon estomac se noua. Je parvenais assez facilement à cacher mon dédoublement de personnalité quand je portais des vêtements élégants ou que je marchais dans la rue, mais la tâche allait sérieusement se compliquer en plein milieu d'un entraînement, un sabre en bois pointé sur ma tête. Exactement le genre de chose susceptible d'attirer l'attention de ma vampire.

Je soupirai et me remis en position, *bokken* tendu devant moi. Je remuai les doigts pour affiner la tenue de mon arme et tentai de refréner les battements de mon cœur, qui tambourinait à la perspective de la lutte à livrer.

Rectification : des luttes, au pluriel.

Entre Catcher et moi, et entre elle et moi. La vampire tapie à l'intérieur.

—Attention. Prêts. C'est parti ! lança Catcher avant de passer à l'attaque.

Les bras levés au-dessus de sa tête, il assena un coup précis devant lui. Je l'esquivai, amenai mon *bokken* à l'horizontale, puis décrivis un arc de cercle avec la lame, qui aurait pu éventrer Catcher. Cependant, pour un humain, il était rapide, et agile de surcroît. Le torse incliné, il esquissa une pirouette en l'air qui le mit hors de portée.

Ce mouvement m'impressionna tellement – Gene Kelly n'aurait pas mieux défié les lois de la gravité – que je baissai la garde.

Il profita de ce bref instant.

Il continua sur sa lancée, réalisant un tour complet sur lui-même, et son *bokken* percuta mon bras gauche avec une puissance amplifiée par l'élan.

La douleur éclata avec une intensité telle que je laissai échapper un juron et fermai les yeux.

—Ne relâche jamais ton attention, me reprocha Catcher sans aucune pitié. (Je levai le menton et le trouvai en position, arme brandie.) Et ne quitte jamais ton assaillant du regard. (Il inclina la tête vers moi.) Tu récupéreras, et tu écoperas sans doute d'autres blessures bien pires avant la fin. On y retourne.

Je marmonnai une insulte de mon cru destinée à « mon assaillant ». Cependant, je me redressai, et affirmai ma prise sur la poignée du *bokken*.

Mes biceps m'élançaient, mais j'étais une vampire. Grâce à mes nouvelles caractéristiques génétiques, je guérirais.

Sans être l'un des nôtres, Catcher était bon. Pour ma part, j'étais forte et rapide, mais je ne disposais ni de son talent naturel ni de son expérience. De plus, je m'efforçais de me battre sans me laisser entraîner par le feu de l'action. J'essayais de contenir l'afflux d'adrénaline et l'accès de colère qui la ramèneraient à la surface, ce que je préférais éviter en

217

présence d'une foule de spectateurs aptes au combat. Libérer une demi-vampire en public n'apporterait rien de bon.

Je marchais sur une corde raide.

En tant que vampire néophyte et ex-étudiante en littérature, je me contentais de réagir aux assauts de Catcher en pivotant pour me dérober à ses coups, ou en abattant mon sabre quand il m'en laissait l'occasion. Je ne suivais pas de réelle stratégie d'attaque. Il bougeait trop vite pour que je puisse à la fois me défendre et prendre l'offensive, même si je faisais tout mon possible. J'étudiais ses gestes, tâchant de repérer ses points faibles.

Plus le duel avançait, plus j'éprouvais des difficultés à mener cette analyse.

Chaque fois que mon *bokken* fendait l'air, que je faisais tournoyer la lame et que je l'abattais, mes muscles se décontractaient et mon esprit se relâchait. Je commençai à riposter, à vraiment combattre.

Je laissai libre cours au flot d'adrénaline qui déferla en moi et me mis à virevolter avec mon arme. Malheureusement, à la même seconde, la vampire hurla pour que je la délivre.

Alors que j'étais en train de tourner, *bokken* devant moi, elle s'étira à l'intérieur de mes membres. Mes paupières papillotèrent lorsqu'elle bougea, et une onde brûlante se diffusa à travers mes veines. Cette sensation me paraissait déjà suffisamment étrange en soi – l'organisme d'un vampire ne conduit pas très bien la chaleur –, mais elle poussa le bouchon encore plus loin.

Soudain, ce fut comme si quelqu'un avait pris possession de mon corps. Elle s'était emparée de moi. Je voyais ce qui se passait sous mes yeux, mais c'était elle qui contrôlait mes bras et se mouvait avec une vivacité et une dextérité dont je n'aurais pas été capable. Une vivacité et une dextérité avec lesquelles même un sorcier expert en maniement d'armes, pour qui cette discipline représentait rien de moins que son essence magique, ne pouvait rivaliser.

Elle démontrait peu de patience face à la tactique d'un humain.

Alors que j'avais combattu de manière défensive, elle ne cessa d'avancer en fouettant l'air de sa lame de bois pour atteindre Catcher, le contraignant à battre en retraite jusqu'à ce qu'il soit sur le point de sortir du tatami. La scène se déroulait devant moi comme si j'assistais à un film.

Lorsque mon *bokken* frôla le crâne de Catcher, la pensée que j'aurais pu le blesser grièvement me projeta à nouveau – moi, Merit – aux commandes. J'expirai en me dérobant à un nouveau coup et la forçai à s'éclipser.

Lorsque j'eus vidé tout l'oxygène de mes poumons, et que je relevai la tête en direction de Catcher, son visage exprimait quelque chose d'inattendu. Pas du reproche.

De la fierté.

Rien n'indiquait qu'il ait éprouvé la moindre peur d'avoir été à deux doigts de se faire trancher la gorge, ni qu'il soit entré dans une colère noire parce que j'avais dépassé les bornes. Au contraire, ses yeux brillaient d'excitation comme ceux d'un homme stimulé par une bataille palpitante.

Ce qui ne valait pas mieux. La satisfaction et la ferveur qui transparaissaient sur son visage réjouissaient ma vampire.

J'étais terrifiée. J'avais perdu le contrôle quelques instants, l'avais libérée et avais presque scalpé mon entraîneur. La conclusion s'imposait d'elle-même : je devais réprimer la prédatrice en moi.

La maintenir au repos réduisait certes les risques de priver Catcher d'un appendice vital, mais entamait malencontreusement par la même occasion ma capacité à combattre. Comme Yeats l'avait prédit dans un poème, tout commença à se disloquer. Je devais non seulement continuer à me concentrer pour la maîtriser en contrant simultanément les coups de Catcher, mais, en plus, j'étais désormais hantée par le remords d'avoir été sur le point de verser le sang de l'homme qui me préparait au combat.

Et expert de la deuxième Clé ou pas, Catcher se fatiguait.

Bien sûr, il savait manier les armes, savait où et comment frapper afin d'obtenir une efficacité maximale. Mais il restait humain – en tout cas, je le supposais – et, en tant que vampire, j'étais plus endurante. En revanche, je manquais totalement de technique, et le fait que je lutte pour garder le contrôle de moi-même n'arrangeait rien. Ce qui signifiait que, malgré sa lassitude, je me trouvais en mauvaise posture. Je pouvais supporter ses critiques, si humiliantes soient-elles, mais j'éprouvais davantage de difficultés à encaisser ses coups.

À deux reprises, il décrivit sans grande conviction un arc avec son *bokken*, et à deux reprises il m'atteignit. La première fois au bras gauche, qui brûlait encore du précédent impact, et la seconde aux mollets. Ce dernier choc me projeta à genoux devant tous mes camarades.

— Debout, ordonna Catcher en me faisant signe de la pointe de son sabre. Tu pourrais au moins tenter de parer mes attaques, non ?

— C'est ce que j'essaie de faire, grommelai-je.

Je me relevai et me remis en position.

— Tu sais, Célina ne te laissera pas le temps de t'échauffer. Elle n'hésitera pas à frapper, et elle n'attendra pas que tu reprennes ton souffle, lâcha Catcher tout en me poussant à reculer jusqu'à l'autre extrémité du matelas en tranchant l'air de sa lame.

Il pivota, puis lança son arme sur moi en un mouvement similaire à un revers de tennis.

—Je fais… (j'esquivai son assaut et tentai de regagner du terrain) du mieux… (j'abattis mon sabre sur lui, mais il contra, et nos deux *bokken* s'entrechoquèrent) que je peux! répondis-je.

—Ce n'est pas suffisant! aboya-t-il.

Les deux mains sur la poignée, il assena un coup d'une telle puissance que mon arme s'échappa de mes paumes moites. Comme pour s'éloigner de moi et de ma maladresse, elle virevolta en l'air avant de rebondir par deux fois sur le tapis où elle roula, et s'immobilisa enfin.

Le silence s'installa.

Je me risquai à lever les yeux. Catcher se tenait face à moi, *bokken* serré entre ses doigts, la peau couverte de gouttelettes de sueur. Il me considérait d'un air perplexe.

Comme je ne souhaitais pas répondre à son interrogation muette, je me courbai en posant les mains sur mes genoux, et tentai de reprendre mon souffle. Je dégageai mon front des mèches qui s'y étaient collées.

—Va chercher le sabre et donne-le à Juliet, intima-t-il.

Je marchai jusqu'au *bokken* et me baissai pour le ramasser. Juliet s'avança et me le prit des mains après m'avoir adressé un regard compatissant. Supposant que je pouvais prendre congé, je m'éloignai en me frottant les yeux, que la sueur irritait.

Catcher m'appela, et je me retournai. Il me dévisagea, explorant mes iris avec une intensité paranormale qui me paraissait désormais familière. Catcher était un sorcier opiniâtre. Les secondes s'égrenèrent, puis il cessa d'essayer de sonder mon esprit.

—Tu n'as rien à me dire?

Le sang cognait contre mes tempes. Nous avions déjà abordé le sujet, et je lui avais confié mes inquiétudes concernant ma vampire dysfonctionnelle. Apparemment, il avait oublié, et c'était très bien ainsi. Je secouai la tête.

Il ne parut pas satisfait par ma réponse, mais il se tourna vers Juliet et se prépara à combattre.

Sur l'injonction de Catcher, Juliet exécuta à son tour les sept katas. Malgré sa frêle silhouette, elle montrait de réelles aptitudes et maniait l'arme affilée avec aisance et précision. Lorsqu'ils eurent terminé, Catcher nous demanda de formuler des critiques. Les gardes commencèrent timidement à faire part de leurs observations, puis prirent peu à peu confiance. Globalement, ils avaient été impressionnés par la prestation de Juliet et pensaient que son apparence fragile, en incitant l'ennemi à sous-estimer sa force, constituait un atout.

Catcher travailla encore avec Peter avant de clore la séance par quelques commentaires. Évitant de croiser mon regard, il serra la main de Luc, revêtit un tee-shirt, rassembla ses armes et quitta la salle.

Je récupérai mon katana puis enfilai mes tongs avec l'intention de filer sous la douche. Lindsey me rejoignit et me toucha le bras tout en glissant les pieds dans ses chaussures.

— Tu vas bien ?

— On verra, chuchotai-je alors que Luc m'adressait un signe du doigt.

— Dans le bureau d'Ethan, déclara-t-il laconiquement lorsque je parvins à sa hauteur.

À en croire l'irritation qui perçait dans sa voix, ces quelques mots représentaient déjà beaucoup.

— Est-ce que je monte d'abord me doucher ? ou simplement me changer ?

— Dans le bureau d'Ethan, Merit.

Je hochai la tête. J'ignorais ce qui me valait une visite chez le principal, mais je présumai que mes performances à l'entraînement n'y étaient pas pour rien. Soit ils avaient été impressionnés par les deux minutes où la vampire avait pris le contrôle, soit ils avaient été déçus par le reste de ma prestation. Ou alors ils s'étaient sentis offensés par le nombre de coups que j'avais reçus et par le fait que j'avais carrément lâché le *bokken*. Dans tous les cas, Luc et Catcher s'étaient sans doute posé des questions et en avaient fait part à Ethan.

Tout en tenant mon fourreau, je gravis l'escalier en trottinant et me dirigeai vers le bureau d'Ethan, puis frappai à la porte.

—Entrez, lança-t-il.

Je poussai doucement le battant et le trouvai assis à sa table de travail, les mains jointes devant lui. Il me suivit du regard lorsque je pénétrai dans la pièce, ce qui était plutôt inhabituel. D'ordinaire, il restait concentré sur ses papiers, et non sur ses visiteurs.

Je refermai la porte derrière moi et me tins debout devant lui, tellement nerveuse que j'en avais des crampes à l'estomac.

Je demeurai dans cette position pendant une bonne minute, peut-être deux, avant qu'Ethan commence à parler.

—On m'a raconté.

—Raconté quoi?

—Merit, lança-t-il, tu es Sentinelle de cette Maison.

Il me considéra d'un air insistant, comme s'il escomptait une réaction de ma part.

—À ce qu'il paraît, répondis-je sèchement.

—Ce que j'attends de toi, ce que la Maison attend de toi, c'est que, lorsqu'on te demande de travailler et d'améliorer ta technique ou tes compétences, tu le fasses. Que tu obéisses.

N'importe quand, que ce soit en entraînement individuel ou avec tes collègues.

Il marqua une pause, espérant sans doute une réponse.

Je me contentai de le regarder en silence. D'accord, je n'avais probablement pas paru donner le meilleur de moi-même, en bas. Mais s'ils savaient les efforts que je fournissais, ils seraient sûrement admiratifs.

— Nous en avons déjà parlé, reprit-il. J'ai besoin – nous avons besoin – d'une Sentinelle efficace. D'un soldat, de quelqu'un qui fasse tout son possible pour être à la hauteur, qui montre un dévouement sans borne à la Maison, qui lui consacre toute son attention et ne ménage pas sa peine. Nous avons besoin d'une vampire qui se voue entièrement à sa cause. (Il bougea une agrafeuse argentée sur le bureau afin de l'aligner avec le distributeur de ruban adhésif, lui aussi argenté, qui était posé à côté.) Étant donné que nous t'avons fait confiance sur la question des Breckenridge et des raves, je pensais que tu l'avais compris et que je pouvais me passer de te donner une leçon de base sur les efforts que l'on attend de toi.

Je refrénai l'envie de lui montrer l'hématome qui avait fleuri sur mon bras gauche – il s'était estompé mais n'avait pas encore disparu – afin de prouver l'étendue de mes efforts. Sans parler de ma capacité à me maîtriser.

— Est-ce que tu as saisi ?

Debout devant lui, couverte de sueur dans ma tenue de sport, mon katana gainé à la main, je songeai que j'avais le choix entre trois options. Je pouvais le remettre à sa place en lui rétorquant que, contrairement aux apparences, j'avais fait de mon mieux, ce qui amènerait probablement des questions auxquelles je ne souhaitais pas répondre. J'avais également la possibilité de lui dévoiler mon souci de vampire déviante, et n'aurais plus qu'à attendre qu'il me livre au Présidium, qui s'occuperait de mon cas.

Non merci. Je me décidai pour la troisième option.

— Sire, énonçai-je avec déférence.

Je ne prononçai pas une parole de plus. Même si j'avais des choses à dire sur ses propres problèmes de confiance, j'aimais autant lui accorder le dernier mot et garder mon secret.

Ethan me regarda fixement pendant un long moment de silence avant de baisser les yeux pour parcourir les documents étalés sur son bureau. Mes épaules nouées se détendirent.

— Tu peux disposer, conclut-il sans relever la tête.

Je sortis.

Après être remontée, je me douchai et passai des habits qui ne correspondaient pas du tout au code vestimentaire de Cadogan : mon jean préféré et une tunique rouge à manches courtes et col asymétrique, tenue que je porterais pour mon rendez-vous avec Morgan et pour la fête de non-départ de Mallory. Le décolleté semblait particulièrement approprié à un tête-à-tête amoureux.

J'appliquai une touche de mascara, de brillant à lèvres et de fard à joues, laissai mes cheveux tomber librement sur mes épaules, et enfilai des ballerines rouges à bout carré. Je m'emparai également de mon bipeur et de mon sabre, accessoires que les gardes de la Maison devaient toujours avoir sur eux, et fermai la porte à clé derrière moi. Je traversai le couloir du premier étage et tournai afin d'emprunter l'escalier.

À l'instant où je posais le pied sur la première marche, je levai la tête vers l'homme qui montait en face de moi. Il s'agissait d'Ethan, qui portait sa veste sur le bras.

Son expression trahit un vague intérêt masculin, comme s'il ne s'était pas encore rendu compte de l'identité de la personne qu'il détaillait. Pas étonnant vu le changement survenu entre la Merit en sueur post-entraînement et la Merit pomponnée pré-rendez-vous.

Lorsqu'il parvint à ma hauteur et qu'il me reconnut, ses yeux s'agrandirent et il faillit trébucher, ce qui me procura une joie immense.

Je réprimai un sourire sans ralentir ma descente. J'affichais probablement un air détaché en traversant le rez-de-chaussée et en franchissant la porte principale, mais je savais que je n'oublierais jamais cette petite faiblesse.

12

L'inavouable et noir (72 % de cacao) secret de Merit

J'arrivai à Wicker Park peu avant minuit, mais, malgré l'heure tardive, j'eus la chance de trouver une petite épicerie dont le panneau lumineux « ouvert » brillait encore dans la vitrine. J'achetai une bouteille de vin et une tarte au chocolat qui constituerait ma participation à la charge calorique de la fête de non-départ de Mallory.

Pendant que je conduisais vers le nord, je tentai de me libérer de la tension que j'avais accumulée. Je n'étais sans doute pas la première fille à rencontrer des problèmes avec son patron, mais combien d'entre elles avaient pour chef un Maître vampire de presque quatre cents ans ou un sorcier maniant le sabre ? Le fait que ledit sorcier compte pour un quart des invités à la soirée de Mallory n'arrangeait rien.

Une fois parvenue dans le quartier, je décidai de laisser mon arme à l'intérieur de la voiture. Comme je n'étais pas de service et que je m'étais éloignée de la Maison Cadogan, je n'en aurais certainement pas l'utilité. De plus, ce choix me donnait l'impression d'accomplir un petit acte de rébellion. Une merveilleuse et apaisante rébellion.

À peine étais-je arrivée sur le perron que Mallory ouvrit la porte.

—Salut ma chérie, lança-t-elle. Mauvaise journée, au travail ?

Je lui montrai la bouteille d'alcool et le dessert.

—Je considère ça comme un « oui », déclara-t-elle en me cédant le passage.

Lorsque je fus entrée, Mallory referma à clé derrière nous, et je lui donnai les cadeaux.

—Du chocolat et du pinard, s'exclama-t-elle. Pas de doute, tu sais comment draguer une fille. Tant que j'y pense, tu as du courrier.

Elle fit un signe de tête vers la table basse avant de se diriger vers la cuisine.

—Merci, articulai-je en saisissant les lettres.

Apparemment, la poste n'avait pas fait suivre toute ma correspondance. Je mis de côté les magazines et catalogues intéressants ainsi que les factures, et triai les offres de cartes de crédit adressées à « Merit, vampire » afin de les jeter à la poubelle. Je trouvai également un faire-part de mariage d'un cousin et enfin, tout en bas de la pile, une petite enveloppe bordeaux.

Je l'examinai. Elle était vierge, à l'exception de mes nom et adresse élégamment écrits à l'encre blanche. Je glissai mon doigt sous le rabat, et découvris une épaisse carte couleur crème à l'intérieur. Je la sortis. Elle comportait une unique phrase de la même écriture soignée, mais cette fois en rouge sang :

TU ES INVITÉE.

Rien de plus. Aucune mention de lieu, de date, ou d'événement. Aucune inscription au dos non plus.

Seulement ce laconique message, comme si l'auteur avait oublié en cours de rédaction à quelle occasion il souhaitait m'inviter.

—Bizarre, murmurai-je.

Peut-être que le destinataire faisait partie des fréquentations écervelées de mes parents. Ou alors l'imprimeur, trop pressé, n'avait pas eu le temps de terminer les dernières invitations. Quelle que soit la raison permettant d'expliquer ce mystère, je fourrai à nouveau l'enveloppe au milieu de la pile de courrier, que je jetai sur la table, et marchai vers la cuisine.

—Eh oui, mon patron est un sale con.

—Lequel?

Catcher, debout devant la cuisinière, remuait le contenu d'une casserole. Il se tourna vers moi.

—Le connard de vampire, ou le trou du cul de sorcier?

—Oh, je crois que tous les deux méritent ces petits noms.

Je m'assis sur un tabouret à l'îlot.

—Ne prends pas Dark Sullivan trop au sérieux, déclara Mallory en débouchant la bouteille de vin avec l'aisance d'un sommelier chevronné. Et ne prends pas Catcher trop au sérieux non plus, il ne raconte que des conneries.

—C'est très gentil, Mallory, répliqua-t-il.

Elle m'adressa un clin d'œil et versa du vin dans trois verres. Après avoir trinqué, je bus une gorgée. Pas trop mal pour une découverte de dernière minute.

—Quel est le menu du dîner?

—Saumon, asperges et riz, répondit Catcher. Et probablement trop de bavardages sur des trucs de nanas ou les vampires.

J'appréciai son ton enjoué. S'il se montrait capable de laisser nos problèmes à la porte de la salle d'entraînement de la Maison Cadogan, je devrais pouvoir faire de même.

— Tu es au courant que tu sors avec une nana, non ? ironisai-je.

Mallory avait beau aimer le football et le surnaturel, elle était incontestablement féminine, de la racine de ses cheveux bleus à la pointe de ses escarpins vernis.

Elle leva les yeux au ciel.

— Notre M. Bell ne veut pas reconnaître certaines choses.

— C'est de la lotion, Mallory, bon sang !

Catcher retourna un morceau de saumon dans la poêle en s'aidant d'une longue spatule.

— De la lotion ? répétai-je.

Je croisai les jambes sur le tabouret dans l'attente du spectacle. Je trouvais agréable d'assister à des chamailleries conjugales qui ne me concernaient en rien, et Dieu sait que Mallory et Catcher n'économisaient pas leurs efforts pour satisfaire ce penchant. Ils se disputaient tellement que j'avais totalement arrêté de regarder TMZ, la chaîne spécialisée dans les ragots.

— Elle a au moins quatorze sortes de crème.

Le stock de produits hydratants de Mallory semblait vraiment le choquer et l'accabler de chagrin : il avait du mal à trouver ses mots, le pauvre.

Mallory agita son verre dans ma direction.

— Explique-lui.

— Les femmes s'hydratent, lui rappelai-je. Elles utilisent une crème adaptée à chaque partie du corps, et il leur faut plusieurs parfums appropriés à différentes occasions.

— Selon la saison, on choisit une texture plus ou moins épaisse, ajouta Mallory. C'est très compliqué, en fait.

Catcher fit tomber les pointes d'asperges qui garnissaient une planche à découper dans un cuiseur vapeur.

— C'est que de la crème ! Je suis sûr qu'avec les avancées de la science un seul pot doit pouvoir remplir toutes ces fonctions.

— Tu n'as rien compris, soupirai-je.

— Il n'a rien compris, répéta Mallory. Tu es un cas désespéré.

Catcher grogna et pivota pour nous faire face, bras croisés sur son tee-shirt de l'université de Marquette.

— Vous n'hésiteriez pas à affirmer que le monde est plat rien que pour le plaisir de vous liguer contre moi.

Mallory inclina la tête.

— C'est vrai.

J'approuvai en souriant à Catcher.

— C'est notre force de caractère qui nous rend extraordinaires.

— Ce qui m'embête dans cette conversation, c'est que tu es censée me soutenir, riposta Catcher en désignant Mallory et en s'avançant vers elle d'un air furieux. (Il agita ensuite le doigt entre eux.) On sort ensemble, tout de même.

Mallory éclata de rire et Catcher eut tout juste le temps de lui enlever le verre des mains avant qu'elle s'éclabousse de Cabernet.

— Catch, tu es un mec. Je te connais depuis une semaine. (Deux mois en fait, mais qu'importe.) Je connais Merit depuis des années. Bien sûr, on s'éclate au lit, toi et moi, mais elle, c'est ma meilleure amie.

Pour la première fois depuis que j'avais rencontré Catcher, il demeura sans voix. Oh, il tenta bien de trouver une repartie, mais il ne parvint à sortir que quelques postillons. La déclaration de Mallory lui avait cloué le bec. Il me regarda pour que je lui vienne en aide. Le désespoir dans ses yeux m'aurait sans doute émue si je n'avais pas été si hilare.

— C'est toi qui as décidé d'emménager, mon chou, déclarai-je en haussant les épaules. Elle a raison. Peut-être que tu aurais dû mener des petites recherches à la Catcher Bell avant de signer.

— Vous êtes impossibles, toutes les deux, lâcha-t-il.

Malgré son air dépité, il passa son bras libre autour de la taille de Mallory et lui planta un baiser sur la tempe. Au moment même où une pointe de jalousie torturait mon estomac, j'entendis une portière claquer à l'extérieur.

— Morgan est arrivé, annonçai-je en décroisant les jambes. (Je sautai du tabouret et leur lançai un regard suppliant en joignant les mains.) S'il vous plaît, pour l'amour de Dieu, soyez habillés quand je reviendrai.

Je lissai mes cheveux en traversant le couloir, et ouvris la porte d'entrée. Il avait garé son 4 × 4 devant la maison de grès brun. *Pas tout à fait*, rectifiai-je alors que Morgan s'extirpait du siège passager. C'était le chauffeur de Morgan qui avait garé la voiture. Je supposai qu'à présent Morgan préférait se faire conduire.

Je franchis le seuil et l'attendis sur le perron, les mains sur les hanches. Il s'approcha à grandes enjambées, vêtu d'un jean et de deux tee-shirts superposés, un sourire radieux aux lèvres. Il tenait un bouquet de fleurs enveloppé de papier.

— Bonjour, ô nouveau Maître de Chicago.

Morgan secoua la tête, l'air amusé.

— Je viens en paix, déclara-t-il en gravissant l'escalier d'un bond. Il s'immobilisa une marche en dessous de moi, portant nos regards sensiblement au même niveau.

— Salut, beauté. (Je lui souris.) Afin de détendre les relations entre nos Maisons, déclara-t-il d'une voix qui se réduisit bientôt à un murmure tandis qu'il se penchait en avant, et afin de célébrer cette rencontre historique entre vampires, je vais t'embrasser.

—Ça me va.

Il s'exécuta et, tandis qu'il pressait ses lèvres douces et fraîches sur les miennes, je sentis la chaleur de son corps contre le mien. Son baiser était à la fois tendre et très, très impatient. Il me mordilla la lèvre en chuchotant mon nom, me laissant imaginer l'intensité du désir qui le brûlait. Étant donné que tout le monde pouvait nous voir, il se recula avant que nous dépassions la limite de la décence.

—Tu es... superbe, souffla-t-il en secouant la tête comme s'il n'en revenait pas.

Il esquissa un sourire, ses yeux bleus pétillant de plaisir... et aussi d'une pointe de fierté.

—Merci. Tu n'es pas mal non plus. Si on ne tient pas compte du fait que tu es un vampire, mais ce n'est pas ta faute.

Morgan émit un claquement de langue et se courba pour observer la porte ouverte derrière moi.

—Tu devrais faire montre de révérence reconnaissante envers moi. Est-ce bien du saumon que je sens ?

J'étais ravie que son appétit semble aussi développé que le mien.

—C'est ce que j'ai entendu dire.

—Génial. Allons-y.

Nous avions à peine fait quelques pas dans le couloir que Morgan m'arrêta pour me plaquer contre un des rares pans de mur à ne pas être couvert de photographies de la famille Carmichael. Il glissa alors son index dans un passant de la ceinture de mon jean et m'attira encore plus près de lui.

Il s'appuya contre moi, et je sentis les effluves boisés et piquants de son eau de Cologne, une odeur assez inattendue pour une créature de la nuit.

—Je n'ai pas vraiment eu l'occasion de te dire bonsoir de façon convenable, murmura-t-il.

—Tu étais très pressé de manger du saumon.

—Exactement. J'ai été distrait, et je crois que n'ai pas donné le meilleur de moi-même, susurra-t-il d'une voix presque inaudible, terriblement sensuelle.

—Dans ce cas…

Il m'interrompit d'un baiser. Il m'embrassa aussi avidement que sur le perron, sa bouche cherchant la mienne avec fougue, sa langue me taquinant de manière pressante. Il me caressa le dos et m'enveloppa de ses bras, m'inondant de son parfum printanier. Il laissa échapper un gémissement.

—Hé, est-ce que Morgan s'est… Oups !

Morgan releva la tête, et j'aperçus Mallory qui se tenait sur le pas de la porte de la cuisine, se cachant les yeux. Elle agita la main.

—Euh… Salut Morgan, euh… Oh, la gaffe. Désolée, bredouilla-t-elle.

Elle tourna aussitôt les talons.

J'affichai un air satisfait.

—Maintenant, elle sait quel effet ça fait.

—À part que nous étions habillés, objecta Morgan avant de m'adresser un sourire entendu. Mais nous pourrions y remédier assez rapidement.

—Mouais, donner une leçon à Mallory en me mettant à poil ne fait pas partie de mes priorités.

Il rit à gorge déployée et, à bout de souffle, il se pressa à nouveau contre moi, son bassin collé au mien. Ses yeux brillaient et son visage affichait une mine réjouie.

—Tu m'as manqué, Merit.

Je ne pus m'en empêcher. Mon sourire s'estompa, et je me détestai pour cela. Je m'en voulus de ne pas paraître aussi joyeuse et insouciante que lui, de ne pas avoir – pas encore? – le regard illuminé par la même étincelle. Je me demandai si cela viendrait plus tard, quand je le connaîtrais mieux. Peut-être que je me montrais trop dure envers moi-même, que je n'étais en fait pas prête pour une liaison amoureuse, quelques semaines à peine après ma transformation. J'avais probablement besoin de plus de temps. Ou alors je réfléchissais beaucoup trop.

Le coin des lèvres de Morgan retomba légèrement.

— Tout va bien?

— Oui, c'est juste que… la soirée a été assez éprouvante.

Ce qui était la stricte vérité. Je ne mentais donc qu'un tout petit peu, par omission.

— Ah bon? (Il saisit une mèche de mes cheveux, qu'il repoussa derrière mon oreille.) Tu veux en parler?

— Bof, non. Allons manger et nous moquer de Mallory et Catcher.

Il ferma les yeux, révélant une ride au coin des paupières. Je l'avais blessé en refusant de lui faire part de ce qui m'était arrivé, en hésitant à me dévoiler. Je me serais giflée. Toutefois, lorsqu'il me regarda à nouveau, il semblait m'avoir pardonné, et ses lèvres s'étaient relevées en un sourire.

— Tu vas devoir m'aider, Merit. Je ne peux pas faire ça tout seul.

J'appréciai son honnêteté, et également le fait qu'il se soit abstenu d'ajouter que je lui devais d'essayer car Ethan m'en avait pour ainsi dire donné l'ordre.

Je lui rendis un mince sourire. D'une certaine façon, je me sentais soulagée qu'il ait soulevé le problème de notre relation, mais, en même temps, j'éprouvais le sinistre pressentiment d'être celle qui ferait tout tomber à l'eau.

— Je sais, répondis-je. J'en suis consciente. Je suis à peu près aussi douée pour les rapports humains que pour m'intégrer aux vampires. Je suis intelligente dans certains domaines, et incroyablement maladroite dans d'autres.

Je n'exagérais rien.

Morgan eut un petit rire, puis il m'embrassa sur le front.

— Viens, petit génie. Allons dîner.

Lorsque l'on entra dans la cuisine, les doigts entrelacés, le repas était prêt. Morgan retira sa main et offrit à Mallory le bouquet de tulipes blanches au liseré rouge.

— Merci de m'avoir invité.

— Oh, elles sont splendides !

Il parut agréablement surpris quand elle le serra dans ses bras.

— Et tu es le bienvenu. Nous sommes contents que tu aies pu venir.

Mallory le gratifia d'un large sourire, puis leva discrètement les pouces en signe de victoire dans ma direction et entreprit de chercher un vase. Pendant ce temps, Morgan et Catcher se saluèrent de manière virile : Catcher inclina la tête – dans le genre « fais gaffe, tu es sur mon territoire » – et Morgan répondit en hochant la sienne – dans le genre « de toute évidence, tu es le roi de ce château ».

Un vase dans une main, les fleurs dans l'autre, Mallory s'immobilisa dans l'embrasure de la porte.

— Merit, est-ce que tu as besoin de sang ?

Je ne me posais même plus la question. J'avais ressenti une irrésistible soif de sang à deux reprises au cours de la semaine qui avait suivi ma transformation. J'avais tout d'abord expérimenté la Première Faim, lors de laquelle j'avais été à deux doigts de planter mes crocs dans le cou d'Ethan, et la seconde envie irrépressible avait été provoquée par une discussion animée avec mon père. Depuis lors, je ne prenais plus aucun risque et buvais de manière préventive un demi-litre tous les deux jours comme le recommandait le *Canon*. Les vampires ne correspondaient pas vraiment au portrait terrifiant qu'en brossaient la télévision et les contes de fées. À l'exception des mutations génétiques, des longues canines acérées, des yeux qui devenaient argentés et d'un penchant périodique pour l'hémoglobine, nous étions finalement presque semblables aux humains.

Bon, d'accord. C'est un gros « presque ».

— Oui, j'ai besoin de sang, lui répondis-je sèchement, comme une adolescente irascible à qui on aurait rappelé de prendre ses vitamines.

Je tirai du réfrigérateur une poche *Sang pour sang* portant l'étiquette « Groupe A ». Même si Mallory, désormais ex-cadre de pub, pensait que des étudiants de deuxième année n'auraient pas trouvé pire nom commercial, elle préférait ne pas me servir d'en-cas.

Je jetai un coup d'œil par-dessus mon épaule à Morgan et agitai le sac.

— Ça te fait envie ?

Il se rapprocha et me considéra étrangement, avec intensité, les bras croisés sur la poitrine, avant de se pencher vers moi.

— Tu te rends compte qu'on partagerait du sang ?

— C'est un problème ?

Il fronça les sourcils d'un air confus.

— Non, non, c'est simplement que…

Il s'interrompit, et je clignai des yeux. Avais-je manqué quelque chose ? Je fouillai ma mémoire afin d'interroger mes souvenirs du chapitre 3 du *Canon*, intitulé « Buvez-moi ». Cette partie traitait des règles de l'étiquette relatives aux manières d'ingérer le sang. Les vampires pouvaient boire directement à la veine d'humains ou d'autres vampires, acte sensuel auquel j'avais assisté aux premières loges quand j'avais surpris Ethan en train de se délecter d'Amber. Toutefois, boire du sang conditionné sous plastique en public ne me semblait pas impudique. Ethan l'avait fait en ma présence peu de temps auparavant.

D'un autre côté, Morgan appartenait à la Maison Navarre, qui interdisait de s'abreuver aux humains. Le *Canon* n'entrait pas dans les détails émotionnels, mais peut-être que le simple fait de se servir de la même poche revêtait une grande importance lorsqu'il n'existait pas d'autre mode de partage.

— Ça te pose problème ?

Il dut se résoudre à mon ignorance, car il finit par sourire.

— Ça doit être un truc propre à la Maison. Ouais, je vais en prendre un peu. Du « B », si tu en as.

Je dénichai un sac de « B », et me fis la réflexion que son palais devait être bien plus développé que le mien s'il parvenait à différencier les groupes sanguins au goût. Je m'apprêtais à sortir deux verres quand l'idée qu'il souhaitait peut-être s'y prendre d'une autre façon me traversa l'esprit. Après tout, il semblait approcher cet acte avec une philosophie distincte de la mienne.

La main sur la porte du buffet, je pivotai vers lui.

— Tu veux le boire comment ?

— Dans un verre, tout simplement. (Il fronça les sourcils et se gratta négligemment la tempe.) Tu sais, peut-être qu'on devrait organiser une fête entre nos Maisons, pour que les vampires Cadogan et Navarre puissent discuter. Apparemment, il y a beaucoup de choses qu'on ignore. Ça nous permettrait de mieux nous connaître.

— C'est exactement la réflexion que je me suis faite il n'y a pas si longtemps, avouai-je.

Ethan se réjouirait certainement de l'opportunité de renforcer les liens avec Navarre. Il espérait toujours l'établissement d'une alliance.

Je sortis du buffet deux grands verres, que j'emplis après avoir détaché les opercules de plastique des poches de sang. J'en tendis un à Morgan, gardai l'autre et avalai une gorgée.

Morgan but sans me quitter des yeux. Ils ne virèrent pas à l'argent, mais son regard enflammé de prédateur laissait peu de doutes quant à ses arrière-pensées. Il vida son verre d'un trait, puis reprit son souffle.

Du bout de la langue, il récolta une goutte qui était restée accrochée à sa lèvre supérieure.

—J'ai gagné, déclara-t-il très doucement.

La voix de Mallory me tira de ma rêverie, et je détournai enfin mon attention de la bouche de Morgan.

—C'est bon, les tourtereaux, le dîner est prêt, lança-t-elle depuis la salle à manger.

Je finis mon verre, que je reposai vide dans l'évier avec celui de Morgan, et le suivis dans la pièce d'à côté. Mallory et Catcher avaient arrangé les tulipes dans un vase et dressé une table digne d'un grand restaurant. Ils avaient disposé à l'intention de chacun d'entre nous un set de table, une serviette, des couverts en argent et un verre à vin. Des filets de saumon, du riz saupoudré d'herbes et des pointes d'asperges cuites à la vapeur garnissaient déjà nos assiettes. Ils avaient prévu des portions plus généreuses pour nous, vampires modernes et gouffres à calories.

Catcher et Mallory s'étaient installés face à face. On prit place sur les chaises vacantes, puis Morgan leva son verre pour leur porter un toast.

—À l'amitié, déclara-t-il.

—Aux vampires, dit Mallory en trinquant avec moi.

—Non, corrigea Catcher. À Chicago.

Le repas était délicieux, les discussions plaisantes, les convives agréables… Bref, ce dîner fut un moment formidable. Catcher et Mallory se montrèrent aussi amusants que d'habitude, et Morgan était tout simplement charmant, captivé par les quelques histoires croustillantes que mon amie raconta à mon sujet.

Bien sûr, comme je n'avais fait que travailler sur ma thèse depuis qu'on se connaissait, le choix était restreint. En revanche, elle puisa à loisir dans les anecdotes portant sur mes lubies d'intello, notamment ce qu'elle avait baptisé ma phase Broadway.

—À l'époque, elle était obsédée par la musique, commença Mallory en me souriant.

Elle avait repoussé son assiette et s'était assise en tailleur sur sa chaise comme pour se préparer à un long discours. Je prédécoupai mon saumon en petits dés, prête à intervenir si les détails devenaient compromettants.

—Elle avait loué tous les DVD de comédies musicales qu'elle avait pu trouver, de *Chicago* à *Oklahoma*. Elle ne se lassait pas des chorégraphies et des chants.

Morgan se pencha en avant.

—Est-ce qu'elle a aussi regardé *High School Musical*? Dis-moi oui.

Mallory se mordit les lèvres pour réprimer un fou rire puis montra deux doigts.

—Deux fois.

—Continue, intima Morgan en me jetant un regard en coin. Je suis fasciné.

—Bon, enchaîna Mallory en repoussant une mèche de cheveux bleus derrière son oreille, tu sais que Merit pratiquait la danse classique, mais elle a fini par revenir à la raison. Et au passage, j'ignore quel genre de fantasmes bizarres fait vibrer les vampires, mais évite de t'approcher de ses pieds.

— Mallory Carmichael ! m'écriai-je.

J'étais sûre que mes joues, que je sentais brûlantes, étaient devenues cramoisies.

— Quoi ? demanda-t-elle en haussant nonchalamment les épaules. Tu as dansé avec des pointes. Ce sont des choses qui arrivent.

Je m'accoudai à la table et posai le front dans la main. Je songeai que ma vie aurait sans doute ressemblé à cela si j'avais été plus proche de ma sœur Charlotte. Seuls les membres d'une même famille pouvaient fournir ce genre de détails aussi intimes qu'humiliants. Pour le meilleur et pour le pire, et, selon la volonté de Dieu, dans la maladie et la santé, Mallory était ma sœur.

Une main me caressa le dos. Morgan s'inclina vers moi et me murmura à l'oreille :

— T'inquiète, ma puce. Tu me plais toujours.

Je lui adressai un regard noir.

— À cet instant précis, ce sentiment n'est pas réciproque.

— Hum, fit-il avant de se retourner vers Mallory. Notre ancienne ballerine en pinçait donc pour les comédies musicales.

— Pas vraiment pour les comédies musicales en elles-mêmes, mais plutôt pour le style.

Mallory m'adressa un regard faussement désolé, que je balayai d'un revers de la main.

— Vas-y, accouche.

— Souviens-toi qu'elle a étudié à l'université de New York, puis à Stanford, puis elle revient à Chicago. Notre Merit adorait la Grosse Pomme. Le mode de vie de la Ville des vents ressemble davantage à celui de New York qu'à celui de la Californie, mais c'est encore loin du chic des appartements sans ascenseur de Greenwich Village. Cependant, Merit décide qu'elle peut remédier à ça. Grâce à sa tenue vestimentaire. Ce même hiver, elle commence à porter des leggings avec de gros pulls amples et une écharpe. Elle ne quittait jamais la maison sans une écharpe (Mallory fit un geste théâtral) drapée sur ses épaules. Elle mettait tous les jours une paire de bottes brunes qui montaient jusqu'aux genoux. C'était son style «ballerine bohème».

Mallory se tortilla sur sa chaise, se pencha en avant et, d'un geste du doigt, invita Morgan et Catcher à se rapprocher. Ils s'exécutèrent, de toute évidence captivés. Elle savait comment tenir son public en haleine.

— Avec un béret sur la tête.

Ils laissèrent tous les deux échapper un grognement et se redressèrent.

— Comment as-tu pu faire une chose pareille? s'écria Morgan d'un air horrifié que démentait le fou rire qu'il tentait de refréner. Un béret, Merit? Sans blague?

— Tu ne pourras plus jamais m'emmerder, s'exclama Catcher. Tu es à moi, maintenant, je te tiens!

Je portai un morceau de saumon à ma bouche, le mâchai consciencieusement, puis agitai ma fourchette dans leur direction.

— Je viens de vous inscrire sur ma liste noire. Chacun d'entre vous.

Morgan soupira joyeusement et but d'un trait le reste de son verre de vin.

— Génial, déclara-t-il. J'apprends un tas de choses. Que devrais-je savoir de plus?

— Oh, elle a des tonnes de secrets, confia Mallory en m'adressant un sourire. Et je les connais tous.

Morgan, un bras sur le dossier de sa chaise, l'invita à poursuivre d'un geste de la main.

—Vas-y, je t'écoute.

—Mallory, lançai-je d'un ton menaçant, ce qui eut pour effet de la faire rire.

—Voyons voir. Je parie que tu ne lui as pas parlé du tiroir secret de la cuisine. Tu devrais le vider tant que tu es ici.

Morgan se redressa et jeta un coup d'œil à la porte derrière lui avant de se tourner vers moi, l'air malicieux.

—Un tiroir secret?

Je hurlai aussitôt:

—Non! (Il repoussa sa chaise.) Morgan, non!

Il se trouvait à mi-chemin de la pièce voisine lorsque je bondis de mon siège pour me précipiter derrière lui en courant.

—Morgan, putain, arrête! Elle blaguait! Ce truc n'existe pas!

Quand je déboulai dans la cuisine, il avait déjà ouvert plusieurs tiroirs. Je lui sautai sur le dos et passai les bras autour de ses épaules.

—Elle plaisantait! Je le jure!

Je m'attendais à ce qu'il se libère de mon étreinte, mais il rit, enroula mes jambes autour de sa taille et continua de chercher.

—Merit, Merit, Merit… Tu es trop discrète. Tu caches tellement de choses…

—C'était une blague, Morgan!

Dans une tentative désespérée de garder secret mon tiroir secret, j'embrassai le haut de son oreille. Il s'immobilisa et pencha la tête pour prolonger le baiser. Mais à peine avais-je posé le menton sur son crâne et dit «merci» qu'il se remit à fouiller.

—Hé! Je croyais que tu allais arrêter!

—Tu es bien naïve.

Il ouvrit un nouveau tiroir et se pétrifia.

—Putain de merde.

Je soupirai et me laissai glisser de son dos.

—Je peux tout expliquer.

Il sortit complètement le rangement initialement prévu pour les couverts et en considéra fixement le contenu, bouche bée, avant de se tourner vers moi.

—Tu as quelque chose à dire pour ta défense ?

Je me mordillai nerveusement le coin des lèvres.

—Mes parents m'ont privée de sucreries quand j'étais petite ?

Il plongea les mains dans mon trésor et sortit une poignée de ce qu'il recélait : des tablettes de chocolat d'Amérique du Sud, des sachets de cerises séchées recouvertes de chocolat, des assortiments de chocolats, des bonbons au chocolat, des étoiles en chocolat, des sucettes au chocolat, de la friture en chocolat, des sapins de Noël en pain d'épice nappés de chocolat, une génoise glacée au chocolat blanc, des caramels au chocolat, du cacao provenant d'une chocolaterie artisanale, et une barre de Toblerone de trente centimètres de long. Il me regarda, et le rire qu'il tentait de réprimer se mua malgré ses efforts en une sorte de hoquet étranglé.

—Et ça te permet de compenser quoi, au juste ?

Je croisai les bras.

—Tu as un problème avec mon péché mignon ?

Il émit le même son étouffé.

—Non, non.

—Arrête de te moquer de moi ! lui intimai-je, discréditée par le sourire que je ne parvins pas à refréner.

Morgan reposa la poignée de friandises dans le tiroir qu'il referma, puis m'attrapa par les hanches et me coinça contre l'îlot en faisant barrage de son corps.

Il baissa les yeux vers moi et prit un air faussement sévère.

— Je ne me moque pas de toi, Merit. Je me gausse, mais je ne me moque pas.

— Ha ha.

Je lui lançai un regard mauvais sans grande conviction.

— Et, hum… sans vouloir insister, j'ai vu le dessert que tu as apporté. Est-ce que c'est uniquement pour toi, ou bien tu avais l'intention de le partager ?

— HA HA, répétai-je.

— Je suis soulagé que tu n'aies aucune obsession. Oh, attends…, mais si, tu en as une, ironisa-t-il.

— Certains apprécient le vin, ou les voitures. D'autres (je tirai sur l'ourlet de son tee-shirt de marque) adorent les vêtements hors de prix. Moi, j'aime le chocolat.

— Oui, Merit, j'ai pu le constater. Mais est-ce que tu mets la même passion dans tout ce que tu fais ?

— Je ne vois pas de quoi tu veux parler.

— Menteuse, affirma-t-il en fermant les yeux et approchant sa bouche de la mienne.

À peine nos lèvres s'étaient-elles rencontrées qu'une voix rompit le silence.

— Est-ce que tu pourrais arrêter de peloter ma Sentinelle ?

13

Ils vous mangeront tout crus

En pantalon noir et tee-shirt à manches longues de même couleur, Ethan se tenait sur le seuil de la cuisine de Mallory, les mains dans les poches. Il avait noué ses cheveux, une coiffure décontractée assortie à sa tenue qui semblait indiquer qu'il n'avait prévu aucune négociation ou discussion diplomatique pour la soirée. Mallory et Catcher étaient debout derrière lui.

Morgan rouvrit brusquement les yeux, les traits crispés, et un bref éclair argenté traversa ses iris.

Quant à moi, j'étais éberluée. Qu'est-ce qu'Ethan faisait là ?

— Si tu souhaites que je la courtise dans les règles, Sullivan, tu vas devoir nous accorder un peu d'intimité.

Il s'adressait à Ethan, mais gardait le regard rivé sur moi.

— Toutes mes excuses pour… cette interruption, déclara le Maître de Cadogan d'un ton qui aurait difficilement pu être plus sarcastique.

Il semblait en fait ravi de nous avoir dérangés.

Un long silence pesant s'installa avant que Morgan se décide à pivoter vers Ethan. Les deux Maîtres se saluèrent d'un signe de tête viril. Deux hommes qui, à eux deux, contrôlaient le destin des deux tiers des vampires de Chicago. Deux hommes qui revendiquaient un peu trop d'autorité sur mon emploi du temps.

—Je regrette de devoir te l'enlever, mais nous avons du travail à accomplir pour la Maison Cadogan, ajouta Ethan.

—Pas de problème. (Morgan se retourna vers moi, et, au vu et au su de Dieu ainsi que des diverses personnes présentes, m'embrassa tendrement.) Au moins, nous avons pu dîner.

Je levai les yeux et rencontrai son regard contrarié.

—Je suis désolée.

—Ce n'est pas grave.

Après quelques secondes d'un nouveau silence gêné, Morgan reprit la parole :

—Je ferais sans doute mieux de partir et vous laisser à vos… affaires.

Il avait parlé sur un ton cassant, comme s'il ne se montrait pas entièrement convaincu des raisons professionnelles avancées par Ethan pour expliquer sa visite. Dieu seul savait pourquoi Ethan avait décidé d'assombrir de sa présence la maison de Mallory. S'il avait besoin de moi, pourquoi ne m'avait-il pas tout simplement bipée ?

—Je te raccompagne, proposai-je.

Ethan, Mallory et Catcher s'écartèrent pour nous céder le passage. Je suivis Morgan et, comme lui, ne prêtai pas attention à Ethan lorsque je parvins à sa hauteur.

Morgan sortit et je m'immobilisai sur le perron.

—Ce n'est pas ta faute, dit-il, le regard rivé sur la maison.

Évidemment que ce n'était pas ma faute – je n'avais pas invité mon Maître, après tout –, mais je me demandai si Morgan en était sincèrement convaincu. Il tenait sans doute Ethan pour responsable, mais il avait déjà soulevé des questions sur ma relation avec lui. Ce qui venait de se passer n'arrangeait sûrement rien.

Quoi qu'il en pense, il chassa sa morosité d'un haussement d'épaules et m'adressa un sourire joyeux avant d'incliner la tête vers la maison de grès brun.

— Je suppose que pouvoir disposer des gens à sa guise est l'un des avantages d'être un Maître omnipotent.

— Ne peux-tu disposer des gens à ta guise, toi aussi ? demandai-je, lui rappelant qu'il bénéficiait également du statut de Maître auquel il faisait allusion.

— Eh bien, si, mais je crois que je n'en ai pas encore officiellement profité. Bon, sortir avec la super Sentinelle de Cadogan impose probablement certains sacrifices.

— Je ne suis pas certaine du «super», mais le reste est sans doute vrai. (Je lançai un regard noir vers le couloir où Ethan et Catcher paraissaient en grande conversation.) Même si je n'ai aucune idée de la raison qui l'amène.

— J'aimerais la connaître.

Je me retournai vers lui, espérant qu'il n'avait pas l'intention d'essayer de me soutirer des informations. Mon visage dut trahir cette inquiétude, car Morgan secoua la tête.

— Je ne vais pas te le demander, je voudrais juste savoir. (Il adopta ensuite un ton monocorde – un ton de Maître vampire auquel il s'était sans doute entraîné.) S'il s'agit de quelque chose qui nous concerne tous, je compte sur lui pour nous tenir au courant.

On peut toujours rêver, pensai-je.

Après lui avoir dit au revoir, je refermai la porte et trouvai tout le monde rassemblé dans le couloir, Catcher et Ethan dans la même position : les épaules rentrées, bras croisés, menton baissé. Des guerriers en pleine concentration.

Ethan était donc venu en raison d'un problème sérieux, pas simplement pour le plaisir de m'importuner.

Lorsque je les rejoignis, ils élargirent le demi-cercle afin que je puisse m'y insérer.

— J'ai appris qu'une rave avait eu lieu dans la soirée. Nous devons vérifier ce qu'il en est. Espérons que nous sommes les seuls à en avoir eu vent.

J'aurais aimé savoir comment Ethan avait obtenu ces renseignements étant donné que son principal informateur pour ce genre de choses se tenait à ses côtés.

Catcher était apparemment sur la même longueur d'onde que moi.

— Comment l'as-tu découvert ? demanda-t-il.

— Peter, répondit Ethan. Quelqu'un l'a prévenu. (Pas très étonnant, Peter était réputé pour ses contacts.) Un de ses amis, un barman d'un club de Naperville, a surpris la conversation de deux vampires. Ils parlaient d'une rave dont ils avaient été informés par texto.

— L'alcool délierait-il la langue des créatures à crocs ? demanda Catcher d'un ton caustique.

— Apparemment, concéda Ethan. Le barman n'a pas reconnu les vampires. Sans doute des Solitaires qui rôdaient par là. Le temps que Peter soit contacté par sa source et qu'il en réfère à Luc, la rave était finie.

— Donc nous ne pouvons plus l'arrêter ? supposai-je.

Ethan fit « non » de la tête.

— Mais si nous avions ruiné la fête, il aurait fallu recourir à des stratagèmes politiques complexes alors que nous avons à présent l'occasion de mener l'enquête sans être inquiétés. (Ethan dirigea son regard vers Catcher.) En parlant de stratagèmes politiques, est-ce que tu peux te joindre à nous ?

Catcher hocha la tête puis se tourna vers moi.

— Tu as laissé ton sabre dans la voiture ?

J'acquiesçai.

— Je vais en avoir besoin ?

— Nous le saurons en arrivant sur place. J'ai quelques affaires en réserve ici, des torches électriques et d'autres accessoires. (Il considéra Ethan.) Est-ce que tu as pris ton arme ?

— Non, répondit-il. J'étais sorti.

On attendit qu'Ethan développe son explication, mais il s'en tint là.

— Bon, je suppose que je vais jouer à l'armurier pour vampires. Et je dois appeler Chuck. (Catcher tira son téléphone portable de l'une de ses poches et l'ouvrit.) Nous sommes censés être un corps diplomatique, murmura-t-il, pas les Sept Mercenaires. Vous pouvez constater que la médiation fonctionne très bien pour nous.

Mallory roula des yeux à cette tirade. Je supposai qu'elle l'avait déjà entendue maintes fois.

— Je vais débarrasser la table, proposa-t-elle.

— Hola hola hola, s'exclama Catcher en la retenant par le bras. Désolé, bébé, mais tu viens avec nous.

— Avec nous ? répétai-je.

Je devais avoir la même expression effarée que Mallory. Je savais qu'il souhaitait encourager son apprentissage, mais le moment était peut-être mal choisi.

— Elle a besoin d'expérience, expliqua Catcher sans quitter Mallory des yeux. Et je te veux avec moi. Tu es ma partenaire, mon alliée. Tu en es capable.

Elle plissa les paupières, mais approuva d'un signe de tête.

— Je suis fier de toi, chuchota-t-il en lui plantant un baiser sur la tempe. (Puis il la relâcha, porta le téléphone à son oreille et traversa le couloir à grands pas.) Sullivan, tu me devras une grande faveur. Et Merit, ce serait bien que tu changes de chaussures.

— D'accord, répliqua Ethan. Sur les deux points.

Mallory regarda mes jolies ballerines, et je l'imitai. Je ne souhaitais pas vraiment fouiller une scène sanglante avec ces chaussures aux pieds, même si elles étaient rouges.

— Je vais trouver une paire de bottes ou quelque chose comme ça, dit Mallory. Je sais que tu en as encore, ici.

Même si je me rappelais sans doute mieux que Mallory où j'avais rangé mes affaires, elle s'éloigna et me laissa jouer la baby-sitter avec Ethan. Je ne pouvais pas lui en vouloir de s'être éclipsée.

On garda le silence quelques instants en évitant tous deux de croiser le regard de l'autre. Ethan parcourut des yeux les photographies accrochées au mur du couloir, là même où Morgan m'avait embrassée deux heures plus tôt.

— Pourquoi moi ? demandai-je.

Il se retourna vers moi, les sourcils arqués.

— Pardon ? interrogea-t-il d'une voix glaciale.

Apparemment il était passé en mode « Master and Commander ». Super.

— Pourquoi tu es venu ? Tu savais que j'avais quelque chose de prévu ce soir. Tu m'as vue partir. Luc se trouvait dans la Maison lorsque je l'ai quittée, de même que les autres gardes. Ils sont tous plus expérimentés que moi. Tu aurais pu faire appel à l'un d'eux. Leur demander de t'aider.

Et me ficher la paix, ajoutai-je en mon for intérieur. Me laisser une chance d'oublier la séance d'entraînement, de ne plus penser à Célina, à mon père et aux histoires de vampires. Me permettre d'être moi.

— Luc est occupé à protéger les nôtres.

— Luc est ton garde du corps. Il a fait le serment de te protéger, toi.

Il secoua la tête d'un air irrité.

— Tu es déjà impliquée.

— Luc était présent lorsque tu as expliqué l'affaire des raves. Il t'a aidé à m'impliquer là-dedans, et je suis certaine que tu t'es empressé de lui fournir les détails de ce que nous avons appris. Il en sait autant que moi.

— Luc était occupé.

— Moi aussi, j'étais occupée.

— Luc n'est pas toi.

Cette repartie prompte et incisive me médusa. C'était la seconde fois qu'il me surprenait en l'espace de quelques minutes.

Avant que j'aie pu formuler une réplique, Catcher revenait vers nous d'un pas lourd, la poignée d'un sac de sport noir dans une main, le fourreau de laque de son katana, également noir, dans l'autre.

— J'ai averti ton grand-père, déclara-t-il lorsqu'il nous eut rejoints. Si je viens, ça signifie que notre petite visite est officielle, ajouta-t-il en regardant Ethan. Je représente l'Agence de Médiation et, par conséquent, la ville.

— Nous n'aurons donc pas besoin de contacter davantage d'autorités, conclut Ethan.

Ils échangèrent un hochement de tête entendu.

Mallory dévala l'escalier. Elle apparut chargée d'une vieille paire de bottes.

— Au cas où il y aurait… tu sais, des fluides, je me suis dit que mieux valait des bottes montantes, déclara-t-elle en me les tendant.

— Bonne idée.

Chaussures à la main, je regardai Mallory, qui se tourna vers Catcher en haussant les sourcils. La crispation de sa mâchoire indiquait sa détermination. De toute évidence, elle n'allait pas céder aussi facilement qu'il l'aurait souhaité.

—Ce sera un excellent entraînement, argumenta-t-il.

—J'aurai des semaines de stage pour m'entraîner, Catcher. Je suis cadre dans la pub – enfin, je l'étais. Je n'ai pas à courir dans tout Chicago au milieu de la nuit pour faire le ménage après les vampires ! Je ne dis pas ça pour toi, Merit, précisa-t-elle en me lançant un regard contrit.

Je haussai les épaules. Je n'avais vraiment envie pas de me disputer avec elle.

Catcher se mordit les lèvres, visiblement en proie à un agacement croissant. Sa mâchoire tressaillait et une électricité magique de plus en plus palpable vibrait autour de nous.

—J'ai besoin d'un partenaire, insista-t-il. D'un second avis.

—Appelle Jeff.

Je connaissais Mallory depuis des années, mais je ne me rappelais pas l'avoir déjà vue se montrer aussi entêtée qu'à cet instant. Soit l'idée de visiter le site de la rave la rebutait, soit elle n'éprouvait aucune envie de tester les prétendus pouvoirs que Catcher souhaitait qu'elle travaille. Quelle qu'en soit la raison, je compatissais.

Catcher s'humecta les lèvres puis laissa tomber le sac de sport au sol.

—Vous pouvez nous accorder une minute ?

J'acquiesçai.

—Viens, dis-je à Ethan.

Je le pris par la main et le conduisis vers la porte en feignant de ne pas sentir la petite étincelle qui chatouillait ma paume à son contact.

Il me suivit sans un mot, et je ne me libérai qu'une fois arrivée dans l'entrée afin de saisir mes clés posées sur la table.

On sortit, et je savourai la fraîcheur du soir. Je m'assis sur la plus haute marche du perron et échangeai mes chaussures de soirée pour les bottes, puis marchai jusqu'à ma voiture.

Je m'emparai de mon sabre et déposai mes ballerines. Lorsque je retournai vers la maison, Catcher et Mallory se tenaient sous le porche, verrouillant la porte. Mallory descendit la première et vint me rejoindre.

— Ça va ? lui demandai-je.

Elle leva les yeux au ciel d'un air exaspéré, et je fus alors convaincue qu'elle s'en sortirait.

— Je l'aime, Merit, je le jure devant Dieu, mais c'est vraiment, vraiment, un enfoiré.

Je me penchai afin de jeter un coup d'œil à Catcher derrière elle, qui m'adressa un timide sourire. Il avait beau être parfois difficile à supporter, il savait trouver les mots justes pour aider notre Mallory à surmonter sa peur.

— Il a ses bons côtés, lui rappelai-je.

Nous ne pouvions pas nous serrer tous les quatre dans la petite voiture d'Ethan. Comme la mienne, orange vif, paraissait trop voyante pour ce genre de mission, on prit la berline de Catcher, les garçons à l'avant, les filles à l'arrière. Mallory et moi avions disposé les katanas sur nos genoux. Catcher conduisit vers le sud-est, et le véhicule resta plongé dans le silence jusqu'à ce que je prenne la parole :

— Alors, à quoi devons-nous nous attendre ?

— À du sang, répondirent en chœur Ethan et Catcher.

— Au pire, à retrouver les corps correspondants, ajouta Catcher. (Il lança un regard en coin à Ethan.) Si ça devient aussi sérieux, tu sais que je devrai appeler quelqu'un. Nous pouvons ne pas tenir compte des frontières juridictionnelles, mais ça, je serais obligé d'en référer.

— J'ai compris, répliqua calmement Ethan, probablement en train d'imaginer le scénario le plus désagréable.

— Charmant, grommela Mallory en se massant le front, l'air anxieux. Vraiment charmant.

— Le lieu devrait être désert, énonça Ethan d'une voix rassurante. Et comme les vampires boivent rarement jusqu'à tuer leurs humains…

— Hormis une certaine personne ici présente, maugréai-je à voix basse en portant la main à mon cou.

— … il est peu probable que nous trouvions des cadavres.

— Peu probable, intervint Catcher, mais possible. Ces vampires ne sont pas vraiment du genre à suivre les règles. Préparons-nous au pire, et espérons le meilleur.

— Et en quoi est-ce que je peux contribuer à cette mission ? s'enquit Mallory.

Comme en réponse à sa propre question, elle ferma les yeux, son visage angélique se détendit et elle bougea les lèvres, récitant un mantra silencieux. Lorsqu'elle rouvrit les paupières, elle regarda la paume de sa main.

Je l'imitai.

Un globe diffusant une lueur jaune pâle flottait juste au-dessus, une boule lumineuse éthérée qui éclairait l'arrière de l'habitacle.

— Joli, admira Catcher en observant le reflet dans le rétroviseur.

Ethan pivota légèrement sur son siège, et il écarquilla les yeux en apercevant le globe.

— Qu'est-ce que c'est ? demandai-je en chuchotant, comme si le bruit allait dissiper le halo.

— C'est… (Sa main trembla et la boule vacilla.) C'est la condensation de la magie. La première Clé. Le pouvoir pur.

Elle replia lentement les doigts et la sphère s'aplatit jusqu'à devenir un plan lumineux, puis s'estompa. Sans changer de position, elle me regarda. Elle était désormais capable de canaliser la magie pour la transformer en lumière à l'aide d'une seule main, et je compris parfaitement l'expression figée sur son visage, qui signifiait : « Qui suis-je ? »

— Tu n'es pas que ça, dit doucement Catcher comme s'il lisait dans ses pensées. Et ce n'est pas la raison pour laquelle je t'ai emmenée. Tu le sais. Et la première Clé ne consiste pas uniquement à concentrer le pouvoir sous forme lumineuse. Tu le sais aussi.

Elle haussa les épaules et regarda le paysage défiler par la vitre.

Amusant de constater que nous partagions des conversations similaires avec nos chefs respectifs alors que nous tentions de nous adapter à nos nouvelles capacités. Je n'étais pas certaine que coucher avec l'homme chargé de la juger rende l'épreuve plus facile à surmonter.

— Les mecs…, marmonnai-je.

Elle me lança un coup d'œil entendu.

On traversa des quartiers résidentiels formés de rangées de maisons qui succédaient à des groupes de bâtisses en cours de rénovation. Comme de coutume à Chicago, chaque secteur présentait une architecture qui lui était particulière. Les résidences proprettes aux haies bien taillées laissaient ainsi la place, quelques rues plus loin, à des immeubles décrépits dont les grilles rouillées pendaient, à demi sorties de leurs gonds.

On s'arrêta dans une zone industrielle proche du lac, devant une maison – la seule construction d'habitation des environs – qui avait clairement connu des jours meilleurs.

Unique vestige de ce qui avait sans doute été un faubourg agréable, elle était à présent entourée de terrains croulant sous les ordures, les broussailles et les déchets industriels. La demeure victorienne, illuminée par la lueur orange d'un lampadaire, avait certainement été magnifique en son temps. Des colonnes cannelées flanquaient le porche autrefois accueillant, un balcon agrémentait le premier étage, orné de pièces en bois aux décors ouvragés qui pendaient ici et là, rongés par la moisissure. La peinture des bardeaux s'écaillait, se détachant par lamelles, et seules quelques rares touffes d'herbe éparses avaient réussi à pousser dans le jardin jonché de détritus de plastique.

Je saisis le sac de sport que Catcher avait laissé à l'arrière entre Mallory et moi et le lui fis passer. Il l'ouvrit, en sortit quatre torches électriques, et le posa entre Ethan et lui après l'avoir refermé. Il nous donna à chacun une lampe.

— Allons-y.

Je poussai ma portière, katana à la main.

L'odeur du sang – son arôme métallique caractéristique – m'assaillit dès que je sortis du véhicule, lampe et arme au poing. J'inspirai brusquement, submergée par la sensation de soif provoquée par ces effluves. Et également parce que ma vampire remuait, ce qui était plus problématique. Ethan s'immobilisa et me regarda d'un air interrogateur.

Je parvins à dominer cet appétit dévorant et repoussai la vampire, soulagée d'avoir bu du sang plus tôt dans la soirée. Je hochai la tête. Le délabrement des lieux et les relents de décomposition qui flottaient dans l'atmosphère m'aidèrent à réprimer ma faim.

— Ça va. Je vais bien.

— Qu'est-ce qu'il y a ? s'inquiéta Mallory.

— Du sang, déclara Ethan d'un air grave, le regard rivé sur la maison. L'odeur persiste.

Mallory tendit à Ethan le fourreau contenant le sabre de Catcher, et il le passa à sa ceinture.

Hormis le bruissement d'un sac plastique emporté par la brise et le grondement lointain d'un train de marchandises, le quartier était plongé dans le silence. Sans prononcer un mot, Catcher prit la tête du groupe. Il alluma sa lampe et, le faisceau vacillant devant lui en rythme avec ses mouvements, il traversa la rue et s'approcha de la maison. Ethan lui emboîta le pas, suivi de Mallory, et je fermai la marche. On se figea en rang sur le trottoir, fébriles.

— Est-ce qu'il y a encore quelqu'un à l'intérieur ? demanda Mallory avec appréhension.

— Non, répondis-je en chœur avec Ethan.

L'absence de son – Dieu merci, les prédateurs étaient dotés d'une ouïe fine – ne laissait pas planer le doute.

Catcher effectua un nouveau pas en avant, poings sur les hanches, et scruta la maison.

— Je rentre d'abord, déclara-t-il, faisant preuve de l'autorité que lui conférait son statut de représentant de l'Agence de Médiation. Ensuite Ethan, Mallory, et Merit. Soyez prêts à dégainer. (Il regarda Mallory.) Ne va pas trop loin. Souviens-toi de ce dont on a parlé, garde l'esprit ouvert.

Elle esquissa un hochement de tête et s'efforça de paraître déterminée. Je lui aurais adressé un signe de réconfort si j'avais pu lui transmettre un peu de courage, mais il se trouvait que je tenais d'une main moite le cylindre rugueux de la torche, et tapotais de la gauche la poignée de mon sabre.

Catcher partit en premier et on le talonna de près dans l'ordre convenu, Ethan et moi prêts à brandir nos katanas. Cette fois, lorsque j'entendis le son de sa voix dans ma tête, je ne fus pas surprise.

— *Tu arrives à contrôler la faim ?*

Je lui assurai que j'y parvenais et demandai :

— *Qu'est-ce que je dois chercher ?*

— *Des preuves. Une quelconque indication sur l'implication d'une Maison. Combien ils étaient, s'il y a des traces de lutte, etc.*

En file indienne, notre troupe d'enquêteurs amateurs se fraya un chemin sur le trottoir parmi des gravats, des tessons de verre et des bouteilles de soda en plastique. Le plancher sous le petit porche émit un craquement sinistre quand Catcher y posa le pied. Après avoir attendu quelques instants pour s'assurer qu'il n'allait pas s'effondrer sous son poids, on le suivit. Je risquai un coup d'œil à travers une vitre étroite constellée de taches. La pièce paraissait vide à l'exception des reliques d'un imposant lustre auquel n'étaient restés accrochés que quelques rares cristaux. Il semblait symboliser l'état actuel de la maison.

Catcher poussa la vieille porte, par laquelle s'échappa soudain une odeur de moisi, de décomposition et de sang. Je respirai par la bouche afin d'éviter de subir la tentation, même minime, de l'hémoglobine.

On entra avec précaution dans ce qui avait constitué le vestibule et que l'on éclaira de nos lampes. Le sol en acajou avait pourri, et le papier peint de velours floqué qui ornait les murs, dont de larges bandes s'étaient arrachées, était maculé de traces d'humidité et de moisissure. Au fond de la pièce, un escalier monumental s'élevait en tournant jusqu'au premier étage. Quelques imposants meubles vermoulus garnissaient par endroits la salle, dont les coins étaient occupés par un fatras de planches et de boîtes de peinture figée. Les moulures ainsi que les luminaires avaient disparu, sans doute vendus. Alors que l'air était chargé d'émanations de sang, je n'en aperçus aucune trace.

—Choisissez l'étape suivante, les vampires, proposa Catcher en chuchotant. Est ou ouest?

Ethan dirigea son regard vers les pièces situées à l'est, puis vers l'escalier qui conduisait à l'étage.

—En haut, décida-t-il. Merit, avec moi. Catcher, au rez-de-chaussée.

—OK, répondit Catcher.

Il pivota vers Mallory et tapota sa tempe droite du doigt, puis sa poitrine, et à nouveau la tempe.

Mallory acquiesça. Il s'agissait sûrement d'une sorte de code secret sorcier. Elle pressa ma main puis emboîta le pas à Catcher qui s'aventurait sur la gauche.

Une fois que nous fûmes seuls dans le vestibule, Ethan me jeta un coup d'œil.

— Sentinelle, que sens-tu ?

Je levai les yeux vers les marches et fermai les paupières afin de m'imprégner des odeurs et des sons qui m'entouraient sans le filtre de la vision.

J'avais déjà ressenti les vibrations de la magie auparavant, quand Célina m'avait testée, quand Catcher et Mallory se disputaient, ou encore à ma Recommandation, quand j'avais baigné dans une sorte d'aura lumineuse émanant de dizaines de vampires.

Je ne percevais rien de tel à présent. Si la maison recélait une trace de magie, elle était infime. Peut-être un léger picotement ici ou là, mais rien de suffisamment puissant pour me permettre de l'isoler, de l'identifier.

Je n'entendais pas davantage de son trahissant une présence vivante hormis le bruit des mouvements de Mallory et Catcher un peu plus loin, les battements de cœur d'Ethan et les trottinements perturbants des petites bêtes qui fuyaient sous nos pieds et grouillaient dans les murs.

Je frissonnai, serrai plus fort les paupières et m'obligeai à faire abstraction de l'ambiance sonore.

Je me concentrai sur les odeurs, imaginant que j'étais un prédateur prêt à partir en chasse – même si j'avais l'estomac plein de saumon et d'asperges. L'arôme de sang prédominait, flottait comme un nuage de fumée invisible qui se déversait par l'escalier et envahissait la pièce, dominant les relents de moisissure et d'eau croupie. Je demeurai immobile quelques instants afin de m'assurer que je gardais le contrôle de moi-même avant de poursuivre. Afin de m'assurer que ma vampire restait suffisamment bien cloîtrée pour ne pas se ruer au premier étage. Vers le sang.

Au cœur du silence, dans le calme, je sentis autre chose. Quelque chose qui l'emportait sur la pourriture, la poussière et l'hémoglobine.

Quelque chose d'animal.

J'inclinai la tête. Mes instincts venaient de se réveiller. S'agissait-il d'une proie, ou d'un prédateur ?

La piste était très légère, mais bien là. Un relent de fourrure et de musc. Je rouvris les yeux et trouvai le regard inquisiteur d'Ethan posé sur moi.

— Des animaux ?

Il acquiesça.

— Soit des animaux, soit des métamorphes peu doués en camouflage. Bien joué.

Il commença à gravir les marches et m'invita à l'imiter d'un geste de la main. Rendue obéissante par la peur et l'adrénaline, je le suivis sans broncher, mais échangeai nos positions sur le palier. En Sentinelle digne de ce nom, je marchai en tête pour le protéger des éventuelles créatures malintentionnées tapies dans l'ombre. Il me talonna de près tandis que je progressais, à la lueur de la torche, sur le sol jonché de débris de verre. Le clair de lune filtrait à travers les fenêtres crasseuses, offrant sans doute suffisamment de lumière pour nous permettre d'explorer les environs sans l'aide des lampes. Mais la sensation de l'appareil dans ma main me rassurait et, étant donné que j'ouvrais la marche, je n'éprouvais aucune envie de l'éteindre.

Comme souvent dans ces vieilles maisons, un labyrinthe de petites chambres occupait l'étage. Les effluves de sang s'accentuaient au fur et à mesure que l'on traversait les pièces de droite. Le parquet grinçait sous nos pas et le faisceau de nos lampes illuminait de temps à autre un meuble abandonné ou une flaque bourbeuse alimentée par un liquide dégouttant d'une tache couleur de rouille au plafond.

La trace animale persistait, mais les autres senteurs du lieu l'étouffaient. Si un métamorphe s'était trouvé ici, il n'avait fait que passer. Il, ou elle, n'avait pas joué le rôle principal.

On poursuivit notre cheminement vers l'arrière de la maison, pour arriver bientôt à la dernière des minuscules chambres. Une intense odeur de sang se répandait dans le couloir et je m'immobilisai sur le pas de la porte. L'adrénaline affluant dans mes veines, je bloquai ma vampire et parcourus la pièce avec le rayon lumineux de la lampe. Je me pétrifiai.

— Ethan.

— Je sais, dit-il en se plaçant à mon côté. Je vois.

Ils s'étaient rassemblés ici. Le sol était couvert de détritus divers, de canettes de soda et d'emballages de bonbons. Un bureau était installé contre un mur, surmonté d'un miroir qui avait subi l'usure du temps et nous renvoyait à présent un reflet déformé.

Plus important, trois matelas dégoûtants maculés de taches avaient été disposés sur le plancher, leurs housses bleu et blanc portant des marques évidentes de sang. De larges marques.

Ethan fit le tour de la pièce en éclairant scrupuleusement chaque recoin.

— Probablement trois humains, conclut-il. Un par matelas, et autant d'épanchements de sang. Peut-être six vampires, deux par personne, un au poignet, l'autre au cou. Pas de corps, pas de trace de lutte. Du sang, mais pas en quantités extraordinaires. Apparemment, ils se sont maîtrisés. (Sa voix trahissait son soulagement.) Pas de meurtre, mais les humains n'en ont sûrement pas retiré les bénéfices qu'ils attendaient.

Il avait terminé sa phrase sur un ton abrupt. Ethan ne portait décidément pas dans son cœur les créatures à crocs qui se prêtaient à ce petit jeu.

—Les bénéfices…, répétai-je en dirigeant ma lampe vers l'endroit où se tenait Ethan.

La main sur la hanche, il considérait tour à tour les deux matelas qui se trouvaient à ses pieds.

—Quand nous étions dans ton bureau, tu as mentionné quelque chose sur le fait de devenir un Renfield…

—Un serviteur humain, expliqua-t-il. Quelqu'un qui offre sa protection à un vampire le jour et qui propose éventuellement d'interagir avec les humains en son nom. Nous n'avons pas eu de Renfield depuis des siècles. Un humain pourrait également imaginer qu'on lui fasse don de l'immortalité. Mais si un vampire devait en créer un autre… (il marqua une pause et s'agenouilla pour inspecter le matelas du milieu), ça ne se passerait pas dans ces conditions.

J'étudiai à mon tour l'endroit où ils s'étaient couchés, examinant la tache pourpre circulaire qui était incrustée dans le tissu.

—Ethan ?

—Oui, Merit ?

—Si le fait de boire aux humains est si problématique, si risqué, pourquoi l'autoriser ? Pourquoi ne pas écarter le danger en prohibant cette pratique ? inciter tout le monde à utiliser le sang conditionné ? Il n'y aurait ainsi aucun souci politique au sujet des raves. Vous pourriez tout simplement les condamner.

Ethan garda le silence suffisamment longtemps pour que je me tourne vers lui, et je rencontrai alors deux yeux semblables à des disques d'argent pur rivés sur moi.

La bouche entrouverte, je retins mon souffle.

— Quelles que soient les considérations politiques, nous restons des vampires.

Ethan écarta les lèvres pour découvrir les pointes affilées de ses crocs.

J'étais profondément choquée qu'il me laisse le voir sous l'emprise de la faim, choquée et excitée à la fois. Lorsqu'il baissa la tête en plongeant son regard argenté dans le mien, une vague de désir déferla en moi, tellement violente et rapide que mon cœur sembla s'arrêter.

Je sentais les battements sourds du sang contre mes tempes.

Ethan me tendit la main, paume vers le haut. Il m'invitait.

— *Offre-toi*, l'entendis-je murmurer dans mon esprit.

J'agrippai la poignée de mon katana. Je savais ce que je souhaitais : avancer, et cambrer mon cou pour qu'il me morde.

Je réfléchis pendant une seconde, peut-être deux, me demandant quelle sensation feraient naître ses canines en moi. Ma volonté déjà affaiblie par l'odeur de sang menaça de fléchir. Si je laissais la vampire prendre le contrôle et faisais surgir mes crocs, je finirais sans aucun doute par les planter dans la fine ligne du cou d'Ethan, ou lui permettrais de faire de même avec moi.

Même si je ne prétendais pas nier le fait que la curiosité me tenaillait, que cette éventualité m'intriguait, ce n'était ni l'endroit ni le moment. Je n'avais pas envie que ma première expérience de partage de sang se déroule ici au milieu de cette friche industrielle sordide, dans une maison où la confiance des humains avait été tout récemment trompée.

Je luttai pour regagner la maîtrise de moi-même et secouai la tête afin de m'éclaircir l'esprit.

—J'ai compris, déclarai-je.

Ethan arqua un sourcil et retira brusquement sa main, fermant le poing, alors qu'il se ressaisissait. Il rétracta ses crocs et la couleur argent de ses iris s'estompa, remplacée par le vert émeraude habituel. Lorsqu'il reposa les yeux sur moi, il affichait une expression détachée.

Je rougis de honte.

Il s'agissait tout simplement d'une démonstration pédagogique. Rien à voir avec le désir ou la faim, mais un moyen pour Ethan d'argumenter son point de vue. Je me sentis ridicule et naïve.

—Nous réagissons face au sang comme des prédateurs, commenta Ethan d'une voix dénuée de toute émotion. De manière instinctive. Nous avons beau juguler ces comportements primaires par nécessité afin de nous intégrer aux humains, nous demeurons des vampires. La répression n'amènerait rien de bon pour aucun de nous.

Je parcourus la pièce du regard, considérant la peinture écaillée, les journaux chiffonnés, les matelas au sol et les points vermeils qui constellaient le plancher fendillé.

—La répression amène à ça, lâchai-je.

—Oui, Sentinelle.

Il m'appelait de nouveau « Sentinelle ». Les choses étaient revenues à la normale.

On fouilla l'endroit de fond en comble sans découvrir le moindre signe qui aurait indiqué l'implication d'une Maison ou qui aurait aidé à identifier les vampires incriminés. Ils avaient soigneusement évité de laisser des preuves, ce qui ne paraissait pas étonnant de la part d'individus capables d'élire domicile dans une ruine pour s'accorder quelques gorgées illicites.

— Nous savons que des humains se sont trouvés ici, que du sang a été versé, reprit Ethan. Mais c'est tout. Si nous avertissons quelqu'un d'autre sans disposer de plus d'éléments sur ce qui s'est passé, la seule chose que nous gagnerions à poursuivre les recherches, c'est de la mauvaise publicité.

Je supposai qu'Ethan signifiait par là qu'il ne souhaitait pas impliquer la police de Chicago dans l'enquête sur les raves. Je me rangeais à son opinion, d'autant plus que Catcher nous accompagnait au nom de l'Agence de Médiation. D'un autre côté, si Ethan avait été à l'aise avec l'idée de garder des informations secrètes, il ne se serait pas donné la peine de se justifier.

— C'est un raisonnement sensé, approuvai-je.

— Le lieu du crime, déclara soudain Ethan.

Je fronçai les sourcils, en proie à la confusion, pensant que j'avais manqué quelque chose. En fait, ces propos ne m'étaient pas adressés ; Catcher et Mallory se tenaient dans l'encadrement de la porte. Ils paraissaient en forme, ce qui signifiait sans doute qu'aucun fêtard à la traîne ne les avait accostés. Catcher avait repris son expression habituelle, légèrement ennuyée, tandis que Mallory, visiblement mal à l'aise, ne cessait de jeter des coups d'œil aux matelas.

— Ouais, renchérit Catcher, on dirait que le gros de l'action a eu lieu ici.

Il examina la pièce du regard avant d'en faire le tour, bras croisés sur la poitrine, les traits tirés sous l'effet de la concentration.

— Trois humains ? demanda-t-il finalement.

—On dirait bien, confirma Ethan. Certainement six vampires, et, qui sait, peut-être y avait-il des spectateurs. Nous n'avons trouvé aucun signe d'appartenance à une Maison.

—Même si des vampires affiliés étaient incriminés, dit Catcher en rejoignant Ethan devant le matelas central, ils n'auraient probablement pas laissé de preuves. En outre, les Maisons ne sanctionnent pas ce genre de comportement. Encore moins le fait de boire aux humains, pour la plupart d'entre elles.

Ethan approuva d'un grognement.

Le silence retomba lorsque les deux hommes inspectèrent les couches crasseuses à leurs pieds. Ils s'entretinrent à voix basse, marchant, s'agenouillant, désignant les matelas. Je me tournai vers Mallory, qui haussa les épaules, ignorant tout comme moi la teneur de leur conversation.

Catcher finit par se redresser, puis considéra Mallory.

—Tu es prête?

Il avait parlé d'une voix douce et rassurante.

Elle déglutit puis acquiesça d'un signe de tête.

Je ne savais pas exactement ce qu'il lui intimait de faire, mais je compatissais, supposant que Mallory allait plonger la tête la première dans la piscine surnaturelle. Ayant moi-même effectué ce grand saut, je me souvenais que se lancer dans le vide paraissait plutôt intimidant.

Elle tendit la main droite, paume vers le haut, et la regarda fixement.

—Essaie de voir à travers elle, murmura Catcher.

Mallory ne broncha pas.

L'atmosphère de la pièce sembla s'échauffer et s'épaissir en conséquence de la magie que Mallory était en train de canaliser et qui commençait à troubler l'air au-dessus de sa main.

—Respire à travers elle, souffla à nouveau Catcher.

Je détournai le regard de Mallory et le dirigeai vers Catcher. Une incroyable sensualité se lisait dans ses yeux. Les vampires sentaient la magie, reconnaissaient sa présence, mais les sorciers entretenaient une relation tout à fait différente avec elle. Plus troublante, à en croire l'éclat des iris de Catcher.

Mallory s'humecta les lèvres du bout de la langue, ses yeux bleus toujours rivés sur sa main et la vibration qu'elle semblait provoquer.

— Rouge sang à la lune montante, entonna-t-elle brusquement d'une voix presque inaudible et étrangement caverneuse. Comme la lune, ces rois de la Ville blanche monteront et tomberont, et elle triomphera. Elle triomphera jusqu'à ce qu'il arrive. Jusqu'à ce qu'il vienne.

Puis le silence. Elle avait énoncé une sorte de prophétie, comme j'avais déjà vu Catcher le faire une fois à la Maison Cadogan.

Ethan glissa un regard à Catcher.

— Est-ce que tu comprends ce que ça signifie ?

Catcher secoua la tête, la mine piteuse.

— Je ne devrais pas tourner son talent en dérision, mais Nostradamus était plus clair.

Je reportai mon attention sur Mallory. Les yeux clos, le front humide de transpiration, elle avait gardé la main tendue, le bras tremblant sous l'effet de l'épuisement.

— Je crois que ça suffit, elle en a assez fait, déclarai-je.

Ils regardèrent Mallory à leur tour.

— Mallory, appela doucement Catcher. (Elle ne répondit pas.) Mallory !

Elle ouvrit brutalement les paupières, parcourue de frissons.

— C'est fini, souffla-t-il.

Elle acquiesça, se mordilla la lèvre et examina sa main, écartant les doigts. La vibration dans l'air disparut. Après une seconde, elle s'essuya le front du revers du poignet.

—Ça va?

Elle leva les yeux vers moi et hocha négligemment la tête.

—Ce n'était pas facile. Est-ce que j'ai dit quelque chose d'utile?

Je haussai les épaules.

—Plutôt quelque chose de super flippant.

—Je crois que nous n'apprendrons rien de plus, intervint Ethan. À moins que vous n'ayez d'autres suggestions?

—Pas vraiment, répondit Catcher. Je perçois une vague sensation de peur, une trace animale. Je suppose que vous avez remarqué? demanda-t-il en nous regardant tour à tour.

On acquiesça.

—À part ça, je ne sens absolument rien, aucun flux reconnaissable. Et je ne suis pas sûr que le métamorphe se soit trouvé ici quand ça a eu lieu. Peut-être est-il arrivé après. En tout cas, je ne pense pas que les médias aient eu vent de ce qui s'est déroulé, du moins pas encore. (Catcher parcourut la pièce du regard, mains sur les hanches.) D'ailleurs, vous pensez que je devrais appeler une équipe de nettoyage?

L'idée que l'Agence de Médiation détenait le pouvoir d'effacer les preuves ne m'était pas venue à l'esprit. Les employés se disaient agents de liaison, conciliateurs. Je supposai qu'ils avaient plus un rôle de prévention.

—Tu peux faire ça? demandai-je.

Catcher me regarda d'un air sardonique.

—Tu ne parles vraiment pas souvent à ton grand-père.

—Je lui parle très souvent.

Catcher grogna et pivota, nous incitant à sortir de la pièce.

— Pas au sujet des choses intéressantes. La ville de Chicago garde l'existence des surnats secrète depuis des lustres, Merit. Et ce n'est pas parce qu'il n'y a jamais d'incident. C'est parce que quelqu'un gère ces incidents.

— Et sans que personne se rende compte de rien ?

— Ça fonctionne comme ça. Les gens n'étaient pas préparés à l'apprendre. Ils ne sont toujours pas prêts à tout savoir, vu les manigances auxquelles se livrent certains vampires.

On se dirigea vers l'escalier dans le même ordre qu'à l'aller.

— S'ils étaient prêts à tout savoir, nous ne serions pas là, compléta Mallory. D'accord, vous avez des fanions à votre nom, des autocollants et tout ça, mais boire en douce dans une maison en ruine n'est pas vraiment synonyme d'une intégration réussie. Et maintenant il y a cette histoire avec Tate.

Ethan se figea à mi-descente de l'escalier, et je l'imitai.

— Quelle histoire avec Tate ? interrogea Ethan.

Mallory jeta à Catcher un regard acéré.

— Tu ne leur as rien dit ?

— Nous avions autre chose à faire, rétorqua Catcher en désignant le premier étage du pouce. Une crise à la fois.

Catcher continua à dévaler les marches. On le suivit dans un silence pesant. Ethan descendit à toute allure. Après avoir franchi la porte d'entrée et regagné le trottoir, il s'arrêta, les mains sur les hanches. Mallory émit un léger sifflement en signe d'avertissement. Je sentis la colère d'Ethan monter, et prédis calmement :

— Explosion prévue dans quatre… trois… deux…

— Quelle histoire avec Tate ? répéta Ethan, l'énervement perçant dans sa voix.

Je réprimai un sourire, heureuse que Catcher constitue la prochaine cible d'Ethan, pour changer.

Catcher s'arrêta et se retourna.

— L'équipe de Tate a appelé au bureau, expliqua-t-il. Ils ont posé des questions sur la hiérarchie vampire, les Maisons, la Sentinelle.

Étant l'unique Sentinelle de la ville, je relevai :

— Sur moi ?

Catcher acquiesça.

— Le Congrès de l'Illinois a accepté de renoncer à légiférer sur la gestion des vampires cette année, et de mener des enquêtes afin de s'assurer que rien de préjudiciable ne sera entériné. Ce n'était pas un choix bien courageux compte tenu du fait que la majeure partie de l'État n'a pas à se préoccuper des vampires, toutes les Maisons étant situées à Chicago. Cependant, le conseil municipal commence à s'agiter. J'ai appris que Grey et toi vous étiez entretenus avec les adjoints (Ethan approuva d'un hochement de tête), mais le reste des membres sont inquiets. Ils parlent de zonage, de couvre-feu, de régulation.

— Et quelle est la position de Tate sur tout cela ?

Catcher haussa les épaules.

— Qui sait ce que pense Tate ?

— Il n'a pas encore souhaité nous rencontrer, grommela Ethan, sourcils froncés et regard rivé au sol. Je ne l'ai pas vu, Scott et Morgan non plus.

— Il n'est probablement pas prêt à une confrontation directe, suggéra Catcher. Peut-être attend-il de disposer de plus d'informations pour organiser une réunion ?

— Ou alors il garde ses distances, murmura Ethan. (Il secoua la tête d'un air réprobateur puis me jeta un coup d'œil.) Que veut-il savoir sur Merit ?

— Ce qu'elle aime, ce qu'elle n'aime pas, ses fleurs préférées, avança Mallory.

— N'importe quoi, chuchotai-je.

— Je ne plaisante pas. Je crois qu'il en pince sérieusement pour toi.

Je grognai, incrédule.

— Ouais, c'est ça. Le maire de Chicago en pince pour moi. Très crédible.

Contrairement à Ethan, j'avais déjà rencontré Tate et, même s'il s'était montré agréable, il n'y avait aucune chance pour qu'il ait un faible pour moi.

— Il veut juste des renseignements, reprit Catcher. Je crois que, pour l'instant, il ne s'agit que d'une vague curiosité. Et franchement, la famille de Merit est susceptible de l'intéresser au moins autant que son affiliation.

Ethan se pencha vers moi.

— En tout cas, me voilà rassuré : tu ne vends pas d'informations à Tate, sinon tu saurais tout cela.

Ma mâchoire se crispa à cette insinuation récurrente. Ethan avait en effet déjà sous-entendu que j'étais une sorte de mouchard à la solde de Tate infiltré dans la Maison. Je décidai que j'avais subi suffisamment de commentaires désobligeants pour la soirée. Je me tournai vers Catcher et lui demandai de m'accorder la même faveur qu'il avait sollicitée un peu plus tôt.

— Vous pourriez nous laisser seuls une minute ?

Catcher nous dévisagea tour à tour, un large sourire aux lèvres.

— Fais-toi plaisir, ma belle. On vous retrouve dans la voiture.

J'attendis que les portières aient claqué pour avancer et m'immobiliser à quelques centimètres d'Ethan.

—Bon, je sais pourquoi tu m'as servi ce discours, ce soir. D'accord, tu as le devoir de protéger tes vampires. Mais n'oublie pas que j'ai fait abstraction de la manière dont j'ai été transformée pour faire tout ce que tu m'as demandé. Je me suis entraînée, j'ai abandonné ma thèse, j'ai emménagé dans la Maison, je t'ai introduit auprès de mon père, je t'ai permis d'entrer chez les Breckenridge, et je suis sortie avec le vampire que tu m'as désigné. (Je montrai la maison derrière nous.) Et en dépit du fait que j'avais prévu de passer quelques heures loin des histoires de Cadogan avec le vampire en question, je suis venue ici avec toi parce que tu l'as exigé. Ce serait bien que tu m'accordes ta confiance, un jour.

Je fis volte-face sans attendre sa réponse et me dirigeai vers la voiture. J'ouvris la portière arrière, et la fermai violemment après m'être engouffrée à l'intérieur.

Catcher croisa mon regard dans le rétroviseur.

—Tu te sens mieux ?

—Est-ce qu'il est toujours debout là-bas avec cet air ahuri ?

Catcher marqua une pause le temps de vérifier, puis il éclata de rire.

—Oui.

—Alors oui, je me sens mieux.

Le silence régna dans la voiture durant le trajet vers Wicker Park. Ethan ne pipa mot, furieux contre Catcher pour ne pas avoir partagé ses informations au moment opportun – autrement dit, tout de suite –, Mallory somnola sur le siège arrière, de toute évidence exténuée par sa performance magique, et Catcher fredonna sur des chansons d'ABBA diffusées à la radio.

Une fois arrivés à la maison de grès brun, on se dit au revoir. Catcher me rappela que nous avions prévu une séance d'entraînement à la première heure le lendemain soir, et, comme Mallory, j'éclatai en sanglots à la perspective de son nouveau statut d'apprentie sorcière, qui allait réduire nos contacts à des appels téléphoniques pour les six semaines à venir. Cependant, je faisais confiance à Catcher et, avec Célina en liberté, j'étais soulagée que Mallory en apprenne davantage sur ses dons et ses pouvoirs afin d'utiliser la magie. Plus elle serait protégée, mieux je me sentirais, et j'étais persuadée que Catcher partageait ce sentiment.

Comme nous étions venus séparément, je regagnai la Maison Cadogan au volant de ma Volvo orange tandis qu'Ethan conduisait sa Mercedes fuselée. Je garai ma voiture dans la rue, satisfaite d'en avoir enfin terminé avec mes obligations. Les quelques heures qui allaient suivre m'appartenaient. Manque de chance, Ethan me rejoignit dans le vestibule, une enveloppe couleur crème à la main. Je réorganisai mon chargement – courrier, chaussures et sabre – et m'en emparai.

—Elle t'est adressée, déclara-t-il.

Je l'ouvris. Elle contenait une invitation à un gala chez mes parents qui aurait lieu le lendemain. Je grimaçai. La soirée que je venais de vivre m'avait paru longue, mais celle qui s'annonçait ne m'apporterait pas beaucoup de repos non plus.

—Charmant, raillai-je en lui montrant le carton.

Il le lut, puis hocha la tête.

—Je me charge de te trouver une robe. Tu as une séance de katana demain avec Catcher ? (J'acquiesçai.) Alors, nous partirons tout de suite après.

—Quel est l'objectif ?

Ethan pivota et se mit à marcher en direction de son bureau. Je lui emboîtai le pas jusqu'au pied de l'escalier. Il s'arrêta et annonça :

— Nous poursuivons nos recherches. Ton père sait que nous nous intéressons à une menace impliquant les Breckenridge. Si je ne me trompe pas sur son compte, il aura sans doute glané des informations de son côté.

— Tu l'avais prévu, commentai-je en pensant aux graines qu'il avait semées avec mon père. Tu lui as révélé juste ce qu'il fallait au sujet des Breckenridge et du danger auquel nous sommes confrontés pour lui donner envie d'en apprendre davantage. (Même si je ne sautais pas de joie à l'idée de retourner chez moi, je devais reconnaître que j'admirais sa stratégie.) Pas mal, Sullivan.

Il m'adressa un regard courroucé avant de prendre le chemin de son bureau.

— J'apprécie ta marque de confiance. On se voit au crépuscule, lança-t-il en s'éloignant.

Une fois dans ma chambre, je me débarrassai de mon sabre et de la pile de courrier, puis envoyai valser mes chaussures d'un coup de pied. J'avais laissé mon téléphone portable ici puisque je devais passer la soirée avec les seules personnes susceptibles de m'appeler. Je trouvai toutefois un message sur mon répondeur.

C'était Morgan. Il désirait s'assurer que j'étais bien rentrée. Cependant, je devinais les questions sous-jacentes : où j'étais allée, ce que j'avais fait, quelle tâche importante avait poussé Ethan à faire appel à une Sentinelle âgée de quelques mois à peine. Je n'étais pas certaine d'être en mesure de répondre à cette dernière interrogation.

Je consultai mon réveil. Bientôt 4 heures. Morgan serait sans doute encore debout, mais, après quelques instants d'hésitation, je décidai de ne pas l'appeler. Je n'éprouvais aucune envie de jouer au chat et à la souris, et ne me sentais vraiment pas d'humeur à affronter son antipathie flagrante pour Ethan. La soirée avait déjà été suffisamment longue et conflictuelle.

L'aube approchant, j'ôtai ma tenue et enfilai un pyjama, et après m'être lavé la figure, je me glissai dans le lit avec un petit carnet et un stylo. Alors que le soleil se levait, je couchai sur le papier diverses remarques au sujet des vampires, des Maisons, de la philosophie de l'acte de boire le sang, et m'endormis la plume à la main.

14

LE CENTRE NE PEUT TENIR[1]

J e me réveillai de bonne humeur, du moins jusqu'à ce
que je me souvienne du programme de la soirée. Je
grommelai et saisis l'invitation pour la fête de mes parents,
un gala en faveur d'une action de parrainage pour les jeunes.
Bien que la cause défendue soit légitime, je ne cessais de
m'interroger au sujet des motivations de mon père. Établir
des contacts et serrer des mains l'intéressait certainement
autant que la fondation elle-même.

Autant profiter des occasions qui se présentent, me dis-je en
reposant la carte sur le lit. Je m'assis et repoussai ma frange
qui me retombait dans les yeux, puis passai mes jambes
par-dessus le rebord et posai un pied à terre. Étant donné
que j'allais transpirer pendant ma séance d'entraînement,
je ne pris pas la peine de me doucher, et revêtis la tenue
exigée par Catcher, à savoir un bandeau destiné à couvrir
la poitrine ainsi qu'un short tellement court qu'il semblait

---

1. Extrait d'un poème de William Butler Yeats, *The Second Coming*, auquel il est également fait référence plus tôt. Traduction d'Yves Bonnefoy sous le titre *La Seconde Venue* dans l'*Anthologie bilingue de la poésie anglaise* publiée par la Pléiade en 2005. (*NdT*)

inexistant. J'enfilai également une veste de survêtement afin de ne pas paraître indécente durant le trajet.

Alors que j'en remontais la fermeture Éclair, quelqu'un frappa à la porte. Je l'ouvris et trouvai Helen dans le couloir, vêtue d'un impeccable tailleur en tweed.

— Bonjour, ma chère, déclara-t-elle en me tendant une housse à vêtement bleu roi portant le logo d'un magasin ultrachic du Loop. Je venais t'apporter ta robe.

Je pris la housse, qui se révéla plus légère que sa taille imposante ne le laissait penser. Les mains désormais libres, Helen tira de la poche de sa veste rose un petit carnet de notes de la même teinte. Elle hocha la tête puis lut à voix haute :

— Les participants au gala de ce soir sont priés de se présenter en tenue de soirée conforme au thème de couleur : noir et blanc. (Elle leva les yeux sur moi.) Ces renseignements ont orienté ma sélection, bien sûr, mais il m'a fallu déployer toute ma finesse pour obtenir cette robe dans des délais aussi courts. Elle vient tout juste d'être livrée.

Je me sentis contrariée que ce soit Helen, et non Ethan, qui ait choisi ma robe. Et le fait que ça m'ennuie, en soi, m'inquiétait.

— Merci, répondis-je. J'apprécie vos efforts.

J'aurais également apprécié qu'elle prenne ma place.

— De rien, déclara-t-elle. Je dois redescendre, le travail m'attend. Amuse-toi bien. (Elle sourit et glissa à nouveau le carnet de notes dans sa poche.) Et fais attention à la robe, elle représente un certain investissement.

Je fronçai les sourcils en regardant la housse à vêtements.

— Précisez ce que vous entendez par « investissement ».

— Presque douze.

— Douze quoi ? Douze cents dollars ?

Je restai abasourdie, les yeux rivés sur le sac, horrifiée à l'idée que Cadogan ait déboursé une somme à quatre chiffres pour moi.

Helen gloussa.

—Douze mille, ma chère.

Après avoir lancé cette grenade, elle s'éloigna dans le couloir, manquant l'occasion d'admirer l'expression effarée qui s'était imprimée sur mon visage.

Avec maintes précautions, comme si je manipulais la Bible de Gutenberg, j'étalai la housse sur le lit.

—Allez, on recommence…, murmurai-je en ouvrant la fermeture Éclair.

J'étouffai un cri.

J'effleurai la fine étoffe noire, de la soie tellement délicate que je la sentais à peine entre mes doigts. Et effectivement, il s'agissait d'une véritable robe de bal, avec un bustier qui laissait place sous la taille à une voluptueuse cascade couleur d'ébène.

Je m'essuyai les mains sur mon short, sortis la robe de l'emballage, et tournai sur moi-même en la serrant contre ma poitrine afin d'en observer le mouvement. Je n'en crus pas mes yeux. La soie ondulait avec la fluidité de l'eau, une eau de la teinte la plus sombre que j'avais jamais vue. Impossible de confondre ce noir avec un bleu marine. C'était l'essence du noir. Comme une nuit sans lune à minuit. C'était stupéfiant.

La sonnerie de mon téléphone portable retentit. Tout en maintenant la robe contre moi d'une main, je vérifiai la provenance de l'appel et décrochai.

—Oh mon Dieu, tu devrais voir la robe que je vais porter ce soir !

—Tu viens de dire du bien d'une robe ? Qui êtes-vous ? Où est ma Merit ? Que lui avez-vous fait ?

— Je suis sérieuse, Mallory. C'est à couper le souffle. Une robe de soie noire. Elle est magnifique ! m'exclamai-je en admirant mon reflet de profil dans le miroir.

— Sans blague. Je suis complètement ahurie par cette conversation de filles. On dirait que tu grandis. Tu crois que Meg Cabot a écrit un livre sur les vampires adolescentes ? *Journal d'une buveuse de sang* ?

Mallory éclata de rire, satisfaite de sa blague.

— Ha ha ha, fis-je en reposant prudemment la robe sur la housse. J'ai reçu une invitation à un truc chez mes parents, on va passer la soirée à Oak Park.

— Sympa, la vampire. Maintenant que tu fréquentes la haute société, tu oublies tes amis.

— J'hésite entre deux réponses. La première, la plus évidente : je t'ai vue pas plus tard qu'hier soir. L'autre, tout aussi acceptable : étions-nous réellement amies ? Je croyais que je ne faisais que me servir de toi pour le loyer et les échantillons gratuits.

— À mon tour de rire, riposta-t-elle cyniquement. Non mais sérieusement, je suis sur la route pour Schaumburg et je voulais vérifier que tout allait bien. Je suppose que Dark Sullivan et toi êtes rentrés sans problème à Cadogan ?

— Aucun vampire amateur de rave ne nous a pourchassés, donc on peut sans doute appeler ça un retour sans encombre.

— Comment Morgan a-t-il pris le fait de devoir partir hier soir ?

Le téléphone coincé entre mon épaule et mon oreille, je resserrai ma queue-de-cheval.

— Il n'a sûrement pas aimé se faire remplacer par Ethan, mais je n'ai pas eu l'occasion de lui en reparler.

— Comment ça, tu n'as pas eu l'occasion de lui en reparler ? C'est pratiquement ton petit ami !

Le ton réprobateur de sa voix me fit froncer les sourcils.

—Ce n'est pas mon petit ami. On… sort ensemble. Plus ou moins.

—Appelle ça comme tu veux, mais tu ne crois pas que tu aurais dû lui passer un coup de fil?

J'ignorais si c'était parce que je commençais à trouver qu'elle se mêlait de ce qui ne la regardait pas ou parce que, d'un certain côté, je partageais son point de vue, mais le tour que prenait cette conversation me déplaisait. J'essayai de détendre l'atmosphère en faisant preuve d'humour.

—Serais-tu en train de me faire la leçon sur mes choix en matière d'hommes?

—C'est juste que… C'est un type bien, Merit, et vous semblez bien vous entendre, tous les deux. Je ne voudrais pas que tu le laisses tomber pour…

—Pour?

Elle n'avait pas besoin de poursuivre sa phrase. Je comprenais tout à fait ce qu'elle sous-entendait et à qui elle faisait allusion. Même si je savais qu'elle tenait à moi plus que quiconque, ses propos me piquaient au vif.

—Merit…, reprit-elle, préférant sans doute dire mon nom plutôt que celui auquel elle pensait.

—Mallory, je n'ai vraiment pas la tête à ça, pour l'instant.

—Parce que tu dois te sauver pour aller jouer avec Ethan?

Nous y voilà, pensai-je. J'allais me disputer avec ma meilleure amie.

—Je fais ce que j'ai à faire.

—Il te manipule pour que tu passes du temps avec lui.

—C'est faux, Mallory. Il ne m'apprécie même pas. On essaie simplement de gérer ce problème de rave.

—Arrête de lui trouver des excuses.

La colère monta en moi et je sentis la vampire se réveiller. Je claquai la porte de ma penderie d'un coup de pied tellement violent que le cadre qui contenait une photo de Mallory et moi vibra sur la table de chevet.

— Tu sais très bien que je ne suis pas la plus grande fan d'Ethan, mais regardons les choses en face. S'il n'avait pas été là, je me trouverais six pieds sous terre à l'heure actuelle. Pour le meilleur ou pour le pire, c'est mon chef. Ma marge de manœuvre n'est pas franchement considérable.

— D'accord. Fais ce que tu veux avec Ethan. Mais au moins, sois honnête avec Morgan.

— Qu'est-ce que tu insinues exactement ?

— Merit, si tu n'aimes pas Morgan, dis-le-lui, mais ne le mène pas en bateau. C'est injuste. C'est un mec bien, il mérite mieux que ça.

Je lâchai un petit cri, tout à la fois choquée et blessée.

— Je le mène en bateau ? T'es gonflée de dire ça !

— Tu dois prendre une décision.

— Et toi, tu devrais t'occuper de tes affaires.

Je l'entendis inspirer brusquement et sus que je l'avais heurtée. Je m'en voulus aussitôt, mais j'étais furieuse et trop lasse de n'avoir aucun contrôle sur ma vie, mon corps, mon emploi du temps, pour m'excuser. Elle m'avait offensée, et je lui avais rendu la pareille.

— Arrêtons là cette conversation avant de dire des choses qu'on risquerait de regretter, proposai-je calmement. J'ai déjà suffisamment de difficultés à gérer, sans mentionner le fait que je dois aller chez mon père dans deux heures.

— Tu sais quoi, Merit, si tes affaires de cœur ne me concernent pas, tes problèmes avec ton père non plus.

Je demeurai muette, incapable de formuler une repartie. De toute façon, ma gorge nouée m'aurait empêchée de rétorquer quoi que ce soit.

— Peut-être que c'est la génétique, ou ce qu'il te demande de devenir, reprit-elle, pas décidée à lâcher l'affaire. C'est vrai que, depuis quelques mois, nos vies ont changé, ont pris une nouvelle importance. Mais la Merit que je connaissais ne repousserait pas Morgan. Pas lui. Réfléchis bien.

Elle raccrocha.

Les essuie-glaces couinaient contre la vitre alors que je conduisais. Des nuages traversaient le ciel de cette nuit d'été pluvieuse à toute allure, surmontés par une masse sombre et menaçante qui lançait des éclairs. Je me garai juste devant le bâtiment à l'architecture austère qui abritait la salle où je m'entraînais avec Catcher, et courus sous la pluie battante pour me réfugier à l'intérieur.

Catcher était déjà arrivé. Il se tenait debout au centre du matelas de gymnastique bleu qui occupait presque toute la surface de la pièce, vêtu d'un tee-shirt et d'un pantalon de survêtement. Les yeux fermés, la tête baissée, il gardait les mains jointes comme pour une prière.

— Assieds-toi, m'enjoignit-il sans ouvrir les paupières.

— Bonne soirée à toi aussi, *sensei*.

Il me jeta un regard noir d'un seul œil qui ne me laissa aucun doute sur ce qu'il pensait de mon trait d'humour.

— Assieds-toi, Merit.

Cette fois, il s'agissait d'un ordre incisif.

Intriguée, j'arquai un sourcil. J'ôtai néanmoins ma veste de survêtement et m'installai sur l'une des chaises en plastique orange placées près de la porte.

Catcher demeura dans la même position encore quelques minutes, calme et concentré, puis finit par faire rouler ses épaules et ouvrir les yeux.

— Tu as terminé ta méditation? demandai-je avec légèreté.

Il ne répondit pas et se dirigea vers moi d'une démarche vigoureuse, le regard tellement malveillant que mon cœur s'accéléra.

— Il y a un problème ?

— La ferme.

— Pardon ?

— La ferme ! aboya-t-il en détachant les mots.

Il s'immobilisa devant moi, se massa la mâchoire puis posa les mains sur les accoudoirs de ma chaise et se pencha en avant, me dominant de la masse de son torse. Je me tassai au fond de mon siège.

— Elle est ma priorité.

Inutile de lui demander de qui il parlait. De toute évidence, Mallory avait appelé Catcher.

— Elle est malheureuse. (Il marqua une pause, me dévisageant de ses pâles yeux verts.) Elle traverse une période difficile. Et je comprends que les choses ne soient pas faciles pour toi non plus, Merit. Dieu sait que nous le comprenons tous. Tu as rencontré des problèmes pour t'adapter à ta nouvelle existence de vampire, et il semblerait qu'à présent tu aies du mal à te rappeler ton humanité.

Il se pencha davantage. Mon cœur tambourina dans ma poitrine et une vague de chaleur déferla dans mon corps lorsque l'anxiété et l'adrénaline tirèrent la vampire de son sommeil et la ramenèrent à la surface.

Pas maintenant, la suppliai-je. *Pas maintenant.* Il verrait, il saurait, et il s'occuperait de mon cas. Rien de bon ne pouvait en découler. Durant une fraction de seconde, je crus qu'il se rendait compte de ce qui m'arrivait. Il se rapprocha encore, les sourcils froncés. Je fermai les yeux, commençai à compter à l'envers et tentai de la repousser alors que je sentais Catcher au-dessus de moi, conscient de son poids sur la chaise et du léger grésillement électrique de la magie latente dans l'air.

Peu à peu, elle recula.

—Elle a du mal à s'adapter, Merit, comme toi. Et elle a été là quand tu avais besoin d'elle. C'est le moment de lui rendre la pareille. Ne sois pas trop dure avec elle. Je sais qu'elle a dit des choses… regrettables. Et crois-moi, elle s'en mord les doigts.

J'ouvris les yeux, que je rivai sur son tee-shirt, et hochai imperceptiblement la tête.

Il fit grincer la chaise en se redressant, effectua un pas en arrière et me dévisagea, bras croisés. Son regard exprimait cette fois un peu de sympathie.

—Je sais que tu essaies d'aider Ethan, déclara-t-il d'une voix plus douce. De l'introduire dans ton milieu, d'accomplir ton travail. Je comprends très bien. Peut-être que le problème vient de là, peut-être pas. Franchement, ce sont tes affaires, pas les miennes. Mais avant que tu t'éloignes de tous ceux qui t'aiment, que ce soit Mallory, Morgan ou je ne sais qui, souviens-toi de la personne que tu étais avant ta transformation. Tâche de trouver un équilibre, de garder de la place pour les choses qui importaient avant qu'il fasse de toi une vampire. (Il fit mine de pivoter puis se ravisa.) Tu n'as pas beaucoup de temps devant toi aujourd'hui, mais tu ferais mieux de te remuer le cul. Si tu veux être à la hauteur de ton titre de Sentinelle, tu as besoin de t'entraîner.

Je secouai la tête, irritée qu'il puisse croire que je ne me battais pas avec autant d'ardeur qu'il l'aurait souhaité par manque d'efforts ou de volonté, alors que c'était carrément l'inverse.

—Tu ne comprends pas, lâchai-je.

Il haussa les sourcils d'un air surpris.

—Alors, éclaire ma lanterne.

Je le dévisageai en silence et hésitai un long moment à tout lui dévoiler. Je me sentais presque prête à lui faire confiance – à me faire confiance – et à lui avouer que j'étais anormale, que ma vampire était déglinguée. Que nous étions en quelque sorte séparées. Mais je fus incapable de sauter le pas. J'avais déjà essayé d'aborder le sujet une fois, mais il s'était désintéressé du problème.

Je finis par secouer la tête, puis la baissai.

—J'ignore ce que tu sais, reprit-il, ce que tu as vu, ou ce que tu penses avoir fait, mais je te conseille de trouver quelqu'un à qui te fier pour cracher le morceau. *Capiche*? (J'acquiesçai sans prononcer un mot.) Au travail.

J'obéis. Étant donné ma médiocre prestation de la veille, il ne m'autorisa pas à me battre en duel avec lui. Il considérait cela comme une punition mais, à mes yeux, il s'agissait d'une victoire morale. Je pouvais à présent me concentrer sur mes gestes et ma rapidité plutôt que perdre mon énergie à lutter contre un instinct de prédateur qui menaçait à tout moment de s'emparer de moi. De plus, comme nous n'échangions aucun coup et ne risquions pas d'abîmer nos lames, il m'autorisa à m'entraîner avec mon katana.

Je m'exerçai aux sept katas durant presque une heure. Certes, quelques secondes suffisaient à chaque mouvement, mais Catcher me les fit inlassablement répéter jusqu'à ce qu'il soit totalement satisfait par ma performance. Jusqu'à ce que je les réalise sans avoir à réfléchir, avec une précision mécanique et une vitesse telles que mes enchaînements étaient difficiles à suivre. Exécutés avec cette vélocité, les katas perdaient leur caractère traditionnel, pour devenir une sorte de danse spectaculaire. Malheureusement, comme Catcher me le fit remarquer, l'occasion de combattre au sabre ne se présenterait sans doute qu'avec un autre vampire, susceptible de se mouvoir avec autant d'aisance que moi.

Après m'avoir enseigné les bases d'une seconde série de katas où l'arme se tenait d'une seule main, il me libéra.

Je m'assis face à lui sur le matelas bleu, avec entre nous une panoplie d'accessoires destinés à nettoyer nos katanas.

— Tu as progressé, déclara-t-il.

— Merci, répondis-je en faisant glisser une feuille de papier de riz le long du tranchant de ma lame.

— La question que je me pose, c'est pourquoi tu ne montres pas autant d'enthousiasme lors d'un combat ?

En lui jetant un coup d'œil, je m'aperçus qu'il restait concentré sur son arme. De toute évidence, il n'avait pas compris que je m'étais efforcée de l'épargner. Comme j'avais déjà arrêté ma décision et ne souhaitais pas lui en parler, je gardai le silence. On continua à essuyer nos sabres sans prononcer un mot pendant quelques instants.

— Pas de réponse ? demanda-t-il finalement.

Je secouai la tête.

— Seigneur, vous êtes aussi têtues l'une que l'autre.

Même si j'étais d'accord avec lui, je n'émis aucun commentaire et glissai mon katana dans son fourreau.

15

« I Could Have Danced All Night [1] »

De retour à la Maison, je me douchai et enfilai des sous-vêtements, puis attachai mon holster de cuisse et mis mes talons aiguilles aux pieds.

J'optai pour un chignon, et enroulai mes cheveux sur ma nuque. Une fois ces tâches fondamentales accomplies, je me glissai avec précaution dans la robe. Bien que choisie en un délai très court, elle m'allait parfaitement. Et elle était splendide. Avec mon teint pâle, ma chevelure foncée, mes lèvres brillantes et cette robe noire, je ressemblais à une princesse exotique. Une princesse vampire.

Toutefois, le souvenir douloureux de ma dispute avec Mallory ternissait le conte de fées.

J'étais prête, et m'emparai donc de ma pochette et de mon fourreau avant de descendre l'escalier à la rencontre de celui que Mallory considérait comme un démon.

Il m'attendait dans le vestibule, et portait un nœud papillon parfait. Un costume noir impeccable mettait en valeur sa silhouette longiligne. Ses cheveux raides tombaient

---

1. Littéralement : « J'aurais pu danser toute la nuit ». Il s'agit du titre d'une des chansons de la comédie musicale *My Fair Lady*, d'Alan Jay Lerner et Frederick Loewe. (*NdT*)

librement et encadraient son visage d'un halo doré, soulignant ses pommettes ciselées et ses yeux émeraude. Il était tellement séduisant qu'il paraissait inaccessible, comme un dieu. Ou quelque chose de bien plus sulfureux.

— Qu'est-ce qui ne va pas ? demanda-t-il sans me regarder.

Je franchis la dernière marche et secouai la tête.

— Je préférerais ne pas en parler.

Cette remarque l'incita à lever les yeux, et il écarta très légèrement les lèvres à la vue de la cascade de soie.

— Ta robe est ravissante, déclara-t-il.

Je fis mine de ne pas remarquer l'intensité masculine qui émanait de sa voix veloutée et me contentai de le remercier d'un hochement de tête.

— Est-ce que nous sommes prêts ?

— Oui, si tu l'es.

— Alors, allons-y.

Il marqua une pause puis acquiesça avant de se diriger vers l'escalier.

Il respecta mon silence durant la majeure partie du trajet vers Oak Park, qui fut bien plus court que celui qui nous avait menés chez les Breckenridge. S'il ne m'adressa pas la parole, il se tourna néanmoins fréquemment vers moi, me lançant furtivement des regards scrutateurs où perçait l'inquiétude, ou s'autorisant parfois des coups d'œil plus lascifs à certains endroits de mon anatomie.

Je feignis de ne rien remarquer. Dans le calme de l'habitacle, mes pensées revenaient sans cesse à ma conversation avec Mallory. Étais-je en train d'oublier qui j'avais été avant d'appartenir à la Maison Cadogan ? Je connaissais Mallory depuis trois ans. Bien entendu, pendant tout ce temps, nous avions déjà eu quelques prises de bec. Nous partagions le même appartement, après tout. Mais nous ne nous étions jamais engueulées de la sorte. Jamais au point de remettre en question nos choix respectifs ou nous reprocher d'empiéter sur notre vie privée. Cette fois, c'était différent. Peut-être le signe avant-coureur d'autres problèmes. Le début de la lente dissolution d'une amitié déjà affaiblie par la distance, de nouvelles relations, et divers désastres surnaturels.

— Que s'est-il passé ?

Ethan avait posé sa question d'un ton empli d'une sollicitude que je jugeai sincère ; je décidai donc d'y répondre.

— Je me suis disputée avec Mallory. (*À propos de toi*, ajoutai-je en mon for intérieur.) Disons simplement qu'elle n'aime pas vraiment la personne, la vampire que je deviens.

— Je vois.

En dépit de ses presque quatre cents ans, il semblait aussi mal à l'aise que n'importe quel homme dans ce genre de circonstances.

Je m'abstins du moindre signe de tête de peur que mes larmes coulent et que mon mascara laisse des traces noires sur mon visage.

Je ne me sentais vraiment pas d'humeur à ça. Aller à Oak Park habillée comme une princesse, me trouver dans la même pièce que mon père, jouer cette comédie.

— J'ai besoin d'un discours de motivation, décrétai-je. Jusqu'à présent, j'ai passé une horrible soirée, et je meurs d'envie de sauter dans un taxi pour rentrer à la Maison Cadogan m'isoler avec quelques énormes parts de pizza. Ça ne me ferait pas de mal d'entendre un de tes fameux laïus du style « fais-le pour Cadogan ».

Il rit, et, d'une certaine façon, ce son me réconforta.

— Et si je te disais que tu es superbe ?

Il n'aurait pas pu trouver mieux – ni pire. Venant de sa part, ce compliment me flattait énormément, plus que de raison. Ce qui me préoccupait beaucoup.

M'effrayait carrément.

Seigneur, Mallory avait-elle raison ? Étais-je en train de saboter ma liaison avec Morgan à cause de cet homme ? Est-ce que je délaissais mes véritables amis et négligeais des relations sincères parce que j'étais attirée par Ethan ? Je me sentais comme aspirée par un tourbillon vampire qui m'éloignait de mon existence normale. Dieu seul savait ce qu'il allait advenir de moi.

—Et si je te rappelais que tu as l'occasion de prétendre être quelqu'un d'autre pendant quelques heures ? Je comprends maintenant, mieux sans doute qu'auparavant, que tu es différente de ces gens, mais ce soir, tu peux laisser la vraie Merit à Hyde Park. Ce soir, tu peux faire semblant d'être… la fille à laquelle ils ne s'attendaient pas.

La fille à laquelle ils ne s'attendaient pas. Ça sonnait plutôt bien.

—Pas mal, répondis-je. Et sans conteste meilleur que ton dernier discours.

Il lâcha un soupir de Maître vampire excédé.

—En tant que Maître de la Maison…

—… il est de ton devoir de m'accorder le bénéfice du doute, complétai-je à sa place. Et de me motiver quand c'est possible. Si tu penses que c'est nécessaire, lance-moi des défis, Ethan. Je suis capable de les relever. Mais pars de l'hypothèse que j'essaie, que je fais de mon mieux. (Je me tournai vers la vitre.) C'est ce que j'ai besoin d'entendre.

Il garda le silence si longtemps que je crus avoir provoqué sa colère.

—Tu es tellement jeune, finit-il par dire d'une voix émue. Encore tellement humaine.

—Je ne sais pas si je dois prendre ça pour un compliment ou une insulte.

—Franchement, Merit, moi non plus.

Vingt minutes plus tard, on s'engagea dans l'allée en arc de cercle devant la résidence cubique de mes parents. L'architecture de leur demeure d'Oak Park détonnait parmi les maisons de style prairie, typiques du début du XXᵉ siècle, qui l'entouraient. Mes parents avaient usé de leur influence au sein de l'administration de Chicago afin d'obtenir le permis de construire, ce qui expliquait la présence de ce parallélépipède de béton gris terne en plein milieu du paysage pittoresque d'Oak Park.

Ethan arrêta le moteur de la voiture devant l'entrée et tendit les clés à l'un des valets qui hantaient inévitablement ce genre de gala.

—C'est une architecture… intéressante, fit remarquer Ethan.

—Atroce, répliquai-je. En revanche, en général, ils servent d'excellents petits fours.

Je ne pris pas la peine de frapper à la porte principale et franchis le seuil sans attendre d'y avoir été invitée. Après tout, que ça me plaise ou non, il s'agissait de la maison familiale, je pouvais bien y pénétrer en passant outre à certaines convenances, ce que j'avais déjà fait la première fois que j'y étais retournée peu après ma transformation. D'autant plus qu'aujourd'hui je jouais la scène du retour de la fille prodigue.

Pennebaker, le majordome, se tenait juste à l'entrée du vestibule tapissé de verre et de béton, courbant sa maigre silhouette guindée au passage de chaque invité. Il leva le nez d'un air indigné lorsque je m'approchai.

—Peabody, lançai-je en guise de salutation.

J'adorais écorcher son nom.

—Pennebaker, corrigea-t-il en grommelant. Votre père est actuellement en réunion. Mme Merit et Mme Corkburger reçoivent les hôtes.

Il posa son regard glacial sur Ethan et arqua un sourcil inquisiteur.

—Voici Ethan Sullivan, intervins-je. Mon invité. Il est le bienvenu.

Pennebaker hocha la tête d'un air dédaigneux puis reporta son attention sur les personnes qui nous suivaient.

Une fois cet obstacle franchi, j'escortai Ethan jusqu'à la grande salle de réception bétonnée située à l'autre extrémité du rez-de-chaussée. Le temps de traverser la maison, on rencontra des couloirs austères aux formes géométriques étranges qui menaient à des impasses. Les murs dépouillés étaient recouverts de stores en maille d'acier à l'origine destinés à être tendus aux fenêtres. Un escalier avait été érigé dans l'unique but de desservir une alcôve dans laquelle était exposée une œuvre d'art moderne digne d'orner le salon d'un psychopathe. Selon mes parents, ce design, qu'ils qualifiaient d'« incitation à la réflexion », constituait un défi lancé au courant dominant en architecture et questionnait les concepts d'« escalier » et de « fenêtre ».

J'avais, quant à moi, baptisé ce style de « psychose contemporaine ».

Un quintette jouait un morceau de jazz dans un coin de la salle de réception qui grouillait d'invités en noir et blanc. Je parcourus les lieux du regard, à la recherche de personnes susceptibles de nous intéresser. Je ne vis ni mon père, ni aucun membre de la famille Breckenridge, ce qui n'était pas pour me déplaire. Je trouvai cependant quelque chose de tout aussi prometteur près de la rangée de fenêtres percées dans l'un des murs de la pièce.

—Prépare-toi, avertis-je Ethan en souriant.

Je l'entraînai dans la bataille.

Ma mère et ma sœur inspectaient la foule, la tête inclinée pour commérer plus aisément. Aucun doute n'était permis sur leur activité. Ma mère régnait sur les dames patronnesses de la haute société de Chicago, et ma sœur, en pleine ascension, la secondait. Elles vivaient de potins.

Ma mère avait revêtu un classique fourreau couleur d'or pâle et un boléro, ensemble qui flattait sa silhouette menue. Ma sœur arborait une robe de soirée bleu clair qui laissait ses épaules dénudées. Ses cheveux étaient retenus en arrière par un bandeau noir brillant duquel pas une mèche ne s'échappait. Elle portait dans ses bras l'un des joyaux de mon existence, actuellement occupé à sucer son petit poignet potelé : ma nièce, Olivia.

—Bonjour, maman, saluai-je.

Ma mère se tourna vers moi et fronça les sourcils en effleurant ma joue de ses doigts.

—On dirait que tu as maigri. Est-ce que tu manges bien ?

—Je mange plus que jamais. C'est génial. Madame Corkburger, ajoutai-je en étreignant légèrement Charlotte.

—Si tu crois que je ne vais pas t'insulter parce que j'ai ma fille dans les bras, tu te trompes, déclama Charlotte.

Elle ne s'étendit pas davantage sur les raisons qui la poussaient à vouloir m'injurier et, sans ciller, me tendit le bébé de dix-huit mois ainsi que le bavoir qu'elle avait posé sur son épaule.

—Mehi, mehi, mehi, babilla joyeusement Olivia en frappant des mains alors que je la prenais dans mes bras.

J'étais persuadée qu'elle essayait de prononcer mon nom. Olivia n'avait pas hérité sa couleur de cheveux des

Merit, car un halo de boucles du même blond que celui de Major Corkburger encadrait son visage d'ange et ses grands yeux bleus. Elle était très élégante, elle aussi, dans sa jolie robe sans manches d'une teinte pâle identique à celle de Charlotte avec un large ruban de satin bleu autour de la taille.

Et au fait : oui, mon beau-frère s'appelle réellement Major Corkburger. Je supposais qu'avec un tel nom ce blondinet aux yeux bleus, ancien arrière de son équipe de football à l'université, avait dû subir les vannes quotidiennes de ses camarades. Cela ne m'empêchait pas de lui rappeler qu'il était un burger majeur, même s'il ne semblait pas apprécier la plaisanterie.

— Pourquoi voudrais-tu m'insulter ? demandai-je à Charlotte après avoir confortablement installé Olivia et placé le bavoir de manière préventive sur mon épaule.

— Commençons par le commencement, rétorqua Charlotte, les yeux rivés sur Ethan. Tu ne nous as pas présentés.

— Oh, pardon ! Maman, Charlotte, voici Ethan Sullivan.

— Madame Merit, dit Ethan en embrassant la main de ma mère. Madame Corkburger.

Il fit de même avec ma sœur, qui se mit à se mordiller la lèvre en arquant un sourcil, l'air ravi.

— Je suis… enchantée, minauda Charlotte en croisant les bras. J'espère que vous traitez ma petite sœur comme il faut.

Ethan me jeta un regard en coin.

— *Ne me regarde pas comme ça,* lui intimai-je en silence, pensant qu'il recevrait le message. *C'était ton idée. Tu l'as voulu, tu peux t'en sortir tout seul.*

Je ne pus réprimer un sourire.

Ethan leva les yeux au ciel, l'air toutefois amusé.

— Merit est une vampire unique. Elle a quelque chose…

On se pencha toutes imperceptiblement dans l'attente du verdict.

— … d'une star.

Il me regarda en prononçant ces mots, un éclat de fierté dans ses iris vert émeraude.

Abasourdie, je ne pus articuler le moindre « merci ». Mon expression devait trahir un tel choc qu'Ethan le remarqua forcément.

— Vous avez une charmante demeure, madame Merit, mentit Ethan.

Elle le remercia, et commença alors une conversation sur les avantages et inconvénients d'habiter dans un chef-d'œuvre architectural, ce qui me laissait certainement dix à quinze minutes pour bavarder avec Charlotte.

Ma sœur lança un regard approbateur en direction d'Ethan puis m'adressa un sourire entendu.

— Il est mignon à croquer. Dis-moi que tu l'as mis dans ton lit.

— Beurk. Non, et je n'en ai pas l'intention. Sous ce très bel emballage se cachent beaucoup d'ennuis.

Elle inclina la tête et examina attentivement chaque partie du corps d'Ethan.

— Très bel emballage, en effet. Je crois que ça vaut tous les ennuis, petite sœur. (Elle se retourna vers moi et fronça les sourcils.) Bon, qu'est-ce qui se passe entre papa et toi ? Vous vous disputez, puis tu deviens une vampire, alors vous vous disputez de nouveau, et tout à coup, tu es là. À un gala. En robe.

— C'est compliqué, répliquai-je de façon certes peu convaincante.

— Vous devriez vous asseoir tous les deux pour discuter tranquillement.

—Je suis là, non? (Elle n'avait pas besoin de savoir combien j'avais redouté cette soirée.) Et pour expliquer les disputes, il a menacé de me déshériter deux fois le mois dernier.

—Il menace de déshériter tout le monde. Tu le connais. Tu le côtoies depuis vingt-huit ans.

—Il n'a jamais menacé Robert, fis-je remarquer d'une voix cassante digne de la petite sœur jalouse.

—Non, bien sûr, pas Robert, concéda Charlotte sèchement en tendant la main pour rajuster la robe d'Olivia. Robert ne fait jamais rien de mal, lui. Et en parlant d'histoires de famille, est-ce que ma petite sœur m'a appelée pour m'apprendre qu'elle était devenue une vampire? Non. C'est papa qui me l'a dit.

Elle me tordit l'oreille entre son pouce et son index.

Voilà certainement pourquoi elle éprouvait l'envie de m'invectiver.

—Hé! criai-je en protégeant mon oreille à l'aide de ma main libre. Je ne trouvais pas ça drôle quand j'avais douze ans, et je n'ai pas changé d'avis depuis.

—Comporte-toi en adulte, et je ferai de même, répliqua-t-elle.

—Je me comporte en adulte.

—Ça ne se voit pas, grogna-t-elle. Accorde-moi simplement une faveur, d'accord?

—Quel genre de faveur?

—Tu pourrais essayer, pour moi? Pour le meilleur ou pour le pire, c'est ton père, et tu n'en as qu'un. Et jusqu'à présent, tu es le seul membre de la famille Merit à être immortelle. Je ne pense pas que notre cher Robert ait encore accédé à l'immortalité, même s'il devrait lui suffire de glisser quelques dollars dans les bonnes mains pour remédier à ça.

Je souris et me détendis un peu. Charlotte et moi n'étions pas particulièrement proches, mais j'appréciais son humour sarcastique, et, bien entendu, nous entretenions le même sentiment exacerbé de rivalité fraternelle à l'encontre de Robert.

— Bref, poursuivit-elle, peut-être qu'il est temps que toi et papa enterriez la hache de guerre. (Mes yeux s'agrandirent au ton soudain sérieux qu'elle avait adopté.) Tu vas vivre plus longtemps que nous, tu seras encore là une fois que nous serons partis. Que je serai partie. Tu verras grandir mes enfants et petits-enfants. Et tu prendras soin d'eux : c'est ta responsabilité, Merit. Je sais que tu as des obligations envers ta Maison ; j'ai suffisamment appris au cours des deux derniers mois pour le comprendre. Mais tu resteras une Merit, quoi qu'il arrive. Tu as la possibilité de les protéger, et toi seule pourras le faire pour nous.

Elle laissa échapper un soupir déchirant, un soupir maternel, et considéra sa fille d'un air grave en lissant à nouveau sa robe. J'ignorais s'il s'agissait d'un tic nerveux, d'une simple façon d'occuper ses mains, ou d'une manière de se rassurer en touchant son enfant.

— Le monde est peuplé de fous, poursuivit-elle. Et les vampires ne sont sûrement pas immunisés contre la folie. Ils disent que… Quel est son nom, déjà ?

Inutile de demander à qui elle songeait.

— Célina.

— Célina. À ce qu'il paraît, elle est sous les verrous, mais comment en être certains ?

Elle reporta son regard sur moi, un regard qui exprimait une inquiétude et une suspicion maternelles. Elle se posait des questions sur la libération de Célina, mais ignorait la vérité. Mon père avait apparemment tenu parole et n'avait pas divulgué ce qu'Ethan lui avait révélé.

J'aurais pu vendre la mèche et confier à Charlotte des choses qui l'auraient encore effrayée davantage, l'auraient poussée à rassembler les siens auprès d'elle afin de les préserver.

Au lieu de quoi, je décidai de taire les récents événements.

— Cette histoire est réglée.

C'était faux, bien sûr. Célina se cachait quelque part, en liberté. Elle savait où me trouver, et n'hésiterait sans doute pas à s'en prendre à ma famille pour me montrer à quel point je l'agaçais. Je représentais probablement cela à ses yeux : une source d'agacement. Un projet inachevé.

Si j'avais pu prêter serment à deux reprises à un étranger – dans une Maison grouillant d'étrangers –, je pouvais promettre tacitement à Charlotte de veiller sur Olivia et ses aînés, ainsi que sur leurs enfants si je vivais assez longtemps. J'avais juré d'accomplir ma tâche de Sentinelle et de protéger la famille pour laquelle j'avais abandonné mon nom. J'étais alors en mesure de faire de même pour la famille qui m'avait donné ce nom.

— C'est réglé, répétai-je avec sincérité, instillant dans ma voix la conviction que je préférerais me laisser transpercer par un pieu plutôt que permettre que quelque chose arrive à Olivia.

Elle me dévisagea un long moment en silence puis hocha la tête afin de sceller notre accord.

— Au fait, cette robe est hideuse.

Surprise à la fois par le brusque changement de sujet et par son commentaire, je transférai Olivia sur ma hanche afin d'observer ma tenue.

Charlotte secoua la tête.

— Pas la tienne. Celle de Lucy Cabot, précisa-t-elle en désignant parmi la foule une femme vêtue d'une espèce de tente à pois en organza. Elle est vraiment affreuse. Non, la

302

tienne est magnifique. Je l'ai vue lors de la Fashion Week, mais impossible de me souvenir du créateur. Badgley ? J'ai oublié. Enfin, ton styliste est doué. Et tes accessoires sont fabuleux, ajouta-t-elle en jetant un coup d'œil furtif vers Ethan qui faisait du charme à ma mère.

— Ce n'est pas mon accessoire, lui rappelai-je. C'est mon patron.

— Quoi qu'il en soit, il me plaît. Je lui donne l'autorisation de me harceler sexuellement quand il veut.

Je baissai la tête vers la plus jeune des Corkburger, qui me regardait de ses grands yeux bleus en battant des paupières et en mâchouillant un coin de son bavoir.

— Je crois que je devrais te boucher les oreilles.

— Zey, gazouilla Olivia.

Je me demandai si elle était perturbée par des gaz ou si elle tentait de répéter mes paroles. Je pariai sur la seconde hypothèse. Olivia m'adorait.

— Ma chérie, nous vivons au XXIe siècle, reprit Charlotte. Les vampires sont très chics, les Cubs méritent de gagner le championnat, et il est tout à fait acceptable qu'une femme trouve un homme séduisant. Ma fille doit apprendre toutes ces choses-là.

— Surtout la partie concernant les Cubs, répondis-je en agitant le bavoir devant Olivia, qui lançait des cris joyeux.

Elle tapait lentement dans ses mains avec la maladresse et le plaisir tout simple d'un enfant.

— Si tu pouvais habiter sur leur terrain d'entraînement, tu le ferais, renchérit Charlotte.

— C'est vrai. Je suis une fan inconditionnelle.

— Dommage qu'ils perdent si souvent. (Elle esquissa un petit sourire satisfait puis frappa dans ses mains et les tendit vers Olivia, qui se pencha vers sa mère, bras en avant.) Ça m'a fait très plaisir de discuter avec toi, petite sœur, mais je dois ramener cette demoiselle à la maison pour la mettre au lit. Major est resté avec le reste de la troupe. Je voulais juste saisir l'occasion de te dire bonjour et te permettre de profiter de ta nièce préférée.

— J'aime tous tes enfants de la même manière, protestai-je en lui rendant le petit trésor chaud et pesant.

Charlotte ricana en faisant pivoter Olivia sur sa hanche.

— Je vais jouer la bonne mère et faire comme si c'était vrai, même si ça ne l'est pas. Tant que tu préfères mes enfants à ceux de Robert, ça va. (Elle m'embrassa sur la joue.) Bonne nuit, petite sœur. Et au fait, si tu as l'occasion avec le blondinet, n'hésite pas. S'il te plaît. Pour moi.

Le regard lascif qu'elle lança à Ethan lorsqu'elle recula laissait peu de doute quant à l'« occasion » qu'elle me conseillait de saisir.

— Bonne nuit, Charlotte. Passe le bonjour à Major. Bonne nuit, Olive.

— MEHI! pleura-t-elle en sautant sur la hanche de sa mère.

Toutefois, elle commençait à manifester des signes de fatigue. Ses paupières se fermèrent doucement et sa petite tête blonde s'affaissa contre l'épaule de Charlotte. Elle lutta quelques instants pour garder les yeux ouverts et ne rien manquer de la fête, mais lorsqu'elle se fourra le pouce dans la bouche, je sus qu'elle avait cédé. Elle s'endormit pour de bon.

Charlotte parvint à se retenir de mettre une main manucurée aux fesses d'Ethan lorsqu'elle lui dit au revoir, et ma mère prit poliment congé pour aller s'entretenir avec d'autres invités.

— Tu sembles bien sérieuse, déclara Ethan une fois qu'il eut repris place à mon côté.

— On m'a rappelé mes obligations familiales. Apparemment, je peux rendre certains services.

— Du fait de ton immortalité?

J'acquiesçai.

— En effet, l'immortalité confère une certaine responsabilité envers la famille et les amis, admit-il. Cependant, fais attention à ne pas t'abandonner au sentiment de culpabilité. Certes, tu as bénéficié d'un don auquel d'autres n'auront jamais accès, mais cela n'enlève rien à sa valeur. Vis ta vie, Merit, profite de ces longues années et sois-en reconnaissante.

— Est-ce que tu as réussi à appliquer ces conseils?

— Certains jours mieux que d'autres, avoua-t-il. Je suppose que je vais bientôt devoir te nourrir?

— Je suis une fille, pas un animal de compagnie. Cela dit, pour être tout à fait honnête, la réponse est «oui». (J'apposai une main sur la soie noire au niveau de mon ventre.) En fait, j'ai toujours besoin de manger. Tu n'as pas faim en permanence, toi? Moi, je suis constamment affamée.

— Est-ce que tu as pris un petit déjeuner?

— J'ai grignoté une barre de céréales avant l'entraînement.

Ethan roula des yeux.

— Ceci explique cela, souffla-t-il.

Il fit signe à une serveuse, une jeune femme au teint pâle qui ne devait pas avoir plus de dix-huit ans, habillée en noir de la tête aux pieds, comme tous les autres serveurs. Une cascade de cheveux roux se répandait sur ses épaules. Lorsqu'elle parvint à notre hauteur, elle présenta à Ethan un plateau carré en céramique garni de hors-d'œuvre.

— Qu'est-ce que c'est? demandai-je en analysant le contenu du plat. J'espère qu'il y a des trucs au bacon. Ou au jambon sec. J'avalerais n'importe quoi de salé ou fumé.

— Vous êtes Ethan, non?

Je détournai le regard de ce qui ressemblait à des rouleaux d'asperges au jambon sec – gagné! – et le dirigeai vers la serveuse, qui dévisageait rêveusement Ethan de ses yeux bleu clair grands comme des soucoupes.

—Oui, répondit-il.

—Ouah… C'est super, lâcha-t-elle, les joues marbrées de rouge. Est-ce que vous… Vous êtes un Maître vampire, non? de la Maison Cadogan?

—Hum, oui.

—Oh, c'est… Ouah.

On demeura un instant ainsi, la serveuse faisant les yeux doux à Ethan en battant des cils, la bouche entrouverte, et Ethan se balançant d'un pied sur l'autre d'un air gêné, ce que je trouvai très drôle.

—Et si on prenait simplement le tout, proposa-t-il finalement en lui subtilisant le plateau avec précaution. Et merci de l'avoir apporté.

—Oh, de rien, dit-elle, un sourire figé sur ses lèvres. Vous êtes… C'est… super, répéta-t-elle avant de retourner se frayer un chemin dans la foule.

—Je crois que tu as une fan, ironisai-je en réprimant un rire.

Il me lança un regard caustique et me tendit le plat.

—Tu en veux?

—Sérieusement. Tu as une fan, une fille. Incroyable. Et oui, merci.

J'examinai les hors-d'œuvre, la main tendue au-dessus du plateau, et me décidai pour un cube de bœuf planté sur un cure-dents accompagné d'une sauce verdâtre. Le symbolisme de la viande empalée n'avait certes rien d'attrayant pour une vampire, mais je n'allais pas pour autant renoncer à ce qui était sans doute un morceau de choix.

— Est-il si surprenant que j'aie une fan humaine ? Franchement, je trouve ton étonnement presque insultant.

— Mais non, c'était attachant, comme tout ce que je dis.

Je goûtai le bœuf, qui se révéla délicieux. J'inspectai à nouveau le plat dans la perspective d'une nouvelle attaque en piqué et visai une tartelette garnie d'une crème aux épinards.

Tout aussi savoureuse. On pouvait dire ce qu'on voulait sur mon père – je ne plaisante pas : que personne ne se prive, surtout –, mais son goût en matière de traiteurs était impeccable. Joshua Merit ne s'abaisserait jamais à proposer des fruits de mer fouettés.

— Ça ne te dérangerait pas de me laisser seule avec les hors-d'œuvre quelques minutes ? quémandai-je en souriant à Ethan, prête à refermer la main sur un autre cube de bœuf. S'il te plaît ? Nous aimerions vraiment passer quelques instants ensemble.

— Je crois que tu en as eu assez, répliqua-t-il.

Il fit volte-face avec le plateau, qu'il posa sur une table basse à proximité.

— Quoi ? Tu me coupes les vivres ?

— Suis-moi.

J'arquai un sourcil.

— Tu ne peux pas me donner des ordres dans ma propre maison, Sullivan.

Il jeta un coup d'œil au médaillon que je portais autour du cou.

— Ce n'est plus vraiment ta maison, Sentinelle.

J'émis un grognement mais, lorsqu'il pivota et s'éloigna, je le suivis néanmoins. Il traversa la pièce avec assurance, comme s'il se sentait chez lui. À croire qu'il n'y avait rien d'inhabituel à ce qu'un Maître vampire se promène au milieu des huiles de la Ville des vents. Peut-être qu'en effet, à notre époque, cela paraissait tout à fait normal. Après tout, avec ses pommettes ciselées, son costume élégant et son air autoritaire, il irradiait la puissance et semblait parfaitement à sa place.

Une fois parvenu à une trouée dans la foule, Ethan s'arrêta, se tourna vers moi et me tendit la main.

Je la considérai d'un air incrédule, puis levai les yeux vers lui.

— Oh non. Ça ne fait pas partie de mon travail.

— Tu es une danseuse.

— J'étais, lui rappelais-je. (Je jetai un coup d'œil alentour et constatai qu'une multitude d'yeux étaient rivés sur nous, puis je me penchai vers lui.) Je ne danserai pas avec toi. Danser n'est pas inscrit sur mon ordre de mission, chuchotai-je farouchement.

— Rien qu'une danse, Sentinelle. Et je ne te le demande pas, je te l'ordonne. S'ils nous voient danser, peut-être que notre présence leur paraîtra moins incongrue. Peut-être qu'ils se détendront un peu.

Son excuse me sembla totalement grotesque, mais je percevais les murmures des gens autour de nous, étonnés que je reste immobile et que je n'aie pas encore saisi sa main.

J'éprouvai l'étrange sensation d'avoir déjà vécu cette scène.

D'un autre côté, je me trouvais chez moi, ce qui sous-entendait que je n'échapperais pas à une rencontre avec mon père. Cette idée suffisait à me nouer l'estomac. J'avais besoin de penser à autre chose, et danser avec un Maître vampire incroyablement séduisant – et exaspérant – ferait certainement l'affaire.

— Tu me le paieras, grommelai-je.

Je saisis toutefois sa main et, au même moment, le quintette entonna le morceau intitulé *I Could Have Danced All Night*.

Je jetai un regard en coin aux joueurs de musique, qui affichaient de larges sourires, comme s'ils venaient de faire leur première plaisanterie vampire. Peut-être était-ce le cas.

J'articulai un « merci » silencieux à leur adresse.

Ils me répondirent en hochant la tête à l'unisson.

— Ton père a engagé des comiques, on dirait, commenta Ethan en m'entraînant au milieu de la piste.

Il s'arrêta, me fit face et je posai la main sur son épaule. Il serra mon autre main et me saisit par la taille. Il appliqua une légère pression afin de m'attirer vers lui, de manière que mon corps soit presque, mais pas tout à fait, collé au sien. Ainsi enveloppée dans ses bras, je respirais le parfum de son eau de Cologne – une odeur propre et fraîche, redoutablement délicieuse.

Je déglutis. Il s'agissait peut-être d'une mauvaise idée, finalement. D'un autre côté, mieux valait entretenir une ambiance décontractée.

— Il est obligé de payer des gens qui ont le sens de l'humour. (Comme Ethan ne se déridait pas, je précisai.) Parce qu'il en est lui-même dépourvu.

— J'ai compris la blague, Merit, dit-il posément. Je ne l'ai pas trouvée drôle, c'est tout.

Ses yeux émeraude se mirent à scintiller tandis que l'on commençait à valser.

— Oui, bon, ton sens de l'humour laisse quelque peu à désirer.

Ethan me fit tournoyer sur le côté puis m'attira à nouveau vers lui. Cet homme avait beau se montrer présomptueux, force m'était de reconnaître qu'il savait danser.

— Mon sens de l'humour est parfait, rétorqua-t-il une fois face à moi. J'ai tout simplement des exigences élevées.

— Et pourtant tu daignes danser avec moi.

— Je danse dans une imposante demeure avec la fille du maître des lieux, qui n'est autre qu'une puissante vampire. N'importe quel homme en serait fier, ajouta-t-il en m'adressant un regard entendu.

— N'importe quel homme, peut-être. Mais n'importe quel vampire ?

— Si j'en rencontre un, je lui poserai la question.

Je trouvai sa réponse tellement stupide que j'éclatai de rire, un rire franc et sonore. Une joie intense et étrange m'envahit lorsque son visage s'éclaira et que je captai l'étincelle de plaisir qui brillait dans ses yeux émeraude.

Non, me repris-je intérieurement alors que nous virevoltions, qu'il me regardait le sourire aux lèvres et que la sensation de chaleur que faisait naître sa main à ma taille paraissait si naturelle. Je détournai le regard et m'aperçus que les gens autour de nous nous observaient avec curiosité. Leur expression trahissait également autre chose, une sorte de tendresse, comme s'ils assistaient à la première valse de jeunes mariés.

Je me rendis compte de la scène que nous offrions. Ethan, blond et magnifique dans son costume, moi dans ma robe de soie noire. Deux vampires, dont la fille de l'hôte, qui avait disparu de la société et réapparaissait soudain en compagnie de cet homme séduisant. Le premier couple à entrer en piste, radieux, les corps soudés l'un à l'autre. Si nous étions fiancés et avions souhaité l'annoncer officiellement, nous n'aurions pas fait mieux.

Mon sourire s'estompa. Ce qui m'avait semblé constituer une nouveauté attrayante – danser avec un vampire dans la maison de mon père – commençait à ressembler à une désagréable mise en scène.

Il s'était sans doute aperçu du changement d'expression sur mon visage, car quand je levai à nouveau les yeux vers lui, son sourire s'était évanoui.

— Nous ne devrions pas faire ça.

— Pourquoi ne devrions-nous pas valser ? demanda-t-il.

— Ce n'est pas réel.

— Ça pourrait l'être.

Je plongeai brusquement mon regard dans le sien. J'y lus le désir qu'il ressentait et, bien que je ne sois pas assez naïve pour nier l'alchimie qui existait entre nous, notre relation de Maître à Sentinelle me paraissait déjà bien assez complexe. Sortir ensemble ne faciliterait vraiment pas les choses.

— Tu réfléchis trop, dit-il doucement.

Ce n'était pas un reproche. Je reportai les yeux sur les couples qui avaient fini par nous rejoindre sur la piste de danse.

— Tu m'entraînes à réfléchir, Ethan. À réfléchir sans cesse, à établir des stratégies, élaborer des plans. À évaluer les conséquences de mes actes. (Je secouai la tête.) Et la réponse à ce que tu suggères est « non ». Trop de conséquences en découleraient.

Silence.

— Touché, murmura-t-il.

Je hochai imperceptiblement la tête, acceptant le point qu'il m'accordait.

16

Une offre qui ne se refuse pas

Alors que nous mangions, dansions et sirotions du champagne depuis presque une heure, nous n'avions vu ni mon père ni les Breckenridge. Difficile de jouer les détectives sans le moindre indice.

Lorsque je surpris une lueur d'intérêt sur le visage d'Ethan, je suivis son regard, m'attendant à découvrir Joshua Merit.

Au lieu de quoi j'aperçus un cercle d'hommes souriants, parmi lesquels se tenait non pas mon père, mais le maire.

À trente-six ans, Seth Tate entamait son second mandat. Il s'était autoproclamé réformateur, mais s'était montré incapable de relancer la croissance comme il l'avait promis lors de sa campagne face à Potter, la machine politique qui dirigeait Chicago avant cette élection. Il avait nommé mon grand-père au poste de Médiateur, officialisant ainsi l'accès des surnats à l'administration de la ville et renforçant leur pouvoir.

Pour quelqu'un qui passait ses journées à évaluer des décisions stratégiques, Tate surprenait par sa grande taille et sa silhouette athlétique. Il était également très bel homme. Ses cheveux noirs, ses yeux bleus aussi clairs que du cristal et sa bouche parfaitement dessinée évoquaient le visage d'un ange rebelle. Avec son air intraitable de mauvais garçon, ces atouts lui valaient sans doute de figurer au cœur des fantasmes de plus d'une femme de la Ville des vents. Il avait été qualifié d'«homme politique le plus sexy des États-Unis» et avait fait la une de nombreux magazines. En dépit de sa renommée, Tate demeurait célibataire, mais le bruit courait qu'il avait des maîtresses dans tous les faubourgs de Chicago. Aucune vampire, à ma connaissance. Cependant, après avoir vu les nymphes voluptueuses qui régnaient sur les bras de la Chicago River, je n'aurais pas été étonnée outre mesure d'apprendre qu'il en avait inclus une dans son harem.

Je reportai mes yeux sur Ethan, qui ne quittait pas Tate du regard, les traits empreints d'une étrange expression de convoitise. C'est à cet instant que je rassemblai les morceaux du puzzle.

Ethan avait désiré être introduit auprès de mon père et ceux de son espèce, et notre tentative d'étouffer l'affaire des raves avait constitué un habile prétexte à l'établissement de cette relation. Toutefois, en dehors de cette histoire, Ethan souhaitait entrer en contact avec Tate, mais ce dernier ne lui en avait pas laissé l'occasion.

—Tu devrais aller saluer notre jeune maire, déclara Ethan.

—C'est déjà fait, rétorquai-je.

J'avais rencontré Tate à deux reprises, ce qui me semblait suffisant.

—Oui, je sais, fit remarquer Ethan.

Je me tournai lentement vers lui, surprise.

—Tu es au courant?

Ethan but une gorgée de champagne.

— Tu n'ignores pas que Luc a mené une enquête sur toi, comme sur tous les autres gardes. J'ai lu son compte-rendu, et j'achète le *Chicago Tribune*, comme tout le monde.

J'aurais dû m'en douter. Bien sûr, Luc avait découvert l'article et l'avait transmis à Ethan.

Au cours de ma première année à l'université de New York, j'étais retournée à la maison pour un long week-end. Mes parents s'étaient procuré des billets pour le Joffrey Ballet. Je les avais accompagnés et avais rencontré Tate à la sortie. Un journaliste du *Trib* nous avait photographiés au moment où je lui serrais la main. L'instant n'aurait pas normalement mérité d'être immortalisé, mais il se trouvait qu'un cliché presque identique avait été diffusé dans le même journal six ans plus tôt. Alors âgée de quatorze ans, j'avais dansé un petit rôle dans un important ballet. Tate, alors étudiant en deuxième année de droit, était déjà un jeune adjoint. Il m'avait offert des fleurs après le spectacle, certainement afin de se rapprocher de mon père. Je portais encore mon costume – justaucorps, tutu, collants et pointes –, et le journaliste avait pris une photo au moment où Tate me tendait un bouquet de roses blanches. Le photographe qui nous avait surpris après la représentation du Joffrey Ballet avait apparemment apprécié le symbolisme des deux images, car il les avait publiées côte à côte dans la rubrique des informations locales.

Je ne pouvais sans doute pas en vouloir à Ethan de profiter de la moindre occasion pour tenter d'atteindre ses objectifs, mais jouer à nouveau l'intermédiaire ne me plaisait qu'à moitié.

— Les humains ne sont pas les seuls animaux politiques, grommelai-je.

Ethan me jeta un coup d'œil en haussant les sourcils.

— Es-tu en train de critiquer ma tactique, Sentinelle ?

Je secouai la tête, reportai mon attention sur la foule et eus la stupéfaction de croiser deux yeux bleus inquisiteurs. Je souris malicieusement.

—Pas du tout, Sullivan. Si tu détiens l'arme parfaite, autant l'utiliser.

—Pardon ?

—Testons mes talents d'actrice.

Avant qu'il ait pu questionner davantage mes intentions, j'affichai le plus brillant sourire dont je me sentais capable, relevai le menton, et marchai avec aplomb en direction de l'essaim qui entourait Tate.

Sans me quitter du regard, le maire hocha distraitement la tête à l'intention de ses compagnons puis se fraya un chemin dans la foule afin de me rejoindre, suivi par deux hommes en costume austère. Malgré son escorte peu amène qui refroidissait l'ambiance, j'appréciai sa détermination.

Tate ne s'arrêta qu'une fois parvenu à ma hauteur. Ses yeux bleus scintillaient et de petites rides se creusaient au coin de ses lèvres. Il avait beau être arriviste, il n'en était pas moins attirant.

On s'immobilisa au milieu de la pièce, et je devinai au regard furtif que Tate lança derrière moi qu'Ethan m'avait emboîté le pas.

—Mademoiselle la ballerine, susurra-t-il en saisissant la main que je lui tendais.

—Monsieur le maire.

Tate serra ma main entre les siennes. Lorsqu'il se pencha afin de m'embrasser sur la joue, une boucle de doux cheveux noirs – que l'électorat le plus conservateur de Chicago jugeait un peu trop longs – me caressa le visage. Tate sentait le citron, le soleil et le miel, une combinaison d'odeurs éthérées plutôt étrange pour un homme politique, mais néanmoins délicieuse.

—Cela fait bien trop longtemps que nous ne nous sommes pas vus, murmura-t-il.

Un frisson me courut dans le dos. Lorsque Tate se redressa, je me tournai vers Ethan et fus satisfaite de constater que ses yeux lançaient des éclairs. Je le désignai nonchalamment.

—Ethan Sullivan. Mon… Maître.

Le sourire de Tate n'avait pas totalement disparu, mais s'était légèrement estompé. Il s'était montré empressé de me retrouver, soit par attirance physique, soit pour d'autres raisons, mais la vue d'Ethan ne lui procura pas le même plaisir. Peut-être avait-il réellement évité les Maîtres de la ville. Et voilà que je forçais la rencontre. Cela dit, mon père avait probablement mentionné le fait que nous assisterions à la fête – il n'aurait pas été capable de garder cette information pour lui. Le maire était forcément au courant.

Ethan s'avança pour prendre place à mon côté, et Tate tendit une main raide.

—Enchanté de vous connaître enfin, Ethan.

Menteur, pensai-je tout en observant les deux hommes avec fascination.

Ils se saluèrent d'une poignée de main.

—C'est un honneur de vous rencontrer, monsieur le maire.

Tate recula d'un pas et ne se cacha pas pour me dévorer des yeux, d'une manière qui aurait paru dégradante si le sourire qu'il affichait n'avait pas adouci son visage. En fait, je trouvais ses façons désobligeantes à seulement quarante ou cinquante pour cent. Mauvais garçon ou pas, il restait sublime.

—Je ne vous ai pas vue depuis des années, reprit Tate. Depuis la photo du *Tribune*.

Il esquissa un sourire enjôleur.

—En effet, répondis-je.

Il hocha la tête.

—J'ai entendu dire que vous étiez revenue à Chicago afin de travailler sur votre thèse. Votre père était si fier de vos brillantes études. (*Ah bon?*) J'ai été désolé d'apprendre que vous y aviez… mis un terme.

Tate jeta un regard en coin à Ethan. Étant donné que j'avais quitté l'université parce qu'il m'avait transformée en vampire, il s'agissait de manière flagrante d'une attaque dirigée contre Ethan. Pour être sincère, l'attitude de Tate m'étonnait un peu. Supposait-il une certaine animosité entre nous? ou tentait-il tout simplement d'en créer une, de nous monter l'un contre l'autre?

Certes, j'aimais faire enrager Ethan, mais je n'en étais pas moins de son côté et n'étais pas assez naïve pour croire que cracher dans la soupe était une bonne idée, même si cela visait à flatter le maire.

—Je suis persuadée que l'immortalité compense largement le diplôme, rétorquai-je.

—Ah, fit-il sans masquer sa stupeur. Je vois. Apparemment, même le maire ignore certaines choses.

Je lui fus reconnaissante d'encaisser le coup et d'admettre que l'information qu'on lui avait fournie sur le caractère conflictuel de ma relation avec Ethan, quelle qu'en soit la source, était en partie incorrecte.

Bon, soyons honnête, elle était en partie correcte.

—Je tenais à vous remercier pour la confiance que vous avez accordée à mon grand-père, dis-je pour changer de sujet.

Je regardai subrepticement alentour. Mieux valait ne pas entrer dans les détails de la fonction de mon grand-père en société, surtout dans la maison de mon père. À ma connaissance, ce dernier ignorait tout du titre de

Médiateur de mon grand-père, et je préférais faire perdurer cette situation.

— Je ne m'étendrai pas sur ce sujet, ce n'est ni le lieu ni le moment, avertis-je, provoquant l'acquiescement de Tate. Mais il est heureux de continuer à travailler et se rendre utile, et moi je suis contente d'avoir quelqu'un sur qui je peux compter. Nous le sommes tous.

Tate hocha la tête à la manière d'un politicien, l'air grave et sérieux.

— Nous sommes d'accord. Vous – chacun d'entre vous – devez pouvoir faire entendre votre voix à Chicago.

L'un des gardes du corps de Tate se pencha vers lui. Le maire l'écouta quelques instants puis esquissa un signe d'approbation.

— Je vais malheureusement devoir vous quitter, me déclara-t-il avec un sourire mélancolique. Une réunion m'attend. (Il tendit la main vers Ethan.) Heureux de vous avoir enfin rencontré. Nous devrions prendre le temps de discuter.

— J'en serais très heureux, monsieur le maire, répondit Ethan.

Tate se retourna vers moi, ouvrit la bouche pour parler, puis se ravisa. Il posa les mains sur mes épaules, s'inclina vers moi et m'embrassa sur la joue, puis me chuchota à l'oreille :

— Dès que vous êtes libre, faites-moi signe. Appelez à mon bureau, ils nous mettront en contact, de jour comme de nuit.

La partie « jour » de sa proposition paraissait superflue étant donné ma petite allergie au soleil. Le reste – le fait qu'il ait proposé une entrevue avec moi et non avec Ethan, ainsi que la garantie de pouvoir entrer en contact avec lui – me surprenait. Néanmoins, j'acquiesçai lorsqu'il se redressa.

—Bonne soirée, lança-t-il en nous saluant tous deux d'un signe de tête.

L'un des gardes le précéda en écartant la foule sur son passage, le second fermant la marche.

—Il m'a demandé de l'appeler, rapportai-je une fois qu'ils furent partis. Il m'a dit que, quel que soit le moment, son équipe nous mettrait en contact. Qu'est-ce que ça peut bien signifier ?

J'interrogeai Ethan du regard. Il se contenta de froncer les sourcils.

—Je n'en ai aucune idée.

Il me dévisageait d'un air franchement désapprobateur.

—Pourquoi cette tête d'enterrement ?

—Personne ne résiste donc à ton charme ?

Je lui souris de toutes mes dents.

—Si certains résistent encore, c'est parce que tu ne m'as pas demandé de m'en occuper. Mata Hari à ton service. Tu aimerais l'ajouter sur la liste ?

—Je n'apprécie pas tes sarcasmes.

—Et moi, je n'apprécie pas qu'on m'offre en cadeau à tout bout de champ.

Un muscle de sa mâchoire tressauta.

—Que veux-tu que je te réponde ?

J'ouvris la bouche pour formuler une repartie cinglante, mais mon attention fut attirée par un plateau d'argent qui avait surgi à mes côtés. Il était vide à l'exception d'une petite carte blanche sur laquelle était inscrit « JOSHUA MERIT » en majuscules bien lisibles.

Mon cœur eut un raté. Ces quinze centimètres carrés de carton provoquaient en moi la même appréhension que dans mon enfance. Mon père exigeait la paix, le calme et la perfection. Quand il lui semblait que j'avais échoué dans l'un de ces domaines, il sollicitait une audience de cette façon.

Je tendis la main pour m'emparer de la carte, puis jetai un coup d'œil à Pennebaker, qui l'avait apportée.

— Votre père vous accordera une entrevue dans son bureau, annonça-t-il en inclinant la tête, avant de disparaître dans la foule.

Je regardai fixement le carton, muette.

— Tu es prête, déclara Ethan.

Il avait énoncé ces mots comme une affirmation.

— Suffisamment, répondis-je.

Je lissai la soie au niveau de ma taille et lui montrai le chemin.

Mon père quitta son canapé Mies Van der Rohe en cuir noir et acier chromé lorsque j'ouvris la porte coulissante suspendue en bois composite. Alors qu'une ambiance chaleureuse et masculine émanait du bureau de Papa Breck, l'atmosphère de celui de mon père était glaciale, tout à fait en accord avec le décor ultramoderne du reste de la maison.

— Merit, Ethan, salua mon père en nous invitant à entrer d'un geste de la main.

J'entendis la porte glisser derrière nous, et supposai que Pennebaker l'avait refermée.

— *Merit*, fit la voix d'Ethan dans ma tête.

Au même moment, je découvris ce qu'il avait sans doute vu avant moi : Nicholas et Papa Breck étaient présents.

Nick portait un jean, un tee-shirt et une veste en velours côtelé. Papa Breck, un homme à la stature imposante et au torse puissant, était en costume. Debout l'un à côté de l'autre, ils suivirent notre entrée d'un air suspicieux.

J'observai Nick afin de déchiffrer l'expression de son visage. Sa mâchoire crispée et les éclats de fureur qui brillaient dans ses yeux laissaient aisément deviner son état d'esprit. Lorsqu'il nous regarda tour à tour, détaillant ma robe et le costume d'Ethan, la déception s'ajouta à la colère empreinte sur ses traits. J'étais déjà troublée par son attitude, mais son air consterné me blessa.

Papa Breck hocha la tête à mon intention, ne daignant apparemment pas offrir de salut plus chaleureux à la fille – vampire – de son meilleur ami et ancienne petite amie de son fils. Certes, je n'avais pas vu Breckenridge Senior depuis des années, mais j'avais espéré davantage de sa part qu'un simple signe de tête. Peut-être quelques mots qui auraient traduit l'entente entre nos deux familles ou la relation qui m'avait unie à Nick. Ils m'avaient presque considérée comme l'une des leurs après les étés que j'avais passés chez eux à courir dans les couloirs, à gambader dans l'herbe ou à parcourir le chemin de terre qui menait au labyrinthe.

D'un autre côté, je devais sans doute m'estimer heureuse, car il ne gratifia pas Ethan du moindre regard.

— Les Breckenridge ont reçu une menace de violence dirigée vers leur fils, commença mon père.

L'expression d'Ethan trahit sa stupeur.

— Une menace de violence ?

— Ne faites pas semblant, grommela Nick. Ne me dites pas que vous ne savez pas de quoi il parle.

Ethan serra les dents et glissa ses mains dans ses poches.

— Je regrette, Nicholas, mais je n'ai aucune idée de ce dont il s'agit. Nous n'avons menacé personne. Et certainement pas toi.

— Pas moi, persifla Nicholas. Jamie.

Je brisai le silence qui avait suivi son intervention.

— Quelqu'un a menacé Jamie ? En quels termes ? demandai-je. Et pourquoi pensez-vous que nous sommes coupables ? (Nick tourna son regard vers moi, sa mâchoire crispée indiquant son obstination.) Raconte-moi, Nick. Je te jure que nous n'avons pas menacé Jamie. Et même si nous l'avions fait, tu n'aurais rien à perdre à dévoiler ce que tu sais. Soit nous sommes les auteurs de cette intimidation, et dans ce cas tu ne nous apprendras rien, soit nous sommes victimes d'un coup monté, et alors nous avons besoin de déterminer ce qui se trame.

Nick regarda son père, qui exprima son accord d'un signe de tête, puis reporta ses yeux sur nous.

— Avant notre discussion dans le jardin chez mes parents, nous avons reçu un appel téléphonique à la maison. Un numéro masqué. Elle a dit que les vampires s'intéressaient à Jamie.

« Elle ». Une femme. S'agissait-il de Célina ? Amber ? Une autre vampire qui en voulait aux Breck, ou qui s'amusait à causer du tort à la Maison Cadogan ?

— Et aujourd'hui, on m'a envoyé un e-mail, poursuivit Nick. L'auteur mentionnait tous les détails sur la manière dont vous aviez l'intention de torturer mon frère.

Ethan fronça les sourcils, visiblement confus.

— Et pour quelle raison voudrait-on faire du mal à Jamie ?

— Le message ne le disait pas, répondit Nick.

Toutefois, les mots étaient sortis tellement rapidement de sa bouche qu'ils sonnaient faux. Peut-être était-il au courant de l'article de Jamie, ou suspectait-il un autre motif susceptible d'expliquer qu'on l'ait choisi pour cible. Son témoignage recélait un problème supplémentaire.

— Comment sais-tu que l'e-mail provient d'un vampire Cadogan ? Et si c'était un canular ?

— Ne me prends pas pour un imbécile, Merit. Ils m'ont fourni des renseignements que j'ai pu vérifier.

J'échangeai un regard avec Ethan.

— Quels renseignements ? demanda-t-il prudemment.

Nick détourna les yeux, s'humecta les lèvres puis me regarda à nouveau. Froidement.

— L'auteur du message a divulgué des informations spécifiques sur toi, dit-il avant de diriger vers Ethan son regard glacial. Et vous. Ensemble.

Mes joues s'empourprèrent. Ethan, de toute évidence bien moins affecté par cette annonce, lâcha un grognement sardonique.

— Nous n'avons aucune intention de nuire à ton frère, sois-en certain, Nicholas. Et je peux t'assurer que tu n'étais pas en contact avec un vampire Cadogan, car Merit et moi ne sommes en aucun cas « ensemble ».

Ce n'est pas faute d'avoir envisagé cette éventualité, pensai-je en me remémorant notre danse.

— Ah bon ? persifla Nick, feignant la surprise. Alors vous n'avez pas passé un moment tous les deux à la bibliothèque vendredi soir ? (Il se tourna vers moi.) J'ai appris que tu avais raconté notre entrevue dans le jardin. Tu aurais informé ton Maître que je « te ferais ta fête ».

Cette fois, je pâlis. Alors que ce qu'il avait insinué précédemment était un mensonge – notre « moment » à la bibliothèque était resté platonique –, ses derniers propos reflétaient la réalité. Quelqu'un nous avait suivis et espionnés. Quelqu'un se jouait de nous.

Et encore plus important, quelqu'un trahissait Ethan. Une fois de plus.

Je ne pus m'empêcher de pivoter pour voir comment Ethan accusait le coup. Il demeurait pétrifié à mon côté, les dents serrées, le visage empreint d'une fureur indicible.

— C'est faux ! aboya-t-il. Nous n'avons pas menacé Jamie, ni aucun membre de votre famille. Ma Maison ne fonctionne pas ainsi. Si vous avez reçu un tel message, il ne provient pas de Cadogan, et je ne cautionnerais certainement pas ce genre de pratiques. Si quelqu'un de chez nous vous a fourni des informations contraires, il se trompe… complètement.

En dépit du ton grave qu'avait adopté Ethan, Nick répondit négligemment par un haussement d'épaules.

—Désolé, Sullivan, mais ça ne suffit pas.

Ethan haussa les sourcils.

—Ça ne suffit pas ?

—Nous te demandons simplement de ne pas tirer de conclusion hâtive, dis-je à Nicholas. C'est tout.

—De ne pas tirer de conclusion hâtive ?

Nick avança pas à pas, réduisant la distance qui nous séparait. Je me fis violence pour ne pas reculer.

—Es-tu naïve à ce point, Merit ? ou est-ce que les vampires ont l'habitude de nier la vérité ?

—Nicholas, intervint Papa Breck.

Nick secoua la tête.

—Non ! cracha-t-il. Je t'ai déjà dit que si quoi que ce soit lui arrivait, je mettrais tout en œuvre pour te retrouver. Je ne vais pas rester les bras croisés pendant que les vampires détruisent ma famille, Merit.

—Nick, s'il te plaît, répéta Papa Breck.

Nicholas, sourd à l'appel de son père, conserva la même position, à quelques centimètres de moi, me toisant de ses yeux rageurs d'un bleu électrique.

—Nous n'avons proféré aucune menace à l'encontre de Jamie, Nick.

—Ne me mens pas, Merit. Ils peuvent bien t'habiller en robe et te donner un sabre, mais je sais qui tu es, murmura-t-il en se penchant vers moi.

Oh, j'aurais adoré effacer ce sourire satisfait de son visage. Je baissai la tête, fermai les paupières et laissai la colère s'emparer de moi, juste assez pour que mes iris deviennent argentés. Je dus serrer les poings pour éviter que mes canines s'allongent et que la vampire se réveille, conservant le silence pendant cette lutte intérieure. Alors que je demeurais immobile et que le calme régnait dans la pièce, j'entendis les autres remuer. La tension augmentait.

Je rouvris les paupières, levai lentement la tête et regardai intensément Nick. Comme je l'avais prévu, son sourire disparut et ses yeux s'agrandirent lorsqu'il aperçut le feu argenté qui irisait les miens. Il déglutit. Il venait sans doute de se rendre compte que je n'étais plus la fille qu'il avait connue au lycée et qu'il valait certainement mieux éviter d'épancher sur moi la colère qui le rongeait en raison de préjudices quelconques.

— Nicholas, énonçai-je doucement d'une voix grave et sensuelle, je suis Sentinelle d'une Maison comptant trois cent vingt vampires. Je ne frappe pas la première, mais je suis autorisée à porter une arme parce que je sais la manier. Parce que je l'utilise au besoin. J'ai conscience de ma position et de mes devoirs, et je ferai ce qui est en mon pouvoir pour protéger les miens. En raison de l'amitié qui nous a unis autrefois, je te donne un avertissement. Recule.

Nick ne bougea pas d'un pouce, son corps touchant presque le mien, jusqu'à ce que Papa Breck pose une main sur son bras et lui chuchote quelque chose à l'oreille. Lorsque Nick se détourna pour se diriger vers le bar que mon père avait installé sur une table en béton dans un coin de la pièce, j'aurais juré percevoir quelque chose dans son sillage. Comme un picotement. Mais la voix d'Ethan dans ma tête me tira brusquement de mes réflexions.

— *Il y a un traître dans ma Maison. De nouveau.*

J'éprouvai envers lui un élan de compassion, imaginant la douleur qu'il devait ressentir à cette nouvelle trahison, qui survenait quelques mois à peine après la première.

Sa souffrance était cependant actuellement dominée par une fureur justifiée.

— *Je sais. Je le trouverai*, promis-je.

Finalement, Nick s'écarta de son père après avoir apparemment convenu d'un accord.

— Mon père a décidé de vous accorder le bénéfice du doute. Supposons que vous ne soyez pas à l'origine de cette menace. Vous avez vingt-quatre heures pour découvrir qui en est l'auteur. Si vous ne nous avez pas contactés dans ce délai pour nous fournir un nom et nous garantir que vous avez résolu le problème, j'appelle le maire pour lui révéler que la Maison Cadogan s'en prend aux humains, à ma famille. J'avertirai ensuite le *Trib*, le *Sun-Times*, ainsi que toutes les chaînes télévisées de l'agglomération. Peut-être même dévoilerai-je d'autres informations dont je dispose. Ils croiront… raver. (Il insista sur ce dernier mot afin que nous ne puissions nous méprendre sur ses intentions.) Votre prétendue célébrité est fragile. Beaucoup pensent que les enquêtes du Congrès étaient une farce et que vous représentez un danger réel pour l'espèce humaine. Un grand nombre de citoyens seraient heureux d'être débarrassés du problème des vampires. (Il claqua des doigts d'un air sinistre.) Pschhh.

Je me tournai vers Ethan dont les yeux prenaient une teinte verte presque transparente, et devinai qu'il luttait pour garder la maîtrise de lui-même. Il parvint toutefois à empêcher ses crocs de surgir et ses iris de virer à l'argenté.

— Je ne peux pas vous assurer que personne ne cherchera à blesser Jamie, finit par répondre Ethan. Et je ne peux pas garantir la résolution du problème en l'espace de vingt-quatre heures alors que nous serons inconscients plus de la moitié du temps.

Nick se rembrunit.

—Alors, toi et ton soldat feriez mieux de déguerpir.

Ethan baissa la tête, puis releva le regard, mais, au lieu de le diriger sur Nicholas, il le riva sur Papa Breck.

—Vous devriez considérer les raisons pour lesquelles quelqu'un a décidé de menacer Jamie. Il est possible qu'il ait dérangé certaines personnes, ou qu'il se soit mêlé à des affaires qui ne le concernent pas. Si nous enquêtons sur cette histoire, certaines informations seront mises au grand jour. Vous sentez-vous prêts ? Ne préférez-vous pas que certains détails restent privés ?

Je ne savais pas exactement à quelles informations Ethan faisait allusion. Peut-être qu'il bluffait. En tout cas, il fallait reconnaître que sa contre-attaque était habile.

Nick ouvrit la bouche pour riposter, mais son père l'en dissuada d'un geste.

—Nicholas, avertit-il avant de se tourner vers mon père. Il s'agit de mon fils. Je le protégerai par tous les moyens. Est-ce qu'on se comprend ?

—Parfaitement, répondit mon père.

—Vingt-quatre heures, répéta Nick.

À l'instant où il faisait mine de se diriger vers la porte, je le saisis par le bras pour l'arrêter. Ce contact n'adoucit en rien son regard mauvais.

—Est-ce que Jamie travaille, en ce moment ?

Il retroussa les lèvres, sans doute sur le point de gronder.

—Je ne lui veux aucun mal, Nick. Tu nous demandes beaucoup, d'autant plus que nous n'avons rien à voir avec la menace qui pèse sur ton frère. Si tu souhaites que nous découvrions la vérité, donne-nous quelque chose en retour.

Comme il continuait à me dévisager, j'ajoutai en murmurant :

—Donnant-donnant, Nick.

Il s'humecta les lèvres puis hocha la tête.

— Jamie vend des placements financiers, confia-t-il.

Bingo.

— Envoie-moi une copie de l'e-mail, lui dis-je. Utilise mon ancienne adresse.

Il me considéra quelques instants avant d'acquiescer, puis fit coulisser la porte avec une telle force que le rail industriel vibra. Papa Breck le suivit sans nous accorder un regard.

Lorsque Pennebaker referma la porte, mon père se tourna vers Ethan.

— Puis-je faire quelque chose ?

Ethan secoua la tête.

— Non, Joshua, mais je vous remercie. Nous gérerons cette situation en interne. Je vais rassembler les Maîtres. Pouvons-nous occuper votre bureau encore quelques minutes ?

— Bien entendu, assura-t-il avant de nous laisser seuls.

— « Envoie-moi une copie de l'e-mail » ? répéta Ethan en haussant les sourcils.

— Jeff Christopher, lui rappelai-je. Il travaille pour mon grand-père. C'est un génie de l'informatique. Il peut nous aider, et il sera ravi qu'on le lui demande.

Ethan accueillit ma proposition d'un air sceptique.

— C'est un métamorphe, non ?

— Euh… Oui, pourquoi ? demandai-je, intriguée par sa remarque.

— Comme tu l'as sans doute constaté, vampires et métamorphes ne s'entendent pas très bien.

— D'accord, mais Gabriel Keene n'a-t-il pas l'intention d'amener sa Meute à Chicago ? Nous avons une occasion en or pour nous introduire dans ce milieu.

Il réfléchit à ma proposition quelques instants puis accepta.

— Appelle-le.

Ethan se massa le front du bout des doigts, le regard rivé au sol.

— Jamie n'est pas journaliste pour le *Chicago World Weekly* ; il vend des placements financiers. Et alors que nous étions persuadés être les victimes, Nick pense que nous avons menacé son petit frère. (Il releva les yeux vers moi). Quelle conclusion en tirer ?

— Il n'existe aucun projet d'article sur les raves, avançai-je. En tout cas, Nicholas n'est au courant de rien, bien qu'il sache ce que sont les raves. C'est une fausse piste. Quelqu'un nous monte les uns contre les autres.

Ethan hocha la tête.

— Une femme appelle les Breckenridge avant le gala auquel nous devons assister et les informe d'une vague menace. Nick te demande de le retrouver dans les bois et évoque le problème. Aujourd'hui, avant que nous nous rendions à une autre soirée, Nicholas reçoit des éléments plus détaillés sur le même sujet.

— Ils ont découvert que Nick constituait la cible parfaite, proposai-je. Celui qui manigance tout ça s'est dit que c'était le membre de la famille à viser afin de créer le chaos.

— Et ils ont parfaitement réussi, grommela Ethan.

Il croisa les bras et traversa la pièce, puis s'adossa contre un fauteuil en cuir.

— Attends, m'exclamai-je. C'est l'Agence de Médiation qui nous a transmis le renseignement au sujet du projet d'article – ce dont nous avons parlé avec Luc… Comment se sont-ils retrouvés en possession de cette information ?

— Une source anonyme, répondit Ethan. Un papier avait été déposé au bureau.

Et zut, pensai-je. Cette piste ne conduisait nulle part.

330

— D'accord, repris-je. Alors, pourquoi Cadogan ? Et pourquoi les Breckenridge ? Quelqu'un essaie de semer la discorde entre nous, mais pourquoi nous avoir mis face à face sur le ring ?

— Je ne vois qu'un élément qui les lie à nous, déclara-t-il en me dévisageant de ses yeux verts.

Je portai une main à ma poitrine.

— Moi ? Tu penses que c'est moi, le lien ?

— D'après ce que je sais, tu représentes l'unique point commun entre notre Maison et cette famille, Sentinelle. (Ethan croisa les bras sur son torse.) Et malheureusement, je ne te connais qu'un seul ennemi.

Le silence régna pendant que je méditais ses paroles.

— Nick a dit qu'une femme avait appelé, murmurai-je en levant les yeux vers Ethan. Célina ? Tu penses à Célina ?

Il haussa les épaules.

— Rien ne le prouve, bien entendu, mais tu crois vraiment qu'elle n'en serait pas capable ?

— De créer le chaos ? Tu parles. Ça lui correspond tout à fait.

— À notre grand regret. De plus, tu te retrouves en plein cœur de cet imbroglio. (Il secoua la tête.) Un vampire Cadogan a envoyé cet e-mail. Quelqu'un qui est au courant que je t'ai montré la bibliothèque…

— Plus important encore, quelqu'un qui connaît la teneur de la conversation que nous y avons échangée et qui n'ignore rien du programme de nos soirées, l'interrompis-je. Ce quelqu'un savait parfaitement où nous allions, et en a profité pour raconter des histoires à Nick avant notre arrivée.

Il se redressa lentement, mains sur les hanches, et me regarda avec de grands yeux.

— Vers qui se dirigent exactement tes soupçons ?

— Seul un groupe bien précis de vampires est au fait des raves et du prétendu article de Jamie, précisai-je. Et ceux qui appartiennent à ce groupe sont également les seuls à être au courant de nos petites excursions dans le milieu des gens riches et célèbres.

Je marquai une pause, espérant qu'il devinerait la suite sans que j'aie besoin de l'expliciter.

— Ethan, il s'agit forcément d'un garde.

17

Morsures d'amour

Ethan accueillit ma déclaration avec la bonne humeur que l'on pouvait imaginer. Il fit volte-face et ouvrit immédiatement son téléphone portable, peu désireux d'engager une conversation sur la possibilité que ces ravages aient été provoqués par un membre de sa propre brigade de sécurité.

Par l'un de mes collègues.

Ethan appela la Maison et rapporta à Luc et Malik les récents événements, sans leur faire part de nos soupçons. Comme si de rien n'était, il exigea de faire mener des recherches sur cette supposée menace proférée à l'encontre de Jamie et demanda que les gardes se consacrent totalement à cette enquête.

Je me creusais également les méninges de mon côté, mais je devais admettre que ma liste de suspects était plutôt réduite. C'était une femme qui avait appelé les Breckenridge… et j'avais vu Kelley arriver à Cadogan après avoir passé la journée ailleurs. Avait-elle tenté de compromettre la Maison ? Était-elle en contact avec Célina ?

Impatiente de résoudre ce mystère, j'empruntai le téléphone des Breckenridge pour joindre le bureau de l'Agence de Médiation. J'avisai mon grand-père des éléments que nous avions appris au cours de la soirée et m'entretins avec celui qui disposait des compétences dont j'avais besoin.

—Jeff, j'ai un problème.

—Je suis content que tu te rendes enfin compte que je suis l'homme de la situation, Merit.

Malgré l'ambiance plutôt lourde, je ne pus réprimer un sourire.

—Quelqu'un envoie des menaces par e-mail au nom de la Maison Cadogan, lui expliquai-je tout en ouvrant mon téléphone portable pour consulter ma boîte aux lettres électronique.

Toujours aussi efficace, Nick m'avait déjà transmis le message.

« Nous avions pensé à un bon vieux pieu en tremble. Mais le tremble est trop bien pour toi. Peut-être qu'on pourrait t'écarteler. T'éviscérer pendant que tu es encore conscient, pour que tu ne perdes rien de la douleur. Que tu comprennes ce que c'est. Ou te noyer ? te pendre ? te trancher des pieds à la tête avec un sabre et te regarder mourir à petit feu jusqu'à ce que tu ne sois plus qu'un tas de viande sanguinolent ?

Au fait, le plus jeune passe en premier. »

Je frissonnai en lisant ce texte, toutefois soulagée que l'auteur n'ait pas poussé le vice jusqu'à essayer de faire des rimes, à l'instar de celui qui avait rédigé la dernière menace que j'avais reçue. Je me demandai également si Kelley pouvait se montrer capable d'une telle violence. D'une telle colère. Sans avoir trouvé de réponse à ces interrogations, après que Jeff m'eut communiqué son adresse e-mail, je lui fis suivre le message.

—Pfiou! s'exclama-t-il au bout de quelques instants, sans doute après l'avoir consulté. C'est complètement dément, ce truc.

C'était dément, en effet. Cependant, rien n'indiquait pourquoi ils avaient choisi Jamie. Son appartenance à la famille Breckenridge semblait l'unique raison.

—Tout à fait d'accord. Nous devons absolument déterminer d'où ça vient. Tu crois que tes talents te permettraient de faire ça?

—Facile, ma poule, répondit Jeff distraitement alors que je l'entendais pianoter sur son clavier. Il a masqué l'adresse IP. Une technique plutôt grossière, mais je vais devoir remonter la piste. Le compte mail qu'il a utilisé est hyper courant, mais, en tant que représentant de cette belle ville, je devrais pouvoir passer un petit coup de fil.

—D'accord, mais juste un détail: j'aurais besoin que tu me préviennes dès que tu as du nouveau. (Je consultai le cadran de mon téléphone – il était presque minuit.) Tu avais quelque chose de prévu pour les prochaines heures?

—Mon programme est flexible, répondit-il. À condition que la récompense en vaille la peine.

Je levai les yeux au ciel.

—OK, donne-moi ton prix.

Silence.

—Jeff?

—Est-ce que je pourrais…? Tu peux me laisser le temps de réfléchir? Je suis un peu perdu, et je voudrais m'assurer que je tirerai parti de cette situation. Enfin, à moins que tu ne sois d'accord pour me filer deux ou trois…

—Jeff, lançai-je, interrompant ce qui s'annonçait comme une longue liste de propositions toutes plus suggestives les unes que les autres. Appelle-moi quand tu auras trouvé quelque chose, d'accord?

—Je suis ton homme. OK, pas littéralement. Bon, je sais que tu vois plus ou moins Morgan… Mais vous n'êtes pas vraiment officiellement ensemble, si?

—Jeff.

—Ouaip?

—Mets-toi au travail.

Après avoir lancé nos contacts sur la piste d'informations susceptibles d'apaiser les Breck, on sortit du bureau de mon père pour rejoindre la foule. Comme la maison grouillait d'invités, il nous fallut nous faufiler dans la cohue pour atteindre la porte d'entrée, en serrant quelques mains au passage, ce qui nous prit plusieurs minutes. J'espérais avoir adressé un sourire poli aux personnes que j'avais croisées, mais mon esprit était totalement accaparé par un certain Breckenridge.

Je ne comprenais pas qu'il puisse me penser capable des méfaits dont il nous avait accusés. Comment un amour d'enfance et une amitié datant de plusieurs dizaines d'années s'étaient-ils transformés en une haine si féroce?

Tout en nous frayant un chemin, je me mordillais la lèvre en me remémorant certaines scènes du passé. J'avais échangé mon premier baiser avec Nick, dans la bibliothèque de son père. Alors âgée de huit ou neuf ans, je portais ce jour-là une robe à crinoline sans manches qui grattait horriblement. Lorsque j'avais défié Nick de m'embrasser, il m'avait d'abord traitée d'idiote puis s'était exécuté en me donnant sur la bouche un furtif baiser qui avait semblé le dégoûter autant qu'il m'avait fait plaisir – le fait que je le battais systématiquement à tous nos jeux me procurait cependant encore davantage de joie. Tout de suite après m'avoir embrassée, il avait fui dans le couloir. « Les garçons c'est nul, d'abord!» avais-je crié avant de le poursuivre en faisant claquer les talons de mes petites chaussures vernies sur le carrelage.

— Est-ce que ça va ?

Je clignai des yeux et constatai que nous avions traversé la pièce. Ethan s'était arrêté et me considérait d'un air curieux.

— Je réfléchissais, dis-je. Je pensais à Nick et son père. À leur attitude. J'ai encore du mal à y croire. Nous étions amis. Nous avons été proches pendant longtemps, Ethan. Je ne comprends pas comment nous en sommes arrivés là. Nick m'aurait peut-être posé des questions mais ne m'aurait jamais accusée.

— L'immortalité offre une infinité d'opportunités de trahison, décréta sèchement Ethan en dirigeant son regard vers les citoyens riches et célèbres de Chicago qui sirotaient du champagne, indifférents à l'effervescence de la ville au-dehors.

Je devinai qu'il avait sans doute résumé par cet aphorisme certains épisodes de sa propre histoire, mais j'étais trop absorbée pour relever sa remarque.

Il secoua la tête comme pour bannir certaines idées de son esprit, puis posa une main dans mon dos.

— Rentrons chez nous, proposa-t-il.

J'acquiesçai sans même rétorquer que Cadogan n'était pas « chez nous ».

À peine avions-nous pénétré dans le vestibule qu'Ethan s'immobilisa et laissa retomber son bras. Je levai le regard.

Morgan se tenait sur le seuil, bras croisés, vêtu d'un jean élimé et d'un tee-shirt blanc à manches longues. Une boucle brune lui barrait négligemment le front, et il me dévisageait, un air accusateur dans ses yeux bleus.

J'étouffai un juron en prenant conscience de la scène à laquelle Morgan venait d'assister. Moi en robe de soirée, Ethan en costume, me caressant le dos. Il nous surprenait ensemble dans la maison de mes parents, alors que je n'avais même pas pris la peine de le rappeler. La balance ne penchait vraiment pas en ma faveur.

— Je crois que quelqu'un s'est invité à ta soirée, Sentinelle, murmura Ethan.

Je feignis de ne pas l'avoir entendu et, alors que je venais de faire un pas en direction de Morgan, j'eus la sensation de tomber dans le vide. Je dus me raccrocher au bras d'Ethan pour tenir debout.

La connexion télépathique qui s'était établie entre Morgan et moi lorsqu'il avait défié Ethan à la Maison Cadogan était la cause de mon malaise. Normalement, un vampire ne partageait ce genre de lien qu'avec son Maître, ce qui expliquait pourquoi celui qui m'unissait à Morgan était si puissant. Et pourquoi il me paraissait aussi troublant.

— *Je suis sûr que tu peux me donner une explication*, commença-t-il.

Je me passai la langue sur les lèvres, lâchai le bras d'Ethan et me redressai.

— Je te retrouve dehors, déclarai-je à Ethan.

Sans attendre sa réponse, je me dirigeai vers Morgan en m'obligeant à le regarder droit dans les yeux.

— Il faut qu'on parle, dit-il sans quitter Ethan des yeux, du moins jusqu'à ce que celui-ci nous dépasse discrètement puis disparaisse.

— Suis-moi, ordonnai-je d'une voix sèche.

Je pris un couloir de béton menant vers l'arrière de la maison. Les murs portaient encore l'empreinte du grain du bois qui avait servi au coffrage. Je choisis une porte au hasard – une brèche dans la paroi – et l'ouvris. La pièce était plongée dans le noir à l'exception d'un rai de lumière provenant du clair de lune qui filtrait à travers une petite fenêtre carrée dans la cloison opposée. Immobile, j'attendis patiemment les quelques secondes nécessaires pour que mes yeux de prédateur s'adaptent à l'obscurité.

Morgan entra sur mes talons.

— Qu'est-ce que tu fais ici ? l'interrogeai-je.

Il garda le silence quelques instants avant de planter son regard dans le mien, l'air réprobateur.

— Quelqu'un m'a indiqué que je verrais quelque chose d'intéressant, ce soir à Oak Park, alors je suis venu. Je suppose que tu travailles dur.

— Je suis en service, en effet, répliquai-je d'un ton strictement professionnel. Qui t'a dit qu'on était ici ?

Au lieu de répondre à ma question, Morgan arqua les sourcils et balaya mon anatomie d'un regard qui aurait fait fondre plus d'une femme. Si la magie n'avait pas en même temps irradié de son corps en ondes agressives, j'aurais interprété ce geste comme une invitation. Mais il s'agissait d'autre chose. D'un verdict de culpabilité, certainement.

Il croisa les bras sur sa poitrine.

— Est-ce ainsi qu'il t'habille pour vos séances de… travail ?

Il insinuait que je remplissais le rôle de call-girl plutôt que de Sentinelle.

Je rétorquai sèchement :

— Je pensais que tu me connaissais suffisamment pour être assuré que je n'aurais pas accepté de me rendre dans la maison de mon père sans une excellente raison.

Morgan émit un petit rire forcé qui finit en un son étranglé.

— Je devine quelle est ton excellente raison. Ou plutôt qui est cette raison.

— Je travaille. Je suis ici au service de la Maison Cadogan. Je ne peux pas t'expliquer pourquoi, mais je peux t'affirmer que, si tu savais, tu te montrerais un peu plus compréhensif.

—C'est ça, Merit. Tu te débarrasses de moi, tu m'évites, et ensuite, tu joues la victime en m'accusant d'être suspicieux et d'exiger des réponses. Tu ne m'as pas rappelé, et pourtant (il croisa les mains derrière son crâne), c'est moi, le coupable. Tu pourrais remplacer Mallory chez McGettrick avec ce genre de baratin. (Il hocha la tête puis baissa les yeux sur moi.) Ouais, je crois que ça te conviendrait très bien.

—Je suis désolée de ne pas t'avoir rappelé. J'ai été très occupée.

—Ah bon?

Il laissa retomber ses bras et marcha vers moi. Il effleura ma poitrine en suivant du doigt le contour de mon bustier.

—Je constate que tu ne portes pas ton sabre, Sentinelle.

Il avait parlé d'une voix suave. Sensuelle.

Je ne cédai pas.

—Je suis armée, Morgan.

—Mmm-hmm.

Il détourna les yeux de mes seins et planta son regard dans le mien. J'y lus la déception qu'il ressentait, mais surtout de la colère. Une colère de prédateur. Je l'avais déjà vu une fois dans cet état, lorsqu'il avait défié Ethan dans la Maison Cadogan, croyant à tort que celui-ci avait menacé Célina, qu'il avait tenté quelque chose contre sa Maîtresse. Apparemment, Morgan sortait facilement de ses gonds quand il pensait qu'un autre vampire tournait autour de sa protégée.

—Si tu as quelque chose à dire, c'est le moment de vider ton sac, lançai-je.

Il m'observa pendant un long, très long moment, sans qu'aucun de nous bouge.

—Est-ce que tu couches avec lui? demanda-t-il finalement d'une voix douce et triste qui me surprit.

Un baiser dans le couloir de la maison de Mallory ne suffisait pas à affirmer que Morgan et moi sortions ensemble. Il n'avait pas le droit de faire preuve d'une telle jalousie, d'autant plus qu'elle était infondée. La stupidité des hommes commençait sérieusement à m'agacer ; j'en avais assez entendu pour aujourd'hui. Une rage sourde s'empara de moi, si forte que j'en eus la chair de poule. Je la laissai m'envahir tout en essayant de conserver une expression neutre. Je luttai pour ne pas réveiller la vampire et empêcher mes yeux de devenir argentés.

— Non mais pour qui tu te prends ? lançai-je d'une voix basse emplie de fureur contenue. Il n'y a rien entre Ethan et moi, et je ne t'ai rien promis non plus. Tu n'as aucun droit de m'accuser d'infidélité, d'autant plus que tes reproches sont totalement injustifiés.

— Je vois, dit-il en me regardant, le visage impénétrable. Alors comme ça, vous n'êtes pas ensemble. Et pourquoi as-tu dansé avec lui ?

J'aurais pu lui répondre que cela faisait partie du plan destiné à établir des relations. Que nous tentions d'entrer en contact avec un journaliste qui détenait des informations capables de causer énormément de dommages aux vampires, même si cette histoire paraissait désormais montée de toutes pièces.

Toutefois, Morgan avait marqué un point. J'avais eu le choix. J'aurais pu refuser.

Il m'aurait été possible de fixer des limites à Ethan en lui rappelant que nous assistions à la soirée afin de récolter des renseignements et non pour nous amuser. J'aurais pu décliner cette danse, lui dire que j'avais renoncé à passer du temps avec mes amis pour accomplir mon devoir.

Je n'avais rien fait de tout cela.

Peut-être parce qu'il était mon Maître et que je lui devais obéissance.

Ou peut-être que, secrètement, j'avais eu envie d'accepter, malgré le malaise que je ressentais en sa présence et en dépit du fait qu'il ne m'accordait pas la confiance que je méritais.

Comment admettre cela devant Morgan, qui s'était invité à la soirée de mes parents dans l'unique but de me surprendre avec Ethan ?

Il m'était impossible de me l'avouer à moi-même. Alors, à Morgan…

Il ne me restait qu'une seule solution : sortir en beauté.

— Je ne veux pas entendre ça, décrétai-je en relevant le bas de ma robe.

Je tournai les talons et me dirigeai vers la porte.

— Super, s'écria-t-il. Prends la fuite. Très mature, Merit, vraiment.

— Je suis certaine que tu retrouveras ton chemin sans moi.

— Ouais, désolé d'avoir interrompu ta soirée. Passe un bon moment en compagnie de ton patron, Sentinelle.

Il avait craché ce dernier mot comme une injure. Même s'il avait raison, de quel droit s'autorisait-il à juger ? Ethan était mon obligation, mon devoir, mon fardeau. Mon seigneur.

Je savais que c'était puéril et que j'avais tort, mais j'étais vraiment hors de moi. Morgan, en tant que vampire Navarre, ne se permettrait jamais ce genre de comportement, mais il m'était impossible de résister à cette repartie parfaite, à cette sortie parfaite.

La soie ondula autour de mes jambes lorsque je pivotai pour lui jeter un dernier coup d'œil et, en haussant un seul sourcil, je lui adressai le regard le plus hautain dont j'étais capable.

— Va te faire mordre.

Ethan m'attendait dehors, à côté de la voiture garée dans l'allée. Le visage tourné vers le ciel, il observait la pleine lune qui projetait des ombres sur la maison. Il baissa les yeux sur moi lorsqu'il entendit les graviers crisser sous mes pas.

— Prête ?

J'acquiesçai, et montai à ses côtés dans le véhicule.

L'ambiance pendant le trajet retour vers Hyde Park fut encore plus pesante qu'à l'aller. Je regardais défiler le paysage par la vitre en me remémorant les événements de la soirée. J'avais réussi à me mettre à dos trois personnes : Mallory, Catcher, et Morgan. Tout ça pour quoi ? Ou plutôt : pour qui ? Étais-je en train d'éloigner tous mes amis afin de me rapprocher d'Ethan ?

Je lui jetai un regard furtif. Les cheveux ramenés derrière les oreilles, sourcils froncés, il paraissait concentré sur la route, les mains posées à 10 h 10 sur le volant. J'avais renoncé à ma vie humaine pour cet homme. Malgré moi, certes, mais le résultat était le même. Étais-je en train de renoncer à tout le reste ? à tout ce qui m'avait accompagnée jusqu'à présent – Mallory et notre maison de Wicker Park ?

Je soupirai et me tournai à nouveau vers la vitre. Je n'allais sans doute pas répondre à ces questions en un soir. Je n'avais vécu que deux mois de mon existence vampire, et une éternité d'Ethan se profilait à l'horizon.

Une fois qu'on fut arrivés à la Maison, Ethan gara la voiture et on remonta ensemble du parking.

— Qu'est-ce que je peux faire ? demandai-je en arrivant au rez-de-chaussée.

Comme si je n'avais pas déjà suffisamment œuvré en faveur d'Ethan et de Cadogan.

Il fronça les sourcils et secoua la tête.

— Tiens-moi au courant des résultats de Jeff au sujet de l'e-mail. Les autres Maîtres mènent l'enquête de leur côté. Je vais passer quelques coups de fil avant leur arrivée. Entre-temps (Ethan marqua une pause, se demandant sans doute comment utiliser mes compétences), essaie la bibliothèque. Vois ce que tu peux y trouver.

Je pris un air intrigué.

— La bibliothèque ? Qu'est-ce que je dois chercher ?

— C'est toi l'experte en la matière, Sentinelle. Débrouille-toi.

D'après mon expérience, une robe de soirée n'était pas particulièrement appropriée à ce genre de travail. Je regagnai donc ma chambre afin de me changer, et troquai la soie pour un jean et un haut noir à manches courtes. Je n'avais pas non plus l'intention de mettre l'uniforme guindé de Cadogan. Je me sentis physiquement soulagée de ranger la robe dans la penderie, d'endosser des vêtements confortables et de retrouver mon katana. Le poids de l'arme dans ma paume me rassurait, comme si j'avais enfin retiré un déguisement et pouvais redevenir moi-même. Je demeurai quelques instants immobile, le fourreau dans la main gauche, la poignée de mon sabre dans la droite, et pris le temps de respirer.

Une fois apaisée et prête à affronter la réalité, je m'emparai de quelques stylos et de deux carnets afin de commencer à mener ma propre enquête.

Plus je réfléchissais, plus je pensais que Célina jouait un rôle dans cette histoire, me rangeant ainsi à l'avis d'Ethan. Nous n'avions pas vraiment de preuves, mais semer la discorde, mettre les acteurs en piste et observer la bataille suivre son cours correspondait tout à fait à son style. Je ne savais pas de quelle manière Kelley était impliquée, ni si elle l'était réellement. Après tout, je n'avais pas les capacités d'un détective privé.

En revanche, je pouvais trier, étudier, feuilleter les livres de la bibliothèque à la recherche d'indices sur les plans de Célina, ses connexions, son histoire. Cela ne servirait peut-être à rien, mais, au moins, je mettrais à profit mes compétences et essaierais de me rendre utile.

Et encore plus important, me plonger dans cette tâche m'éviterait de penser à autre chose. À Morgan et la fin apparemment inéluctable de notre relation. À Ethan et l'attirance malvenue qui flottait entre nous. À Mallory.

Je pénétrai dans la bibliothèque silencieuse et déserte – cette fois, je pris la peine de vérifier par deux fois –, posai mes stylos et mes carnets sur une table, et commençai à examiner les étagères.

18

Au milieu des livres

— Il est tard, non ?

Je levai le nez de mon texte en clignant des yeux et découvris Ethan qui s'approchait de ma table. L'immersion avait fonctionné ; je n'avais même pas entendu la porte de la bibliothèque s'ouvrir.

— Ah bon ?

Je tournai le poignet afin de consulter l'écran de ma montre, mais, avant que j'aie pu lire les chiffres, Ethan annonça :

— Il est presque 3 heures. On dirait que tu as perdu la notion du temps.

Plus d'une heure s'était donc écoulée depuis que nous nous étions séparés. J'avais posé mon sabre à côté de moi, négligemment lancé mes Puma sous la table puis avais passé la majeure partie de ce laps de temps assise en tailleur sur ma chaise.

Je me grattai la tempe et baissai les yeux vers le livre ouvert devant moi.

— La Révolution française, annonçai-je.

Ethan eut l'air perplexe.

—La Révolution française? Pourquoi t'intéresser à cet épisode de l'histoire?

—Parce que nous… enfin, je serai mieux à même de comprendre qui elle est et quels objectifs elle poursuit si je connais son passé.

—Tu veux parler de Célina.

—Viens voir, lui intimai-je en feuilletant l'ouvrage afin de retrouver le passage que j'avais découvert un peu plus tôt.

Lorsqu'il fut en face de moi, je tournai le livre vers lui et tapotai le paragraphe que j'avais repéré.

Il fronça les sourcils, posa les mains sur la table, se pencha en avant et lut à haute voix:

—« La famille Navarre possédait un patrimoine important en Bourgogne, notamment un château situé près d'Auxerre. Leur fille aînée, Marie Collette, naquit le 31 décembre 1785. » (Il leva la tête.) Il s'agit de Célina.

J'acquiesçai. Célina Desaulniers, née Marie Collette Navarre. L'immortalité imposait le fardeau de survivre à son patronyme, à sa famille. C'est pourquoi les vampires changeaient fréquemment d'identité afin de ne pas éveiller les soupçons des humains.

Bien entendu, Ethan avait près de deux cents ans lorsque Célina était née, et elle avait ensuite intégré le Présidium. Il avait sans doute depuis des dizaines d'années mémorisé son nom, sa date de naissance et sa ville natale. Toutefois, je supposais que la suite de cette petite biographie, relatant l'existence d'une humaine morte depuis longtemps, l'intéresserait davantage. Ethan poursuivit sa lecture:

—« Bien que née en France, Marie fut emmenée clandestinement en Angleterre en 1789 afin d'échapper à la Révolution et à ses persécutions sanglantes. Elle apprit à parler l'anglais couramment. On la jugeait très intelligente et d'une rare beauté. Elle fut élevée par la famille Grenville, des cousins qui possédaient le duché de Buckingham. Mademoiselle Navarre devait se marier avec George Herbert, vicomte de Penbridge, mais le couple ne fut jamais officiellement fiancé. La famille de George annonça ensuite son prochain mariage avec Mlle Anne Dupree, de Londres, mais George disparut quelques heures avant la cérémonie. » Hmmm, fit-il en relevant le nez. On parie sur ce qui est arrivé à ce pauvre George ?

— Malheureusement, ce n'est pas nécessaire. Et nous savons ce qu'est devenue Célina : elle a été transformée en vampire. Mais l'important, c'est ce qu'il est advenu d'Anne. (Je l'encourageai à poursuivre d'un geste.) Lis la note de bas de page.

Il fronça les sourcils et, sans quitter le livre des yeux, tira une chaise sur laquelle il s'assit, jambes croisées. Il tint le volume dans la main droite, et posa la gauche sur ses genoux.

— « Le corps de George fut retrouvé quatre jours plus tard. Le lendemain, Anne Dupree s'enfuit avec le cousin de George, Edward. »

Ethan referma l'ouvrage, le reposa sur la table et me considéra d'un air interrogateur.

— Je suppose tu as une bonne raison pour me faire approfondir mes connaissances de l'histoire de la société anglaise ?

— Maintenant tu es prêt pour la suite, déclarai-je.

Je sortis de la pile un mince livre à la reliure de cuir contenant les biographies des membres du Présidium de Greenwich. Je l'ouvris à la page que j'avais marquée et lus à voix haute :

— Harold Monmonth, quatrième membre le plus important du Présidium, occupant le poste d'orateur du conseil, naquit sous le nom d'Edward Fitzwilliam Dupree à Londres, en Angleterre, en 1774. »

Je quittai le livre des yeux et observai l'expression d'Ethan alors qu'il commençait à comprendre.

— Ainsi, elle et Edward, ou Harold auraient comploté l'assassinat de George ?

Je refermai l'ouvrage et le posai sur la table.

— Te souviens-tu de ce qu'elle a dit dans le parc avant d'essayer de te tailler en pièces ? Quelque chose au sujet de l'insensibilité des humains, comme quoi l'un d'eux lui aurait brisé le cœur ? Bon, laisse-moi te présenter les événements d'un point de vue féminin. Elle a quitté la France pour se réfugier dans un pays étranger, chez ses cousins. Elle est jugée d'une rare beauté, elle appartient à la famille du duc, et, à l'âge de dix-neuf ans, elle met le grappin sur le fils aîné d'un vicomte. Ce cher George. Elle le veut, peut-être en est-elle amoureuse. En tout cas, elle éprouve sans doute une grande satisfaction de l'avoir attiré dans ses filets. Mais juste au moment où elle pense avoir conclu le marché, ce noble George lui révèle qu'il est épris de la fille d'un marchand londonien. Un marchand, Ethan. Quelqu'un que Célina méprise en raison de son infériorité. Elle n'en veut pas particulièrement à Anne, et elle a même certainement pitié de cette femme qui n'atteindra jamais sa propre condition. (Je posai mes coudes sur la table et me penchai en avant.) Mais elle ne pardonne pas à George. Lui qui aurait pu la posséder, jouir de sa beauté, de son prestige, il l'a abandonnée pour une moins que rien de Londres. (Je baissai la voix.) Célina ne s'y résigne pas. Il se trouve que George a un cousin âgé de trente ans et qu'Anne, qui a seize ans à peine, ne le laisse pas indifférent. Elle parle avec Edward. Ils discutent de leurs objectifs respectifs, élaborent un plan, et on retrouve le corps de George dans un bas quartier de Londres.

— Un plan, répéta Ethan en hochant la tête. Deux membres du Présidium ont fomenté un meurtre, et ce même Présidium a libéré Célina en dépit de ses méfaits perpétrés à Chicago.

Je hochai la tête à mon tour.

— Pourquoi s'embêter à charmer les membres du PG, à user de ses atouts, comme tu dis, alors qu'elle a vécu ces événements avec Edward ? Ils partagent une conception identique des humains : ils sont convaincus qu'ils peuvent les manipuler à leur guise.

Ethan baissa la tête et sembla réfléchir à mes propos. Il soupira, puis reporta son regard sur moi.

— Nous ne pourrons jamais rien prouver.

— Je sais. Et je crois que cette information ne devrait pas sortir de la Maison tant que nous ne sommes pas sûrs de nos alliés. Mais c'est le meilleur point de départ que nous ayons afin de déterminer ses actes futurs, où elle est susceptible d'aller et sur l'aide de qui elle peut compter. En tout cas, c'est le meilleur point de départ que j'aie pu trouver.

Je considérai les livres, les carnets de notes ouverts et les stylos dépourvus de capuchon étalés sur la table –, un trésor de faits attendant d'être reliés.

— Je sais comment rechercher dans les archives, Ethan. Voilà une compétence de laquelle je ne doute pas.

— Dommage que ta source suprême te haïsse.

Sa remarque me fit sourire.

— Tu imagines la réaction de Célina si je lui demandais de bien vouloir m'accorder une interview ?

Il esquissa un rictus.

— Elle apprécierait l'attention. (Il consulta sa montre.) En parlant d'attention, les Maîtres devraient arriver dans moins d'une heure avec le résultat de leurs enquêtes.

Devoir affronter de nouveau Morgan ne m'enchantait guère, mais je comprenais que c'était un mal nécessaire.

— J'espérais garder cette histoire confidentielle mais, au point où nous en sommes, nous devons les prévenir. (Il se racla la gorge et remua sur sa chaise, l'air gêné, avant de plonger ses yeux d'un vert cristallin dans les miens.) Je ne vais pas te poser de questions sur ce qui s'est passé avec Morgan chez tes parents, mais j'ai besoin de ton soutien. Ta position mise à part, tu as été témoin de la réunion avec les Breckenridge et as entendu leurs accusations.

J'acquiesçai. Son exigence me paraissait légitime, et je lui étais reconnaissante de l'avoir exprimée avec tact.

— Je sais.

Il hocha la tête puis saisit le petit livre d'histoire et se mit à le feuilleter. Je supposai qu'il avait l'intention d'attendre ici l'arrivée des autres. Je me tortillai sur ma chaise, un peu mal à l'aise en raison de sa présence, mais, dès qu'il se fut installé et que j'eus le sentiment qu'il allait tranquillement se plonger dans son ouvrage, je reportai mon attention sur mes notes.

Les minutes s'écoulèrent paisiblement. Ethan était occupé à lire, élaborer des stratégies, planifier ou je ne sais quoi de son côté de la table, tapotant de temps à autre sur un BlackBerry qu'il avait tiré de sa poche, tandis que je parcourais les volumes d'histoire ouverts devant moi à la recherche de davantage d'informations sur Célina.

Je me lançais dans la lecture d'un chapitre sur les guerres napoléoniennes quand je sentis sur moi le regard d'Ethan. Je persistai à garder les yeux baissés durant une minute ou deux, puis cédai et levai le nez. Son visage était dénué d'expression.

— Quoi ?

— Tu es une intellectuelle.

Je reportai mon attention sur mon livre.

—Euh, oui. Nous en avons déjà parlé il y a quelques jours, si tu te souviens bien.

—Nous avons parlé de ton manque d'intérêt pour les mondanités et de ton amour de la littérature. Pas du fait que tu as passé plus de temps un livre à la main qu'en compagnie des autres vampires Cadogan.

La Maison regorgeait visiblement d'espions. Quelqu'un avait communiqué nos faits et gestes à l'auteur des menaces contre Jamie, et quelqu'un avait vraisemblablement rapporté mes activités à Ethan.

Je haussai distraitement les épaules.

—J'aime fouiller dans les livres. Et apparemment j'en ai besoin, étant donné que tu m'as reproché mon ignorance à plusieurs reprises.

—Je n'ai pas envie que tu te caches dans cette pièce.

—Je fais mon travail.

Ethan regarda de nouveau son ouvrage.

—Je sais.

La salle demeura plongée dans le silence jusqu'à ce qu'il s'agite sur sa chaise, qui grinça sous son poids.

—Ces sièges ne sont vraiment pas confortables.

—Je ne suis pas venue ici pour le confort. (Je levai le regard et lui adressai un sourire de prédateur.) Tu es libre de travailler dans ton bureau.

Je ne disposais pas d'un tel luxe. Du moins, pas encore.

—Oui, ta concentration et ton sérieux sont déjà célèbres dans la Maison.

Je soupirai, excédée par l'accumulation de piques voilées.

—J'ai compris que tu ne croyais pas à mon dévouement, Ethan, mais pourrais-tu lancer tes insultes ailleurs ?

—Je n'ai aucun doute sur ton dévouement, Sentinelle, déclara-t-il calmement, sur un ton monocorde.

Je repoussai ma chaise puis contournai la table afin d'accéder à la pile de livres posée à l'extrémité, que j'explorai afin de mettre la main sur l'ouvrage que je cherchais.

— Ben voyons! marmonnai-je tout en feuilletant l'index et suivant du doigt les entrées alphabétiques.

— Je ne plaisante pas, répliqua-t-il gaiement. Mais tu es tellement… Comment tu m'as dit ça? (Il regarda le plafond d'un air absent.) Ah oui, tu es vraiment susceptible. Eh bien, Sentinelle, nous avons un point commun.

J'arquai un sourcil.

— Alors tu viens ici pour me mettre en rogne, juste parce que tu traverses une crise et que tu es en colère contre Célina et les Breckenridge? Très mature, comme comportement.

— Tu n'as pas du tout compris ce que je voulais dire.

— Ah, parce que tu voulais dire quelque chose? grommelai-je.

— J'aurais trouvé dommage que ta vie se réduise à ça, expliqua Ethan.

Jusque-là, on avait évité d'aborder le sujet de ma thèse, de mon doctorat qui n'était plus qu'un lointain mirage. Nous ne parlions jamais du fait qu'il avait annulé mon inscription à l'université de Chicago après m'avoir transformée en vampire. Cela valait mieux pour moi et, indirectement, pour Ethan. Mais là, il venait de dépasser les bornes en ridiculisant ce que j'avais accompli.

Je le regardai fixement, mains à plat sur la table.

— Qu'est-ce que tu insinues exactement?

— J'insinue que tu aurais terminé ta thèse, obtenu un poste d'enseignante dans une faculté de sciences humaines de la côte est, et après? Tu te serais acheté une petite maison, tu aurais remplacé ce truc affreux que tu appelles une voiture, et tu aurais passé la quasi-totalité de ton temps dans un minuscule bureau à pinailler sur des métaphores littéraires moyenâgeuses.

Je me raidis, croisai les bras sur ma poitrine et luttai pour ne pas répliquer vertement. Et encore, si je faisais des efforts, c'était uniquement parce qu'il s'agissait de mon patron.

— « Pinailler sur des métaphores littéraires moyenâgeuses ? » répétai-je d'un ton glacial. (Ses sourcils arqués m'incitèrent à poursuivre.) Ethan, j'aurais vécu une existence sans doute peu excitante à ton goût, je sais bien, mais épanouissante. (Je baissai les yeux vers mon katana.) Un peu moins aventureuse, mais épanouissante.

— « Un peu moins aventureuse » ?

Le sarcasme de sa remarque me sidéra. Je supposai que son arrogance de vampire l'empêchait de concevoir que les vies ordinaires des humains puissent être gratifiantes.

— Les archives recèlent parfois des choses palpitantes.

— Par exemple ?

Réfléchis, Merit. Réfléchis.

— Il est possible de dénouer une intrigue littéraire. Trouver un manuscrit secret. Ou alors découvrir des documents hantés, avançai-je, tentant de penser à quelque chose qui se rapprochait de son domaine d'expertise.

— La liste est impressionnante, Sentinelle.

— Tout le monde n'a pas le privilège d'être un ancien soldat transformé en Maître vampire, Ethan.

Et heureusement. Un seul exemplaire suffisait.

Ethan se pencha en avant, doigts entrecroisés sur la table, et me lança un regard pénétrant.

— Ce que j'essaie de te dire, Sentinelle, c'est que tu aurais mené une vie cloîtrée, banale, comparée à ta nouvelle existence.

— J'aurais mené la vie que j'aurais choisie.

Espérant avoir mis un terme à cette conversation, je fermai le livre que j'avais fait semblant de parcourir, et me chargeai de quelques ouvrages supplémentaires que j'entrepris de ranger sur les étagères.

— Ç'aurait été du gâchis.

Heureusement que je lui tournais le dos au moment où il sortit cette énormité, car il aurait moyennement apprécié de me voir l'imiter en levant les yeux au ciel.

— Tu peux arrêter de m'arroser de compliments, lui rétorquai-je. Je t'ai déjà introduit auprès de mon père et du maire.

— Si tu crois que ça résume ce qui s'est passé entre nous cette semaine, tu te trompes.

Lorsque j'entendis le couinement de sa chaise, je m'immobilisai, la main sur un volume intitulé *Comment boivent les Français*. J'alignai de nouveau l'ouvrage dans la rangée et dis avec légèreté :

— Et encore une insulte, tout va bien.

Je pris le dernier livre de la pile et me mis à la recherche des chiffres correspondant à la classification décimale de Dewey sur les étagères afin de le ranger.

En d'autres termes, je m'efforçais désespérément de détourner mon attention du bruit de pas derrière moi signifiant qu'Ethan se rapprochait.

Intéressant de constater que je n'avais pas encore esquissé le moindre geste pour l'éviter.

— Ce que je tente de t'expliquer, Sentinelle, c'est que tu n'es pas juste une femme qui se cache dans une bibliothèque.

— Hmmm, marmonnai-je distraitement en glissant le dernier ouvrage à sa place.

Je savais ce qui allait suivre. Je le devinais au ronronnement grave de sa voix. Étant donné qu'il éprouvait apparemment pour moi des sentiments contradictoires, j'ignorais pourquoi il essayait de me séduire, mais aucun doute n'était permis : il se préparait à le faire.

Un ultime pas, et il fut près de moi. Je sentis son corps derrière le mien, ses lèvres sur ma peau, juste en dessous de mon oreille, et la chaleur de sa respiration dans mon cou. Je reconnus son odeur – propre, savonneuse, étrangement familière. De façon troublante, je désirais me laisser tomber dans ses bras afin qu'il me serre contre lui.

Cette tentation s'expliquait en partie par la génétique, par une connexion privilégiée qui se tissait au moment de la transformation entre un Maître et le vampire qu'il créait.

Mais quelque chose d'autre de bien plus simple entrait également en jeu.

— Merit.

Nous étions tout simplement un homme et une femme. Je secouai la tête.

— Non merci.

— Ne le nie pas. J'en ai envie, et toi aussi.

L'intonation de sa voix ne correspondait pas à ses paroles. Il semblait irrité. Il exprimait non pas son désir, mais une accusation, comme s'il regrettait que nous ayons échoué à résister à l'attirance qui nous poussait irrésistiblement l'un vers l'autre.

Si Ethan avait lutté, il avait fini par céder. Il s'appuya contre moi, une main posée sur ma hanche, et effleura mon cou de la pointe de ses dents. Secouée par un frisson, je retins mon souffle et mes yeux chavirèrent. La vampire tapie en moi savourait cet acte primitif de domination. Je tentai de maîtriser le désir qui affluait en moi et commis l'erreur de me retourner. J'avais eu l'intention de le repousser, mais il profita du fait que je me trouvais à présent face à lui pour se presser contre moi. Il s'appuya sur les étagères en m'entourant de ses bras et baissa sur moi ses yeux brillants comme des émeraudes. Puis il leva une main vers mon visage et me caressa les lèvres avec son pouce. Ses iris prirent une couleur argent, trahissant sa faim. Son excitation.

—Ethan…, murmurai-je de manière hésitante.

Il secoua la tête, riva son regard sur ma bouche puis ferma lentement les paupières. Il se pencha davantage et posa ses lèvres sur les miennes, se contentant de me taquiner, de me frôler, sans vraiment m'embrasser. Mes yeux se fermèrent malgré moi. Je sentis ses mains sur mes joues, ses doigts sur mon menton, et entendis sa respiration s'accélérer alors qu'il couvrait mon visage de baisers, m'embrassant partout, sur les paupières, les tempes, sans s'arrêter sur ma bouche.

—Tu es tellement plus que ça.

Ce furent ces mots qui me perdirent et scellèrent mon sort. Mon corps s'embrasa, sembla vibrer, et je m'alanguis sous ces caresses qui attisaient mon désir, m'incitaient à m'abandonner à lui.

J'ouvris les paupières et, lorsqu'il recula, je plongeai mon regard dans ses yeux d'un vert improbable. Ils exprimaient une passion évidente, et je le trouvai incroyablement beau avec le halo de cheveux dorés qui encadrait son visage aux pommettes ciselées. Et sa bouche… même une sainte n'aurait su y résister.

—Merit, susurra-t-il d'une voix rauque avant d'appuyer son front contre le mien, signifiant qu'il demandait mon consentement.

Je n'étais pas une sainte.

Je pris ma décision en me moquant des conséquences et, les yeux écarquillés, je hochai la tête.

19

LE HURLEMENT DU LOUP

Sa première réaction fut prédatrice, et affolante. Il esquissa le sourire le plus satisfait et sexy que j'avais jamais vu, remplaçant la simple expression de plaisir masculin qu'il affichait quelques instants auparavant. Un sourire carnassier et triomphant, celui d'un chasseur qui avait traqué sa proie, l'avait enfin capturée et savourait sa prise.

Une image parfaitement appropriée, pensai-je.

— Ne bouge pas, susurra-t-il.

Il se pencha de nouveau sur moi, ferma ses paupières et inclina la tête. Contrairement à ce que j'avais pensé, il ne m'embrassa pas, mais se contenta d'éveiller ma sensualité en préliminaire à la quelconque liste d'activités qu'il avait à l'esprit. Il effleura la ligne de ma mâchoire du bout des lèvres, glissa sur mon menton puis me mordilla la lèvre inférieure, la tirant doucement entre ses dents.

Lorsqu'il se redressa, il me regarda dans les yeux en caressant ma pommette avec le pouce. Il m'étudia, m'observa. Cette fois, quand il referma les paupières, il m'embrassa vraiment.

Il m'agrippa par la nuque en plongeant sa main dans mes cheveux et joua avec sa langue, m'incitant à sortir de ma passivité pour réagir, résister.

Je saisis le revers de sa veste et l'attirai contre moi afin de m'imprégner de sa chaleur, de son odeur, de son goût.

J'eus une brève hésitation puis décidai que je n'étais pas suffisamment choquée par mon comportement pour interrompre notre étreinte.

Ethan.

Je n'avais pas même murmuré son nom, je l'avais simplement prononcé dans mon esprit. Il émit un grognement triomphant avant d'emprisonner ma langue dans la tiédeur de sa bouche pour mieux jouer avec elle.

Je m'abandonnai à ses baisers et les lui rendis, le laissai m'attraper par les hanches, glisser ses mains sous le tissu de mon tee-shirt, effleurer ma taille et caresser mon dos, m'attirer à lui. Une sorte de grondement, de ronronnement de prédateur, émana de sa gorge, puis il prononça mon nom. Ce n'était plus une question, mais une façon de clamer sa victoire.

Il se colla à moi, remontant lentement sa main ouverte le long de mon dos, et je sentis la puissance de son érection contre mon ventre.

Je pris son visage entre mes paumes, ses cheveux bonds soyeux chatouillant ma peau, et me perdis dans de longs baisers voluptueux entrecoupés de légers mordillements.

Jusqu'à ce qu'on frappe à la porte.

Ethan se recula brusquement, une main sur la hanche, et s'essuya la bouche comme pour effacer les traces de ce qui venait de se dérouler.

— Oui ? lança-t-il d'une voix forte qui fit l'effet d'un tir de canon dans le silence de la pièce.

Je me frottai les lèvres du revers du poignet.

La porte s'ouvrit, une silhouette se découpa sur le seuil, et je reconnus Malik au moment où il entra.

— Ils sont ici, déclara-t-il, son regard rivé sur moi exprimant une sorte de compassion muette. (Il se tourna ensuite vers Ethan.) Dans le petit salon de devant.

Ethan hocha la tête.

— Fais-les entrer dans mon bureau. Nous arrivons tout de suite.

Malik acquiesça puis, sans plus s'attarder, il ressortit, et la porte se referma lentement derrière lui avec un bruit sourd.

Je me dirigeai vers la table et commençai à rassembler mes notes et mes stylos sans relever le nez. Mon cœur tambourinait dans ma poitrine. J'étais à présent envahie par le sentiment de culpabilité que j'avais auparavant nié face à Morgan.

Qu'est-ce que j'avais fait ? Qu'est-ce que je… qu'est-ce que nous avions été sur le point de faire ?

— Merit.

— Ne dis rien.

J'empilai les carnets, m'emparai de mon katana glissé dans son fourreau et serrai mes affaires contre moi comme s'il s'agissait d'un bouclier.

— Ne dis rien. Ça n'aurait jamais dû se produire.

Ethan ne prononça pas un mot jusqu'à ce que je commence à m'éloigner en direction de la porte. Il me retint alors fermement par le coude et se contenta d'arquer un sourcil en guise de question.

— Tu m'as donnée à lui.

Il écarquilla les yeux. Il était visiblement surpris que cela revête pour moi une telle importance. Ethan avait montré qu'il me désirait en dépit de ses doutes et, malgré tout, il m'avait envoyée dans les bras d'un autre. De Morgan, qui nous attendait un étage en dessous.

Je me dégageai de son étreinte et me dirigeai vers la porte. Lorsque je fus sur le point d'en franchir le seuil, je m'arrêtai, me retournai, et constatai que la stupéfaction était toujours empreinte sur son visage.

— C'est toi qui as pris cette décision, lui dis-je. Accepte les conséquences.

Ébranlé par mes propos, il demeura quelques instants de marbre, puis il secoua la tête.

— Nos invités nous attendent, déclara-t-il d'un ton abrupt. Allons-y.

Je le suivis, mon fourreau et mes notes dans les bras.

Morgan, Scott Grey et Noah Beck avaient déjà pris place autour de la table de réunion. Je n'avais pas revu Noah ni Scott depuis la nuit où j'avais de justesse empêché mon futur ex-petit ami d'agresser Ethan, la veille du soir où Célina avait tenté d'assassiner mon Maître. Des circonstances tout aussi dramatiques nous rassemblaient à présent.

Grand, les cheveux brun foncé, Scott arborait un jean et un tee-shirt des Cubs. En tant que fan de sports, il n'imposait pas d'autre uniforme à la Maison Grey que ce genre de tenue décontractée. Alors que les vampires Navarre et Cadogan affirmaient leur affiliation par des médaillons, ceux de Grey se contentaient de porter les maillots de diverses équipes.

Noah était, comme toujours, vêtu d'un treillis noir et d'un tee-shirt à manches longues. Plus petit que Scott, ce qui ne voulait pas dire grand-chose vu que ce dernier mesurait probablement un mètre quatre-vingt-quinze, Noah était néanmoins plus large d'épaules. Il devait passer du temps à la salle de musculation. Alors que Scott dégageait un charme juvénile, avec la barbiche qu'il s'était laissé pousser sous la lèvre inférieure, Noah était d'une beauté sauvage.

Ses cheveux bruns contrastaient avec ses grands yeux bleus et sa bouche sensuelle ; une barbe de plusieurs jours couvrait sa forte mâchoire.

Morgan n'avait pas quitté son jean et son tee-shirt, et n'avait apparemment pas changé d'humeur, car il me décocha un regard furieux dès que je pénétrai dans la pièce.

Mes joues s'empourprèrent sous l'effet de la culpabilité, et aussi de la peur que je ressentais. J'avais donné raison à ses craintes, cédé à la tentation qu'il avait prédite et redoutée. En plus, j'étais prête à parier que ma peau restait imprégnée du parfum d'Ethan.

Luc et Malik se tenaient debout à chaque extrémité de la table, tous les deux vêtus de l'uniforme noir de Cadogan. Ethan s'avança et s'assit à la place principale. Luc se positionna aussitôt derrière lui.

Je me dirigeai de l'autre côté et saluai au passage Noah et Scott d'un signe de tête. Lorsque Malik s'installa sur son siège, je restai debout derrière lui.

— Messieurs, déclara Ethan, comme je vous en ai déjà fait part, nous sommes confrontés à un problème. Nous avons besoin de trouver une solution. Rapidement.

Il mentionna la menace qui visait Nick, l'exigence de respecter un délai de vingt-quatre heures et les recherches menées par Jeff. Il aborda ensuite un sujet plus personnel.

— Nous avons pu récolter toutes ces informations grâce à Merit, qui a accepté de retourner chez son père afin d'entrer en contact avec les fréquentations de sa famille pour notre compte.

Il s'adressait au groupe, mais ne quittait pas Morgan des yeux.

Je fermai les paupières, soudain exaspérée par Ethan Sullivan.

Il m'innocentait. Après ce qui venait de se passer dans la bibliothèque, il tentait de justifier ma conduite auprès de Morgan. Il essayait de lui expliquer que je n'avais fait que mon devoir, et ce de façon totalement platonique, en apparaissant à son bras à une soirée.

Certes, d'une certaine manière, il s'agissait d'une délicate attention de sa part : il se faisait pardonner d'avoir exigé que je l'accompagne chez mon père.

D'un autre côté, son attitude exhalait des relents de lâcheté. Il ne pouvait pas nier le fait qu'il me désirait, il me l'avait démontré plus d'une fois, et, malgré cela, il me renvoyait de nouveau vers Morgan et s'efforçait de nous rapprocher. Ce comportement présageait un abîme de troubles émotionnels que je n'avais aucune envie d'explorer.

Pourtant, je l'avais embrassé. J'avais capté la passion dans son regard et l'éclat de triomphe qui avait illuminé ses yeux lorsque je lui avais cédé. Peut-être que Lindsey avait raison et que sous cette apparence froide et impassible se cachait autre chose. Mais le découvrir comportait des risques…

Absorbée dans mes pensées, je sursautai quand je les entendis prononcer mon nom et me rendis compte que j'étais sur le point d'effleurer mes lèvres, qu'il avait couvertes de baisers. Je me rattrapai de justesse et me tapotai le menton du doigt en espérant que mon air intellectuel les convaincrait.

— Oui ? demandai-je à Ethan alors que tous les yeux de l'assemblée convergeaient vers moi.

Morgan semblait avoir perdu de son ardeur, même s'il affichait toujours une expression suspicieuse.

— Est-ce que tu souhaites ajouter quelque chose à mon récit ? s'enquit Ethan. Peut-être au sujet de la menace envoyée par e-mail ?

J'inclinai la tête et répondis à sa requête sur un ton professionnel :

—Le message mentionne des détails sanglants. Il dresse une liste des méthodes de torture envisagées, certaines originales, d'autres plus traditionnelles, mais je n'ai rien lu qui permette d'indiquer l'identité de l'auteur.

Ethan examina les Maîtres vampires.

—L'un d'entre vous a-t-il découvert quelque chose à ce sujet?

Ils secouèrent tous la tête.

—Le trou noir, annonça Noah. *Nada*.

—Pareil, renchérit Scott.

Morgan se pencha en avant.

—Alors qu'est-ce qu'on fait, maintenant? Il ne nous reste plus que deux heures avant l'aube, et nous ne disposerons que de quelques heures demain soir. Ça ne nous laisse pas le temps de mener une enquête, nous n'avons même pas la moindre piste.

—Peut-être pourra-t-on apprendre quelque chose dès ce soir grâce à l'e-mail, leur rappela Ethan. Nous attendons les résultats de cette partie de l'enquête. En tout cas, nous devons conclure un accord avant de nous séparer. Je crois que la première étape serait de calmer le jeu. Merit et moi avons donné aux Breckenridge la garantie que la menace ne provenait pas de la Maison Cadogan. Pouvez-vous assurer la même chose?

—Ça ne vient pas de Grey, affirma Scott d'un ton neutre. Comme vous le savez, ce n'est pas notre genre.

—Ce n'est pas notre genre non plus, décréta sèchement Morgan. Les vampires Navarre ne menacent pas les humains.

Plus maintenant, pensai-je. J'échangeai un regard avec Ethan.

—Vous savez qu'il m'est impossible de faire cette promesse, déclara Noah. Je n'exerce aucune autorité sur les vampires indépendants. Je sers de délégué et diffuse les informations. Cela dit, je ne connais la famille Breckenridge ni d'Ève ni d'Adam, et je n'ai pas entendu la moindre rumeur les concernant. Si des vampires non affiliés sont impliqués, je ne suis pas au courant.

— Voilà pourquoi nous avons des Maisons, marmonna Morgan en s'appuyant contre le dossier de sa chaise. Afin d'éviter ce type de situation. (Il croisa ses mains derrière sa tête et glissa un regard en coin à Ethan.) Bon, les trois grandes institutions de Chicago ont garanti leur innocence. Tu crois que ça suffira à les apaiser ?

— J'en doute, répliqua Ethan. Ils exigeront des informations sur la menace, l'auteur de l'appel téléphonique, et sur l'expéditeur de l'e-mail.

— Donc si on ne règle pas cette histoire, on est dans la merde, conclut Morgan. Il publiera son article, et on sera foutus. Ils vont organiser de nouvelles audiences, adopter je ne sais quelles lois et nous enfermer dans nos Maisons toute la nuit.

— Chaque chose en son temps, rétorqua calmement Ethan. Ne tirons pas de conclusions hâtives.

— Oh, ça va, arrête de jouer les experts, Sullivan ! Je ne suis peut-être pas aussi âgé que toi, mais je ne suis non plus un petit nouveau !

— Greer, avertit Scott.

D'après mes recherches, Scott avait accédé récemment au statut de Maître. Il avait toutefois davantage d'influence et de maturité que Morgan, et le ton qu'il avait employé était destiné à le lui rappeler. C'était la première fois que j'entendais Scott user de son autorité, ce qui conféra davantage de force à son intervention.

Morgan ravala la repartie qu'il s'apprêtait à lancer en plissant les paupières, se cala sur sa chaise, et baissa son regard sur la table. Peut-être qu'il avait du mal à s'adapter, lui aussi. La transition d'humaine à vampire m'avait posé problème, et Morgan, après avoir été Second, devait s'habituer à son nouveau titre de Maître.

—Nous pouvons garantir que les Maisons ne sont pas impliquées dans cette histoire, dit Ethan, résumant l'accord qu'ils avaient conclu jusqu'à présent. Quoi d'autre ?

—J'ai une question, intervint Scott en jetant un coup d'œil à Morgan. Nous sommes confrontés à ces raves, à des menaces, à des personnes qui souhaitent démontrer à quel point nous sommes manipulateurs… Sans vouloir me montrer irrespectueux, ça conduit justement au genre de situation que nous vivons en ce moment : nous devenons agressifs les uns envers les autres. En sait-on davantage sur le rôle éventuel joué par Célina dans cette affaire ?

La mâchoire de Morgan se crispa.

J'échangeai un regard avec Ethan.

—Nous n'avons aucune preuve tangible, déclara-t-il, ayant apparemment décidé de ne pas divulguer la découverte que nous avions faite dans la bibliothèque. Bien qu'elle ait déjà démontré qu'elle est capable de semer la discorde entre les Maisons.

—Et à quel point cette discorde est-elle personnelle, Sullivan ? lança Morgan en s'inclinant en avant, les yeux tournés vers Ethan. Peux-tu réellement te montrer neutre envers Célina ?

Ethan arqua un sourcil.

—Neutre ? envers Célina ? Au vu de ses actes passés, mérite-t-elle qu'on lui accorde le bénéfice du doute ?

Tout à fait d'accord, pensai-je. Cette femme avait tenté de nous assassiner tous les deux. Je nourrissais des sentiments forts et particuliers envers Célina Desaulniers, et la neutralité n'entrait pas en ligne de compte.

—Écoutez, reprit Noah, malgré ce qu'elle a pu faire, avant de déclencher une vendetta, je me range à l'avis de Greer. On n'est pas en mesure d'affirmer quoi que ce soit, alors arrêtons de porter des accusations. Le PG l'a relâchée, et cela n'entre pas dans nos attributions de nous intéresser de trop près à elle. Vous savez comment ça marche.

Je l'ignorais, mais, intriguée par son commentaire, je me promis de me renseigner à la bibliothèque.

—En nous focalisant sur Célina, on risquerait de s'attirer les foudres du Présidium et de perdre le peu de temps dont on dispose à essayer d'étayer des hypothèses, alors qu'on n'a aucune légitimité politique. (Il secoua la tête et s'adossa à sa chaise.) Non. Ce n'est pas une sainte, j'en suis persuadé, mais, sans plus d'éléments, je propose de ne privilégier aucune piste pour l'instant.

Scott haussa les épaules.

—C'est clair que ce n'est pas une sainte, mais je suis d'accord. J'ai posé la question simplement pour tâter le terrain. Si nous n'avons pas de preuve, nous devons considérer toutes les éventualités.

—La décision est prise, alors, conclut Ethan.

Le sillon qui barrait son front trahissait son inquiétude. Les réactions de Scott et Noah indiquaient qu'ils ne soutenaient pas particulièrement Célina, mais qu'il faudrait néanmoins les convaincre de sa culpabilité. De toute évidence, cette tâche nous incombait.

—Ça nous ramène aux Breckenridge, avança Luc. Nous passons sûrement à côté de quelque chose. Pourquoi cette famille ? Pourquoi maintenant ? Si l'auteur de la menace voulait utiliser une information sur Jamie afin de nuire aux Breck, pourquoi nous impliquer ? Quel est le lien entre cette famille et les vampires ? D'où vient cette animosité ?

Animosité.

En entendant ce mot, tout devint limpide.

Je me remémorai les questions de Nick devant la grille de la Maison, puis repensai à notre rencontre dans le labyrinthe.

La sensation d'électricité magique, la haine dans ses yeux.

Le mouvement dans les sous-bois et l'animal qui m'observait à travers les arbres.

Le picotement que j'avais ressenti dans le bureau de Papa Breck.

Les préjugés, l'hostilité manifeste envers les vampires.

Leur soudain besoin de resserrer les liens familiaux, de protéger Jamie.

— Ils ne sont pas humains, conclus-je à haute voix.

Je levai le menton et rencontrai le regard d'Ethan.

— Ils ne sont pas humains ? répéta Scott.

Ethan m'observait, et je sus qu'il avait compris lorsque son visage changea d'expression.

— La haine. La méfiance à l'égard des vampires. (Il hocha la tête). Tu as probablement raison.

— Qu'est-ce que vous dites ? demanda Morgan.

Ethan, tout en gardant les yeux rivés sur moi, m'invita à prendre la parole afin de révéler ce que je venais de découvrir. Je les regardai tour à tour.

— Ce sont des métamorphes. Les Breckenridge sont des métamorphes.

Contrairement aux vampires, les métamorphes se transmettaient leurs caractéristiques de manière héréditaire, ce qui signifiait que, si Nick en était un, son père et ses frères aussi. Ils étaient sans doute fidèles à Gabriel Keene, le Meneur de la Meute des Grandes Plaines.

— L'animal du lieu de la rave, dis-je en me rappelant l'odeur et la trace magique, il devait s'agir de Nick.

Morgan tourna brusquement la tête dans ma direction.

—Vous êtes allés sur un site de rave? (Il tapa du poing sur la table, le regard dirigé vers Ethan.) Elle a seulement deux mois, bon sang!

—Elle était armée.

—Et je le répète, elle a seulement deux mois. Tu veux la tuer, ou quoi?

—J'ai pris une décision en tenant compte de ma connaissance de ses capacités.

—Je te jure, Sullivan, je ne te comprends pas.

Ethan repoussa sa chaise, se leva et se pencha en avant, les mains posées à plat sur le plateau, doigts écartés.

—Premièrement, je ne mettrais jamais Merit dans une situation sans être certain de son aptitude à s'en sortir. De plus, elle était avec moi, Catcher et Mallory Carmichael, qui sera très bientôt en possession de pouvoirs suffisants pour assurer elle-même la protection des gens qui l'entourent, comme nous en avons discuté. J'ai appris que l'Ordre allait établir une présence permanente à Chicago afin de tirer parti de ses facultés.

Je me redressai en entendant ces propos. Apparemment, le stage de Mallory à Schaumburg revêtait bien plus d'importance que ce que je croyais.

Ethan s'inclina davantage et transperça Morgan d'un regard impérieux qui m'aurait donné envie de filer dans un coin en gémissant, la queue entre les jambes.

—Deuxièmement, tu dois te rappeler ta position. Je te l'ai déjà dit une fois, et je ne le répéterai pas. Je ne conteste ni l'ancienneté ni le prestige de ta Maison, Greer, mais tu as été Maître moins longtemps que Merit n'a été vampire. Et n'oublie pas que tu lui dois cette place, ton ancien Maître ayant jugé bon d'attenter à ma vie.

Il cessa sa diatribe, mais l'éclat de fureur dans ses iris laissait deviner la suite : si Morgan osait de nouveau le défier, il en subirait les conséquences.

Un silence pesant s'installa dans la pièce. Ethan fustigea encore Morgan de son regard implacable durant une minute – regard que ce dernier soutint avec arrogance – puis tourna lentement ses yeux verts dans ma direction. Ils exprimaient à présent tout autre chose.

Du respect.

Mon estomac se contracta sous l'effet de la puissance de ce regard. Il signifiait qu'il me considérait désormais comme une égale. Nous étions devenus une sorte de duo, une équipe Cadogan unie contre nos ennemis.

— Bon, fit Ethan en reprenant sa place. En quoi le fait qu'ils soient métamorphes nous aide-t-il à progresser dans notre enquête ?

— Peut-être qu'ils essaient de mettre à l'abri le plus faible d'entre eux, suggéra Luc. Ils protègent Jamie de cette prétendue menace qui pèse sur lui, et, d'après ce que j'ai compris, c'est plutôt inhabituel chez les Breck. Jamie a toujours été considéré comme la brebis galeuse. Un gamin désœuvré. Ça expliquerait que les Breckenridge aient été choisis. Quelqu'un sait probablement quelque chose au sujet de Jamie, et compte s'en servir contre la famille entière. Il a peut-être une sorte de déficience magique. Une anomalie qui l'empêche de se transformer complètement ou de changer de forme quand il le décide. Quelque chose comme ça.

— Si ce que tu avances est vrai, Papa Breck a un problème, commenta Ethan.

— Et étant donné que Jamie est toujours en vie, Papa Breck a un secret, renchérit Luc.

Je fronçai les sourcils.

—Qu'entends-tu par là ?

—Le respect de la hiérarchie au sein des meutes est très strict, expliqua Noah. Les membres les plus forts dominent le groupe, et les plus faibles se soumettent, ou sont éliminés.

Éliminés. Une manière diplomatique de dire qu'on tuait les plus chétifs de la portée.

—C'est… horrible ! m'exclamai-je en écarquillant les yeux.

—Pour des humains, peut-être, répondit Noah. Mais ils ne sont pas humains. Ils obéissent à des instincts différents, mènent des existences différentes et sont confrontés à d'autres types de défis. (Il haussa les épaules.) Je ne suis pas certain que nous soyons en mesure de porter un jugement.

—Massacrer des membres de sa propre société ? repris-je en secouant la tête. Je me sens tout à fait en droit de les juger, quelles que soient leurs contraintes. La sélection naturelle est une chose, mais ça, c'est de l'eugénisme, du darwinisme social.

—Merit, intervint Ethan d'un ton gentiment réprobateur. Ce n'est ni l'endroit ni le moment.

J'acceptai sa critique, et fermai ma grande gueule. Morgan renifla d'un air dégoûté à l'autre bout de la table. J'ignorais s'il dénigrait la remarque d'Ethan ou s'il me reprochait de lui avoir obéi.

—L'éthique mise à part, Jamie fait clairement partie de la famille, poursuivit Ethan. Soit Gabriel ne sait rien de son anomalie, soit il est au courant et ne s'en soucie pas.

—Seigneur ! s'exclama Scott en se frottant le visage. Ça paraissait déjà mal engagé quand on n'était confrontés qu'au *Tribune* et à la ville de Chicago, et maintenant, on se retrouve face à cette satanée Meute des Grandes Plaines ? Greer avait raison, on est foutus.

L'inquiétude se lisait sur ses traits.

— Des propositions ? demanda Ethan.

— Donne-moi le temps de passer un coup de fil, suggérai-je.

Je devais déjà une faveur à Jeff. Une de plus ne changerait pas grand-chose.

Ethan me considéra quelques instants, hésitant sans doute à m'accorder sa confiance, puis il hocha la tête.

— D'accord.

J'avais proposé à Jeff de le retrouver à la porte de Cadogan. Je supposais qu'il apprécierait l'attention et se sentirait un peu plus à l'aise dans une Maison grouillant de vampires si je lui servais de guide et de garde personnel. C'est du moins ce dont j'avais essayé de le convaincre.

Sous le porche, les bras croisés, j'attendais que les vigiles de RDI l'autorisent à pénétrer dans l'enceinte de la propriété. Je vis enfin sa mince silhouette remonter l'allée. Il était vêtu d'un pantalon de treillis et d'une chemise dont il avait replié les manches. Les mains dans les poches, ses cheveux se soulevant en rythme avec sa démarche, il affichait un sourire penaud.

Il sauta les marches du perron et me rejoignit à la porte. Il me regardait avec une adoration qui me mettait un peu mal à l'aise. Mais bon, Jeff nous accordait une grande faveur, d'autant plus qu'en tant que métamorphe il entrait dans la tanière de l'ennemi ; je décidai donc de m'en accommoder.

— Salut, Merit.

Je lui souris.

— Il était temps que tu arrives. Tu as du nouveau au sujet de l'e-mail ?

— Ouais, affirma-t-il en jetant un coup d'œil inquiet vers l'intérieur de la Maison. Mais pas ici. Il y a trop d'oreilles qui traînent.

Sa réponse n'augurait rien de bon, mais je comprenais sa réserve.

—C'est gentil d'être venu et d'avoir passé ta soirée à rechercher l'origine d'un message.

—Ce n'est pas pour rien qu'on me surnomme Champion.

J'éclatai de rire et m'écartai pour lui signifier d'entrer dans la Maison.

—Depuis quand on t'appelle comme ça ?

Il s'arrêta dans le vestibule tandis que je refermais la porte, et m'adressa un franc sourire.

—Tu te souviens qu'on sort ensemble ?

—Tout à fait, répondis-je d'un ton solennel. Comment ça se passe, d'ailleurs ?

Je lui montrai le chemin vers le bureau d'Ethan et il marcha à mon côté tout en observant les lieux et les quelques résidents qu'il croisa, aux aguets.

—Bien, d'où le surnom de Champion. Enfin, mon travail en souffre un peu, quand même.

—Ah bon ?

On s'arrêta devant la porte du bureau, qui était fermée, et Jeff s'ébouriffa les cheveux. J'imaginai qu'il devait se sentir nerveux, mais il se tourna vers moi et émit un petit rire qui détendit son expression.

—Oui, disons que… tu m'empêches de me concentrer. Tu sais, tu me prends pas mal de temps. Et tu n'arrêtes pas de me téléphoner, de m'envoyer des textos.

Malgré son sourire, sa peur était palpable, reconnaissable à ses yeux étrécis et à la légère odeur aigre qui émanait de lui.

—Tant que tu es dans la Maison, je suis aussi ta Sentinelle.

Cette fois, ses lèvres se relevèrent en un sourire sincère. Mes paroles l'avaient sans doute soulagé.

—Et tu sais quoi ? lançai-je en refermant ma main sur la poignée.

— Non, quoi ?

— Tu es mon métamorphe préféré.

Jeff secoua la tête.

— Je ne dénigre pas mon sex-appeal, mais je suis le seul métamorphe que tu connaisses.

— Justement non, Jeff, et c'est bien le problème.

J'ouvris la porte, et on entra.

20

Le plus chétif de la portée

Les vampires n'avaient pas bougé, sauf Luc qui s'était rapproché de la porte et s'appuyait à présent sur le dossier d'un siège en cuir. J'appréciai son initiative. Nous pourrions ainsi tous les deux escorter Jeff jusqu'à la table, chacun d'un côté. Catcher m'avait assuré que Jeff était largement capable de se défendre et, après avoir été confrontée à la colère de Nick, je ne doutais pas de la puissance des métamorphes. Toutefois, à vingt et un ans, il était de loin le plus jeune de l'assemblée, et appartenait à un groupe que les vampires ne portaient pas particulièrement dans leur cœur à cet instant précis. Même s'il paraissait peu probable que nous en venions à sortir les armes, notre attitude protectrice envers Jeff contraindrait les Maîtres à respecter certaines limites.

— Merci d'avoir accepté de nous parler aussi rapidement, commença Ethan, qui s'était levé à notre entrée.

— Pas de problème, dit Jeff sur un ton léger en serrant la main qu'Ethan lui tendait. Je suis content de pouvoir vous être utile.

Il prit place sur une chaise libre et je m'assis à côté de lui.

Ethan sourit et se tourna vers le reste du groupe.

—Il me semble que tu connais déjà tout le monde, mais nous allons tout de même procéder aux présentations pour la forme.

Il cita les noms des vampires présents, qui saluèrent tous de bonne grâce. Le regard mauvais que je leur adressai tour à tour en guise d'avertissement les dissuada sans doute d'émettre le moindre commentaire désobligeant envers notre invité.

Une fois le tour de table terminé, Jeff posa les yeux sur Ethan, puis sur moi.

—Alors, en quoi puis-je vous aider ?

—Comme tu le sais, nous menons des recherches au sujet d'une menace visant Jamie Breckenridge, expliquai-je. Elle émanerait de Cadogan mais, à notre connaissance, personne ici n'en veut à Jamie, et les autres vampires n'ont pas davantage de mobile. (Je marquai une pause.) Nous pensons que les Breckenridge sont des métamorphes.

—Oh, s'exclama Jeff d'un air surpris. D'accord.

—Nous essayons de déterminer si un autre métamorphe aurait des raisons de nuire à cette famille, ajoutai-je.

Jeff fronça les sourcils.

—Je ne te suis pas, là.

—Jamie a toujours été du genre oisif, n'est-ce pas, Merit ? intervint Ethan.

Je hochai la tête.

—On peut dire ça, oui.

—Ses proches semblent pourtant étrangement désireux de le mettre à l'abri, poursuivit Ethan. D'après ce que je sais, personne d'autre ne soupçonne leur nature. Nous pensons qu'ils tentent de le protéger pour une raison précise. Peut-être qu'il a une sorte de faiblesse ou de problème magique dont souhaiteraient s'occuper des membres de la Meute.

Jeff secoua la tête.

— Je ne comp…

Il s'interrompit, bouche bée, les traits figés en une expression de choc. Il paraissait incrédule et, pire encore, blessé. Il se tassa dans sa chaise comme si les propos d'Ethan l'avaient étourdi.

— Ouah.

Le silence s'installa dans la pièce, et tous les vampires baissèrent les yeux de manière coupable, incapables de regarder Jeff.

Personne ne prononça un mot pendant une minute ou deux. Je me retins de poser ma main sur son bras afin de le réconforter et me rassurer moi-même ; je craignais que ce geste semble condescendant. Je levai la tête et rencontrai le regard d'Ethan, dont le front était toujours barré de la même ligne.

— Ne le prenez pas mal, mais voilà la raison pour laquelle les métamorphes n'aiment pas les vampires, reprit Jeff doucement, nous incitant à tous nous tourner vers lui. Les rumeurs, les conjectures. Oser me demander en face si nous sommes capables de tuer des membres de notre propre Meute ? C'est insultant. (Il posa les yeux sur moi.) Tu es nouvelle, je comprends bien. (Il considéra Ethan et les autres vampires.) Mais vous, vous avez vécu, vous devriez savoir.

Aucun d'eux ne lui fit l'affront de présenter son ignorance comme une excuse valable.

Jeff se pencha en avant et posa les coudes sur la table.

— Nous n'exterminons pas nos congénères (il nous lança un regard perçant qui sous-entendait que ce n'était pas le cas de certaines espèces surnaturelles, et, vu le sabre que je portais à la ceinture, il n'avait sans doute pas tort), mais cela ne veut pas dire que nous sommes toujours d'accord sur tout. Nous n'éliminerions pas quelqu'un comme Jamie, mais des membres puissants de la Meute pourraient très bien avoir envie de l'intimider, d'utiliser son défaut ou je ne sais quoi contre lui ou sa famille.

—Tu penses à du chantage ? proposai-je.

—Ou à une tentative d'extorsion. C'est déjà arrivé. «Donne-moi ce que je te demande et tout ira bien pour ton fils. » Ce genre de truc. Ceux qui font partie des rangs inférieurs de la Meute essaient parfois de se rendre importants en agissant comme ça. La hiérarchie de la Meute est en partie figée. Chaque métamorphe a une forme primaire fixée depuis sa naissance : il se transforme en un animal précis. Cette forme ne change jamais, on en hérite et elle détermine la place dans le groupe. Ensuite, les muscles et la force peuvent modifier la donne. Certains utilisent leur puissance pour monter dans la hiérarchie. Se soumet-on à la Meute en acceptant toutes les décisions, ou essaie-t-on de jouer un rôle et d'influencer Gabriel ? Le problème du chantage, c'est que les victimes ne s'en plaignent pas auprès de lui.

—Parce qu'elles n'en paraîtraient que plus faibles, incapables de se défendre par leurs propres moyens ?

Jeff répondit à l'interrogation de Scott par un hochement de tête.

—Exactement. Gabriel dirige la Meute des Grandes Plaines en tant qu'entité, il n'est pas là pour arbitrer les conflits familiaux ou les petites disputes. Ce n'est pas son rôle.

Ethan leva un doigt.

—À moins que ces litiges ne prennent de l'ampleur et que l'ensemble de la Meute ne devienne impliqué.

Jeff acquiesça.

—Dans ce cas, oui, mais ça n'arrive pas souvent. Les membres de notre communauté gèrent eux-mêmes leurs querelles. Si quelqu'un met trop de monde en colère, on s'en occupe.

Venant d'un informaticien maigrichon de vingt et un ans, ces paroles faisaient froid dans le dos.

— Jeff, est-ce que tu es au courant d'un plan visant à faire du mal à Jamie, ou d'un quelconque sentiment d'hostilité à l'égard des Breck ?

— J'ignorais qu'ils étaient métamorphes avant que vous me l'appreniez. Il n'existe aucune liste, aucun système de repérage. Rappelez-vous que notre existence reste plus ou moins… taboue. Même si nous nous regroupons en meutes, il n'y en a que quatre aux États-Unis, et c'est dû à la géographie plus qu'à autre chose. Contrairement aux vampires, nous sommes métamorphes de naissance, on fonctionne plutôt à une échelle familiale, pour ainsi dire.

— Un peu comme une mafia, suggéra Scott.

— Nous ne sommes pas aussi dangereux, répliqua Jeff.

Ethan balaya l'assistance du regard.

— Si Jamie est en effet atteint d'une sorte de handicap magique, certains individus de la Meute pourraient utiliser cette information afin de lui nuire. Que peut-on extrapoler ?

— Si Jamie a réellement une anomalie et que quelqu'un l'a découvert, il détient l'arme idéale contre les Breckenridge, répondit Jeff bien que la question ait été destinée davantage aux vampires. Il pourrait mettre le feu à la poudrière.

— C'est déjà fait, déclara Ethan d'un air grave.

— Si le coupable est un vampire, ce feu pourrait bien déclencher une guerre entre nos deux espèces, avança Luc, alarmé.

Le silence s'abattit sur nous.

Ethan poussa un profond soupir puis considéra tour à tour les personnes assises autour de la table.

—Étant donné qu'il ne nous reste plus qu'une demi-heure avant l'aube, si vous n'avez plus rien à ajouter, je vais contacter RDI et leur demander d'approfondir les recherches au cours de la journée. Entre-temps, essayez de creuser chacun de votre côté afin de voir si une information pertinente vous aurait échappé. Je propose de nous réunir de nouveau ici une heure après le coucher du soleil pour faire le point. Des objections ?

—C'est le mieux que nous puissions faire en si peu de temps, fit remarquer Scott en repoussant sa chaise.

Noah l'imita, et, après avoir salué Ethan d'un signe de tête, ils se dirigèrent vers la porte, sans doute pressés de se mettre à l'abri de l'aube qui allait bientôt pointer à l'horizon. Morgan ne se hâta pas autant. Il recula son siège, se leva et attendit que Noah et Scott soient sortis pour me toiser d'un air furieux. Il se tourna ensuite vers Ethan et s'approcha de lui jusqu'à n'être qu'à quelques centimètres, puis murmura quelques mots. Ethan se rembrunit aussitôt.

Sans daigner m'accorder le moindre regard, Morgan quitta la pièce en claquant la porte.

Toujours debout à la même place, Ethan ferma les yeux.

—Il sera un meneur de vampires, un jour. Dieu fasse que cela n'arrive pas avant qu'il y soit prêt.

—Je crois que ce jour est déjà passé, marmonna Malik à mon intention.

Je hochai la tête pour lui signifier que je partageais son avis. Je regrettais néanmoins le rôle que j'avais pu jouer dans le comportement de Morgan face aux autres Maîtres. Il s'était sans doute senti déconcerté par ma présence. Pourtant, je ne savais trop que penser de son attitude protectrice à mon égard lorsque j'avais abordé le sujet du site de la rave.

—Merci encore d'avoir accepté de t'aventurer dans la Maison Cadogan, Jeff, déclara Ethan. Je te suis très reconnaissant de nous avoir fait part de ces renseignements.

Jeff haussa les épaules.

— Pas de problème. Je suis content de pouvoir apporter des précisions.

Il s'inclina vers moi et chuchota :

— Et pour le reste…

Je le regardai, intriguée.

— Pas ici, c'est ça ?

Il secoua la tête, et j'acquiesçai.

— Je le raccompagne, annonçai-je à voix haute avant de repousser ma chaise.

Jeff se leva en même temps que moi.

— Tu peux disposer, déclara Ethan en rejoignant son bureau, sur lequel il saisit son téléphone. Je vous verrai tous les deux demain.

Ce ne fut qu'une fois à l'extérieur, à mi-chemin entre la porte et la grille en fer forgé, que Jeff m'arrêta en me posant une main sur le bras. Il ne cessait de balayer les alentours du regard, comme s'il épiait la Maison.

— J'essaie d'éviter les paparazzis, expliqua-t-il. Et sans vouloir te vexer, je ne suis pas fan de ces gardes.

Je jetai un coup d'œil au portail devant lequel ils étaient postés, silhouettes sombres et austères. Comme s'ils avaient perçu notre présence, au même instant, ils nous regardèrent par-dessus leur épaule.

— Ils sont un peu flippants, concédai-je avant de me retourner vers Jeff. Alors, qu'est-ce que tu as appris ?

— Bon, après plusieurs essais, j'ai réussi à retrouver l'origine de l'e-mail, annonça-t-il en accompagnant le début de ses explications de grands gestes des mains. Malheureusement, l'adresse IP n'a rien donné de concluant. Ça impliquait beaucoup trop de détours, et même si j'avais trouvé une adresse initiale, ça m'aurait uniquement indiqué le lieu duquel le message a été envoyé, et non l'identité de l'expéditeur.

Je le regardai en clignant des yeux.

—Je ne comprends pas le moindre mot de ce que tu racontes.

Il posa le regard sur moi puis agita la main et reprit de plus belle :

—Ce n'est pas grave. La clé, c'est l'adresse e-mail. Le message a été envoyé à Nick d'un compte générique. Le genre que tu peux créer gratuitement sur Internet. J'ai fouiné un peu, et j'ai retrouvé les données de base entrées lors de la création de ce compte, mais c'est un nom d'emprunt qui a été utilisé : Vlad.

Je levai les yeux au ciel.

—Je suppose que c'est approprié, mais nous ne sommes pas plus avancés.

—C'est exactement ce que je me suis dit, alors j'ai tenté autre chose. Lorsqu'on crée ce type de compte générique, on doit indiquer une autre adresse e-mail au cas où on oublierait son mot de passe ou quelque chose comme ça.

—J'imagine que cette autre adresse a mené à une nouvelle identité bidon ?

Jeff sourit.

—Tu commences à comprendre. J'ai dégotté six autres comptes…

Je l'interrompis en levant la main.

—Attends. Quand tu dis « dégotté », ça signifie que tu les as piratés, c'est ça ?

Jeff eut la délicatesse de rougir. C'était tout à fait charmant, même si ça ne rendait pas ses activités plus légales.

—Je suis un pirate en chapeau blanc, répliqua-t-il. Tu ne sais peut-être pas ce que c'est, mais, en gros, je contribue à l'intérêt général en détectant les failles de sécurité, si on réfléchit bien. Et de toute façon, je travaille pour le secteur public.

Alors qu'il exposait son raisonnement, je levai la tête et m'aperçus que l'aube naissante commençait à rosir le ciel.

— Est-ce que tu peux accélérer, Jeff? Sinon, je risque de cramer. Qu'est-ce que tu as découvert?

Son sourire s'estompa. Il observa de nouveau prudemment les alentours puis tira un morceau de papier plié de sa poche. Il me le tendit d'un air grave.

— Voilà la chaîne que j'ai dépistée, déclara-t-il. C'est la liste des adresses e-mail successives que j'ai trouvées, qui ramènent à l'expéditeur. Son compte figure tout en bas.

Je dépliai la feuille. Je ne lus aucun nom familier jusqu'à ce que j'arrive à la fin de la liste. J'avais déjà vu cette adresse, et son intitulé trahissait de toute manière l'identité de son propriétaire. Je marmonnai un juron.

— J'aurais préféré autre chose.

— Ouais, répliqua-t-il. Je me doutais que cette faveur ne te ferait pas très plaisir.

Je demeurai quelques instants sous le porche après le départ de Jeff, les yeux rivés sur la porte close. Les insignes des alliés de la Maison avaient été gravés sur le linteau. Compte tenu des résultats de la recherche menée par Jeff, nous aurions malheureusement besoin de tout le soutien possible.

Malgré les petites minutes qui me restaient avant l'aube, je ne pouvais pas aller me coucher tout de suite. Je me dirigeai vers l'escalier qui conduisait au sous-sol puis pénétrai dans la salle des opérations. Les hypothèses que j'avais échafaudées concernant l'identité du traître s'étaient montrées fausses: l'enquête de Jeff innocentait Kelley. En revanche, elle désignait coupable un autre garde. En sa qualité de supérieur hiérarchique direct, Luc devait être mis au courant. D'ailleurs, je ne comptais pas annoncer seule cette nouvelle à Ethan.

J'ouvris la porte et embrassai la pièce du regard, le cœur tambourinant dans ma poitrine à la perspective de percer à jour la trahison d'un collègue. Malgré l'imminence du lever du soleil, l'endroit bourdonnait d'activité. Les vampires se préparaient en effet à transmettre le contrôle de la sécurité à RDI pour la journée.

Lindsey et Kelley travaillaient sur leurs ordinateurs. Luc se tenait debout derrière Lindsey, les yeux rivés sur l'écran, mais se retourna en m'entendant refermer la porte.

— Sentinelle, s'exclama-t-il en se raidissant. Je ne m'attendais pas à te revoir ce soir. Que se passe-t-il ?

— Où est Peter ?

Luc haussa les sourcils.

— Probablement dans sa chambre. Il a quitté son service il y a déjà un moment. Pourquoi ?

Je tendis à Luc le papier que m'avait donné Jeff.

— Parce que c'est lui qui a envoyé la menace.

L'agitation cessa instantanément dans la pièce. Lindsey et Kelley firent volte-face, les yeux écarquillés.

— Il s'agit d'une grave accusation, Sentinelle.

Je jetai un coup d'œil à Lindsey.

— Est-ce que tu as une copie du message de Peter au sujet des paparazzis ?

— Euh, oui, répondit-elle.

En dépit de son trouble, elle ouvrit un dossier posé derrière son ordinateur, en sortit une feuille puis pivota sur sa chaise afin de me la faire passer. Je la saisis et étalai les deux papiers à plat sur la table de réunion. Luc me rejoignit avec un air de défi, les bras croisés.

Je désignai le premier document.

— Voici l'e-mail de Peter au sujet des paparazzis.

Luc relut le message, sourcils froncés.

— Oui, confirma-t-il. Il me l'a envoyé depuis son compte électronique de Cadogan et je l'ai imprimé.

— Je sais. J'ai donné l'e-mail contenant la menace visant Jamie à Jeff Christopher. Il a remonté la piste, a trouvé plusieurs adresses d'emprunt, mais, à la fin, il a découvert celle-ci.

Je pointai du doigt la dernière ligne de la liste que Jeff m'avait transmise quelques minutes plus tôt, où figurait l'intitulé du compte e-mail de Peter à Cadogan.

Le silence régna quelques instants, puis Luc lâcha une série de jurons lorsqu'il prit conscience de l'ampleur de la tromperie. Il releva le menton, la mâchoire crispée, les narines dilatées.

— Le fils de pute. Il s'est foutu de notre gueule. Depuis le début.

Luc posa les paumes à plat sur la table et inclina la tête. Puis, sans crier gare, il recula et envoya un coup de poing qui alla percuter le bois avec un « crac » retentissant, y laissant son empreinte.

— Luc, intervint Lindsey.

Elle quitta sa chaise, pour venir passer un bras autour de sa taille et poser une main sur son épaule.

— Luc, répéta-t-elle d'une voix douce.

Je réprimai un petit sourire. Je commençais à croire que les critiques de Lindsey à l'égard de notre intrépide capitaine cachaient quelque chose.

— Je sais qu'il n'a pas fait ça tout seul, déclama-t-il avant de se tourner vers moi, écumant de rage. Il n'a pas pu trahir ainsi la Maison après toutes ces années. Quelqu'un d'autre tient les rênes.

Je songeai à la mystérieuse femme qui avait téléphoné à Nick.

—Tu as sans doute raison, affirmai-je.

—En plus d'apporter cette preuve, oserais-je te demander si tu as réfléchi à un plan machiavélique pour coincer ce salaud?

J'esquissai un sourire narquois.

—Bien sûr que j'ai pensé à un plan machiavélique. Je suis une Merit, après tout.

Deux minutes plus tard, nous nous trouvions au rez-de-chaussée. Luc avait chargé Kelley de se rendre dans la chambre de Peter sous prétexte de l'informer de la menace reçue par les Breckenridge. En fait, il souhaitait simplement s'assurer qu'il n'avait pas quitté la Maison. Nous avions également alerté RDI afin que les gardes l'interceptent au cas où il tenterait de s'enfuir.

La porte d'Ethan était fermée. Luc frappa quelques coups secs contre le battant, qu'il poussa sans attendre de réponse.

Assis à son bureau, Ethan abaissait l'écran de son ordinateur portable, se préparant sans doute à regagner ses appartements avant l'aube.

—Lucas? lança-t-il, les sourcils froncés.

Je jetai un furtif regard à Luc et, après qu'il m'eut adressé un hochement de tête, j'énonçai ma requête:

—Je te demande la permission de faire d'une pierre deux coups.

Ethan prit un air intrigué.

—Tu as besoin de ma permission pour jouer au lance-pierres?

—C'est sérieux, Ethan, intervint Luc d'un ton calme et sévère.

Ethan se tourna brusquement vers Luc, surpris. J'étais, moi aussi, stupéfaite : je ne me rappelais pas avoir déjà entendu Luc appeler Ethan par son prénom.

Ils échangèrent un regard, puis Ethan inclina la tête et reporta son attention sur moi :

— Sentinelle ?

— C'est Peter qui a envoyé la menace aux Breckenridge, déclarai-je.

Son visage trahit une succession d'émotions, passant du choc au déni, puis à une fureur telle qu'elle emplit la pièce d'une vibration électrique. Ses yeux d'un vert cristallin s'étrécirent… et ses iris devinrent en un éclair deux disques d'argent en fusion.

— Tu as des preuves de ce que tu avances, je suppose ?

— C'est lui qui a envoyé l'e-mail destiné à Nick concernant Jamie, affirma Luc. Il a été expédié via plusieurs fausses adresses, mais provenait du compte de Peter à Cadogan.

Ethan se massa la mâchoire.

— Il a envoyé un message d'intimidation à un métamorphe depuis cette Maison ? explosa-t-il.

Il avait parlé d'une voix grave, puissante et tranchante.

Il se leva puis repoussa sa chaise avec une telle force qu'elle roulait encore lorsqu'il atteignit la table de réunion au fond de la pièce. Je lançai un regard en coin à Luc, qui secoua la tête, m'enjoignant sans doute de ne pas intervenir.

Ethan se dirigea vers le bar avec la rapidité d'une panthère et s'empara d'un verre qu'il projeta à travers le bureau d'un mouvement fluide. Le verre vola avant de s'écraser sur le mur derrière la table de réunion, jonchant le sol de tessons.

— Sire, dit Luc d'un ton grave et posé.

— Dans ma Maison, s'exclama Ethan avant de nous faire face, les mains sur les hanches. Dans ma propre maison, bon sang !

Luc hocha la tête.

— Il y a déjà eu deux traîtres dans ma Maison, Lucas. Dans la Maison de Peter. Comment ? Comment est-ce arrivé ? Ne leur ai-je pas tout donné ? Leur ai-je refusé quoi que ce soit ? (Il braqua son regard sur moi.) Sentinelle ?

Je baissai les yeux, incapable de supporter la colère et la déception que je lisais dans les siens.

— Non, Sire.

— « Sire », répéta Ethan comme si ce mot n'était qu'une farce.

— Merit a un plan, annonça Luc.

Ethan me regarda d'un air agréablement surpris en haussant les sourcils.

— Sentinelle ?

— D'une pierre deux coups, répétai-je. Il est trop tard, maintenant, le soleil ne va pas tarder à se lever, mais je pense avoir une idée pour le piéger sans mettre en danger les autres vampires de la Maison. Nous allons l'appâter.

— Et comment procéderons-nous ?

— En lui offrant Célina.

Une lueur perverse éclaira son regard, comme s'il approuvait totalement la machination.

— Fais ce que tu as à faire, Merit.

— J'en ai donc la permission ? demandai-je à titre de confirmation.

Le Maître vampire leva lentement ses yeux verts étincelants et les plongea dans les miens.

— Coince-le, Sentinelle.

Notre plan était prêt. Alors que le soleil commençait à poindre à l'horizon, je regagnai ma chambre. Mon téléphone portable clignotait furieusement. Mallory avait laissé quatre messages sur mon répondeur, au fur et à mesure desquels elle paraissait de moins en moins irritée et de plus en plus compréhensive. Elle semblait avoir en partie passé l'éponge, mais je ne pouvais pas en dire autant. Ces histoires de vampires avaient beau avoir retenu toute mon attention ces dernières heures, la colère sourde que notre dispute avait provoquée ne m'avait pas encore quittée. Je ne me sentais pas prête à lui parler.

Autre chose m'attendait. Je crus tout d'abord que le papier rouge qui avait atterri sur le sol de ma chambre avait glissé du tas de courrier que j'avais rapporté de chez Mallory, puis je me rappelai qu'aucune enveloppe bordeaux ne se trouvait là lorsque je m'étais changée quelques heures auparavant.

Elle était identique à celle qui m'avait été envoyée à Wicker Park mais, cette fois, elle m'avait été adressée à Cadogan. Je la ramassai et soulevai le rabat. Elle ne recélait aucun carton d'invitation. Je vidai le contenu dans ma paume et recueillis un rectangle de plastique rouge translucide aux dimensions d'une carte de visite. Elle ne portait pas d'autre inscription que les initiales « GR » écrites à l'encre blanche, ainsi qu'une fleur de lys stylisée.

Je m'assis sur le lit, et posai l'enveloppe sur l'édredon à côté de moi. Je tournai et retournai la carte et l'exposai à la lumière à la recherche d'un texte caché. Rien.

Les deux lettres m'avaient été adressées personnellement, l'une à mon ancienne adresse, l'autre à la nouvelle. L'expéditeur savait où je vivais avant et avait découvert que j'avais déménagé. Pourquoi quelqu'un voudrait-il me faire parvenir des bouts de papier et du plastique ? S'agissait-il de messages codés ? d'indices ?

Comme le soleil allait darder ses premiers rayons et que je pensais avoir été confrontée à suffisamment de mystères pour la soirée, je posai la carte sur ma table de nuit. Je me déshabillai, pour enfiler l'immense tee-shirt à manches longues des Bears qui me tenait lieu de pyjama et, après avoir vérifié que j'avais bien fermé les volets, je me glissai dans mon lit.

21

Qui veut noyer un vampire l'accuse d'avoir la rage

Comme d'habitude, le soleil se coucha. Douchée et en uniforme noir Cadogan, avec mon katana à la ceinture, je me tenais devant la table de réunion de la salle des opérations, prête à « coincer » mon collègue, comme l'avait exprimé Ethan.

Piéger Peter ne poserait pas grande difficulté. En revanche, le convaincre de dénoncer son complice, que ce soit la mystérieuse inconnue qui avait appelé Nick ou quelqu'un d'autre détenant des informations confidentielles sur les Breckenridge, se révélerait sans doute plus ardu. Notre stratégie était simple : nous avions envoyé un e-mail à l'une des adresses d'emprunt de Peter en nous faisant passer pour la personne qui, selon nos suppositions, tirait les ficelles, à savoir Célina, et lui avions fixé rendez-vous « à l'endroit habituel ». S'il mordait à l'hameçon, cela confirmerait que Célina avait tout manigancé. Nous le filerions jusqu'au lieu en question et le piège se refermerait sur lui.

— Du moins, c'est ainsi que les choses sont censées se dérouler, déclarai-je aux gardes, les mains moites tandis que j'expliquais le plan aux vampires assis autour de la table.

J'allais entreprendre ma première opération officielle en tant que Sentinelle, et elle pouvait déraper de mille manières différentes.

Entre autres problèmes, nous avions consulté le courrier électronique de Peter via le fournisseur d'accès Internet, mais n'avions pas à proprement parler piraté ses comptes. Nous ne savions donc pas si Célina le contactait par mail pour lui donner rendez-vous, ni, le cas échéant, quelle adresse elle utilisait. Toutefois, Jeff nous avait mis sur la piste. Jamais à court d'idées, il avait passé une partie de la journée à rechercher des informations susceptibles de nous aider, et avait fini par dénicher un cache de la boîte de réception de Peter. L'image datait de quelques semaines. Bien que nous ne puissions pas lire les messages, une destinataire à l'identité étrangement familière nous sauta aux yeux : Marie Collette.

Le nom de naissance de Célina.

Plus important encore, l'e-mail avait été envoyé huit jours seulement avant les événements de Lincoln Park où Ethan avait retrouvé Célina et l'avait amenée à dévoiler sa participation aux meurtres d'humaines. Peter et Célina avaient donc communiqué juste avant qu'elle tente de trucider Ethan. Simple coïncidence ? Possible, mais peu probable.

Même si elle n'avait pas fomenté ce nouveau complot, le fait que Peter ait déjà échangé des messages avec elle indiquait qu'il se montrerait certainement suffisamment curieux pour mordre à l'hameçon, d'autant plus qu'il avait été averti qu'elle reviendrait sans doute à Chicago. Notre plan nous permettrait par ailleurs de l'acculer hors de la Maison, garantissant ainsi la sécurité des autres vampires.

— Lindsey, à toi, dit Luc une fois que j'eus fini mon exposé.

Elle hocha la tête.

—Jeff n'a pas pu accéder au compte «Marie Collette», j'en ai donc créé un nouveau avec un nom de domaine différent. Étant donné que Peter utilise couramment au moins six adresses distinctes, recevoir un mail de Célina provenant de ce nouveau compte ne devrait pas le surprendre.

—On fait ce qu'on peut avec ce qu'on a, déclara Luc. Il faut juste qu'on le fasse sortir. Et le message?

Je cliquai afin de projeter le texte sur l'écran disposé à l'autre bout de la table, puis lus à haute voix :

—«Tu as été démasqué. RDV lieu habituel. Urgent.»

—Nous avons préféré ne pas indiquer d'heure précise, précisa Juliet. Nous ne sommes pas sûrs du moment où Peter consultera sa boîte mail. Mais si nous visons juste et que Célina tire les ficelles, ce plan devrait fonctionner.

Luc acquiesça puis se tourna vers moi.

—C'est ton opération, Sentinelle. Tu es prête?

Je me remémorai la douleur que j'avais lue dans le regard d'Ethan et opinai, main gauche sur mon katana.

—Allons le coincer.

Luc et Lindsey s'étaient postés dans la voiture de sport de cette dernière afin de surveiller le véhicule de Peter, que RDI avait équipé d'un mouchard. Ils se tenaient prêts à le prendre en filature. J'attendais impatiemment Juliet à côté de la porte du sous-sol. Elle avait été désignée pour faire équipe avec moi. Sa berline noire semblait plus discrète que ma Volvo orange, que Luc m'avait formellement interdit d'utiliser.

Je me raidis en entendant quelqu'un descendre l'escalier, mais je fus surprise de découvrir que ce n'était pas Juliet. Ses cheveux blonds noués sur la nuque, vêtu d'un tee-shirt noir et d'un jean foncé, le katana glissé à la taille dans un fourreau bleu marine, il affichait un petit sourire satisfait au coin des lèvres.

—Ne prends pas l'air si étonné, Sentinelle, lança-t-il en me dépassant pour tapoter sur le clavier numérique. Je ne peux décemment pas te laisser t'amuser toute seule.

—Où est Juliet? demandai-je.

Ethan ouvrit la porte et m'invita à passer.

—Je reste à l'intérieur, entendis-je grésiller dans mon minuscule écouteur alors que je marchais en direction de la Mercedes. Kelley et moi gardons un œil sur la Maison pendant que vous quatre jouez à *L'Agence tous risques* version vampire. Au fait, ce crétin est toujours dans sa chambre, et Kelley le tient à l'œil depuis la cuisine du deuxième étage. Les autres sont en position?

—Voiture numéro 1, OK, répondit Luc. Et Boucle d'Or est avec moi, aussi jolie que d'habitude.

Je réprimai un sourire lorsque des jurons crépitèrent dans mon oreille.

—Deuxième étage OK, chuchota Kelley.

—Voiture numéro 2, OK, annonça Ethan en commandant l'ouverture automatique.

On s'installa dans l'habitacle et Ethan démarra le moteur, régla le rétroviseur, puis s'engagea sur la rampe.

—Trois, deux, un… e-mail envoyé.

Il n'y eut ensuite plus d'autre bruit que le son métallique de la porte du garage qui s'ouvrait et le ronronnement de la Mercedes. On déboucha sur la rue plongée dans le noir. Aucun paparazzi en vue. Ethan effectua un créneau, puis on attendit.

Peter apparut au bout de trente-sept minutes, laps de temps nécessaire pour prendre connaissance du message, s'emparer de son sabre et courir vers son coupé sport rouge garé devant la Maison. Comme Luc et Lindsey conduisaient le véhicule le moins voyant, ils partirent en premier dès que Peter se fut éloigné d'une centaine de mètres. Ethan démarra lorsqu'ils eurent quelques rues d'avance sur nous, et suivit le traître. Il se dirigea vers l'est, puis s'engagea sur l'autoroute longeant le lac.

Je jetai un regard en coin à Ethan, qui se faufilait dans le trafic afin de ne pas perdre de vue les voitures qui nous précédaient. Peter filait vers le nord à toute allure, apparemment impatient de voir Célina ou toute autre personne qu'il pensait retrouver. Si c'était bien Célina, je me demandais si Peter agissait de son propre chef – parce qu'il l'aimait, ou croyait en elle, ou les deux –, ou s'il avait été charmé. Malgré sa puissance, Peter n'aurait pas su résister à son pouvoir.

— Qu'est-ce que tu as l'intention de lui faire ? interrogeai-je Ethan alors que nous roulions au bord du lac.

— Comment ça ?

— Quand il se sera confessé, dis-je, confiante quant à cette partie du dénouement, qu'est-ce que tu vas lui faire ? Quelle sera sa punition ?

— L'excommunication, répliqua Ethan sans l'ombre d'une hésitation. Il sera banni de la Maison, et son médaillon lui sera retiré. C'est le traitement qui a récemment été appliqué à Amber, même si elle n'était pas présente pour entendre sa sentence.

— Quoi d'autre ?

L'excommunication ne me semblait pas une condamnation à la hauteur de sa trahison.

— D'après le *Canon*, la félonie est passible de peine de mort.

Ethan avait laissé la vie sauve à Amber ; je me demandais si Peter serait aussi chanceux.

Comme s'il lisait dans mes pensées, il reprit :

— Bien entendu, je n'approuve pas la plupart des châtiments archaïques recommandés par le *Canon*. Même s'il le mériterait.

Je me retins d'émettre le moindre jugement.

Notre petit cortège longea la rive du lac sur des kilomètres, dépassa Pier et Oak Street Beach, puis North Avenue Beach.

— Patron, lança la voix de Luc dans nos écouteurs. Il prend la sortie vers Fullerton. C'est près de l'étang du nord de Lincoln Park.

Les mains d'Ethan se crispèrent sur le volant. C'était au bord de cet étang que nous avions retrouvé Célina la dernière fois. C'était là qu'elle avait attenté à la vie d'Ethan afin de s'emparer des Maisons de Chicago. Je comprenais la réaction d'Ethan. Il avait failli se faire poignarder, et j'avais moi-même été à deux doigts de commettre un vampiricide. Cet épisode avait constitué le bouquet final de deux semaines surnaturellement très animées.

— La marina, s'exclama Luc. Il va vers le port.

— Diversey Harbor, ajoutai-je. C'est en face de l'étang, de l'autre côté de Cannon Drive.

Ethan suivit le véhicule de sport dans une série de virages, mais s'arrêta avant de pénétrer dans l'enceinte du parking du port.

— Continue, lui intimai-je. Tu pourras l'intercepter au bout du parking.

Ethan hocha la tête. Au lieu d'emprunter cette entrée, il prit la seconde. Seuls les phares du coupé de Peter se détachaient dans la nuit noire. Ethan gara la Mercedes, et on en sortit en glissant nos katanas à nos ceintures.

Ethan se passa d'activer le système d'alarme peu discret du véhicule.

—On le tient, murmura Luc. Lindsey le surveille depuis la voiture au cas où il essaierait de s'enfuir. Je poursuis à pied. Il se dirige vers l'embarcadère. J'y vais, mais je reste caché jusqu'à votre signal.

—Ça se présente bien, chuchotai-je en marchant vers le sud au côté d'Ethan, en direction du lieu de rendez-vous. Si on peut le coincer au bord du lac, il a peu de chances de s'échapper.

—Allons-y, intima Ethan.

On courut en direction du quai, mon cœur battant à tout rompre dans ma poitrine.

—Je suis dans la voiture, annonça Lindsey. Luc s'est mis à couvert sous les arbres vers le sud. Peter est là. Il regarde partout et n'arrête pas de consulter sa montre. Il attend visiblement quelqu'un.

—Célina ? murmura Ethan.

—Ce ne serait pas surprenant, répondis-je.

Lorsque l'on fut suffisamment proches pour apercevoir sa silhouette élancée devant la sombre étendue d'eau, je m'immobilisai et incitai Ethan à faire de même en posant une main sur son épaule.

—J'y vais en premier, dis-je à voix basse. (Il me regarda d'un air réticent, puis finit par céder et hocha la tête.) Luc, avançons chacun d'un côté.

—À vos ordres, Sentinelle.

J'expirai, raffermis ma prise sur la poignée de mon katana et poussai sur la garde avec le pouce afin de pouvoir rapidement dégager la lame du fourreau. Trois mois auparavant, j'étais en thèse et donnais des cours à des étudiants. Et à présent…

À présent, j'étais Sentinelle d'une Maison comptant trois cent vingt vampires. Une ancienne et honorable Maison. Une Maison qui avait été trahie par l'un des siens.

Pour la deuxième fois.

Peter fit brusquement volte-face en brandissant son katana. Derrière lui, l'embarcadère se terminait par une rampe inclinée vers le lac.

— Qui est là ? cria-t-il.

J'entendis derrière moi le grondement d'Ethan.

— Tes collègues, répondis-je.

On quitta l'ombre des arbres pour pénétrer dans la zone du port éclairée par des lampadaires.

Les yeux de Peter s'agrandirent et une onde de vibrations magiques émana de lui, indiquant l'intensité de sa fureur.

— Qu'est-ce que vous faites ici ?

— Nous te retournons la question, Novice.

Ethan avait déjà dégainé son katana lorsqu'il avança à côté de moi.

— Maîtrise-toi, Sullivan, l'avertis-je mentalement.

Il m'avait sans doute entendue, car il abaissa légèrement son arme.

— Nous savons pourquoi tu es ici, Peter, lui annonçai-je. Nous pouvons prouver que tu as envoyé un mail de menaces aux Breckenridge et nous croyons que c'est toi qui as fourni l'information « anonyme » à l'Agence de Médiation. On peut également légitimement penser que tu as renseigné quelqu'un au sujet de notre emploi du temps. (Peter s'humecta les lèvres.) La question est : es-tu prêt à coopérer, Peter ?

— Non. La question est : pourquoi ? reprit doucement Ethan.

Peter braqua un regard fébrile sur Ethan.

— Sire.

— Non! rugit Ethan en avançant d'un pas. Tu as perdu le droit de m'appeler « Sire ». Tu n'appelleras plus personne ainsi. Peter Spencer, tu as enfreint le *Canon* et les règles de la Maison Cadogan.

« Peter » était redevenu « Peter Spencer ». Il avait regagné son nom de famille, ce qui n'augurait rien de bon.

— Tu ne peux pas faire ça, objecta Peter en étouffant un rire nerveux.

Ethan avança encore. Je refermai ma main droite sur la poignée de mon katana.

— Tu as failli à tes responsabilités envers ton Maître, tes frères et ta Maison, et tu as brisé tes serments de Novice.

— J'ai agi dans l'intérêt des vampires, répliqua Peter en agrippant son arme. J'ai fait ce que tu aurais dû faire.

— Ethan, l'avertis-je par télépathie en dégainant.

— Je déclare…

Ethan approcha la pointe de son sabre du cou de Peter. Non, pas de son cou. De son médaillon. Le symbole de l'appartenance de Peter à la Maison. Son lien avec tous les vampires Cadogan.

— D'accord, arrête! s'écria Peter en reculant d'un pas afin de s'écarter de la lame. (Il regarda fugitivement alentour avant de reporter les yeux sur Ethan.) Tu ne comprends pas, Sullivan. Tu ne vois pas ce dont nous avons besoin, ce qu'elle peut nous donner. Nous sommes des *vampires*!

Sa voix avait tonné dans le silence de la nuit. Il reprit un ton plus bas:

— Ils se moquent de nous. Ce ne sont que de faibles mortels, et ils se moquent de nous. Ils voudraient nous priver de nos droits. Nous ne pouvons pas les laisser faire.

— Qui se moque de nous? demandai-je. Les humains?

Peter se tourna vers moi, les traits figés en une expression de dégoût.

—Les métamorphes. Ces usurpateurs.

Et voilà la version vampire de l'animosité que j'ai constatée chez Nick, pensai-je. Une haine aussi archaïque que les querelles qui l'avaient suscitée.

—Keene amène les métamorphes à Chicago, Ethan, poursuivit Peter. Ils ne vont plus tarder. Tu ne peux pas accepter que la Maison Cadogan tombe sous leur emprise ou sous celle des humains. Nous ne devons pas devenir les clowns d'une sorte de parc d'attractions vampire. Les premières pages des magazines ? (Il cracha un juron.) Nous valons mieux que ça. Nous sommes immortels ! Nous avons la possibilité de régner de nouveau sur la nuit, mais il nous faut agir.

—*Peter pense-t-il vraiment ce qu'il dit, ou cette paranoïa est-elle l'œuvre de Célina* ? demandai-je silencieusement à Ethan.

—*Je n'en ai aucune idée*, répondit-il.

—Les Maisons doivent se soulever, poursuivit Peter. La première fois, nous avons laissé les métamorphes s'échapper. Ils ont failli à leur devoir de surnaturels pendant les Purges, et nous n'avons pas réagi. N'oublions pas qu'ils sont nos ennemis, Ethan.

—Nous vivons en paix avec les métamorphes et les humains, répliqua Ethan.

—Nous renions nos valeurs, notre histoire, lança Peter. Il est temps d'y remédier.

—C'est pour ça que tu as envoyé les messages ? que tu as menacé les Breckenridge ? afin de provoquer une guerre entre les vampires et les métamorphes ?

—J'ai menacé les Breckenridge parce qu'ils sont faibles, rétorqua Peter alors qu'un éclair argenté traversait ses iris. Nous les avons pris pour cible afin de rappeler à Keene qui nous sommes et ce dont nous sommes capables. Pour lui remettre en mémoire que Chicago est à nous et que nous n'abandonnerons pas cette ville. Et sûrement pas à des métamorphes. À des usurpateurs !

Comme s'il avait lancé son cri de guerre, il brandit son katana et passa à l'attaque. Je dégainai mon sabre en marmonnant un juron alors qu'Ethan s'écartait. J'exécutai un demi-tour en tranchant l'air de bas en haut avec ma lame. Malheureusement, Peter, plus âgé et plus expérimenté que moi, esquiva le coup puis riposta en amenant son arme à l'horizontale au niveau de mes genoux. Je sautai et, pour la première fois, mon impulsion m'envoya suffisamment haut dans les airs pour qu'en une pirouette je me retrouve derrière Peter.

— *Quelqu'un aurait dû me prévenir que j'étais capable de ce genre d'acrobatie*, fis-je mentalement remarquer à Ethan en abaissant vivement mon katana.

Nos sabres s'entrechoquèrent avec une puissance telle que la vibration de l'acier se propagea dans mon bras. La force de l'impact tira la vampire de son sommeil. J'expirai en m'efforçant de la repousser. Je ne désirais vraiment pas perdre le contrôle de ce combat. J'avais déjà eu l'occasion de constater les résultats que cela pouvait occasionner lorsque le *bokken* était passé à quelques millimètres de la tête de Catcher.

On échangea coup sur coup, au son du chuintement de nos lames qui fendaient l'air puis se rencontraient en un tintement métallique. Peter ne cessait d'avancer, me forçant à reculer sur la rampe inclinée. Le béton était rainuré, mais mes pieds glissaient néanmoins sur la surface mouillée recouverte d'algues et je devais lutter à chaque pas afin de conserver mon équilibre. Pire encore, je commençais à ressentir des élancements douloureux dans le crâne, provoqués par la lutte acharnée que je livrais à la fois pour contre-attaquer et contenir la vampire.

— Célina triomphera, s'écria Peter.

De quoi me motiver, pensai-je. Avec un regain d'énergie qui aurait ravi Catcher et Barbie Aérobic – et qui attisa la curiosité de la vampire –, je gagnai peu à peu du terrain, obligeant Peter à reculer à chaque coup de sabre. Au moment où il pivota pour prendre de l'élan, je m'élançai en avant, l'arme au-dessus de la tête, et fis plonger ma lame, mais il se tourna vers moi et contra l'offensive.

— Célina est notre avenir, cracha-t-il de nouveau.

Tandis que nous virevoltions, l'inertie nous éloignait l'un de l'autre et Peter fit volte-face afin de remonter la rampe inclinée. J'en profitai pour frapper vers l'avant, mais il esquiva mon katana par une pirouette. En écartant le bras gauche, je tournoyai, imprimant ma vitesse à mon sabre, et m'apprêtais à porter mon coup quand Peter, en reculant, trébucha contre Ethan. Ce dernier lui assena alors le pommeau de son arme sur la tête.

— Célina est de l'histoire ancienne, énonça Ethan d'un ton monocorde tandis que Peter s'écroulait au sol.

Haletante, je baissai mon katana et vis Ethan tendre la main vers Peter.

— Je déclare ton excommunication, déclama-t-il en lui arrachant le médaillon.

Ethan se redressa, posa ses lèvres sur le disque doré puis le jeta dans le lac. Sans prononcer un mot, il tira son téléphone portable de sa poche et composa un numéro avant de porter l'appareil à son oreille.

— Tu peux annoncer aux Breck que la menace a été neutralisée.

22

« GIVE PEACE A CHANCE[1] »

Ils retracèrent le déroulement des événements par casques audio interposés durant le retour à Cadogan. La tête prête à éclater, je gardai le silence. J'appuyai mon front contre la vitre froide et les écoutai discuter du combat, des e-mails, ainsi que des incidents survenus au cours de l'existence de Peter susceptibles d'expliquer sa défection et son ralliement à la cause de Célina. La perte d'un être aimé. Un conflit avec un métamorphe. Le pouvoir de Célina.

Des trombes d'eau se mirent à tomber au moment où Ethan garait la Mercedes dans le garage. Malik nous attendait à la porte du sous-sol.

— Ils sont dans le bureau, déclara-t-il. Les Maîtres et les Breckenridge.

Ethan hocha la tête, et je le suivis dans l'escalier qui menait au rez-de-chaussée.

— Tu t'es bien débrouillée, me dit doucement Ethan alors que nous tournions en direction de son bureau.

---

1. Titre d'une chanson de John Lennon, que l'on pourrait traduire par: «Laissons une chance à la paix». (*NdT*)

Je le remerciai d'un hochement de tête. Luc, qui était rentré avec Lindsey, nous retrouva dans le couloir à l'instant où Ethan poussait la porte.

Vampires et métamorphes occupaient la pièce.

Nick, en pantalon gris et polo noir moulant, se tenait juste à l'entrée avec son père. Il fit mine de ne pas me remarquer et balaya la salle d'un regard suspicieux.

— Je ne savais pas que sucer le sang rapportait autant.

— Dixit l'homme qui n'a pas hésité à recourir au chantage afin de régler ses problèmes familiaux, souligna Ethan.

Malgré mon mal de crâne, je dus retenir un sourire. Qui l'aurait cru capable d'une telle repartie ?

— Asseyez-vous, messieurs, proposa Ethan en désignant la table de réunion.

Scott, Morgan et Noah s'étaient déjà installés. Après que les Breck eurent pris place en face des vampires, Ethan s'assit en tête de table. Je m'approchai et restai debout, tout comme Luc et Malik.

— Merci à tous d'avoir accepté de venir à cette réunion, commença Ethan. Conformément à ce que vous a sans doute déjà appris Malik, nous avons identifié l'auteur de la menace visant Jamie Breckenridge, et l'avons neutralisé. (Il jeta un coup d'œil à Papa Breck qui fronçait les sourcils d'un air confus.) Un vampire de notre Maison est tombé sous la coupe d'un surnaturel dont la réputation n'est plus à faire. Il s'est laissé convaincre d'envoyer une lettre d'intimidation aux Breckenridge et, en même temps, de nous amener à croire que cette famille nous menaçait. (Ethan marqua une pause puis posa ses mains jointes sur la table, doigts entrelacés.) Il avait l'intention d'attiser la haine entre vampires et métamorphes.

Les Breck m'impressionnèrent : ils ne cillèrent même pas lorsque Ethan révéla qu'ils avaient été démasqués.

—Grâce aux efforts de nos gardes et de notre Sentinelle, nous avons arrêté le vampire incriminé, poursuivit Ethan. Il a été excommunié et est actuellement en route pour le Royaume-Uni afin d'y être jugé, comme le veut la règle. Je souhaite préciser qu'aucune indication ne permet d'affirmer que qui que ce soit à Cadogan ou parmi les surnaturels aurait mis cette menace contre Jamie à exécution. Quoi qu'il en soit, réelle ou pas, nous l'avons jugulée.

—Qui ? s'enquit Nick. Qui est le coupable, et à qui obéissait-il ?

Ethan le gratifia d'un regard impérieux que Nick parvint de manière impressionnante à soutenir, l'air tout aussi déterminé.

—Sullivan, tu ne crois tout de même pas que je vais tout avaler sans rien dire. Pas après ce que ma famille a traversé.

—Alors, peut-être pouvons-nous convenir d'un compromis, suggéra Ethan.

Silence, puis :

—Je t'écoute.

—L'identité du coupable et de la personne que nous soupçonnons être son donneur d'ordre représentent des informations très précieuses. (Il entrecroisa les doigts puis regarda Nick droit dans les yeux.) Cela dit, afin de préserver l'intégrité des relations entre nos communautés respectives, nous sommes d'accord pour envisager un marché. Nous vous révélerons leurs noms à condition que personne hors de cette pièce ne soit mis au courant. Vous devez nous jurer que vous ne divulguerez ce renseignement ni aux autres métamorphes, ni aux humains, ni aux autorités, ni à l'administration, ni à qui que ce soit d'autre. Et, bien entendu, surtout pas à la presse.

Nick eut un petit rire acerbe et détourna le regard un instant.

—Je suis journaliste. Est-ce que tu crois que je vais accepter ça ?

—Si tu acceptes, rien ne nous poussera à approfondir l'enquête afin d'éclaircir les raisons qui ont conduit à viser les Breckenridge, et notamment Jamie. Nous n'aurons pas besoin de déterminer pourquoi ta famille a montré autant d'empressement à le protéger.

Nick serra les mâchoires. De toute évidence, même si nous ignorions ce qui n'allait pas exactement, quelque chose clochait chez Jamie.

—C'est du chantage, Sullivan ?

Ethan sourit à Nick de toutes ses dents.

—Tu fais un bon professeur en la matière, Breckenridge. On n'entendit plus un son.

—Nous sommes d'accord avec les termes que vous avez énoncés, intervint Papa Breck en brisant le silence. (Lorsque Nick ouvrit la bouche pour protester, Papa Breck lui intima de se taire en levant un doigt.) Mettons fin à tout ça, Nicholas, reprit-il. Et dès ce soir. Nous vivons en paix à Chicago depuis trois générations et, malgré mon amour pour toi, je ne permettrai pas que ta fierté de journaliste vienne tout gâcher. La famille doit l'emporter sur la carrière. (Il se retourna vers Ethan.) Marché conclu.

Ethan opina.

—Dans ce cas, nous sommes tous témoins des termes de cet accord.

Tous inclinèrent la tête en signe d'adhésion.

—Au risque de jouer les trouble-fête, je pourrais te demander de cracher le morceau ? lança Nick d'un ton caustique. Qui a envoyé cet e-mail ?

Ethan dirigea son regard vers lui.

—Peter, annonça-t-il. L'un de nos gardes. Quant à l'instigateur, nous disposons d'éléments qui nous amènent à soupçonner Célina, mais nous n'avons pas de preuve formelle.

—Célina ? s'exclama Nick en écarquillant les yeux. (Il était assez intelligent pour comprendre qu'elle représentait une ennemie redoutable.) Mais comment… ?

—Elle a été libérée, compléta doucement Ethan. Et, étant donné qu'elle a laissé un projet inachevé (il esquissa un geste dans ma direction), nous nous attendons à ce qu'elle revienne à Chicago. Cependant, à notre connaissance, rien ne prouve qu'elle nourrisse des intentions hostiles à l'égard de votre famille. Apparemment, vous avez pour ainsi dire été victimes d'un simple choix stratégique.

—Quels sont les éléments qui démontreraient son implication ? s'enquit Scott en penchant la tête sur le côté d'un air curieux.

—Peter a reçu des e-mails provenant d'une personne dont le nom correspondrait au pseudonyme de Célina. Et Peter a avoué, ajouta-t-il d'un ton détaché.

Scott émit un sifflement grave.

—C'est de mauvais augure. Très mauvais.

Le silence s'installa dans la pièce. De façon surprenante, Morgan n'avait pas prononcé un mot. En lui jetant un regard furtif, je m'aperçus que ses joues paraissaient anormalement pâles. Ses yeux grands ouverts restaient figés sur un point situé devant lui, comme s'il contemplait une scène dramatique. Je supposai que les nouveaux crimes perpétrés par la vampire qui l'avait créé et avait été sa Maîtresse constituaient en effet un tableau suffisamment sinistre pour justifier son expression.

—Bon, s'exclama Papa Breck en se levant, je pense que nous en avons terminé.

Nick le coupa dans son élan.

—Attends, je voudrais dire quelque chose.

Tous les regards convergèrent dans sa direction.

— Chicago compte trois Maisons, déclara-t-il. C'est plus que n'importe quelle autre ville des États-Unis. C'est là que les vampires ont annoncé leur existence au reste du monde et ça devient un point de regroupement, de concentration. Chicago est la capitale vampire d'Amérique du Nord. Je suis au courant des raves. (S'ensuivit un silence tel qu'on aurait entendu une mouche voler.) Peut-être aviez-vous des excuses auparavant, quand vous vous cachiez et que les vampires étaient encore considérés comme un mythe ou de simples créatures de films d'horreur. Prétendre que les raves n'étaient rien de plus qu'un fantasme issu de l'imagination débordante de certains humains paraissait alors sans doute approprié. Mais les choses ont changé. Cette ville est la vôtre. Le Présidium le sait. Les vampires, les nymphes et les fées le savent. Les métamorphes aussi.

Il avait énoncé cette dernière phrase d'un ton grave et posé. Il plongea ensuite ses yeux bleus dans les miens. J'ignore ce que j'y lus exactement ; je n'étais pas certaine de trouver les mots appropriés pour décrire cette émotion. Mais cela me sembla infini – un puits d'expérience, de vie, d'amour et de deuil, comme si Nick portait en lui l'histoire humaine, ou peut-être l'histoire des métamorphes, et qu'il était las de ce fardeau.

Nick se leva et, debout devant la table, mains sur les hanches, il déclama :

— Faites le ménage dans votre satanée ville, ou quelqu'un d'autre s'en chargera pour vous.

Sur ces paroles, il repoussa son siège et s'éloigna, Papa Breck sur les talons. Aucun vampire ne brisa le silence avant que Luc les ait escortés jusqu'à la sortie et ait refermé la porte.

Ethan posa les mains à plat sur la table.

— Je crois que nous avons résolu cette crise, déclara-t-il.

—Je n'en suis pas si sûr, répliqua Scott en reculant sa chaise, qu'il remit à sa place contre la table après s'être levé. L'idée d'affronter le *Tribune* ou Tate ne m'enchantait pas beaucoup, mais me trouver face à Célina n'est pas bien plus réjouissant. Enfin, je vous félicite d'avoir réglé cette affaire aussi rapidement. J'aurais juste préféré apprendre que Peter avait agi seul.

—Et j'aurais moi-même préféré que Célina se dispense de recruter ses acolytes dans les rangs de Cadogan, mais je partage ton point de vue, déclara gravement Ethan. Je propose que nous restions en contact au cas où nous recevrions de nouvelles informations concernant le retour de Célina à Chicago ou si nous avions vent d'autres complots.

—D'accord, répondit Scott.

—D'accord, renchérit Noah.

Tous les yeux se dirigèrent vers Morgan. Il regardait toujours la table d'un air absent, visiblement abattu. La vérité l'avait sûrement heurté de plein fouet. Il se rendait compte à présent que Célina avait véritablement l'intention de semer le chaos. Une nouvelle difficile à avaler.

—D'accord, dit-il enfin calmement.

Ethan se redressa et marcha vers la porte en même temps que les autres vampires. Il l'ouvrit et salua poliment Noah, Scott, et Morgan, puis, une fois qu'ils furent partis, il nous congédia.

—Je crois que nous avons eu notre dose d'aventures pour plusieurs semaines, affirma Ethan. Vous êtes libres, profitez de votre soirée. Nous nous reverrons demain au crépuscule.

J'échangeai avec Luc et Malik un sourire dont on gratifia également Ethan.

—Merci, patron, lança Luc en sortant.

—Pareil, renchéris-je en lui adressant un petit sourire espiègle.

Quand je passai l'angle du couloir, Morgan m'appela. Il m'attendait dans le vestibule, mains dans les poches, son attitude et son visage trahissant tout à la fois la colère et la défaite.

—On peut se parler?

J'acquiesçai, l'estomac subitement noué à la perspective de la bataille qui s'annonçait. Il sortit sur le perron, et je l'imitai. Un vent frais soufflait dans les rues de Hyde Park, dispersant un nuage de brume.

—Pourquoi ne m'as-tu rien dit? me demanda-t-il en descendant les marches. (Sa voix parut étrangement forte dans le calme de la nuit.) Au sujet de la menace, de l'article. Tu aurais pu tout me dire. Tu aurais pu me l'expliquer quand je t'ai retrouvée à la maison de tes parents.

Je balayai les alentours du regard, consciente que notre conversation pouvait être entendue par n'importe quel vampire à proximité des fenêtres de la façade, et je le saisis par le poignet. Je l'entraînai dans l'allée, franchis la grille d'entrée et l'emmenai jusqu'au coin de la rue, qui était désert. Plus aucun paparazzi ne faisait le pied de grue. Peut-être fondaient-ils sous la pluie, à l'instar de la méchante sorcière du pays d'Oz.

—J'effectuais mon travail de Sentinelle, lui dis-je une fois hors de portée des oreilles indiscrètes. Ça concernait Cadogan.

—Ça concernait toutes les Maisons. Nous avions le droit de savoir.

—Possible, mais c'était à Ethan d'en décider, pas à moi.

—Tu es Sentinelle. Tu agis dans les intérêts de ta Maison, et c'est à toi de déterminer ce qu'il convient de faire, pas à Ethan.

J'étais d'accord avec lui sur le principe, mais n'avais aucune intention de le lui avouer.

—Même si j'avais eu le choix, c'était à moi de prendre cette décision, pas à toi, répliquai-je. Je comprends bien que tu aurais aimé que je partage ce genre d'information, mais ce n'est pas mon problème. Je ne suis pas Sentinelle de la Maison Navarre.

—Oh, ça ne fait pas l'ombre d'un doute, Merit, lança-t-il d'une voix où perçait le sarcasme. On sait à qui tu es loyale.

J'en avais marre d'encaisser les coups, alors je ripostai :

—Et tu n'étais pas loyal à Célina, peut-être ? (Le rouge lui monta subitement aux joues.) Regarde-moi dans les yeux et dis-moi que ton Maître n'a jamais pris aucune décision concernant les autres Maisons. Si tu te doutais un tant soit peu de ce qu'elle tramait, ou si tu savais à quel point elle était givrée, tu t'es bien gardé de nous en parler.

Il me décocha un regard noir.

—Je n'ai conservé aucun secret qui aurait pu mettre en danger qui que ce soit. J'ai agi conformément à ce que je pensais être le mieux.

—Moi aussi.

—Ouais, en faisant tout ce que te demandait Ethan.

Je levai les yeux au ciel.

—Bon sang, Morgan, c'est le Maître de ma Maison ! Qu'est-ce que tu voudrais que je fasse ? que je lance une rébellion ? Si tu avais cette conversation avec un de tes Novices, est-ce que tu l'encouragerais à te désobéir ? Tu l'inciterais à se mutiner ?

Morgan secoua la tête.

—C'est totalement différent.

Ce fut mon tour d'émettre un grognement dédaigneux et je levai les mains en l'air, excédée.

—Et en quoi est-ce différent ?

—Parce qu'il s'agit d'Ethan, Merit ! Voilà pourquoi ! rugit-il, ivre de fureur.

Le tonnerre gronda au loin et un éclair spectaculaire déchira le ciel.

Je dévisageai Morgan quelques instants, mon cœur cognant dans ma poitrine en réaction à sa colère et à ses pupilles qui s'étrécissaient.

—Ethan est mon Maître. Je sais ce que tu penses, tu l'as très clairement laissé entendre. (*C'est ce que tout le monde pense*, ajoutai-je en mon for intérieur.) Mais il est mon Maître, mon patron, mon employeur. Point barre.

Morgan secoua la tête et détourna le regard.

—Tu es vraiment naïve.

Je fermai les yeux et, les mains sur les hanches, comptai jusqu'à dix afin de m'empêcher de commettre un vampiricide et de joncher de cendres ce joli trottoir que la ville de Chicago nettoyait avec soin.

—Tu ne m'estimes pas capable de juger par moi-même de ma relation avec lui ?

Il tourna la tête vers moi. Une lueur argentée y palpita quelques instants.

—Pour être franc, Merit, non.

Nous en revenions toujours au même point. Je ne relevai pas son sous-entendu et rétorquai avec cynisme :

—Qu'est-ce que tu veux que je te dise, puisque tu as décidé de ne pas me croire ? que je suis amoureuse de lui ? qu'on va se marier et faire plein de petits bébés vampires ?

—Les vampires ne peuvent pas avoir d'enfants, se contenta-t-il de répondre.

Son ton morne – ajouté au fait que je n'avais encore jamais considéré l'impact de ma transformation sur une éventuelle maternité – fit brusquement retomber ma colère. Vidée, je rivai mon regard au sol et m'entourai de mes bras lorsqu'un nouveau coup de tonnerre retentit au-dessus de Hyde Park.

— Qu'est-ce qu'on fait, là, Merit ?

Je clignai des yeux et le regardai.

— Tu étais en train de m'insulter parce que tu penses que j'ai mal fait mon travail.

L'expression de Morgan ne changea pas, mais sa voix s'adoucit.

— Ce n'est pas ce que je voulais dire. (Il décroisa les bras et mit les mains dans les poches.) Je parlais de nous deux. Qu'est-ce qu'on devient ?

Je me rendis compte que j'ignorais la solution.

Comme en réponse, la pluie se mit à tomber à torrents, formant un rideau argenté qui matérialisait la barrière émotionnelle nous séparant. L'averse diluvienne nous trempa jusqu'aux os en quelques secondes.

Il m'était impossible de répondre à sa question, et, comme lui-même ne disait rien, on resta ainsi en silence, à ruisseler de pluie.

Les cils de Morgan étaient chargés de fines gouttelettes irisées qui accentuaient ses traits sculptés. Avec ses cheveux plaqués sur la tête, il me faisait penser à un guerrier antique en pleine tempête, peut-être après un ultime combat.

Sauf que, dans le cas présent, le dernier soldat encore debout semblait… vaincu.

Les minutes s'égrenèrent, prolongeant notre face-à-face silencieux.

— Je ne sais pas, soufflai-je finalement, tentant d'instiller une excuse dans cet aveu.

Morgan ferma les yeux, et, lorsqu'il les rouvrit, il affichait une expression sinistre et résolue.

—Est-ce que tu veux de moi ?

Je déglutis et le regardai avec de grands yeux emplis de remords. Je me détestai de ne pas pouvoir répondre avec la conviction qu'il méritait d'entendre.

—Bien sûr que oui, je te veux.

Je m'apprêtais à ajouter quelque platitude, mais me ravisai et décidai de réfléchir sérieusement.

Je désirais la même chose que tout le monde : l'amour, un compagnon.

Quelqu'un que je touche et qui me touche.

Quelqu'un qui me ferait rire et rirait de moi, avec moi.

Quelqu'un qui me verrait, moi, et non ma position ou mon pouvoir.

Quelqu'un qui prononcerait mon nom, qui appellerait « Merit ! » quand il serait temps de partir, où qu'on se retrouverait quelque part. Quelqu'un qui aurait envie d'annoncer fièrement « Je suis avec elle. Avec Merit ».

Je désirais tout cela ensemble.

Mais pas avec Morgan. Du moins pas tout de suite. Peut-être ma transformation me paraissait-elle encore trop récente pour établir une relation intime ; peut-être ne serait-ce jamais le bon moment pour nous deux. J'avais beau en ignorer les raisons, je savais que je ne ressentais pas les bonnes émotions envers lui.

Je ne souhaitais pas le blesser, mais je ne pouvais pas lui mentir. Je répondis donc doucement :

—J'aimerais vouloir être avec toi.

J'avais du mal à croire que cette phrase inconsistante et insultante venait de franchir mes propres lèvres.

—Super, Merit, marmonna-t-il. Bravo l'ambiguïté.

Il secoua la tête, le visage dégoulinant de pluie, et scruta le sol du regard pendant ce qui me parut une éternité.

Puis il releva le menton et battit des paupières afin d'ôter l'eau qui coulait dans ses yeux bleus.

— Je mérite une meilleure réponse que ça. Tu n'es peut-être pas celle qui peut me la donner, mais je mérite mieux.

— Qu'est-ce que tu veux de moi ? Tu ne me fais même pas confiance.

— Je t'aurais fait confiance si toi, tu t'étais un peu fiée à moi.

— Tu m'as fait du chantage pour que je sorte avec toi.

— OK, Merit. D'accord. Au moins les choses sont claires.

Il me lança un dernier regard écœuré avant de faire volte-face. Je l'observai alors qu'il s'éloignait sur le trottoir jusqu'à ce qu'il s'évanouisse sous la pluie.

J'ignore combien de temps je restai ainsi figée au milieu de la rue, l'eau ruisselant sur mon visage, à me demander ce que j'avais fait, comment j'avais pu gâcher la première véritable relation que j'avais eue depuis des années. Mais après tout, qu'est-ce que j'aurais pu faire ? Il m'était impossible de simuler des sentiments que je n'éprouvais pas, et je n'étais pas suffisamment naïve pour nier ce qui me liait à Ethan, bien que nous tentions tous les deux de lutter contre cette attraction. Ethan m'avait embrassée et je ne l'avais pas repoussé. Même si Morgan ne me laissait pas totalement indifférente et que j'appréciais sa compagnie, il n'exerçait pas sur moi le même magnétisme. Malheureusement.

La pluie se calma et s'arrêta bientôt, laissant place à un épais brouillard qui assombrissait le quartier. Je me passai la main sur le front afin de dégager les mèches de cheveux mouillés qui me tombaient dans les yeux et m'apprêtais à rentrer quand j'entendis un son caractéristique.

« Clic ».

« Clic ».

« Clic ».

« Clic ».

Des talons aiguilles qui claquaient sur le bitume.

23

« HIT ME WITH YOUR BEST SHOT [1] »

J e pivotai vivement, mais j'avais deviné ce qui m'attendait. Qui arrivait. La chair de poule qui recouvrait mes bras et le désagréable picotement qui parcourait ma nuque m'avaient déjà avertie.

La scène qui suivit semblait sortir tout droit d'un film de Bogart. Elle paraissait toujours aussi glamour avec sa fine silhouette moulée dans un pantalon noir évasé et un chemisier de même couleur. Ses cheveux ondulés couleur d'ébène tombaient en boucles délicates sur ses épaules. Elle avait beau évoquer la beauté de Katharine Hepburn, je savais qui elle était vraiment. Je connaissais la noirceur de son âme.

Elle marcha vers moi avec une grâce féline, ses talons claquant sur l'asphalte, sa chevelure miroitant sous la lumière des réverbères.

Je déglutis et refermai la main sur la poignée de mon arme tandis que mon cœur s'emballait sous l'effet de la peur et de l'adrénaline.

---

1. Titre d'une chanson de Pat Benatar, que l'on pourrait traduire par: « Frappe-moi de toutes tes forces ». (*NdT*)

— Si je le voulais, tu n'aurais même pas le temps de dégainer, persifla-t-elle.

Je m'obligeai à la regarder, prête à réagir au cas où elle attaquerait. Je dus faire appel à toute ma volonté pour ne pas reculer et m'enfuir. Là, dans l'obscurité, à une rue de la grille de Cadogan, je me sentais plus vulnérable que jamais. Alors, je bluffai.

— Peut-être, peut-être pas, répliquai-je en lui adressant un rictus. Qu'est-ce que tu veux ?

Elle pencha la tête sans me quitter des yeux, une main posée à la taille. Elle ressemblait à un top-modèle affichant un air confus, ou à une vampire légèrement intriguée, ce qui revenait sensiblement au même.

— Tu n'as pas encore deviné ? (J'arquai un sourcil, et elle eut un rire grave et rauque.) Je crois que je ne te le dirai pas. Je préfère que tu le découvres par toi-même. Mais un jour viendra où je m'amuserai beaucoup.

Elle avança soudain le menton et redressa les épaules, en une attitude bien moins nonchalante que la précédente. Elle avait l'air provocateur et déterminé.

— Et ce jour viendra.

Célina aimait disserter, jouer les prophètes. Songeant qu'elle était susceptible de laisser échapper un indice qui me renseignerait sur ses intentions ultimes, quelque chose que je pourrais transmettre à Luc et Ethan, je l'encourageai à poursuivre :

— Et qu'est-ce qui se passera, ce jour-là ?

— Tu m'as enlevé Navarre. Mes vampires, ma Maison, tu m'as tout pris. Bien entendu, il y a quelques bons côtés. Priver un Maître, qui plus est un membre du Présidium, de sa Maison est un fait plutôt rare. Ça m'a attiré beaucoup de sympathie. D'ailleurs, je t'en remercie, mon chou.

Néanmoins, Navarre m'appartenait. C'était ma chair, mon sang. Je ne vais pas te laisser t'en sortir comme ça.

— C'est pour cette raison que tu t'es servie de Peter ? demandai-je. Parce que tu es furax de ne pas avoir réussi à t'emparer des Maisons de Chicago ? Tu t'es sans doute dit que ce serait une bonne idée de déclencher une guerre mondiale entre métamorphes et vampires ?

Elle esquissa un sourire enjôleur.

— Oh, je t'aime beaucoup, Merit. J'aime ton côté… audacieux. Mais crois-tu vraiment qu'il s'agirait d'une simple guerre entre vampires et métamorphes ? C'est la Maison Cadogan qui a menacé le jeune Breckenridge. Nicholas et Ethan se battraient, tu ne penses pas ? L'ancien amant contre le nouveau. (Je retins un grondement.) Ce scandale épargnerait deux des Maisons de Chicago. Grey et Navarre en sortiraient indemnes.

Célina porta la main à son cou et joua avec une fine chaîne en or. Le disque qui y était accroché renvoya les reflets de la lumière de la lune.

Je sentis mon estomac se contracter.

Elle possédait un médaillon. Un pendentif flambant neuf avait remplacé celui que lui avait confisqué le PG.

— Où t'es-tu procuré ce médaillon, Célina ?

Alors qu'elle caressait le bijou comme si elle espérait qu'un génie puisse en sortir, elle esquissa un sourire diabolique.

— Ne sois pas si naïve, Merit. Selon toi, d'où vient-il ? ou plutôt, qui aurait pu me le donner ?

J'éprouvai soudain nettement moins de sympathie à l'égard du nouveau Maître de Navarre.

Célina avait peut-être conservé son influence sur son ancienne Maison, mais je ne la laisserais pas corrompre la mienne.

—Tu as joué et tu as perdu, Célina, et ce pour la deuxième fois. Retiens la leçon et ne t'approche plus de la Maison Cadogan.

—Seulement de la Maison, Merit, ou de son Maître, également?

Le feu me monta aux joues.

Elle battit des paupières, puis ses yeux – ainsi que son sourire – s'agrandirent et elle éclata de rire, la mine réjouie.

—Oh, je ne croyais pas si bien dire. Tu couches avec lui, ou tu te contentes de le convoiter? Et ne fais pas semblant de ne pas me comprendre, Sentinelle, je parle de celui que tu veux, pas de celui que tu as. (Elle prit un air pensif.) Ou devrais-je dire celui que tu as perdu, si j'en crois la petite scène qui vient de se dérouler.

—Tu délires complètement, sifflai-je.

J'avais néanmoins l'estomac noué. Elle avait assisté à ma dispute avec Morgan. Avait-il tout planifié? M'avait-il demandé de le rejoindre dehors afin qu'elle m'y retrouve?

Célina me jaugea de la tête aux pieds. Elle n'avait pas encore usé de son charme, mais je sentais que ses volutes attirantes commençaient à se déployer.

—Tu n'es pas son genre. Ethan préfère les blondes. (Elle pencha la tête sur le côté.) Ou les rousses. Mais je crois que tu sais déjà tout ça. Il me semble que tu as eu l'occasion d'être témoin de ses… prouesses?

Elle me toisa d'un regard inquisiteur, paraissant attendre une réponse honnête de ma part.

Elle avait raison. J'avais en effet assisté à ses «prouesses» le jour où j'avais surpris Ethan et Amber en pleine action, mais je ne comptais pas le lui avouer.

—Je me fiche totalement de ses préférences.

—Mais bien sûr. Est-ce que cette colère vertueuse te tient chaud la nuit?

Je savais qu'elle essayait de me faire mordre à l'hameçon. C'était évident. Malheureusement, elle avait choisi le bon appât. J'étais fatiguée de cette conversation, de devoir sans cesse me défendre contre ces accusations. J'étais consciente que tout mon corps s'échauffait, et que la vampire que j'avais cloisonnée avec tant de précautions se préparait à émerger. L'adrénaline et l'appréhension l'avaient tirée de son sommeil et éveillé sa curiosité. Le rythme de ma respiration s'accéléra et je sus que mes yeux étaient devenus argentés. Mes crocs surgirent sans que j'essaie de me maîtriser.

Je n'étais pas assez stupide pour engager le combat avec Célina, mais Catcher m'avait appris à feinter. En supposant que j'arrive à contrôler ma vampire, le Présidium verrait ce qui se produisait lorsque je rentrais dans le jeu de Célina.

J'avançai d'un pas dans sa direction et passai le bout de ma langue sur la pointe acérée d'une de mes canines. Un signe d'agressivité chez les vampires.

—Tu veux t'amuser, Célina ? Tu as envie de connaître ma force ? Ça te dirait, une petite démonstration ?

Elle planta son regard dans le mien. La magie émanait d'elle en ondes puissantes, à présent, et je vis ses yeux se teinter d'argent et miroiter comme deux pièces lancées dans la lumière. Elle effectua un pas vers moi. Cinq à six mètres nous séparaient encore.

—Il ne perd pas son temps avec toi, Sentinelle, alors pourquoi perdrais-je le mien ?

J'avançai encore d'un pas.

—Tu es venue pour me trouver, Célina.

—Tu ne m'arriveras jamais à la cheville.

Et voilà la fissure dans la façade en apparence inébranlable. En dépit de sa beauté, de sa puissance et de son égocentrisme exacerbé, Célina manquait de confiance en elle.

Je répétai mon mantra.

— Tu es venue pour me trouver, Célina.

Elle se figea et me lança un regard pénétrant, paupières mi-closes, les traits de son visage accentués par les ombres et le clair de lune. Elle inspira, ce qui sembla l'apaiser, puis sourit avant de riposter.

— Je sais qui tu es, Merit. Je connais ta famille. (Elle avança d'un pas.) Je connais ta sœur.

Je tressaillis. Ces mots m'avaient fait l'effet d'une gifle.

Elle se rapprocha, un large sourire aux lèvres. Elle avait compris qu'elle avait visé juste.

— Eh oui, enchaîna-t-elle. Et encore mieux, je sais tout de cette fameuse nuit, sur le campus.

Je distinguais le blanc de ses yeux et la haine qu'exprimait son regard, qui renforçait son ton déjà menaçant.

— Parce que c'est toi qui avais tout manigancé, lui rappelai-je.

Ma respiration s'accéléra de nouveau et mon cœur se remit à battre à tout rompre.

— Certes, admit-elle en tapotant sa poitrine d'un doigt manucuré aux ongles recouverts de vernis rouge. J'avais des projets te concernant, c'est vrai. Mais je n'étais pas la seule.

Cette déclaration renforça ma fébrilité.

— Qui d'autre avait des projets ?

— Oh tu sais, j'ai tendance à oublier. Je trouve bien dommage que Peter ait été extradé. Il a tellement de relations intéressantes dans cette ville... Tu n'es pas de mon avis ?

Elle essaie de me leurrer, pensai-je. Elle était derrière toute cette histoire. Elle avait prémédité l'attaque de ce soir-là, avait planifié ma mort et la déstabilisation de Chicago. Je me rappelai que je disposais également de certaines informations de choix.

—Je suis au courant pour Anne Dupree, Célina. Tu t'es bien amusée à comploter avec Edward ? Est-ce que George a hurlé quand vous l'avez battu à mort ?

Son sourire s'effaça.

—Salope.

Les vampires Navarre commençaient vraiment à me taper sur les nerfs. Comme je les soupçonnais d'être aussi arrogants l'un que l'autre, je lui sortis la repartie que j'avais déjà utilisée avec celui qui était apparemment son protégé.

—Va te faire mordre, Célina.

Elle claqua des crocs, et j'appuyai sur la garde de mon arme avec le pouce, prête à dégainer.

C'est parti.

—Allez, cadavre, approche.

Elle gronda. Je refermai ma main droite sur la poignée de mon katana, le cœur cognant sourdement contre ma poitrine.

Provoquer cette folle est vraiment une idée stupide, pensai-je un peu trop tard.

Elle fondit sur moi, tellement rapide que son corps ne fut plus qu'une forme indistincte noire et brillante, puis elle frappa avec la puissance d'un train de marchandises lancé à pleine vitesse. Mes genoux cédèrent sous la violence de l'impact. Je tombai au sol, incapable de respirer, de penser, réagir ou ressentir autre chose que l'atroce douleur qui me vrillait la cage thoracique. Un simple coup de pied n'aurait pas dû faire si mal, bon sang. Et pourtant, une souffrance intolérable me déchirait, m'amenant à me demander si je n'avais pas sous-estimé Célina Desaulniers.

Arc-boutée sur un bras, je sentis les larmes jaillir et portai ma main libre à ma poitrine pour essayer de mettre fin à ce martyre, de desserrer l'étau qui compressait mes poumons et empêchait l'air d'y pénétrer. Je hoquetai et une nouvelle vague de douleur irradia, comme une réplique morbide qui provoqua des convulsions.

—C'est Ethan qui t'a fait ça.

Je luttai pour prendre une bouffée d'oxygène puis levai la tête. Elle me dominait, mains sur les hanches.

Les doigts plaqués contre l'asphalte, sensible à toutes les aspérités, je la regardai, les joues mouillées de larmes. Je priai pour qu'elle ne me frappe plus, qu'elle ne me touche plus. Puis je me souvins : c'était son plan à elle.

—Non.

Elle se courba et me souleva le menton du bout de l'index. J'entendis un grognement et me rendis compte qu'il émanait de moi. Lorsqu'un autre choc me secoua, je pris conscience que, si elle recommençait, je n'aurais plus aucune chance de contre-attaquer.

Elle m'avait envoyée au tapis d'un seul coup de pied malgré mes deux mois d'entraînement. Elle m'avait exhortée à bluffer avant de me mettre KO. Pourrais-je jamais être aussi forte qu'elle ? aussi rapide ? Peut-être pas. Mais je n'allais sûrement pas m'enfuir en rampant comme un animal blessé.

Je me fis la promesse de ne jamais retomber à genoux devant elle.

En respirant péniblement, je me relevai centimètre par centimètre, chaque mouvement ravivant la douleur. Mon pantalon pendait en lambeaux autour de mes genoux ensanglantés. Célina savourait ce spectacle comme un prédateur assistant à l'agonie de sa proie.

Ou plutôt comme une femelle alpha se réjouissant de sa victoire sur une congénère de rang inférieur.

Après quelques secondes de supplice, je fus de nouveau debout.

Inspirer.

Expirer.

Je me frottai les côtes de la main droite et la regardai dans les yeux.

Ses iris d'un bleu presque indigo brillaient de satisfaction au clair de lune.

—C'est lui qui t'a fait ça, insista-t-elle. C'est lui qui est la cause de tous tes ennuis. Si tu n'étais pas devenue vampire, s'il t'avait amenée à l'hôpital au lieu de te transformer pour ses propres intérêts, tu irais encore à l'université. Tu vivrais avec Mallory. Rien n'aurait changé.

Je secouai la tête, mais ses paroles trouvèrent un écho en moi.

Avait-elle raison ?

Au milieu du nuage de souffrance qui m'entourait, le fait qu'il m'avait sauvée du tueur qu'elle avait lancé à mes trousses ne me traversa pas l'esprit.

—Affronte-le, Merit. Montre-lui que tu es capable de lui résister.

Je fis « non » de la tête. Mutinerie. Rébellion. Il était mon Maître. Je ne pouvais pas, ne voulais pas me battre avec lui. Je l'avais déjà défié une fois la semaine qui avait suivi ma transformation, et j'avais échoué. J'avais perdu.

—Il m'a laissée te trouver. Ils t'ont abandonnée, tous les deux, insista-t-elle.

Un atroce élancement me traversait la cage thoracique ; j'avais sans doute des côtes brisées. Peut-être même une hémorragie interne ou un poumon perforé.

—Tant d'efforts pour respirer, poursuivit-elle. Imagine si on s'était vraiment battues, Sentinelle. À quoi t'ont servi toutes ces heures de travail, d'entraînement ?

Elle inclina la tête comme dans l'attente d'une réponse, puis avança :

— Il ne t'a pas vraiment préparée à me rencontrer, n'est-ce pas ?

— Va te faire foutre, parvins-je à articuler, la main serrée contre mes côtes.

Elle arqua un sourcil noir parfaitement épilé.

— Ne m'en veux pas, Sentinelle. Je ne fais que te donner une leçon dont tu avais bien besoin. Dirige ta colère contre Ethan. Ton Maître. Celui qui est supposé veiller sur toi. Te préparer. Te protéger.

Je refusai de l'écouter, secouai la tête et m'efforçai de penser, ce qui se révélait de plus en plus difficile. La souffrance éliminait les frontières que j'avais dressées entre ce qui me restait d'humanité et la prédatrice qui se terrait en moi. J'ignorais ce qui se passerait si je permettais à la vampire de prendre le dessus, mais je n'avais de toute manière plus la force de la repousser. L'instinct aurait bientôt raison de mes faibles défenses. Je l'avais rejetée à de multiples reprises, et elle ne supportait plus d'être reléguée dans quelque sombre recoin de mon esprit. Deux mois s'étaient écoulés depuis que j'étais devenue vampire, deux mois au cours desquels j'étais parvenue à me protéger derrière mes dernières bribes d'humanité.

Cette période est terminée, hurla la vampire.

— Cesse de lutter, m'enjoignit Célina, une touche d'intérêt malsain dans la voix.

Submergée par la douleur, la fatigue, la puissance de la vampire, j'abaissai mes ultimes remparts.

Je la laissai respirer.

S'échapper.

Elle explosa en moi, son pouvoir affluant dans mes veines alors que je gardais les yeux rivés à ceux de Célina. Je dus raidir les membres afin de ne pas tituber en arrière sous la force de l'élan et je me sentis me dissocier. Elle bougea à ma place, étira et testa les muscles de mon corps, puis me submergea.

Merit disparut.

Morgan disparut.

Mallory disparut.

Je ne ressentis plus de peur, de souffrance, de rancœur envers les amis, les amants et les professeurs qui m'avaient trompée. Je ne m'en voulais plus d'avoir déçu les personnes qui étaient censées compter pour moi, d'avoir ruiné nos relations. Je n'éprouvais plus le désagréable sentiment de ne plus savoir qui j'étais réellement ou quel rôle j'étais censée jouer en ce monde.

Tout cela laissa place à un tourbillon, un néant étrangement confortable dans lequel toutes mes blessures s'évanouirent.

Puis vinrent les sensations que j'avais inconsciemment attendues pendant deux mois.

Tout s'accéléra autour de moi et la musique jaillit.

Je percevais le chant nocturne des voix, des véhicules, du gravier, des cris et des rires. J'entendais les animaux chasser, les gens parler, se battre, baiser. Un corbeau volait dans le ciel. La nuit rayonnait, le clair de lune soulignant le relief de tout ce qui m'entourait.

Des sons surgissaient à présent de toutes parts et une infinité d'odeurs flottaient dans l'air. Mes sens de prédateur détectaient tout ce qui m'avait échappé au cours des deux derniers mois.

Je me tournai vers Célina, et elle m'adressa un sourire victorieux.

—Tu as perdu ton humanité à jamais, annonça-t-elle. Et tu n'es pas capable de te défendre. Tu sais qui en est responsable.

J'avais beau souhaiter garder le silence et ne pas réagir, je m'entendis lui répondre par une interrogation:

—Ethan?

Elle hocha simplement la tête puis, comme si elle avait accompli sa tâche, elle lissa son chemisier, pivota et s'éloigna. Elle se fondit dans les ténèbres.

Le monde expira.

Je regardai derrière moi et aperçus la lueur qui perçait à travers la grille de Cadogan à quelques mètres de distance.

Il était là.

Je fis un pas en avant, grimaçant à cause de la douleur dans ma poitrine.

Je désirais faire mal à quelqu'un.

Je commençai à marcher. On avança en direction de Cadogan, ma vampire et moi.

Les gardes en faction au portail me laissèrent entrer mais je les entendis chuchoter sur mon passage et s'entretenir quelques instants avant d'informer les autres vampires de mon arrivée.

Je traversai la pelouse déserte et me dirigeai vers la porte entrebâillée. Je gravis lentement les marches l'une après l'autre, une main sur mes côtes. Ma blessure commençait déjà à guérir et je souffrais un peu moins, même si les larmes embuaient encore mes yeux.

À l'intérieur de la Maison, le silence régnait. Les quelques vampires qui se trouvaient là se pétrifièrent lorsque je franchis le seuil et me suivirent du regard alors que je poursuivais mon chemin sans tenir compte de leur présence. Je continuai d'avancer, déterminée, plissant mes yeux de prédateur pour me protéger de la lumière crue des lampes électriques.

Sa voix résonna dans ma tête:

—*Merit?*

—*Viens*, lui intimai-je.

Je m'arrêtai au croisement de l'escalier, du couloir et des petits salons.

La porte de son bureau s'ouvrit. Il sortit, m'aperçut et s'approcha.

— C'est toi qui m'as fait ça.

J'ignorais s'il m'avait entendue, car il demeura impassible. Une fois qu'il fut parvenu à ma hauteur, il s'immobilisa et ses yeux s'agrandirent, puis scrutèrent les miens.

— Seigneur, Merit, que t'est-il arrivé ?

Mon sabre siffla quand je le tirai de son fourreau et, lorsque je serrai mes deux mains autour de la poignée, ce fut comme un circuit électrique qui se fermait. Les paupières closes, je savourai l'agréable chaleur qui m'envahissait.

— Merit !

Il s'agissait cette fois d'un ordre.

Je rouvris les yeux et hésitai quelques instants. Je désirais de manière presque instinctive me plier à la volonté de mon Maître, mon créateur, mais, tremblant de tous mes membres, je luttai contre la tentation de lui céder.

— Non, m'entendis-je prononcer de façon quasi inaudible.

Ses yeux s'écarquillèrent puis furent attirés par quelque chose derrière moi. Il secoua la tête et me considéra de nouveau.

— Ressaisis-toi, Merit, m'enjoignit-il d'un ton grave et insistant. Tu ne veux pas vraiment te battre contre moi.

— Si, affirma-t-elle d'une voix qui ressemblait à peine à la mienne. Va chercher de l'acier.

Elle lui donnait un conseil – ou plutôt nous lui donnions un conseil.

Il resta un long moment silencieux, immobile devant moi, puis finit par hocher la tête. Quelqu'un lui tendit un katana dont la lame scintilla dans la lumière. Il s'en empara et m'imita en se mettant en position, les deux mains sur la poignée de l'arme, prêt à l'attaque.

— Si faire couler le sang est le seul moyen de te ramener à la raison, allons-y.

Il s'élança.

J'avais presque oublié qu'Ethan avait été soldat. Avec ses costumes Armani, ses chemises immaculées et ses chaussures italiennes toujours impeccablement vernies, il ressemblait davantage à un P.-D.G. qu'au chef d'une bande de trois cent vingt vampires.

Grave erreur de ma part. Il n'était pas parvenu à la tête de Cadogan uniquement en raison de ses aptitudes politiques ou de son âge, mais parce qu'il était capable de se battre et savait manier le sabre.

Il avait appris à combattre lors d'une guerre sanglante, alors qu'il était jeune soldat. Elle me l'avait fait oublier.

Il était impressionnant à regarder, ou du moins l'aurait été si je n'avais pas constitué la cible de ses coups de pied et de sa lame qui tranchait l'air en obéissant à des mouvements qu'il semblait enchaîner sans le moindre effort. Il bondissait et parait avec aisance, vivacité et précision.

Alors que la souffrance commençait à s'estomper, la vampire que j'avais retenue durant si longtemps se mit à contre-attaquer.

Elle était plus rapide.

J'étais plus rapide.

Je plongeai en avant et tournoyai en fendant l'air de mon katana, portant des coups qui le forçaient à bouger, à se dérober par des pirouettes, à abattre son sabre avec une technique qui paraissait maladroite comparée à la mienne.

J'ignore combien de temps dura notre combat au centre d'un cercle de vampires au rez-de-chaussée de la Maison Cadogan. Mes cheveux humides collaient à mon front moite, les larmes ruisselaient sur mon visage, le sang maculait mes mains et mes genoux, j'avais sans doute des côtes cassées, et les manches de ma veste partaient en lambeaux, lacérées par quelques coups de lame que j'avais esquivés de peu.

Ses bras n'avaient pas été épargnés non plus. Il n'avait pas toujours paré assez lestement pour échapper à mes attaques. Alors qu'au début il m'avait offert quelques occasions en s'approchant de moi avant de se dérober habilement, il bougeait désormais pour sauver sa peau, comme l'exprimait son air impénétrable et concentré. Il ne s'agissait plus d'un jeu mais d'un véritable duel, celui que j'avais voulu lui livrer déjà plusieurs mois auparavant et qu'il avait tourné en dérision. Bien que je n'aie pas demandé à être transformée en vampire, je m'étais malgré tout soumise à son autorité, j'avais obéi à ses exigences, et, pour cela, il me devait un combat, un vrai. J'accordais plus d'importance à la reconnaissance qu'au défi en lui-même. Il était mon Maître, mais je lui avais juré allégeance, et, en échange, je méritais cet affrontement. J'avais été prête à lutter pour lui, à tuer pour lui, éventuellement à encaisser des coups pour lui.

— Merit.

Je fis la sourde oreille et poursuivis le combat, esquivant, tourbillonnant, souriant à chaque assaut, parant et ripostant, évitant souplement la trajectoire de sa lame acérée.

— Merit.

Je bloquai son attaque et, tandis qu'il reprenait son équilibre et assurait ses appuis, je jetai un furtif regard derrière moi. J'eus à peine le temps d'apercevoir Mallory, mon amie, ma sœur, et le globe de flammes bleues qui brûlait dans sa paume tendue avant qu'elle envoie vers moi d'une chiquenaude la boule incandescente.

Le feu m'entoura et je sombrai dans le néant.

24

« Ch… ch… ch… ch… changes [1] »

Une pâle lueur dorée. L'odeur du citron. Le confort.
Puis, par vagues, la douleur, le froid, et la nausée.

Mon estomac se tordait dans d'atroces souffrances et la
fièvre enflammait mes joues, rendant ma peau si brûlante
que les larmes qui coulaient sur mon visage s'asséchaient
en ruisselets de sel.

Je n'avais presque aucun souvenir de la première fois.

Je subissais à présent le reste de la transformation.

Ce supplice m'arrachait des sanglots, tiraillait chacun
de mes muscles, rongeait chacun de mes os.

À un moment donné au cours des changements que
j'endurais, j'ouvris mes yeux argentés à la recherche de la
nourriture pour laquelle je me sentais prête à tuer.

Comme si quelqu'un avait guetté chacun de mes
mouvements, je vis un poignet apparaître devant moi à
cet instant précis.

Un frisson glacé me parcourut, j'entendis un grondement sortir de ma gorge et j'esquissai difficilement un
geste de recul.

---

1. *Changes* est le titre d'une chanson de David Bowie, que l'on peut traduire
par « Changements ». (*NdT*)

Quelqu'un murmurait mon nom. Une incantation.

—*Merit, reste tranquille.*

J'aperçus de nouveau le poignet.

Le poignet d'Ethan.

Je plongeai mon regard dans le sien. Le front barré d'une mèche blonde, Ethan gardait rivés sur moi ses yeux irisés par un feu argenté qui trahissait son désir.

—*Je te l'offre de mon plein gré.*

Je contemplai les gouttelettes écarlates qui coulaient doucement le long de son avant-bras, dessinant deux fins sillons qui s'entrelaçaient.

—*Merit.*

J'agrippai son bras de la main gauche et tins sa paume dans la droite. Ses doigts s'enroulèrent autour de mon pouce, puis le serrèrent. Il ferma les paupières.

En portant son poignet à mes lèvres, je perçus les vibrations du plaisir qui s'emparait de lui et entendis le grognement rauque qui l'accompagnait.

—*Merit.*

Les yeux clos, je bus.

Le circuit électrique se ferma de nouveau.

Lorsque je revins à moi, j'étais roulée en boule, entourée d'une fraîche et agréable obscurité. Les effluves qui parvenaient à mes narines m'étaient familiers. Je me trouvais dans mon ancienne chambre, dans la maison de Mallory. J'avais sans doute été mise à la porte de Cadogan.

Je clignai des yeux et tâtai mes côtes avec précaution. Je ne ressentais plus à présent qu'une douleur sourde. Je me sentis soudain oppressée par les ténèbres – par la multitude de sons et d'odeurs qui les emplissaient. Je paniquai. J'étouffai un sanglot et m'entendis quémander de la lumière en hurlant, un cri strident qui perça l'épaisseur de la nuit.

Un halo doré éclaira la pièce. Je clignai des yeux, éblouie, et aperçus Ethan en costume, jambes croisées dans le confortable fauteuil situé au pied de mon lit. Il venait d'allumer la lampe qui était posée sur la table à côté de lui.

— Ça va mieux ?

Prise de vertiges, je me couvris la bouche d'une main.

— Je crois que je vais être malade, l'avertis-je d'une voix étouffée.

En un éclair, il se leva, s'empara d'une poubelle argentée dans un coin de la pièce et me la mit dans les bras. Mes muscles se contractèrent et mon estomac se souleva, mais rien ne vint. Après avoir été secouée de haut-le-cœur durant plusieurs minutes, le ventre douloureux, je m'assis en tailleur en m'accoudant sur le bord du récipient métallique que j'avais posé entre mes genoux.

Je risquai un coup d'œil en direction d'Ethan. Campé sur ses jambes, les bras croisés, il se tenait debout au pied du lit sans bouger. Son expression était impénétrable.

— Combien de temps je suis restée inconsciente ? osai-je demander après avoir essuyé les gouttelettes de sueur qui perlaient sur mon front.

— L'aube va bientôt se lever.

Je hochai la tête. Ethan plongea la main dans la poche intérieure de sa veste et en sortit un mouchoir qu'il me tendit. Sans croiser son regard, je m'en emparai et me tamponnai les yeux et le front, puis gardai le tissu roulé en boule dans ma paume. Une fois que la pièce eut arrêté de tourner, je reposai la poubelle au sol, enroulai mes bras autour de mes jambes et posai la tête sur mes genoux.

Les paupières closes, j'entendis le tintement du récipient que l'on bougeait, le grincement du fauteuil, et perçus avec acuité les sons de la ville dans le lointain. Mon ouïe de prédateur s'était enfin développée. Je me concentrai pour faire abstraction du bruit de fond et tentai d'en diminuer l'intensité afin d'être capable de réfléchir de nouveau.

Quelques minutes plus tard, après que le vacarme eut laissé place à un sourd vrombissement, je rouvris les yeux.

— Quand tu as perdu connaissance, nous avons préféré t'amener ici.

Bien sûr, pensai-je. Ils ne pouvaient pas faire autrement. Je m'estimais chanceuse qu'ils ne m'aient pas dénoncée immédiatement au Présidium pour leur demander de me régler mon compte avec un pieu en tremble, vu le danger que je représentais pour Ethan et pour la ville.

— Que s'est-il passé ? demanda-t-il.

Je secouai la tête afin de réprimer les larmes qui menaçaient de jaillir de nouveau à l'évocation de la souffrance que j'avais endurée.

— Célina. Elle m'a retrouvée dans la rue, devant la Maison. Elle voulait me tester. Elle m'a mise au sol d'un coup de pied, Ethan, un seul. J'ai paniqué, je n'ai pas réussi à me battre.

Je pleurais, la chaleur enflammant mes joues tellement j'avais honte. Je n'avais pas tenu compte des avertissements qu'il m'avait adressés dans son bureau. J'avais échoué.

— J'ai paniqué.

— Elle t'a blessée, émit-il d'une voix douce. Une fois de plus.

— Elle avait prémédité son coup. Je crois qu'elle désirait que je la libère.

Un silence, puis :

— Que tu la libères ?

Je tournai la tête dans sa direction. Assis dans le fauteuil, il s'était penché en avant, les coudes sur les genoux, en une attitude qui invitait à la franchise.

—Je suis… Je suis anormale, confessai-je finalement, ce qui parut m'enlever un poids des épaules. Quelque chose n'a pas fonctionné quand tu m'as créée.

Il me considéra gravement pendant une minute sans ciller, puis m'encouragea à poursuivre d'un ton étrangement sérieux :

—Explique-moi.

J'inspirai profondément, essuyai une larme sur ma joue et commençai mon récit. Je lui avouai que la vampire et moi étions en quelque sorte deux entités séparées, qu'elle avait sa volonté propre et n'avait cessé d'essayer de prendre le dessus. Je lui relatai comment, à chacune de ses tentatives, je l'avais repoussée afin de la maîtriser. Et je lui racontai enfin de quelle manière Célina, grâce à la douleur qu'elle m'avait infligée d'un seul coup de pied et à des paroles soigneusement choisies, s'était insinuée dans mon esprit et avait fait remonter la vampire à la surface.

Plusieurs minutes s'égrenèrent sans qu'il prononce le moindre mot. Je me décidai à briser le silence :

—Je ne sais pas quoi dire d'autre.

Je levai les yeux lorsqu'un son étranglé me parvint. Les coudes sur les genoux, la tête posée entre ses mains cachées par ses mèches blondes, Ethan semblait parcouru de soubresauts. Ses épaules tressautaient.

—Tu trouves ça drôle ?

—Non, pas du tout, m'assura-t-il avant d'éclater d'un rire tonitruant.

Je le regardai fixement, confuse.

—Je ne comprends pas.

Il expira en gonflant ses joues puis se passa la main dans les cheveux.

—Tu m'as attaqué. Tu as défié ton Maître, ton créateur, en partie parce que la prédatrice en toi avait le pouvoir d'exister séparément, parce que, d'une certaine manière, elle n'a pas réussi à fusionner avec ton humanité. J'ignore même comment une telle chose est possible d'un point de vue biologique, génétique, métaphysique ou magique. (Il leva vers moi ses yeux émeraude scintillants et sa voix se fit plus grave.) Nous savions que tu serais puissante, Merit, mais ce que tu viens de m'apprendre est une totale surprise. (Il regarda le mur derrière moi d'un air absent, comme s'il y consultait des souvenirs.) Tu m'as dit que ça t'était déjà arrivé ? que la vampire s'était déjà… manifestée ?

Je hochai la tête, penaude, regrettant d'avoir conservé ce secret aussi longtemps. Je me doutais que j'étais susceptible de provoquer une catastrophe et aurais pu éviter ces événements pénibles et humiliants.

—Souvent, et depuis le début, avouai-je. Quand nous nous sommes battus pour la première fois tous les deux, quand j'ai vécu la Première Faim, quand j'ai rencontré Célina, quand je lui ai lancé le pieu, quand je me suis entraînée avec Catcher, quand j'ai lutté contre Peter. Mais je ne l'ai jamais… vraiment libérée.

Les sourcils froncés, Ethan hocha la tête.

—On peut légitimement supposer que la vampire en avait assez d'être refoulée ainsi et qu'elle désirait sortir.

—C'est le sentiment que j'ai eu.

Il conserva le silence puis demanda timidement :

—Qu'as-tu ressenti ?

Son visage trahissait une curiosité sincère.

—C'était comme… (Je sourcillai, tirai un fil de la couverture en essayant de trouver les mots appropriés, puis posai de nouveau les yeux sur lui.) C'était comme respirer pour la première fois. Comme… une renaissance.

Ethan me contempla un long moment d'un regard pénétrant sans prononcer une parole.

— Je vois, finit-il par souffler doucement. (Il semblait plongé dans d'intenses réflexions.) Tu dis que Célina t'a piégée afin de provoquer cette réaction, mais comment pouvait-elle être au courant ?

Je lui proposai ma théorie.

— Lorsque je suis allée au *Red*, le club de Morgan, et que j'ai rencontré Célina pour la première fois, j'ai senti qu'elle me testait. De la même façon que toi dans ton bureau quand je t'ai raconté que je l'avais affrontée. Peut-être qu'elle avait alors repéré que quelque chose clochait chez moi ?

— Hmm.

J'enroulai mes bras autour de moi.

— Je suppose que j'ai fini par succomber à son charme.

Elle m'avait si aisément exhortée à diriger ma rancœur contre Ethan, à le rendre responsable de ma peine et ma confusion, que seule cette hypothèse paraissait plausible. Même si j'aurais aimé qu'Ethan soit la cause de mes différends avec Mallory et Morgan, je devais admettre qu'il n'y était pour rien. J'étais la seule fautive.

— Plus un esprit est fort, moins il est sensible au charme, répliqua Ethan. Tu as déjà su me résister, ainsi qu'à Célina, mais, cette fois, tu souffrais et tu venais de te disputer avec Mallory. Et je suppose que ta relation avec Morgan n'est pas… au mieux. (J'acquiesçai.) Le charme agit d'autant plus facilement que l'on est affaibli. Je ne veux pas changer de sujet, Merit, mais, alors que tu étais inconsciente, j'ai eu l'impression que tu subissais la transformation de nouveau. Les frissons, la fièvre, la douleur.

Ethan reconnaissait très bien ces signes, bien sûr.

Il avait également compris ce que j'avais fini par redouter. Malgré les trois jours que j'avais traversés après la morsure d'Ethan, le changement ne s'était pas opéré dans son intégralité. Et j'avais une petite idée de ce qui pouvait l'expliquer.

— Je n'ai pas vécu une seconde transformation, avançai-je. C'était la première, ou du moins la dernière partie de la première.

Il braqua sur moi des yeux interrogateurs, m'amenant à énoncer la conclusion à laquelle j'étais arrivée.

— La première fois, j'étais droguée. Après m'avoir mordue et nourrie, tu m'as droguée.

Ses traits se figèrent et ses iris s'assombrirent.

Je poursuivis sans le quitter du regard :

— Je sais que ma transformation a été différente de celle des autres vampires. Je ne me souviens pas de tout ce dont eux se souviennent. J'étais sonnée quand je suis rentrée chez Mallory. Je n'avais pas encore éliminé le produit que tu m'avais administré. Je me rappelle bien mieux ce qui m'est arrivé aujourd'hui.

Notamment le fait que j'avais pris son sang. J'avais pour la première fois bu à la veine d'un autre vampire. J'avais sucé le sang d'Ethan en m'agrippant à son bras comme s'il s'était agi d'une bouée de sauvetage, tout en regardant fixement ses yeux argent alors qu'un plaisir inouï m'arrachait des pleurs et me secouait de frissons. Je m'étais délectée du liquide aussi brûlant que l'alcool et le sentais encore courir dans mes veines après qu'il eut guéri les blessures qu'Ethan m'avait infligées et estompé la douleur lancinante de l'attaque de Célina.

La souffrance avait disparu, mais les souvenirs restaient vivaces.

— Tu m'avais droguée, répétai-je d'un ton affirmatif.

Il nous respectait suffisamment tous les deux pour hocher la tête – à peine, un léger mouvement du menton, un battement de cils, mais cela suffit.

Il me dévisagea pendant un long moment sans prononcer un mot. Je n'avais plus en face de moi mon Maître, mais l'homme, le vampire. Ni Sullivan, ni le seigneur, juste Ethan.

— Je ne voulais pas que tu vives cette épreuve, Merit, se justifia-t-il d'une voix douce. Tu venais de subir une attaque, tu n'avais pas donné ton consentement. Je ne désirais pas que tu traverses tout ça, que tu sois hantée par ces souvenirs.

Je le scrutai attentivement avant de décréter qu'il paraissait sincère, bien qu'il ne m'ait sans doute pas tout dit.

— Quoi qu'il en soit, tu m'as privée de quelque chose, énonçai-je calmement. Luc m'a raconté une fois que les trois jours de conversion ressemblaient à un bizutage. Horribles mais importants. Comme un lien. Quelque chose que j'aurais pu partager avec les autres Novices. Mais je ne l'ai pas eu, ce qui m'a rendu l'intégration difficile. (Il haussa les sourcils sans toutefois me contredire.) Je suis différente, et ils le savent. Mes parents, ma force, notre étrange relation m'éloignaient déjà d'eux, Ethan. Ils ne me considèrent pas comme une vampire normale. (Je baissai les yeux et frottai mes paumes moites sur mes cuisses.) Et ce qui s'est passé ce soir ne va rien arranger. Je ne suis plus humaine, mais ne suis pas non plus l'une des leurs. Pas vraiment. Et j'imagine que tu sais très bien l'effet que ça fait.

Il détourna le regard. On resta ainsi, assis en silence, évitant soigneusement de se regarder. Je ne reposai pas les yeux sur lui avant un certain temps, peut-être quelques minutes, mais il tourna de nouveau la tête d'un air coupable. Je supposai qu'il s'en voulait de m'avoir obligée à revivre cette expérience et qu'il regrettait également d'avoir entravé le bon déroulement de ma première transformation avec ses louables intentions.

Quoi qu'il en soit, en dépit de ses remords, nous ne pouvions plus rien changer. D'ailleurs, nous devions nous atteler à des problèmes plus immédiats.

— Et maintenant, qu'est-ce qu'on fait ?

Il reporta aussitôt son attention sur moi, ses yeux verts écarquillés, sans doute surpris que je n'insiste pas davantage. Mais qu'est-ce que j'aurais pu faire de plus ? le blâmer d'avoir tenté de faciliter ma transition ? l'accuser d'avoir commis un péché d'omission ?

Plus important encore, lui demander pourquoi il avait procédé ainsi ?

— Je n'en ai pas la moindre idée, répondit-il finalement de son ton égal de Maître vampire, marquant la fin de notre échange intime. Si tout cela était vraiment lié à une transformation incomplète et que tu as désormais traversé le processus dans son intégralité, nous évaluerons ta force. Pour Célina, il s'agissait sans doute du prolongement de son petit jeu incluant les Breckenridge. Provoquer une guerre entre métamorphes et vampires, profiter du fait que la Sentinelle de Cadogan est biologiquement… instable. (Il secoua la tête.) Il faut reconnaître qu'elle excelle en organisation et en stratégie. Cette femme est une experte en manipulation, une instigatrice de drames vampires. Elle met en scène, installe les éléments de l'intrigue, appuie sur le déclencheur et nous laisse exécuter les rôles qu'elle a écrits pour nous. (Il dirigea ses yeux sur moi.) Et elle continuera. Jusqu'à ce qu'elle nous amène au bord de la guerre, que ce soit avec les humains ou les métamorphes. Elle ne renoncera pas.

— Tant qu'elle sera là et que nous ne serons pas en mesure de la mettre hors d'état de nuire, elle poursuivra, concédai-je. Et nous ne parviendrons jamais à l'écarter tant que le PG n'aura pas compris qui elle est et ce qu'elle représente.

— Merit, tu devrais te résigner au fait que, tout comme Harold, les membres du Présidium sont parfaitement au courant de qui elle est et de ce qu'elle représente. Ils l'acceptent.

J'acquiesçai et me frottai les bras.

Ethan soupira et se cala de nouveau au fond du fauteuil, jambes croisées.

— Et pourquoi, dans ce scénario, a-t-elle choisi de te monter contre moi?

— Pour que je te tue? ou pour que toi, ou Luc me tuiez?

— Si tu m'avais éliminé, elle aurait été débarrassée de moi – un Maître en moins. Ça l'arrangerait bien si je ne me dressais plus en travers de son chemin. Elle imaginait sans doute que, si tu ne te montrais pas assez forte pour me vaincre, le châtiment que je t'infligerais suffirait à t'écarter.

Je gardai le silence tandis que je réfléchissais à ce qu'il entendait par « châtiment ».

— Alors, Sentinelle, quelle est l'étape suivante?

— Identifier ses alliés, proposai-je finalement. Quelqu'un l'héberge forcément, l'a aidée financièrement ou d'une autre manière afin de faciliter son retour à Chicago. Nous devons déterminer qui sont les personnes qui lui accordent leur soutien et les raisons qui les incitent à agir de la sorte. (Je posai les yeux sur lui.) L'attrait du sang? de la célébrité? La promesse d'une position haut placée dans le nouvel ordre mondial qu'elle a à l'esprit? Ou ont-ils toujours fait partie de ses alliés?

— Tu penses à Navarre.

Il avait prononcé ces mots avec une douceur inhabituelle. Il avait visé juste. Je ruminais de pénibles pensées au sujet de l'actuel Maître de cette Maison mais, sans plus de preuves, je me refusais à le livrer en sacrifice à Ethan.

— Je ne sais pas.

—Peut-être devrions-nous reconsidérer ta mission.

Je braquai le regard sur lui.

—Comment ça ?

—Jusqu'à présent, tu as protégé la Maison depuis l'intérieur des murs. Tu as effectué des rondes dans la propriété, travaillé en collaboration avec les gardes, étudié le *Canon*. Nous t'avons conféré le rôle et les responsabilités traditionnels afférents à cette fonction. Historiquement, les Sentinelles gardaient physiquement le château, conseillaient le Maître, le Second, le Capitaine des Gardes sur des thématiques relatives à la sécurité, la politique, ou la stratégie. (Il secoua la tête.) Le monde a totalement changé depuis. Nous sommes gouvernés par une organisation située sur un continent différent et interagissons avec des vampires à des milliers de kilomètres de distance. Nous ne nous contentons plus de défendre notre territoire mais tentons d'étendre notre influence sur le reste de la planète. (Il me dévisagea.) Nous avons récemment élargi ton rôle, du moins socialement, à une autre partie de la ville. Nous ne sommes pas encore certains de la pertinence de cette tactique. Même si nous semblons avoir contenu la crise concernant les Breckenridge, Nicholas m'inquiète. Il nous voue une haine flagrante, et je ne crois pas que nous soyons en mesure d'affirmer que ce problème est définitivement réglé.

—Alors qu'est-ce que tu proposes ?

—Je pense qu'il serait préférable que tu patrouilles dans les rues plutôt que dans l'enceinte de Cadogan. Le meilleur espoir que nous ayons de contrer les plans d'insurrection de Célina consiste à élaborer nos propres stratagèmes. (Il se leva et se dirigea vers la porte.) Je vais en parler à Luc afin de réfléchir aux tactiques à envisager.

Ils m'en informeraient sans doute au dernier moment.

—Ethan, qu'est-ce que tu as décidé par rapport à…
ce que j'ai fait?

—Tu seras punie. Impossible d'y échapper.

Sa réponse, plus rapide que je ne m'y attendais, me mit
mal à l'aise. Mon estomac se noua, même si la sentence ne
m'étonnait pas. Le gros titre «Une vampire Novice attaque
son Maître» ne paraîtrait pas très convaincant s'il n'était
suivi d'«Elle écope d'une sévère sanction».

—Je m'en doutais, soupirai-je. Pour ce que ça vaut, je
suis désolée.

—Et moi, je suis à la fois désolé et heureux. Peut-être
que l'atmosphère en sera… plus sereine.

S'il faisait allusion à notre relation, je restais quant à
moi réservée, mais hochai néanmoins la tête.

—Je suis exclue de la Maison Cadogan?

Il prit plus de temps à répondre à cette question,
soit parce qu'il n'avait pas encore arrêté sa décision, soit
parce que, en bon stratège, il en évaluait les conséquences
politiques. Il se massa distraitement le cou en réfléchissant,
puis secoua la tête. Je n'étais pas sûre d'éprouver du
soulagement.

—Tu resteras à Cadogan. Passe la journée ici et rentre
demain soir. Tu viendras me voir dès ton arrivée. Nous
réexaminerons tes missions et tu devras t'entraîner, mais
pas avec Catcher. Tu as besoin de travailler avec un vampire
qui comprenne l'emprise que le prédateur exerce sur toi,
quelqu'un qui t'aide à maîtriser ton… disons ton instinct
de chasseur.

—Qui ça?

Il cilla.

—Eh bien… moi.

Il n'ajouta rien d'autre avant de sortir, refermant
derrière lui.

Je gardai les yeux rivés sur la porte quelques instants, interdite.

— Et merde! m'exclamai-je.

J'avais deviné qui était à la porte avant même qu'elle ait frappé grâce aux arômes de barbe à papa de son parfum, qui me parvenaient depuis le couloir. J'aperçus sa chevelure bleue se glisser dans l'entrebâillement tandis qu'elle risquait un coup d'œil.

— Est-ce que tu as encore la tête qui tourne?

— Est-ce que tu as encore l'intention de me bombarder avec des saloperies de flammes bleues?

Elle grimaça et poussa le battant avant d'entrer dans la chambre, puis enroula ses bras autour d'elle. Elle portait un pyjama constitué d'un tee-shirt court et d'un pantalon en coton bien trop grand duquel dépassaient des orteils aux ongles décorés de vernis blanc.

— Je suis désolée. Je venais de rentrer de Schaumburg. En fait, j'étais en route pour la Maison Cadogan quand Luc m'a appelée pour me dire que tu avais perdu les pédales.

— Pourquoi étais-tu en route pour Cadogan?

Mallory s'adossa au chambranle de la porte. Fut un temps – encore à peine quelques jours plus tôt – où elle n'aurait pas hésité à se jeter sur le lit à côté de moi. Nous avions perdu cette intime spontanéité.

— Catcher devait me retrouver, nous avions prévu de parler avec Ethan. Catcher était… inquiet.

L'hésitation qui transparaissait dans sa voix laissait peu de place au doute.

— À propos de moi. Je l'inquiétais, dis-je.

Elle leva la main.

— Nous nous faisions du souci pour toi. Catcher pensait que tu te retenais pendant l'entraînement, il soupçonnait que quelque chose ne tournait pas rond. (Elle se passa les doigts dans les cheveux en soupirant.) Nous n'avions pas deviné que tu étais une sorte de super-vampire bizarre.

—Et c'est la lanceuse de boules de feu qui dit ça.

Elle leva les yeux vers moi. Malgré la douleur – peut-être était-ce de l'anxiété – que j'y lus, elle se montrait réticente à me parler en toute franchise. Cette constatation me vrilla l'estomac.

—Ce n'est pas facile pour moi non plus, déclara-t-elle.

Je hochai la tête et posai le menton sur l'oreiller juché sur mes genoux.

—Je sais. Et je sais que je me suis débinée. Je suis désolée.

—Tu t'es débinée, confirma-t-elle en quittant l'encadrement de la porte.

Le matelas se creusa lorsqu'elle prit place à côté de moi sur le lit. Elle s'assit en tailleur.

—Et j'ai exagéré en insistant au sujet de Morgan. C'est juste que…

—Mallory.

—Non, Merit, m'interrompit-elle. Laisse-moi finir, pour une fois. Je veux ton bien. Et il me semblait que Morgan était bien pour toi. Si tu n'es pas de cet avis, eh bien, tant pis. Je…

—Tu crois que je suis amoureuse d'Ethan.

—C'est le cas?

Bonne question.

—Je… Non. Pas de la manière à laquelle toi et Catcher pensez. C'est stupide, je sais. J'ai toujours cette idée en moi, cette connerie d'image à la Marc Darcy, quelqu'un qui change sans arrêt d'avis et finit par revenir vers moi. J'espère qu'une nuit je me réveillerai et le trouverai devant ma porte, et qu'il me dira en me regardant dans les yeux : « C'est toi. Ça a toujours été toi. »

Elle garda le silence quelques instants puis avança doucement :

— Peut-être que le gars qu'il te faut est là depuis le début, et qu'il te veut depuis le début.

— Je sais. Je veux dire… Intellectuellement, je comprends. C'est juste que… *(Admets-le*, m'intimai-je. *Dis-le, comme ça tu arrêteras de ressasser ces pensées sans arrêt.)* Souvent, je ne suis pas d'accord avec lui. La plupart du temps, même. Et il me rend folle, mais je le comprends. Et je sais que je le rends fou de mon côté, mais j'ai l'impression que… qu'il me comprend, lui aussi. Qu'il m'apprécie. Je suis différente, Mallory. Je ne suis pas comme les autres vampires. Je ne suis plus comme toi non plus.

Je levai les yeux vers elle et captai l'expression de tristesse et de résignation qui ternissait son regard. Je me remémorai les paroles de Lindsey et répétai la teneur de son discours :

— Ethan est différent, lui aussi. Malgré ses stratagèmes politiques, ses discussions pour établir des alliances, il garde ses distances avec le reste des vampires.

— Et il garde ses distances avec toi.

Pas toujours, pensai-je, et c'est ce qui m'incitait à revenir vers lui.

— Et tu gardes tes distances avec moi, avec Morgan.

— Je sais, concédai-je. Écoute, d'autres choses entrent en ligne de compte avec Morgan. Tu ne connais pas toute l'histoire.

J'en ignorais moi-même l'intégralité, mais n'étais pas certaine d'avoir envie de dévoiler à Mallory mes soupçons concernant la relation qui unissait l'ancien et le nouveau Maître de Navarre.

— Peu importe, de toute façon, c'est fait, poursuivis-je.

— C'est fait ?

— Un peu plus tôt dans la soirée, avant qu'elle me trouve, nous avons rompu.

Non pas que ça revête une réelle importance. Morgan ne m'avait jamais accordé sa confiance. Peut-être parce qu'il manquait lui-même d'assurance, ou en raison des rumeurs qui couraient sur mon compte, ou encore à cause du sentiment que je ne lui avais jamais vraiment appartenu.

Mallory interrompit le cours de mes pensées et se montra directe, comme à son habitude.

— On désire le plus ce qu'on est certain de ne pas pouvoir obtenir.

Je hochai la tête, me demandant si elle faisait allusion à Morgan ou à moi.

— Je sais.

On garda le silence quelques minutes.

— Tu avais l'air morte, souffla-t-elle.

Je relevai la tête, et m'aperçus qu'elle avait les yeux embués de larmes. Et malgré cela, la barrière que nous avions dressée entre nous m'empêchait de la consoler par un geste affectueux.

— J'ai cru que je t'avais tuée, renifla-t-elle en essuyant une larme qui avait roulé sur sa joue. J'ai dû m'appuyer sur Catcher pour ne pas tomber. Les vampires ont paniqué, je pense qu'ils voulaient nous mettre dehors. Ethan a vérifié ton pouls et a annoncé que tu étais vivante. Il était couvert de sang, et toi aussi. Tu avais des éraflures et des coupures aux bras et au visage. Vous vous êtes mis une sacrée branlée, tous les deux. Catcher t'a portée, quelqu'un a donné une chemise à Ethan, puis tout le monde est parti en voiture. J'ai rapporté ton sabre.

Elle pointa le doigt vers le coin du mur où mon katana était accroché par la poignée. Il avait été glissé dans son fourreau et paraissait propre. Catcher avait sans doute minutieusement nettoyé la lame maculée de sang.

—Il t'a montée jusqu'ici.

—Catcher ?

Mallory secoua la tête, puis se frotta les paupières et se passa la main dans les cheveux. Elle sembla s'apaiser.

—Ethan. Il est rentré avec nous. Ils… Les vampires – tes vampires – nous ont suivis dans un autre véhicule.

Mes vampires. J'étais devenue quelqu'un d'autre à ses yeux, une étrangère.

—Catcher a dit que tu avais besoin de repos et que tu guérirais.

J'examinai mes bras, qui paraissaient aussi pâles et lisses qu'auparavant. Mes blessures avaient disparu, comme il l'avait prédit.

—Ethan t'a amenée dans ta chambre et Catcher s'est occupé de moi. Lindsey et Luc étaient là aussi. Nous avons attendu en bas. (Elle reporta ses yeux sur moi.) Tu es restée inconsciente durant tout ce temps ?

Je lui rendis son regard et décidai de ne pas lui raconter ce qui s'était passé.

Je ne révélai pas à ma meilleure amie que j'avais de nouveau subi une partie de la transformation et qu'au milieu de la brume qui m'entourait, assaillie par la soif, je m'étais abreuvée à la veine de quelqu'un d'autre.

Je ne lui dis pas que j'avais bu le sang d'Ethan, et que ce geste m'avait paru incroyablement familier, rassurant.

Je ne me sentais pas capable d'interpréter les sensations que j'avais éprouvées.

—Oui, mentis-je.

Mallory me regarda et finit par hocher la tête. Elle doutait certainement de la sincérité de ma réponse, mais n'insista pas.

Elle soupira et, se penchant en avant, me prit dans ses bras.

— Tu fais vraiment une incorrigible romantique.

— Et pourquoi pas romantique rationnelle ?

— Peut-être romantique invétérée pas trop mal réfléchie.

J'émis un rire étouffé et essuyai quelques larmes du dos de la main.

— Ça ne veut absolument rien dire.

— Ne te moque pas de moi.

Elle me serra contre elle puis relâcha son étreinte.

— Tu m'as lancé une boule de feu et tu m'as envoyée dans les vapes.

Et j'ai dû boire son sang, pensai-je. Je gardai cette réflexion pour moi, pas encore prête pour l'analyse freudienne qui suivrait cette confession.

— Alors j'ai bien le droit de me moquer un peu de toi, ironisai-je.

— Ce n'est pas du feu mais une manière de canaliser la magie. Comme un conduit.

Mallory soupira puis se leva. Je n'avais pas remarqué à quel point elle paraissait exténuée. Deux cernes noirs entouraient ses yeux gonflés d'avoir pleuré.

— Même si j'avais voulu poursuivre cette conversation, ce qui n'est franchement pas le cas, nous devons nous arrêter là. L'aube ne va pas tarder à pointer. Tu as besoin de sommeil, et moi aussi. (Elle se dirigea vers la porte, devant laquelle elle demeura quelques instants immobile, les doigts sur la poignée.) Nous allons changer. Toutes les deux. Et rien ne garantit qu'après ça nous serons toujours amies.

Mon estomac se tordit, mais j'acquiesçai.

— Je sais.

— Mais nous faisons de notre mieux.

— Ouais.

— Bonne nuit, Merit, déclara-t-elle avant d'éteindre la lumière.

Elle referma derrière elle.

Je me rallongeai, une main derrière la tête, l'autre sur le ventre, les yeux rivés au plafond. Je ne pouvais pas dire que j'avais passé une agréable soirée.

25

Le roi et moi

Le crépuscule s'épanouit en une nuit chaude et dégagée. La maison était plongée dans le silence lorsque je descendis l'escalier, bipeur et katana à la main. Je m'emparai d'une bouteille de jus de fruits dans le réfrigérateur de Mallory, dédaignant la dernière poche de sang. Soit ce que j'avais bu la veille m'avait vraiment rassasiée, soit ça m'avait complètement écœurée.

Je n'avais pourtant pas trouvé cette expérience horrible. Bien au contraire.

Je ne pus m'empêcher de ressasser cette pensée – à quel point ça ne m'avait pas déplu – tout en conduisant en direction du sud.

Mon bipeur sonna juste à l'instant où je m'engageais dans la rue de la Maison.

Je le détachai de son support et lus le message «RDV @ SL BL IMM.» affiché sur l'écran.

Charmant. Je présumai que tous les vampires Cadogan étaient convoqués afin de discuter de ma sentence étant donné que la réunion se tenait dans la salle de bal. Pourquoi Ethan n'avait-il pas choisi un lieu plus… intime? Son bureau, par exemple, où lui et moi aurions été les seuls protagonistes?

Je me garai en grommelant puis fermai la voiture à clé. Mon vieux jean et mon tee-shirt noir moulant ne constituaient pas vraiment une tenue particulièrement appropriée à une séance d'humiliation publique. Mon uniforme de Cadogan avait été totalement lacéré. Je portais les vêtements les plus chics que j'avais pu trouver dans la penderie de ma chambre chez Mallory. Je marquai une pause devant la grille afin de me préparer au massacre qui allait suivre.

— Joli spectacle.

Levant la tête, j'aperçus les gardes de RDI qui m'observaient d'un air curieux.

— Pardon ?

— Hier soir, expliqua celui de gauche. Vous avez semé une belle pagaille.

— Je n'en avais pas l'intention, rétorquai-je sèchement en détournant le regard vers la Maison.

En temps normal, j'aurais été ravie de converser avec ces soldats d'ordinaire peu loquaces, mais je n'avais aucune envie d'aborder ce sujet.

— Bonne chance, lança celui de droite.

Je m'efforçai de leur adresser un rictus reconnaissant, inspirai, puis m'avançai vers l'entrée principale.

J'entendis le brouhaha qui s'échappait de la salle de bal dès que je commençai à gravir les marches. Un bruyant mélange de conversations étouffées, de toussotements et de remue-ménage provenait du premier étage, contrastant avec le silence qui régnait au rez-de-chaussée.

Je trouvai les portes ouvertes. La pièce grouillait de vampires. La Maison comptait quatre-vingt-dix-huit résidents, et j'estimai que les deux tiers devaient être présents. Ethan se tenait seul sur l'estrade située à l'autre extrémité de la salle, et portait de nouveau son élégant costume noir. Je croisai son regard et, d'un geste de la main, il intima le silence à l'assemblée. Tous tournèrent la tête dans ma direction.

Je déglutis, serrai la poignée de mon katana, qui n'avait pas quitté ma paume, puis franchis le seuil. Dans la crainte de lire sur leurs traits une accusation, des insultes ou de la peur, j'évitai de regarder les visages autour de moi et gardai les yeux rivés sur Ethan tandis que je traversais la pièce, la foule s'écartant sur mon passage.

Certes, j'avais défié mon Maître dans sa propre Maison – pour la deuxième fois –, ce qui me valait une sanction. Mais cette cérémonie était-elle vraiment nécessaire ? N'aurait-il pas pu s'abstenir de m'humilier devant la majorité des vampires Cadogan ?

Lorsque les dernières personnes se poussèrent devant moi, je rencontrai le regard compatissant de Lindsey qui esquissa un sourire encourageant à mon intention. Je me tournai ensuite vers Ethan, montai sur l'estrade puis, après avoir pris place à son côté, je levai les yeux.

Il me considéra quelques instants, une expression soigneusement indéchiffrable plaquée sur le visage, puis fit face à la foule. Alors qu'il adressait un sourire à l'assistance, je me décalai afin de ne pas leur gêner la vue.

— N'a-t-on pas déjà vécu cette scène ? ironisa-t-il.

Les vampires s'esclaffèrent à cette plaisanterie, et je rougis.

— J'ai longuement hésité à vous révéler tous les détails des événements qui se sont déroulés hier soir. Les facteurs biologiques et psychologiques qui y ont concouru. Le fait que Merit m'a défendu face à l'un des nôtres. D'ailleurs, je suis au regret de vous informer que Peter n'appartient plus à la Maison Cadogan. (Des cris étonnés ainsi que des chuchotements coururent dans le public.) Encore plus important, c'est une attaque de Célina Desaulniers qui a conduit à cet incident. En guise d'introduction à mon discours, je vous conseille à tous la plus grande prudence. Il est possible que Célina ait choisi une cible unique, mais elle s'est peut-être engagée dans une vendetta contre les vampires Cadogan, les vampires de Chicago, ou les vampires affiliés en général. Restez attentifs lorsque vous quittez nos murs, et si vous apprenez quoi que ce soit sur ses activités ou l'endroit où elle se trouve, contactez aussitôt l'un de nous. Moi, Luc, ou Malik. Je ne vous demande pas de jouer aux espions, mais de vous montrer vigilants et de ne pas mettre en péril l'immortalité qui vous a été offerte.

Une clameur confuse s'éleva lorsque des « Sire » dissonants fusèrent dans la salle.

— Revenons-en à ce qui nous préoccupe, déclara-t-il en dirigeant son regard vers moi. Vous serez peut-être étonnés si je vous dis que j'ai confiance en Merit. En dépit du fait qu'elle m'a défié à deux reprises, elle m'a sauvé la vie et a rendu d'inestimables services à cette Maison.

Je dus faire appel à toute ma volonté pour ne pas montrer à quel point j'étais déconcertée par cette annonce. Je ne m'attendais pas à ce qu'il fasse ce genre de déclaration devant une foule de vampires ayant été témoins du combat de la veille.

— Vous vous forgerez votre propre opinion. Elle est votre sœur, vous la jugerez comme n'importe quel autre membre de cette Maison. Cela dit, si vous la côtoyez à peine, il se révélera difficile d'émettre un avis objectif.

D'accord, j'avais bien aimé la première partie, mais j'avais comme un mauvais pressentiment pour la suite.

— Quelqu'un m'a fait remarquer qu'il serait bénéfique d'organiser des sortes de festivités afin que vous vous rencontriez dans un autre contexte que le travail.

Lindsey, pensai-je. La traîtresse. Je glissai un coup d'œil dans sa direction en serrant les dents. Elle m'adressa un signe de la main, un large sourire aux lèvres. Je devrais me souvenir de le lui faire payer dès que l'occasion se présenterait.

— En conséquence, afin que Merit fasse davantage connaissance avec les vampires qu'elle a juré de protéger et puisse se lier avec ses frères et sœurs, j'ai décidé de la nommer… présidente du comité des fêtes de la Maison Cadogan.

Je fermai les yeux. J'avais écopé d'une sanction aussi incroyablement peu sévère que totalement humiliante.

— Bien entendu, Helen et Merit pourront travailler ensemble afin de réfléchir à des événements susceptibles de plaire au plus grand nombre.

Ça, c'était carrément cruel, et son ton sarcastique indiquait qu'il en était pleinement conscient. Lorsque j'ouvris les yeux et aperçus son sourire satisfait, je ravalai le juron qui s'était formé sur mes lèvres.

— Sire, dis-je en courbant la tête, affichant une révérence reconnaissante.

Ethan haussa un sourcil d'un air dubitatif puis croisa les bras en balayant l'assistance du regard.

— Je suis le premier à admettre que cette punition ne paraît pas très… satisfaisante. (Les vampires éclatèrent de rire.) Il m'est impossible de dévoiler aujourd'hui les raisons qui m'ont incité à prendre cette décision et qui, j'en suis sûr, influenceraient votre opinion dans le même sens. Peu nombreux sont les vampires suffisamment dignes de confiance pour remplir la fonction de Sentinelle, et Merit est la seule que j'ai assignée à ce poste. Elle y restera, et ne quittera pas la Maison Cadogan. (Il sourit de nouveau, usant cette fois de ce charme aguicheur qui suscitait probablement l'adoration de ses sujets femelles.) Et elle fera tout son possible pour qu'« aucune soirée n'arrive à la cheville d'une soirée Cadogan », comme dirait Coolio.

Je ne pus m'empêcher de grogner à cette mauvaise blague, mais les membres du public, complètement subjugués par leur Maître, émirent des sifflements enthousiastes. Dès que les acclamations commencèrent à perdre de leur vigueur, Ethan leur annonça qu'ils pouvaient disposer, et, après l'avoir salué d'un « Sire » prononcé à l'unisson, les vampires s'engouffrèrent vers la sortie.

—La Constitution interdit les châtiments cruels et inhabituels, décrétai-je à Ethan lorsqu'il descendit de l'estrade.

—Comment ? s'étonna-t-il d'un air innocent. Te sortir de la bibliothèque, un châtiment cruel ? Je pense qu'il en est grand temps, Sentinelle.

—Maintenant que je suis une vraie vampire ?

—Quelque chose comme ça, répondit-il distraitement en tirant son téléphone portable de sa poche, les sourcils froncés.

Il l'ouvrit, et ses traits se figèrent quand il lut le message qui lui était parvenu.

—Allons-y, se contenta-t-il d'annoncer.

Je le suivis docilement.

On dépassa le groupe de retardataires qui n'avaient pas encore quitté la pièce, parmi lesquels Lindsey, qui m'adressa un clin d'œil.

—Tu m'avais dit que tu aimerais qu'il y ait des fêtes, chuchota-t-elle. Et j'avais bien raison, il te veut.

—Oh, tu ne perds rien pour attendre, Boucle d'Or, l'avertis-je en pointant un doigt dans sa direction.

Je sortis de la salle sur les talons d'Ethan.

Il ne prononça pas un mot tandis qu'il se faufilait entre les vampires en descendant l'escalier. Une fois au rez-de-chaussée, il se dirigea vers la porte d'entrée. Je lui emboîtai le pas jusque sous le porche, katana à la main, curieuse.

Une limousine était garée devant la grille.

— Qui c'est ? demandai-je, m'arrêtant juste derrière lui.

— Gabriel, répondit-il. Gabriel Keene.

Le Meneur de la Meute des Grandes Plaines.

Jeff m'avait confié un jour que c'était « le plus alpha des alphas ».

Lorsque la portière de la voiture s'ouvrit et qu'il posa le pied sur l'asphalte, je compris pourquoi.

Grand, le torse puissant, Gabriel dégageait une virilité intense. Une masse de cheveux brun clair striés de blond retombait sur ses épaules. Son maintien assuré et sa démarche arrogante trahissaient son autorité. Il portait un jean, des bottes de motard et, malgré la chaleur étouffante de cette nuit d'été, une veste de cuir dont la fermeture Éclair était remontée jusqu'au col. Il était d'une beauté presque sauvage avec ses yeux d'ambre tellement brillants qu'ils en devenaient hypnotiques. Cet homme donnait l'image de quelqu'un qui avait prouvé l'étendue de ses capacités et se consacrait désormais à l'action, à diriger et protéger les siens.

— La Meute des Grandes Plaines compte plus de trois mille métamorphes, murmura Ethan, les yeux rivés sur Gabriel. Il est l'alpha, le Meneur. Les meutes d'Amérique étant autonomes, il est pour ainsi dire leur roi. Il exerce un rôle politique équivalent à celui de Darius.

Je hochai la tête sans quitter Gabriel du regard.

Une jolie brune sortit de la limousine et vint se placer derrière lui. Elle posa une main ornée d'une alliance sur la douce courbe de son ventre rebondi. Elle était visiblement enceinte. Elle portait un tee-shirt moulant et un corsaire, et ses pieds étaient chaussés de sandales qui révélaient ses orteils aux ongles vernis de rose. Ses cheveux étaient ramenés en un chignon négligé dont s'échappaient quelques mèches qui encadraient son visage. Elle n'était pas maquillée, et sa beauté naturelle ne nécessitait d'ailleurs aucun artifice. Ses pâles yeux verts ressortaient sur son teint de rose, et ses lèvres pulpeuses étaient recourbées en un sourire avenant.

Elle était tout simplement ravissante.

Je supposai qu'il s'agissait de Tonya, la femme de Gabriel. Le geste affectueux qu'il esquissa – il tendit sa main vers elle et entrelaça ses doigts aux siens sur son ventre, comme pour caresser le bébé – le confirma.

—Sullivan, salua Gabriel quand ils eurent traversé l'allée pour nous rejoindre.

Ethan hocha la tête.

—Keene. Je te présente Merit, notre Sentinelle.

Le coin des lèvres de Gabriel se releva en un sourire.

—Je sais qui elle est.

Comme s'il désirait soumettre sa compagne à mon inspection, il pivota de façon que Tonya se tienne à son côté et non plus derrière. Une manière très symbolique et peu conforme aux us des vampires de mettre la famille ainsi en avant.

—Je vous présente Tonya, et Connor, dit-il en frottant un pouce contre le ventre de sa femme, leurs doigts toujours entrecroisés.

Je souris à Tonya.

—Enchantée de faire votre connaissance.

—Ravie de vous connaître, Merit, répondit-elle d'une voix mélodieuse dans laquelle perçait un léger accent du Sud.

Lorsque je me tournai de nouveau vers Gabriel, il me dévisageait avec des yeux dans lesquels j'aurais juré avoir aperçu des tourbillons de bleu et de vert. Comme ceux de Nick, ils semblaient contenir l'univers et le mystère de l'existence. Je m'abîmai dans la contemplation du flux et du reflux qui les irisaient et, soudain, je compris ce qui nous différenciait.

Alors que nous, les vampires, étions des créatures de la nuit, du froid, des monuments illuminés par le clair de lune et des rues sombres et désertes, les métamorphes, eux, étaient des êtres de la terre, du soleil, de la savane brûlée par la chaleur et des herbes hautes.

On volait ; ils couraient.

On analysait ; ils agissaient.

On buvait ; ils dévoraient.

Nous n'étions pas des ennemis, mais nous ne vivions pas de la même façon.

Même si je l'avais souhaité, j'aurais été incapable d'expliquer d'où me venaient ces évidences.

— Monsieur, le saluai-je en un murmure à peine audible, mes yeux toujours rivés aux siens.

Il éclata d'un rire franc et tonitruant, rompant le charme, et je clignai des paupières. Apparemment, il n'en avait pas encore terminé avec moi. Il se pencha et chuchota :

— Ne nous embarrassons pas avec ces formalités, mon chaton. En dépit de toutes ces histoires, nous faisons quasiment partie de la même famille, toi et moi.

Il se raidit, les sourcils froncés, et scruta mes prunelles du regard. J'éprouvai le sentiment qu'il voyait à travers moi, plus loin que moi, plongé dans un futur que je ne discernais pas. L'air vibra alors que la magie nous enveloppait.

— Nous finissons toujours pas les perdre, non ?

J'ignorais totalement le sens de cet énigmatique message ou comment y réagir, et me contentai donc de garder le silence tandis que ses yeux me transperçaient. Soudain, l'air redevint léger et il se redressa.

— Oh et puis merde. On fait ce qu'on peut, pas vrai ?

C'était apparemment une question purement rhétorique car il se retourna vers Tonya et serra sa main dans la sienne. Lorsqu'il pivota de nouveau vers nous, il s'adressa à Ethan :

— Nous reviendrons. Nous réunissons la Meute à Chicago. Je suis certain que des rumeurs te sont déjà parvenues mais, par respect envers toi et les tiens, je désirais t'en informer en personne. J'ai également entendu dire que des événements fâcheux s'étaient déroulés dernièrement. Je regrette ce qui s'est passé.

Il attendit qu'Ethan ait accueilli ses propos d'un hochement de tête prudent avant de poursuivre :

— Et si tu as le temps, je souhaiterais te parler de certaines dispositions concernant notre réunion. (Il posa les yeux sur moi.) Des dispositions relatives à la sécurité.

Je m'imaginai les engrenages tourner à toute allure dans le cerveau d'Ethan alors qu'il réfléchissait au meilleur moyen de m'utiliser.

— Aucun problème, affirma-t-il.

Gabriel acquiesça sans quitter Ethan des yeux, puis il se tourna vers moi. Je sentais qu'il m'évaluait, mais je ne savais pas ce qu'il jaugeait en moi.

— Je te recontacterai, déclara-t-il avant de faire volte-face.

Une main dans le dos de Tonya, il marcha en direction de la voiture. Ils montèrent, puis fermèrent les portières, et la limousine s'éloigna.

— Qu'a-t-il voulu dire ? demanda Ethan.

Il me regardait d'un air intrigué, la tête penchée sur le côté. Malheureusement, même si j'avais voulu satisfaire sa curiosité, j'en aurais été bien incapable : les propos de Gabriel étaient restés totalement obtus, pour moi.

— Il a dit que nous étions de la même famille, lui et moi, avançai-je.

Ethan arqua un sourcil.

— De la même famille ? Comment ça ?

Je haussai les épaules.

— Je ne fais que répéter ce que j'ai entendu.

On resta un moment silencieux devant l'imposante Maison, enveloppés par la chaleur de cette nuit d'été. Ethan semblait perdu dans ses pensées, mais il ne les partagea pas. Je réfléchis au commentaire de Gabriel au sujet de l'inéluctabilité des pertes.

J'ignorais ce qui se tramait, mais j'étais persuadée que quelque chose m'attendait et que le démon aux yeux verts debout à mes côtés serait très certainement impliqué. Mais, comme je ne pouvais rien y faire dans l'immédiat, je chassai ce sentiment en secouant la tête et me dirigeai vers la porte, laissant Ethan à sa solitude derrière moi.

Je la trouvai sur le plancher de ma chambre quelques minutes plus tard. Une autre enveloppe bordeaux de la même matière luxueuse que la précédente. Je la ramassai, l'ouvris et en sortis une carte ivoire, tout comme la première fois. J'y lus le même message : « TU ES INVITÉE ».

Mais lorsque je retournai la carte, je trouvai des détails supplémentaires quant à l'occasion :

MINUIT À LA FONTAINE BUCKINGHAM.

Je contemplai l'étrange invitation pendant une bonne minute avant de la glisser de nouveau dans l'enveloppe. Je consultai ma montre : 23 h 40.

Je m'emparai de mon katana, puis marchai vers la porte. J'avais résolu un mystère. J'étais curieuse de savoir dans quel guêpier j'allais encore pouvoir me fourrer.

EN AVANT-PREMIÈRE

Découvrez la suite des aventures des
VAMPIRES DE CHICAGO
(version non corrigée)

Bientôt disponible chez Milady

Traduit de l'anglais (États-Unis) par Aurélie Tronchet

1

BIENVENUE AU CLUB

Début juin
Chicago, Illinois

On était au début de la Route 66, surnommée « la rue principale de l'Amérique », celle qui traverse les États-Unis. La fontaine Buckingham, au cœur de Grant Park, tenait son nom du frère de la femme qui en avait fait donation à la ville de Chicago. De jour, le jet principal du bassin, qui s'élevait à trente mètres, formait une colonne d'eau entre l'étendue du lac Michigan et le centre-ville de Chicago.

Mais il était tard et l'eau avait été coupée pour la nuit. […]

Je consultai ma montre. Il était minuit huit. Je me trouvais là parce que j'avais reçu des messages anonymes. Les premiers mentionnaient des invitations. Le dernier me donnait rendez-vous à la fontaine à minuit, ce qui signifiait que mon correspondant anonyme avait huit minutes de retard.

Je n'avais aucune idée de l'identité de celui qui m'avait invitée ni de ses raisons, mais j'étais assez curieuse pour faire le trajet jusqu'au centre-ville depuis Hyde Park. J'étais également assez prudente pour ne pas venir sans arme et je portais une courte dague au manche de nacre fixée sous ma veste. La dague m'avait été offerte par le Maître vampire Ethan Sullivan comme cadeau à la Sentinelle de sa Maison.

[…]

En tant que Sentinelle, je ne me déplaçais jamais sans mon katana […]. Mais pour ce rendez-vous, j'avais laissé mon sabre à la maison, craignant que la vue du fourreau rouge attire trop les regards humains. Ma présence dans le parc après les heures d'ouverture suffirait déjà pour éveiller la curiosité de la police de Chicago ; un sabre de samouraï de près d'un mètre ne les convaincrait certainement pas que j'étais là uniquement pour des présentations et une conversation courtoise.

Et en parlant de présentations…

— Je n'étais pas sûr que tu viendrais, dit soudain une voix derrière moi.

Je tournai des yeux écarquillés vers le vampire qui venait de s'adresser à moi.

— Noah ?

Plus particulièrement, il s'agissait de Noah Beck, le chef des Solitaires de Chicago – ceux qui n'étaient liés à aucune Maison.

[…]

— Tu voulais me rencontrer ?

— En effet, répondit-il.

Quelques secondes passèrent sans qu'il s'explique et j'inclinai la tête vers lui.

— Pourquoi ne pas m'appeler et demander à me voir tout simplement ?

Ou mieux encore, pensai-je, *pourquoi ne pas appeler Ethan ?* Il était en général plus que partant pour m'expédier dans les bras de vampires dans le besoin.

Noah croisa les bras sur sa poitrine, l'expression si grave que son menton touchait presque sa chemise.

— Parce que tu appartiens à Sullivan et que cette rencontre ne le regarde pas. Ça te concerne, toi. Si j'avais signé ces messages, tu te serais sentie obligée de lui dire que nous allions nous rencontrer.

— J'appartiens à la Maison Cadogan, corrigeai-je en lui faisant remarquer que, contrairement à la rumeur, je n'appartenais pas à Ethan, même si c'était un point auquel j'avais déjà réfléchi. Je ne peux donc pas t'assurer que je ne raconterai pas ce que tu vas me dire, ajoutai-je avec un petit sourire. Mais cela dépend du sujet que tu veux aborder.

Noah décroisa les bras, glissa une main dans une poche de son pantalon et en sortit une carte rouge. Il me la tendit en la tenant entre deux doigts.

Je savais ce que j'y lirais avant même de la prendre. Elle porterait les initiales « GR » et le sceau blanc ressemblant à une fleur de lys. Une carte similaire avait été déposée dans ma chambre de la Maison Cadogan mais je ne savais toujours pas ce qu'elle signifiait.

— Qu'est-ce que « GR » veut dire ? demandai-je en rendant la carte.

Noah la glissa de nouveau dans sa poche. Puis il regarda autour de lui et m'invita à le suivre d'un signe du doigt avant de se diriger vers le lac. Curieuse, je lui emboîtai le pas. Ce fut alors que commença la leçon d'histoire.

[…]

Une minute passa avant que je sois en mesure de parler. En attendant, je restai debout à côté de Noah, à regarder le lac et les lumières dansantes des bateaux près de la berge. Je ne sais pas à quoi il pensait mais, pour ma part, j'étais en train de considérer son offre.

[…]

En résumé, Noah voulait que je rejoigne une organisation dont le but principal était d'empêcher que les Maîtres vampires et les membres du Présidium aient trop de pouvoir ou qu'ils l'utilisent sans discernement – une organisation dont les membres espionnaient leurs Maîtres.

J'expirai lentement, le ventre noué.

Je ne connaissais pas la position d'Ethan au sujet de la Garde Rouge mais il considérerait sans aucun doute mon départ comme la pire des trahisons. […]

En fait, c'était exactement le genre de choix qu'Ethan craignait que je fasse : espionner la Maison. Il pouvait ignorer l'invitation de la Garde Rouge mais il savait que mon grand-père, Chuck Merit, faisait office de médiateur entre les créatures surnaturelles et la ville et il savait également que ma famille – les Merit (oui, Merit est mon nom de famille) – était en relation avec Seth Tate, le maire de Chicago. Ces liens étaient bien ténus, et pourtant il s'en inquiétait. S'impliquer dans une telle organisation serait la cerise sur le gâteau dans la crise de colère.

Ce qui m'amena à poser une question intéressante.

— Pourquoi moi ? demandai-je. Cela ne fait que deux mois que je suis une vampire et je ne suis pas vraiment une guerrière confirmée.

— Tu corresponds à notre profil, dit-il. Tu as été changée en vampire sans ton consentement. Peut-être est-ce aussi pour cette raison que tu sembles avoir une relation différente avec ton Maître. Tu as été élevée dans la richesse mais tu as vu quels pouvaient en être les abus. En tant que Sentinelle, tu deviens soldat, mais tu as été étudiante. Tu

472

as prêté serment à Ethan mais tu es assez sceptique pour ne pas suivre aveuglément tous ses ordres.

[…]

— Et que ferais-je au juste ?

— Pour le moment, nous aimerions que tu sois une partenaire discrète. Tu resterais dans la Maison Cadogan, en tant que Sentinelle, et tu communiquerais avec ton équipier.

Je haussai les sourcils.

— Mon équipier ?

— Nous travaillons en binômes, dit Noah en désignant quelque chose dans mon dos. Pile à l'heure.

Je jetai un coup d'œil derrière moi juste au moment où le vampire nous rejoignit sur la berge. C'était de toute évidence un bon espion ; même avec mon ouïe améliorée, je ne l'avais pas entendu arriver. […]

Le nouvel arrivant me salua d'un hochement de tête avant de se tourner vers Noah.

— Merit, Sentinelle, Maison Cadogan, déclara Noah avant de me présenter l'autre vampire. Jonah, Capitaine de la Garde, Maison Grey.

— Capitaine de la Garde ? demandai-je à voix haute, profondément choquée que le Capitaine des gardes de la Maison de Scott Grey soit aussi un membre de la Garde Rouge.

[…]

— Si tu acceptes notre offre, dit Noah. Jonah sera ton équipier.

Je me tournai vers ce dernier qui m'observait déjà, les sourcils froncés. Son regard était aussi curieux que méprisant. Il n'était de toute évidence pas impressionné par ce qu'il découvrait de la Sentinelle de Cadogan.

Mais puisque ça ne m'intéressait pas d'entrer en guerre contre Ethan et que je n'avais donc aucune intention de devenir l'équipière de Jonah, je parvins à ne pas tenir compte de son attitude.

Je secouai la tête et m'adressai à Noah.

—C'est trop me demander.

—Je comprends ta réticence, dit-il. Je sais ce que ça représente de prêter serment à une Maison. Je l'ai fait, moi aussi. Mais quoi qu'il en soit, Célina est en liberté aujourd'hui. Je ne donne pas cher de notre avenir, qui sera certainement plus violent que notre passé récent.

—Moi non plus, convins-je avec gravité.

Nous avions mis un terme à la tuerie menée par Célina Desaulniers, ancienne Maîtresse de la Maison Navarre. Nous avions assuré à la ville de Chicago que Célina était emprisonnée dans un donjon en Europe et qu'elle purgeait une peine pour avoir organisé ces meurtres, mais le Présidium avait relâché Célina. Elle ne contrôlait plus la Maison Navarre et elle m'en voulait pour ce désagrément. Elle était revenue à Chicago contrariée par son incarcération et avec l'envie de se battre.

Noah sourit tristement comme s'il lisait dans mes pensées.

—Les sorciers ont déjà prédit la guerre, dit-il. Nous craignons qu'elle soit inévitable. Trop de vampires nourrissent une animosité refoulée à l'égard des humains pour que la paix soit préservée – et vice versa. Sans compter que Célina a bien œuvré pour qu'ils se soulèvent. Malheureusement pour nous, elle joue son rôle de martyre à la perfection.

—Et on ne parle même pas du problème des métamorphes, ajouta Jonah. Les métamorphes et les vampires partagent un long passé douloureux mais ça n'empêche pas les Meutes d'affluer vers Chicago. (Il me jeta un coup d'œil.) On raconte qu'elles se réunissent cette semaine. Ça concorde avec ce que tu as entendu ?

[...]

— Oui. Nous avons appris que les Meutes seraient toutes là cette semaine.

— Des représentants des quatre Meutes à Chicago, marmonna Noah, les yeux baissés. C'est comme si les Capulet emménageaient avec les Montaigu. Une querelle vieille de plusieurs siècles et les parties ennemies campent toutes dans la même ville. Ça n'augure que des ennuis. (Il soupira.) Écoute, je te demande juste d'y réfléchir. La seule chose que nous attendons de toi pour le moment, c'est l'assurance que tu restes en état d'alerte à la Maison Cadogan jusqu'à…

« Jusqu'à », avait-il dit, comme s'il croyait que le conflit était inévitable.

— Tu resterais cachée jusqu'à ce que nous ne puissions plus maintenir la paix. À ce moment-là, tu devras être prête à nous rejoindre à plein-temps et à quitter la Maison.

Le choc dut se lire sur mon visage.

— Vous voudriez que je prive Cadogan de sa Sentinelle au beau milieu d'une guerre ?

— Considère la situation dans son ensemble, intervint Jonah. Tu offrirais tes services et tes compétences à tous les vampires, sans tenir compte de leur affiliation. La GR te permettrait de représenter tous les vampires et pas seulement les Maîtres.

[...]

— J'ai besoin de temps pour y réfléchir, leur dis-je.

Noah acquiesça.

— C'est une décision importante et elle requiert une sérieuse réflexion. Il faut t'interroger sur ta volonté de quitter la Maison pour t'assurer que tous les vampires soient bien protégés.

— Comment puis-je te contacter ? demandai-je, consciente que cette question m'avait fait franchir une ligne et que je ne serais plus en mesure de reculer.

— Je suis dans l'annuaire en tant que consultant en sécurité. En attendant, nous n'avons jamais eu cette conversation et tu n'as jamais rencontré Jonah. N'en parle à personne – ni à tes amis, ni à ta famille, ni à tes collègues. Mais pense à ça, Merit : qui a le plus besoin d'une Sentinelle ? Les vampires de Cadogan qui possèdent une formation de gardes entraînés et un Maître puissant qui tient la barre… ou le reste d'entre nous ?

Sur ces paroles, Jonah et lui tournèrent les talons et s'éloignèrent, disparaissant dans l'obscurité.

BRAGELONNE – MILADY,
C'EST AUSSI LE CLUB :

Pour recevoir le magazine *Neverland* annonçant les parutions de Bragelonne & Milady et participer à des concours et des rencontres exclusives avec les auteurs et les illustrateurs, rien de plus facile !

Faites-nous parvenir votre nom et vos coordonnées complètes (adresse postale indispensable), ainsi que votre date de naissance, à l'adresse suivante :

**Bragelonne
60-62, rue d'Hauteville
75010 Paris**

club@bragelonne.fr

Venez aussi visiter nos sites Internet :
**www.bragelonne.fr
www.milady.fr
graphics.milady.fr**

Vous y trouverez toutes les nouveautés, les couvertures, les biographies des auteurs et des illustrateurs, et même des textes inédits, des interviews, un forum, des blogs et bien d'autres surprises !

Achevé d'imprimer en juin 2011
Par CPI Brodard & Taupin - La Flèche (France)
N° d'impression : 64141
Dépôt légal : juillet 2011
Imprimé en France
81120540-1